LEVERAGE IN DEATH
by J.D.Robb
translation by Haruna Nakatani

穢れし絆のゲーム

イヴ&ローク 48

J・D・ロブ

中谷ハルナ［訳］

ヴィレッジブックス

幼少期、父親の保護以上に強く必要とされるものは思いつかない。
——ジークムント・フロイト

博打《ばくち》打ちにとって、不可侵なものなど何もない。
——ジャック・ソーラン

Eve&Roarke
イヴ&ローク
48

穢れし絆のゲーム

おもな登場人物

- **イヴ・ダラス**
  ニューヨーク市警（NYPSD）殺人課の警部補
- **ローク**
  イヴの夫。実業家
- **ディリア・ピーボディ**
  イヴのパートナー捜査官
- **イアン・マクナブ**
  電子捜査課（EDD）の捜査官。ピーボディの恋人
- **ライアン・フィーニー**
  EDD警部
- **ジャック・ホイットニー**
  NYPSD部長
- **シャーロット・マイラ**
  NYPSDの精神分析医
- **ナディーン・ファースト**
  〈チャンネル75〉のキャスター
- **リズベット・サラザール**
  爆発爆弾捜査班の警部補
- **ポール・ローガン**
  クアンタム航空マーケティング担当バイスプレジデント
- **デリック・ピアソン**
  クアンタム航空社長兼CEO
- **ウィリミナ・カーソン**
  エコノクラフト社社長
- **ジョーダン・バンクス**
  〈バンクス・ギャラリー〉経営者。ウィリミナの元恋人
- **アンジェロ・リッチー**
  新進気鋭の画家
- **ウェイン・デンビー**
  ギャラリー〈サロン〉経営者

1

汝《なんじ》、殺すなかれ。

ポール・ローガンは自分を信心深い人間とは思っていなかったが、ロビーに足を踏み入れたとき、頭のなかではその戒《いまし》めの言葉が鳴り響いていた。

十一年間、平日の朝は――クリスマス休暇と、病欠日と、夏休みを除いて――いつもそうしていたように、カウンターの読み取り機《リーダー》に自社のＩＤカードをかざす。

担当の警備員、スチューがポールを見て会釈をした。「また月曜日ですね、ミスター・ローガン」

「月曜日だな」ローガンはぼそっと言い、いつもの月曜日と変わらず、体の向きを変えてエレベーター乗り場へ向かった。

ローガンの背後でスチューは含み笑いを漏らした。ミスター・ローガンは月曜の朝からひどい二日酔いのようだ。

ローガンは数人の会社幹部や業務補佐係《アドミン》、アシスタントふたりと一緒にエレベーターに乗り込んだ。引き締まった体を黒っぽいピンストライプのスーツに包み、ぱりっとした白いシャツを着て、青と赤の細かいジグザグ模様のネクタイをウィンザーノットに結んでいる。カシミアのトップコートを着ていても、骨までしみこむ寒さを感じながら、ローガンは頭のなかの声を聞いていた。

シシリー。メロディー。

その名が何度も繰り返され、合間に戒めの言葉が響く。

汝、殺すなかれ。汝、殺すなかれ。

しかし。

ローガンは三十階――クアンタム航空の取締役専用フロア――でエレベーターを降りた。カーブした受付カウンターの背後の壁に、強い風になびいているようなシルバーのロゴが伸びている。すでにリンクの信号音やコンピュータの低いうなりが聞こえている。この時間、豪華な待合エリアにはまだ人影がなく、ひっそりとしている。一方の壁は薄い色のついたガラス張りで、ニューヨークの空と高層ビルの輪郭が見える。

今日のあの空の色。なんという青さだ。ローガンは思わずじっと見つめた。あんなに青く、澄み切っているなんて、あり得ないだろう？

空から目を離して、いつもは声をかける三人組の受付係の前を無言で通り過ぎ、両開きのガラスの扉に向かう。

扉が左右に開いて、風になびいているようなロゴが二つに裂けた。二つに引き裂かれるのがどんなことか、ローガンは知っている。

シシリー。メロディー。

汝、殺すなかれ。

助手や業務補佐係のデスクや、オフィスを通り過ぎていく。まだ九時前だが、スマートなスーツ姿の男女がデスクに向かい、ブリーフケースを開け、洒落《しゃれ》たコーヒーに口をつけながら報告書に目を通している。

ローガンの業務補佐係が勢いよく立ち上がった。とても若く、実に聡明《そうめい》で、ほんとうに一生懸命な男だ、とローガンは思った。その昔、私も同じだった。まるで同じだった。

「おはようございます、ミスター・ローガン。九時の会議のために、タブレットの情報を更新しました。デスクの上に置いてあります。内容についていくつか、いまお話ししたほうがよければ――」

「必要ない。リンクはつながないでくれ、ルディー」

ルディーは口を開いて何か言いかけたが、ローガンはオフィスに入っていって扉を閉めた。カチャリと鍵のかかる音がしてルディーは眉をひそめたが、ボスは大事な会議の前に少しだけひとりになりたいのだろうと思った。

オフィスのなかでローガンは懇願し、取引を持ちかけ、泣きついた。しかし、頭のなかの声の調子はまったく変わらない。あくまでも冷静で、かぎりなく冷ややかだ。絶望に打ちのめされ、怯《おび》えきった別の声が聞こえて、ローガンは涙をこぼした。

そして、震えながらトップコートを脱いだ。稼ぎを得ようとひたすら働いてきたオフィスに立ち、大きなガラス窓越しにふたたび青空を見つめる。

二〇六一年、二月がいつのまにか三月になったばかりの今日、すべては終わる。幹部補佐としてクアンタム航空へ転職してから十一年だ。

その声が告げる選択肢はふたつで、選択の余地はまるでない。

ローガンはすべてを受け入れ、頭のなかに響く指示に従ってブリーフケースを開けた。

八時五十六分にローガンはオフィスを出た。ルディーがまた勢いよく立ち上がる。

「ミスター・ローガン、さっきお伝えしたかったのはいくつか書き込みをした件で、ミズ・カーソンの個人データにかかわることです。たいした情報ではありませんが」

「わかったよ、ルディー」ローガンは一瞬立ち止まり、若者の真剣な顔を見つめた。「きみはいい仕事をしてくれる。私にとってもクアンタム航空にとっても財産だ」

「ありがとうございます」ルディーは顔を輝かせた。「今日は大事な日ですね」

「そう、大事な日だ」

その重さを感じながら、ローガンは会議室まで歩いていった。「頼む、やめてくれ」内側から殴りつけられるような鼓動を感じながら、つぶやく。

会議室に入ると、薄い色のついたガラス窓の向こうに青空とマンハッタンのダウンタウンの広がりと、ハドソン川のきらめきが見えた。壁のスクリーンからは何も聞こえず、クアンタム航空の銀色のロゴの静止画像だけが映し出されている。

つややかな長いテーブルには、高級そうなペストリーと、熟《う》れてちょうど食べごろの果物が盛られた銀色のトレイと、水が入ったピッチャーが並んでいる。給仕が紅茶やコーヒーを注《つ》げるように磁器のカップも置いてある。

エコノリフト社の代表――男女ひとりずつ――はテーブルについて、カップやグラスで飲み物を飲みながらタブレットを見ている。ローガンの同僚ふたりも同じだ。それぞれの会社の弁護士と会計士もすでに座っている。

「ほかにやり方があるはずだ」

ローガンがつぶやくと、サンディー・プランク——財務担当のバイスプレジデント——は何か問いたげに彼を見た。

しかし、ローガンは頭のなかの声しか聞いていなかった。

九時ちょうどにまた扉が開き、姿を現したクアンタム航空の社長兼最高経営責任者《CEO》、デリック・ピアソンは一瞬立ち止まって部屋を見渡した。それから、白髪交じりのたてがみのような髪を揺らして、ウィリミナ・カーソンと一緒に部屋に入ってきた。

かかとの高いブーツを履いたカーソン——エコノ社の社長——は一八五センチある。洒落た黒いスーツに銀色のネクタイを締めたピアソンと、ストレートラインの赤いワンピースにショートジャケットを羽織ったカーソンが並んで立つ姿は、目を引く。

テーブルについている全員が立ち上がった。

「皆さん、おはよう」ピアソンはライオンが吠《ほ》えるように挨拶《あいさつ》をした。「さあ、呼び出そう。シカゴ、ニューLA、アトランタ、ロンドン、ローマ、パリ」

ダミ声で都市名が呼ばれると、明るくなったスクリーンが分割されて、それぞれの都市の会議室やオフィスと、スーツ姿の社員たちが映し出された。

ローガンの頭のなかで途切れなくしゃべり続ける声はますます険《けわ》しくなる。やがて、悲鳴が加わった。

ローガンはよろめきながら二歩、前に出て、デリック・ピアソンの始まりの挨拶を中断させた。

「ポール」むっとするよりも驚いて、ピアソンはカーソンの腕に触れて言った。「ウィリミナ、ポールとは会ったことがあるね。こちらはポール・ローガン、うちのマーケティング担当バイスプレジデントだ」

「デリック……ほかにどうしようもないんだ。申し訳ない」

その声と彼の目に何かを感じて、カーソンは後ずさりしたが、ピアソンは一歩前に出た。

「大丈夫か、ポール？」ピアソンはローガンの腕をつかんで訊いた。

「申し訳ない。ほんとうに申し訳ない」

ローガンがデスクに残していたタブレットを手に、全速力で走ってきたルディーが会議室まであと三歩というところで、扉が吹き飛んだ。

イヴ・ダラス警部補は大量殺戮《さつりく》現場のまっただなかに立っていた。血と、焼け焦げた肉、小便、嘔吐物《おうとぶつ》の臭いが鼻をつく。スプリンクラーが作動して水の染みこんだカーペットに足が沈む。ブーツと両手のシールド加工を済ませ、室内に目をこらした。

爆発で扉は吹き飛び、特大サイズのスクリーンはほぼ粉々になり、ばらばらになったテーブルや、椅子や、人が飛び散っていた。なかには燃えたものもある。

分厚いカーペットに大きな丸い焼け焦げがあり、床と同様に壁にもさまざまな液体――血液や脳やほかの体液――が跳ねかかっている。

イヴと一緒にいるのは、爆発爆弾ユニットを率いているリズベット・サラザール警部補だ。

「十一人が死亡し、負傷者が九人。死亡者には実行犯が含まれる。現在、断片を収集中……」

ふたりが見つめるなか、白い保護スーツを着た遺留物採取班と、分厚いグレーの保護服姿の爆発爆弾捜査班が室内をくまなく調べている。

「でも、部屋の反対側に目撃者が何人かいて、ひどく動転してはいるけれど、マーケティング担当バイスプレジデントのポール・ローガンが自爆用の爆弾を仕込んだベストを見せてから、爆発させたと証言しているわ。被害状況から見て、爆弾は狭い範囲を攻撃するように作られたか、うまく爆発せずにこの結果になったか。被害範囲は三・五から五メートルだと思う」

「被害がもっと大きかった可能性もあるということね」

「そう、はるかにひどかったかもしれない」サラザール――濃く淹《い》れた紅茶の色をした肌に情熱的なグリーンの目の、堂々とした女性――は身振りで示しながら続けた。「犯人はテーブルに背を向けて、扉のほう――CEOのデリック・ピアソンのほう――を向いていた。自爆装置を爆発させ、ピアソンと、テーブルの前方にいた人たちと一緒に吹き飛んだ。遺体《DB》を見ると、爆発そのものではなく、テーブルや爆弾の大きな破片が突き刺さったのが死因《COD》になった人もいるようね」

「われわれは徹底的に調べたわ」サラザールは続けた。「そして、再度、捜索している――この建物を隅から隅まで。でも、爆弾はこれだけ、というのがわたしの考えよ。このひとつだけ」

イヴは木片や金属片が突き刺さった壁を見た。大きなガラス窓には蜘蛛《くも》の巣のようにひびが広がっている。しかし、被害のおよんだ範囲、つまり爆発の影響を受けたのは？ そう、半径三・五メートル前後だ。

「犯人はどうやって爆弾を建物に持ち込んだの？」

「ブリーフケースで――内側に鉛が張ってあったそうよ。正々堂々と建物に入った。十二年近くここで働いているのよ。警備員が金属探知棒《ワンド》で探ったり、持ち物をX線検査する理由はなかった。調べてみたけれど、男に前科はなかったわ。十四年前に結婚。八歳の娘がひとりいる」

「どこにいるの？　妻と子どもは？」

「ふたりを保護するように、制服警官を派遣したわ。判断するのはあなたと検死官《ME》だけど、ダラス、わたしには殺人に思える。一見したところ、自国民、あるいは外国人によるテロ行為ではないわ。わからないけど、男が正気を失ったとか？　今日、何か大きな取引が行われる予定だったそうよ――この場で。男はその取引を望まなかったのかもしれない。これから破片を調べて、どんな爆弾だったのか知らせるわ」

長身で痩《や》せているイヴは、革のロングコートを着て立っていた。髪はあちこちつんつんと立っている茶色のショートカットで、顔も痩せていて、顎《あご》に小さなくぼみがある。いかにも警官らしい茶色の鋭い目が、ふたたび室内を見渡した。

「あなたはあなたの仕事をやり、わたしはわたしの仕事をやる。それでどういうことになるか、確かめる」

「いいわね」サラザールは着信音が鳴っているコミュニケーターを引っ張り出した。「サラザールです」

「警部補、シシリー・グリーンスパンもメロディー・ローガンも今朝は小学校に来ていません。娘はここの生徒で、母親は教頭です。母親からは、娘が体調を崩したと学校にメールがあったそうです。リンクで連絡を取りましたが、ふたりとも応答しません」

サラザールが眉を上げ、イヴは彼女を見てうなずいた。

「巡査、現場の主任捜査官に変わるわ。ダラス警部補よ」

イヴはコミュニケーターを引き継いだ。「ふたりの自宅へ向かって。応答がなければ、家に立ち入る確かな理由があるということになる」

「確かな理由？」イヴからコミュニケーターを受け取りながら、サラザールが訊《き》いた。

「十一人が死亡し、九人が負傷し、妻と娘の行方がわからない。わたしに言わせれば、確かすぎる理由よ。あなたはあなたのやるべき仕事をして。わたしは、わたしのやるべきことを始める」

イヴは部屋の出入り口まで歩いていった。「ピーボディ！」

ピンク色のカウボーイブーツを履いたイヴのパートナーが、破壊された廊下を急ぎ足でやってきた。「これはうちの仕事よ。当面は殺人事件として扱う。死亡した爆破犯人はポール・ローガン――彼について調べて。その妻と娘を捜しに――今朝、ふたりともいるはずの場所にいないから――巡査たちが彼の住まいに向かっているところよ」

「家庭第一の愛情豊かな男性」ピーボディは会議室をのぞきながら、ふーっと息を吐いた。

「現場にいて命拾いした目撃者が言っていました。もうひとりのバイスプレジデントのサンディー・プランクです。彼女は軽傷を負い、現場で手当を受けました。仕事熱心で、義理堅く、聡明で、妻と娘を心から愛していると、ローガンについてそう言っています」

「義理堅い人物は普通、上司や同僚を爆死させたりしないけど」イヴが指摘した。

「そうですね。彼女は――プランクです――ひどい混乱状態です。彼は具合が悪そうで、独り言をつぶやくのが聞こえたと言っています。ほかのやり方があるに違いないとか、あるはずだとか。彼のボスとウィリミナ・カーソン――エコノリフト社の社長です――が会議室に入ってくると、ローガンはふたりに近づいていきました。ローガンはとても具合が悪そうだったので、プランクは彼から目を離しませんでした。すると、ほかにどうしようもないんだ、申し訳ない、と彼が言うのが聞こえたそうです。ローガンは泣いていたようです。次の瞬間、彼がスーツの上着の前を開けた。そして、ドカン」

「彼のことを調べて、それから、これがどういう会議だったのか調べる必要がある。詳しく。彼のオフィスがどこか、知ってる?」

「この廊下の先を左に曲がり、右側の二つ目のドアです。サラザールの指示でひとり、見張りが立っています」

「見てくる」イヴは廊下を歩きかけて立ち止まった。「亡くなったピアソンがここのトップだった。それで、いまは誰がトップなのか、調べないと」

イヴはローガンのオフィスへ行き、見張りに立っている巡査に警察バッジを見せた。なかに入ると扉を閉め、立ったまま室内を見渡した。

バイスプレジデントのオフィスらしく窓が大きい。休憩エリアにはオートシェフ《AC》もある。好奇心にかられ、これまでACに何が注文されていたのかチェックした。

金曜日の十六時二十二分に使われたのが最後だ。ジンジャエールが一本。

座ったまま大きな窓と出入り口が見えるように、ローガンのデスクは斜めに置いてある。デスクの椅子は高級品で、頑丈そうな来客用の椅子は明るい茶色で、クラブで見るようななめらかな革製だ。長いテーブルの前にネイビーブルーのジェル・ソファが置いてある。明るい茶色の壁には、さまざまな航空機の絵が飾られていた。

空の旅の歴史だ、とイヴは気づいた。よくも飛び乗る勇気があったとしか思えない初期のものから流線型のシャトルまである。ほかに、子どもが描いたような絵も飾ってあった。明るい原色の飛行機が飛んでいて、空には白い雲が浮かび、黄色い太陽が輝いている。

きちんとしたブロック体で署名されている。メロディー。

娘だ。家庭第一の愛情豊かな男性、とイヴは思い出した。子どもの絵を額に入れて、オフィスの壁に飾っている。

デスクを見ると、最新式のデータ通信機器のそろったコマンドセンターの横に明るい色で塗られたカップが置かれ、紙で作った花束が飾ってある。すべて手作りにちがいない。イヴはカップを持ち上げて、底を見た。

お誕生日おめでとう、パパ。

大好きよ。

メロディー

二〇六一年　一月十八日

デスクには三面の写真立ても置いてあった。三十代後半と思われる魅力的な混合人種の女性と、とてつもなくきれいな少女――メロディーに違いない――の写真だ。少女のキャラメル色の髪は細かな巻き毛で、いたずらっぽい目は淡いグリーン。うれしそうにほほえむ口元は、乳歯が二本抜けて隙間が見える。その二枚に挟まれているのが家族写真で、ローガンと妻と少女が寄り添っている。

見るからに幸せそうな、愛に満ちた素敵な家族だ。裏に問題があるとしても、ここには表れていない。

イヴはデスクに向かって座った。

「コンピュータ、作動せよ」

一瞬、明かりが揺らめいて画面が待機モードになった。〝パスワードを入力してください……〟

とりあえずコンピュータはそのままにして、デスクの抽斗《ひきだし》を開けた。よくあるオフィス用文房具と、ファイルディスク、印刷物のファイルがいくつか。メモブックもあった。

スイッチを入れ、パスワードで保護されていなかったので今日の日付のページを見た。

エコノ社！　会議／契約＊九時。最終プレゼンと発表。くよくよ考えるな！

十一時半までに、マーケティング部へ感謝のカップケーキとシャンペンが届くように確認。ミーティング（サプライズパーティ）がある旨、マーケティング部に連絡。開始は四時十五分。挨拶――手短に――の準備。

めざましい仕事をしてくれたルディーとキミに個人的なボーナスを。

六時までに帰宅――途中、私の麗しのシスターズに花を買うこと！　一週間前からシスターズがこっそり準備していたお祝いディナーには驚いたふりをすること。食事の前に一時間、メルとドラゴン・スピアー騎乗試合の続きをする――さんざん先延ばしにしてきた。メルを寝かしつけたら、美しい妻と愛し合う――もっと長い間、先延ばしにしていた。

ぐっすり眠る！

イヴは背もたれに体をあずけ、椅子を回転させて窓の向こうを見た。この日をこんなにも――仕事の面でも個人的にも――待ち望んでいた男が、どうして自分も含めてすべてを吹き飛ばすのだろう？

先の日付のページを見ると、同じように思いつくまま書き留める形で、いくつか――同じく仕事や個人の――予定が記されていた。以前にさかのぼると、数週間、びっしりと仕事のスケジュールが詰まっていた。そのほとんどがエコノ社がらみの戦略会議や、計画会議や、マーケティング促進キャンペーンだ――かたわらに、一緒に食事やダンスの練習に行けなかった麗しのシスターズへ謝罪が記されていた。

絶望や怒りを感じさせるものはまったくなかった――ところどころに、そう、落胆や失望はにじんでいても、怒りはまったく感じられない。彼が爆薬を買ったり、何らかの方法で手に入れたり、自爆用ベストを作る知識を持っていたとうかがわれる記述はまったくない。

「あてはまらない」イヴはつぶやき、三面の写真立てを見つめた。「あなた、あてはまらないのよ」

イヴがコミュニケーターを取り出そうとすると、ピーボディが拳《こぶし》で二度、ドアをノックして、顔をのぞかせた。

「ピアソン――息子と娘です――が、おそらく会社を引き継ぐでしょう。爆発があったとき、ロンドン支社を任されている息子はロンドンにいて、娘はローマにいました。ふたりともこちらへ向かっています。ポール・ローガンについては――」

「非の打ち所がない?」イヴが後を引き継いで言った。

「そのとおりです。金銭的にもしっかりしています――その方面でトラブルを抱えている兆候はありません。爆発物や過激派グループへの興味や知識をうかがわせるものも一切ありません。仕事人間で、この三年半はマーケティング部門を統括していました。入社して十一年、出世の階段を上りつづけていました。妻も同じで、何の問題もありません。彼女のことも調べました。じつは二十代のとき、暴行罪で訴えられています――取り下げられましたが。訴えた男は、その後、配偶者と子どもへの虐待で告発されています」

「オーケイ、まるで筋が通ってない」イヴがまた手にしたとたん、コミュニケーターが鳴り出した。「ダラス」

「警部補、巡査のグレッグとヴォルスです。ローガンおよびグリーンスパンの自宅にいます。グリーンスパンは殴られ、縛られた状態で地下の貯蔵庫に閉じ込められていました。未成年の子どもはいくつかあざと小さな裂傷があるだけで、大きな怪我はありません。母親のために医療員《MT》を呼びました。母親も子どもも、家にいたところを襲われたと言っています」

「こっちは筋が通ってる。現場を保存して。MTがグリーンスパンを医療センターに搬送すると言ったら、ひとりが付き添って、もうひとりはその場に残って。すぐにそちらへ向かうわ。ピーボディ」

イヴはコミュニケーターを切って続けた。「サラザールに状況を説明してから、電子捜査課《EDD》に連絡して。ローガンの電子機器をすべて——オフィスのも自宅のも——押収するように伝えて。自宅のセキュリティ設備もeマンに検証してほしい。このオフィスはチームが来るまで封印しておく。さあ、始めて。わたしの車で待ち合わせるわよ」

イヴはメモブックを証拠品保存バッグに入れて封印し、ラベルをつけながら大部屋《ブルペン》に連絡した。

「やあ、警部補《LT》」バクスター捜査官が応じた。

「あなたとトゥルーハートは手が空いてる？」

「空いてると言えば空いてるな。どうしてほしい？」

「クアンタム航空へ来て、サラザール捜査官と連携してほしい」

「爆破犯だな」

イヴはオフィスを封印しながら大声で指示を出した。

「制服組をふたり、連れてきて。ピーボディが聞き取りを取りはじめてる。あなたがそれを引き継いで。清掃サービススタッフにいたるまで、全員から話を聞くのよ。重要人物がふたり、こちらへ向かっている――CEOの家族よ。できるだけ早くふたりと話がしたい」

「何人やられた？」バクスターが訊いた。

「十一人、いまのところは。負傷者は九人」

「もっとひどいことになっていたかもしれないな。サラザールに連絡して、そちらへ向かうと伝える。今は現場か？」

「離れるところよ。ふたつ目の犯行現場が見つかったから。もっと情報が得られたらまた指示するわ。ダラスから、以上」

もっと悪いことになっていたかもしれない。イヴはバクスターの言葉を思い返した。問題は、もっと悪いことになっていたかもしれない場合、たいていその悪いことに結局はなってしまうことだ。


先に車に着いて待っていたイヴは、ピーボディが飛び乗ったとたん、タイヤの跡が残るような急発進をした。車は猛スピードで地下駐車場内を縫うように進み、ピーボディは安全スティックを握りしめた。

「こっちは筋が通ってるって、さっきあなたは言いました」車がカーブするたびに濃い茶色の目を見開いていたピーボディは、衝突の映像が脳に認識されないようにぎゅっと目を閉じた。「それで、わたしなりに考えてみたんです。誰かがローガンの家に押し入って妻と子どもを脅し、彼が自殺せざるを得ないようにしたとか？　それでも意味がわかりません」

「誰かが彼に、月曜の朝、この自爆用ベストを職場に持っていって、身につけて九時の会議に出席し、ドカンとやれと言うとか。さもなければ、おまえの麗しのシスターズを殺すぞ、と」

「麗しのシスターズ？」

「彼は妻と娘をそう呼んでいたのよ。メモブックに書いてあった。どうしてそんな男がやったのか、どうしてその会議なのか、この会社なのか、このやり方なのかはわからないけど、話の流れとしては納得できる」

「目撃者の証言によると、男は会議の前、少なくとも数分間はひとりでオフィスにいたそうです。助けを求められなかったんでしょうか？」

「自宅の音声を聞かされていたかもしれない。わたしならする。それで、妻を殴りつけている音や、父親を求めて泣き叫ぶ子どもの声を聞かせる」

「それってあり得ないくらい冷酷ですね」

「冷酷なことっていつでもあり得るのよ」イヴの運転する車は地下駐車場から飛び出し、あっという間に車列に加わった。「どうしてマーケティング部門の男なの？　犯人は、妻と子どものために人を殺すだけじゃなくて、自分の命も投げ出すような者が必要だった。彼がそうする男だと、どうしてわかったの？　クアンタムとエコノの取引についてもっと調べないと。問題はその取引？　誰かが――なんの罪もなさそうな男とその家族を武器にして――人を殺すのもいとわないと思うような何かがからんでるわけ？」

「わたし、エコノはよく使っています」ピーボディが言った。「と言うか、プライベート・シャトルを使わせてくれる超最高な夫のいる最高のパートナーと組む前は使っていました」

エコノ航空ならわたしも使っていた、とイヴは思った。ロークと付き合うまでは。コストを限界まで削減している航空会社だから、空の旅をせざるを得ないときでもなんとか利用できた。ロークは使ったことがあるだろうか？　知られているかぎりの宇宙で最も裕福なひとり――専用の移送機空路も持っている――になる以前に。

あの情報源に尋ねてみよう。民間人の専門コンサルタント。クアンタム航空とエコノリフト社の取引の具体的な項目以外の詳細を知る者がいるとすれば、ロークしかいない。

イヴはハンドルを切り、医療ユニット車の背後に車を停《と》めた。すでに二重駐車した車の後ろだったので、クラクションと悪態をつく声がやかましく響き渡った。

イヴが車を降りると、背後のラピッドキャブの運転手がクラクションを続けざまに鳴らし、窓から顔を突き出した。「勘弁しろよ、ねえちゃん！」

イヴは警察バッジを掲げ、三月初旬の風のように温かくほほえんだ。「ねえちゃん警部補です。つべこべ言ってると、勘弁しないから」

運転手はハンドルを切ってイヴから離れ、中指を立てた手を差し出しながら去っていった。

「チャールズとルイーズは、このすぐ先のブロックに住んでいますね」ピーボディが言った。

「そう」女医と元公認《L》コンパニオン《C》が暮らしている優雅なテラスハウスまでは、歩いてすぐだ。「いい住宅地ね」

中産階級、とイヴは思った。そこそこ静かで安全そうだ。高級住宅やテラスハウスが歩道から奥まったところにひっそりと並び、小さな前庭やタイルを敷き詰めた裏庭のある家も多い。

目的の家には前庭——季節柄、緑はほとんどないが、手入れは行き届いている——があり、そこを突っ切る小道が短いステップに続き、上りきった先に派手なブルーの両開きドアがある。ドアの一方はひしゃげて垂れ下がっていた。

家は三階建てだ——一階の窓には装飾用の（防犯に役立っているのも間違いない）格子が

はまっている。プライバシースクリーンはすべて機能しているが、二階のひとつの窓だけが破られている。誰かに割られたようだ。ガラスの破片と、かなり大きな硬いボールが割れて赤とオレンジと茶色のかけらになって散らばっている。

「たぶんジュピターだと思います」ピーボディは眉をひそめてボールを見下ろし、首をそらして窓ガラスを見上げた。

イヴはかけらを踏まないように気をつけながら扉に近づき、防犯装置を確認した。「ロークの会社の装置だから、品質はいいわよ。掌紋照合装置《パーム・プレート》、音声ＩＤ確認装置、鍵も警報装置もしっかりしているし、防犯カメラもダブルよ」

扉が開いた。「警部補。巡査のヴォルスです」

「状況説明を」

「はい。グレッグ巡査とこちらに到着し、ベルを鳴らして扉をノックすると、自動防犯装置が作動しました。現在、邸内には誰もいない、とコンピュータの音声が告げました。防犯装置の解除を試みる前に、グレッグは一歩後退して窓を確認し、裏手に回ろうとしました。そのとき、屋内からあのボールが飛んできたんです。プラネット・ジュピターですか？」

「思ったとおり」ピーボディはうれしそうに短く言い、イヴにじろりとにらまれて口をつぐんだ。

「あの、あとちょっとでグレッグの頭にぶつかるところでした。ボールを投げつけて窓ガラスを割った女の子が、大声で助けを求めはじめました。われわれは警官だと、グレッグが大声で言いました。すると、部屋から出られないと女の子が訴えました。自分たちではどうしても防犯装置を解除できず、警部補《LT》、破壊槌《はかいづち》を使わざるをえませんでした」

「警報音は鳴った？」

「いいえ、鳴りませんでした。警報装置は切られていたので。二階へ行くと、女の子がいました――驚くほど平静でした。母親がひどい目に遭わされ、連れて行かれた、と言っていました。父親も連れて行かれた、と。そのとき、金属の管を叩くような音がしたんです。地下室にいた母親が必死の思いでパイプを叩いたんです。地下室へ降りていくと、痛めつけられ、縛られた母親がいました。そのときになって少し、女の子は抑えていた感情が崩れました」

感情がこみあげ、ヴォルスの警官らしい無表情な顔がみるみるゆがんだ。「母親は連中に殺されたと、女の子は思っていました。母親と女の子の供述は一致していて、男ふたりが土曜日の早朝、三人がまだベッドにいるあいだに、押し入ってきたということです。母親によると、男たちは就寝中の父親に薬物を注射して連れ去り、そのあと、母親をベッドから引きずり出して少し殴ってから縛り、女の子を呼びつけた、と。女の子も父親も縛られたそうです」

「人相を訊いた？」

「仮面《マスク》をしていたそうです。白くてこれといった特徴のないマスクだと、母親も娘も言っていました。フードをかぶって、手袋をはめていたそうです。ふたりとも、声と体格から男とわかったが、人種も、顔の特徴も、髪や目の色もわからなかった、と。正直なところ、あまりしつこくは訊きませんでした、警部補。母親は治療が必要だったし、女の子は……今も言ったとおり、とても落ち着いて見えますが、かなりショックを受けているはずです。母親のグリーンスパンにはまだローガンのことは伝えていません。彼女にも女の子にも父親のことを尋ねられましたが、その件についてわれわれは触れたくなかったので」

「オーケイ。あなたとグレッグは指示があるまで待機して。もうすぐeマンがやってきて、セキュリティ侵犯について調べ、電子機器をすべて押収する。ふたりはどこ？」

「家の奥、キッチンの向こうの居間です。グレッグがふたりに付き添っています」

治療器具を手にしたMTがふたり、家の奥のほうから歩いてきた。「病院へ行こうとしないんです」一方のMTが告げた。「大人の女性のほうです。未成年の子どもはショックを受けているだけと言えますが、大人のほうは病院へ行くべきです」

「怪我の状態は？」

「肋骨《ろっこつ》二本にひび、腎臓《じんぞう》の打撲、一方の手首の捻挫《ねんざ》。結束バンドから逃れようともがいたせいで、両手首と両足首にひどい裂傷を負っています。ほかに鼻骨の骨折、顔面と胴体に大きなあざもあり、繰り返し殴られたところが裂傷になっています。脱水症状があり、軽い脳しんとうも起こしていました」

「病院へ行く気になるように、なんとか説得してみるわ」

もうひとりのMTが首を振った。「無理でしょう。精神安定剤も飲まないんです。添え木をして、治療棒《ヒーリング・ワンド》を使い、安静にさせていますが、入院するべきです」

「わかったわ」イヴが言い、MTたちは出ていった。

「彼女は子どもからちょっとでも離れるのが恐ろしいようです」ヴォルスがイヴに言った。

「同じように、女の子も一瞬たりとも母親から離れようとしません。当然でしょうが」

「そうね。それも了解。よく対処したわ、巡査」

夫が亡くなったと妻に伝え、父親はもう二度と戻ってこないと子どもに伝えるため、イヴはピーボディとともに家の奥へ向かった。

2

女の子の目はうつろだった。母親にぴったり寄り添い、大きくて真っ赤な花が一面に描かれた大きなソファに座っている。ぶかぶかのコットンパンツに分厚いピンクのソックスを履いて、紫色のスエットシャツを着ている。両方の手首に紫色のあざが見える。

母親は一方の腕で娘の体を包みこむようにして守っている。

シシリーの顔はあざだらけだった。アイスパッチで覆われていても、左の目のまわりが腫《は》れ上がり、黒い筋が放射状に伸びているのがわかる。

両方の手首には絆創膏《ヌースキン》が巻かれていた。眼帯をしていない右目のまわりには、紫と黄色のあざが広がっている。

ちょっと体を動かした瞬間、シシリーの表情が変わるのを見て、まだかなり痛むのだとイヴは思った。

「ミズ・グリーンスパン、わたしはダラス警部補。こちらはピーボディ捜査官です。いくつか質問させてください。医療センターで話をうかがうこともできます。判断はおまかせしますが、治療をしたMTはさらに詳しい診断と治療を受けるように強く勧めています」

「ここでもう治療は受けました。わたしたちはこの家にいたいんです」シシリーはさらに体をすり寄せてきた娘を見下ろし、うなずいた。「誰もポールの話を、わたしの夫で、メロディーの父親の話をしようとしません。どんな質問でも答えますが、まず答えてもらわなければならないわ。ポールはどこなの?」

イヴは椅子に座った。目と目を合わせるほうがいい。何をしようが、ましな事実が出てくるわけではないとしても。「残念ですがお知らせしなければなりません。ご主人は亡くなりました。大切な方を亡くされ、ほんとうにお気の毒です」

女の子は怯《おび》えた目で長々とイヴを見つめ、やがて母親の横腹に顔を埋めた。そして、恐ろしい痛みに耐える小動物のような声をあげた。

シシリーは横を向いて娘を引き寄せ、体中のあらゆる痛みに襲われて真っ青になり、顔のあざがくっきりと浮かび上がった。

「確かなの? それは確か? ほんとうに――」

「はい。残念ですが、確かです」

「誰かに、われわれから連絡をしましょうか？」ピーボディが訊いた。「何か持ってきましょうか？　お水かお茶は？」

「どんなふうに？　どんなふうに？」

「ピーボディ捜査官が娘さんを別の部屋へ連れていっても？」イヴが申し出たとたん、メロディーは母親から顔を離して、嚙《か》みつきそうな顔でイヴを見た。

「あたしはママから離れない。あの人たちはあたしをママから引き離して、それで、ママとパパにひどいことをしつづけたんだから。あたしはここから離れない。あの人たちはパパに恐ろしいことをやらせたのよ。ママをいっぱいぶって、あたしのことも痛い目に遭わせるって言ったから、パパはやらなきゃならなくなった。片方の人はナイフを持っていて、あたしを切るってパパに言って、あたしの髪の毛を思いっきり引っ張ったから、あたしは叫んじゃったの。声を出さないように頑張ったわ。頑張ったんだけど、痛くて」

「いいのよ、メロディー。いいのよ、マイベイビー」

「パパは何もしていないのに、あの人たちはパパを殺した。ママだって何もしてないのに、あの人たちにぶたれたのよ」

「あなたも何もしていないわ」イヴは言った。「男たちはほかにも何かしてあなたを痛い目に遭わせた？」

「プラスチックのバンドを手首と足に巻かれたわ、すごくきつく。痛かった。ひとりの人がパパを連れていなくなったら、もうひとりの人が来て、それで……バンドをゆるめてくれて、あまり痛くなくなったの。でも、リンクに向かってパパに助けてって叫ばないとママを殺すって言われた」

「ああ、メロディー、ああ、ベイビー」

「叫ばなくちゃいけなかったの。どうしても。パパが泣いているのが聞こえたわ。泣いていたけど、大丈夫だよって言ってた。大丈夫じゃないのに。パパは殺されたわ」

「何があったか話してください」イヴはシシリーに言った。「最初から」

「メロディーの叫び声が聞こえました。わたしたちは三人とも眠っていました。正確な時間はわかりませんが、金曜日の深夜か、土曜日の早朝です。夜中の十二時を過ぎていたのは確かです。娘の叫び声がして、わたしは起き上がってあの子の部屋へ駆けつけようとしました。すると、何かにぶつかった、というか、誰かに殴られたんだと思います」

シシリーは自分の顔に触れた。

「倒れこむと、両腕を背後にまわされ、両手首を結束バンドで固定されました。ポールに助けを求めたけれど、男にベッドに引き戻されて、また殴られ、ベッドのヘッドボードに縛りつけられました。見ると、ポールはまだ眠っていました。最初、ぐっすり眠っていて気づかないのかと思いましたが、男たちに何か——高圧スプレー注射を——されたのだと気づきました。彼は意識がないようで、ぐったりしていました。別の男がメロディーを連れて部屋にやってきて、あの子を椅子に縛り付けました。

何が目当てなのかと、わたしは何度も尋ねました。わたしのベイビーにひどいことをしないでと泣きつき、欲しいものは何でも持っていっていいからと言いました。男たちは何も言わず、口を閉ざしたままでした。ふたりでポールを別の椅子のところまで引きずっていきました。彼を椅子に縛り付け、また注射を打ったんです。ポールの意識が戻りました。抵抗しようとしましたが……」

「男の人たちはまたママをぶったの。何度も何度もママをぶったの」

「わたしはもう大丈夫よ、メロディー。もう大丈夫。彼らはわたしを殴り、メロディーをひどい目に遭わせると言ってポールを脅しました。彼が罵《ののし》り、脅し、懇願するのを、男たちは笑って見ていました。ただ笑っていました。そのうち、ひとりの男がベッドの縁に、わたしのそばに座り——わたしに触れました」

シシリーがイヴを見つめる目がすべてを語っていた。

「もっとひどいことになる、はるかに悪いことになる、と男は言いました。それから、かみさんと子どもを助けたいか、とポールに訊きました。ふたりを守りたいか？　ふたりを助けるためなら何でもやるか？　と。もちろん、ポールはイエスと言いました。何でもすると言ったんです」

「パパとママが、やめてくれって頼んだのに、あたしは部屋から出されたの」メロディーが言った。「片方の男の人にあたしの部屋に連れて行かれて、寝たまま起きられないようにベッドにバンドでつながれたの。こわかったから、パパ、ママ、助けてって叫びつづけたんだけど、あたしを連れてきた男の人が部屋を出ていく前に、何も心配いらないって言ったの。こわいことは何もないから、ママとパパを呼ぶのはやめなさい、って。だから、呼ぶのはやめたわ。あの人がやめさせたがっていたから、やめたの」

「あなたは賢くて勇敢よ」ピーボディがメロディーに言った。

「それなのに、あの人たちはパパを殺したわ」

「パパはわたしたちを守ってくれたのよ」シシリーはつぶやき、娘の髪に唇を押しつけた。

「ベッドに座っているほうの男がポールに、かみさんと子どもを救う方法がひとつだけあると言ったんです。ひとつだけ、それさえやればふたりにはもう手出しをしない、と。やらなければ、これからもかみさんを痛い目に遭わせつづけ……犯して、次は娘にも手を出す。それでもまだやらなければ、三人とも殺す。かみさんと子どもが殺されるのを見られるように、おまえを最後に殺す、と。男たちふたりは——ひとりだけだったかもしれません——繰り返し、かみさんと子どもを殺すと言っていました」

「ご主人に何をやれと?」

「殺しです。命を救いたければ命を奪え。かみさんと子ども以上に大事なものはないんだろう? ポールは言われたとおりにすると言いましたが、それは本心ではなく、男たちもそれはわかっていました。もっと時間をかけて説得されてからじゃないとおまえとは取引できない、と男のひとりが言いました。そして、あんたと子どもの命を救うように旦那を説得しろとわたしに言ったんです。ふたりはわたしたちを残して部屋を出ていきました。どのくらいの間だったかはわかりません」

「あなたとご主人を寝室に残して出ていった?」

「ええ。ポールはなんとかバンドをはずそうとしていました。わたしも必死でした。ポールは繰り返し、大丈夫かとわたしに尋ね、なんとかして逃れられるようにすると言いつづけました。わたしたちは愛しているとたがいに言い合いました。彼は、メロディーの身はなんとしてでも守ると誓ってくれました」

シシリーは身震いをしてしばらく黙り、荒くなった呼吸をととのえた。「寝室にはレコーダーが取り付けられていたと思います。部屋に戻ってきた男は、わたしたちがたがいに言い合っていたことを口真似していましたから。

それはいつまでもいつまでも続きました。ひとりが部屋に入ってきて、わたしに触れたり殴ったりするんです。それから、メロディーに何かして大声で叫ばせる。そして、ポールに、かみさんと子どもの命を救うために何でもやるかと尋ねる。何時間も、何時間も。やがて、わたしは部屋から引きずり出されました。抵抗したら男に殴られ、失神しました、たぶん。男たちはわたしを地下室へ連れていって、鍵をかけて閉じ込めましたが、部屋にはカメラが設置されていました。わたしが痛みや寒さに耐え、怯えているようすをポールに見せたかったのだと思います。ほんとうに怖かった。それ以降、男たちの姿は見ていません。ポールの姿も見ていません」

あふれる涙が頬をつたい、悲嘆の流れとなって落ちていく。シシリーはメロディーの体をゆっくりと揺すり、髪をなでつづけた。

「警官が来るまで、わたしは地下室にひとりでいました。ポールは彼らに言われたことをやったのだと、いまではわかります。わたしたちを救うために、言われたことをやったのだと。あの連中は、よき人間であり、よき夫であり父親である彼に耐えがたい苦しみをあたえ、自分たちの言いなりにさせたんです」

シシリーは横を向き、メロディーの顔を上に向けさせて見つめ合った。「それを決して忘れないで。パパが何をしたとしても、パパについて人が何と言おうと、パパは世界中の何よりもあなたを愛していたのよ。わたしたちを守り、わたしたちの命を救うためにやらなければならないことをやったの」

「ご主人は爆弾ベストを着させられたんです」

シシリーはさっと首を動かしてイヴを見た。「なんですって？　どうやって――」

「ミズ・グリーンスパン」イヴはシシリーをさえぎった。メロディーを見つめて尋ねる。「爆薬を見た？」

「いいえ、でも、男の人たちが話しているのは聞いたわ。男の人がひとりで部屋に入ってきたから、あたしは寝てるふりをしたの。部屋のなかは暗くて――部屋はたいてい明かりがついてなかったけど、そのときは外も暗かった――とにかく、寝てるふりをしたの。そうしたら、もうひとりの男の人が、そう、入り口のところまで来たみたいだった。ふたりは爆弾の話をしていて、ひとりの男の人――ママをぶったほうの人――が、パパがそれを着て、もうすぐそこに着いて、あの人たちが言ったとおりにするって言ったの」

「ほかにふたりが話していたことを覚えている？」

「すごく小さい声でしゃべっていたけど、なんだか、すごくわくわくしてるみたいだった。何て言ったらいいのかよくわからないけど」

「わかったわ。ほかには？」

「ファット・シティーへ行くって」

「ファット・シティー？」

「九時にファット・シティーに行くって。それで、いつもあたしの部屋に来るほうの人が近づいてきて、ちょっと体を揺すったの。でも、あたしは寝返りを打って、そのまま寝たふりをしていた。少しは眠れてるみたいでよかったって、その人は言ったわ。そしたら、もうひとりの人が……」

メロディーは母親の顔を見てから、その腕にちょっと頭をもたせかけた。「その人は、Fで始まる悪い言葉を言ったの。Fで始まる悪い言葉と、〝このガキ〟って。それで、ふたりは出ていった。あたしは寝ちゃったみたい。気がついたら明るかったから。いつも部屋に来るほうの人が来て、あたしを起こしておしっこをさせた。こんなこと言うの、恥ずかしいわ。終わったら、また手にバンドをはめられて、ベッドに戻されかけた。でも、そのときリンクが鳴り出して、それに出たら、男の人はすごく興奮して、悪い言葉をまた何度も言ったの。怒ってるんじゃなくて興奮していて、ずっとしゃべりながら部屋を出ていった――そして、鍵をかけた」

メロディーは大きく息をついた。「そのまま戻ってこなかったわ。すごく静かになって何も聞こえなくなった。あたしは眠りそうになって、ほんとうに眠っちゃったかもしれないけど、そのうち、足を縛られてなくて、前みたいにベッドにも縛られていないって気づいたの。あの人、興奮してたから。たぶん、縛るのを忘れたのね。だから、逃げようとしたけれど、ドアを開けられなかった。窓も開けられなかった。大声を出したけど、誰にも聞こえなかったみたい。お向かいのミスター・ベンソンがおうちから出てくるのが見えて、叫びながら窓を叩いたけど、こっちを見上げてくれなかった。そのうち、警察の人が来て、玄関で声をあげていたけれど、答える人はいないし。そのあと、部屋にある太陽光発電機《ソーラーシステム》のジュピターに気づいて、叩き落として持ち上げたの。持っているのがむずかしくて、最初は落としちゃったけど、なんとかまた拾って、思いっきり力をこめて窓ガラスにぶつけた。ガラスが割れてから、助けてって何度も大声で叫んだわ。そうしたら、警察の人が来てくれたの」

「賢いわね」イヴはメロディーに言った。「ものすごく賢いわ」

「でも、パパは死――」

「あなたのママは地下室に閉じ込められていたの。痛くて、寒くて、こわかったと思う。助けを呼べなかったわ。あなたは助けを呼ぶことができて、実際に呼んだのよ。ピーボディ捜査官を階上《うえ》のあなたの部屋へ連れていって、どんなふうにやったか見せてくれたら、捜査の役に立つわ。わたしたちが助かるの」

「ママから離れたくない」

「わたしがあなたのママと一緒にいるから」

「パパは爆弾ベストを着たくなかったのよ」

「そうね。いま、あなたのパパは、あなたができるだけわたしたちの力になることを望んでいると思う」

「行きなさい、メロディー」シシリーは娘の頭のてっぺんにキスをした。「パパのために頑張るのよ」

「ママを連れていかないで」

「絶対にそんなことしないわ」イヴは約束した。

そして、ピーボディがメロディーを導いて出ていくのを待った。メロディーからさらに情報を聞き出せる者がいるなら、それはピーボディだ。

「ミズ――」

「少し待ってくださる？　やはりお茶が飲みたいわ」

「もちろんです」

怪我したところが痛むらしく、こわばった体をゆっくり動かしながらキッチンエリアへ向かうシシリーをイヴは見ていた。

「わたしも何度かひどく殴られたことがあります」イヴは声をかけた。「病院は大嫌いですが、必要な場合もありますから」

「メロディーをひとりにできないし、そうするつもりもありません。わかりきったことですが、わたしたちはもうここにはいられません。この家に住みつづけるのは無理です」

シシリーは泣きはじめた。「たんなる家だとわかっていますが、わが家なんです。わたしたちの家庭で、あの連中はそれさえ無きものにした。わたしの夫と、娘の父親と、わたしたちがともに築いたわが家も殺したんです」

シシリーは涙をこらえ、手で顔をぬぐった。「母と話さなければなりません。母と義父はニューロシェルに住んでいます。これからどうするべきか決めるまで、同居させてもらえるはずです。メロディーが両親と一緒にいるあいだに、わたしはあちらの病院へ行きます」

「あなたたちをお母さんのところへ送るように手配します」

シシリーはうなずき、お茶をプログラムした。「立ち止まってはいられません。何はともあれメロディーのことを第一に考えなければ。ポールが……彼がいなくて、いったいどうやっていけばいいのかわからないけれど。まだよく考えられないの。何も考えられないんです」

「男たちのようすを話してもらえますか？」

「ふたりとも着ているものは黒ずくめで、フードをかぶっていました。頭にぴったりしたフードで、首も顎の下まで隠れていました。薄くて黒い手袋もはめていました。マスクは、暗闇で発光するほど真っ白でした。何の特徴もないマスクで、目のところに切れ込みがありました」

「身長や体重、体つきは？」

「背は高くも低くもありません。ポールはちょうど一八〇センチです。たぶん、彼と同じくらいだと思います。体つきは引き締まっていました。大きくはないけれど、均整が取れていた。もうひとりは、もう少し痩せていました。わたしを殴った男のほうが筋肉がついていました。あの……」

「続けてください」

「漠然と思っただけですが、わたしを殴った男は殴ることが好きなんだと思います。わたしを殴り、ポールが反応するのを見るのが好きなんです。もうひとりのほうは――さほど――好きではなかった。殴るときは平手で、絶対に拳は使わなかったし、もうひとりに見られているから仕方なく殴っているようでした」

シシリーの持っているカップとソーサーがカタカタと音をたてた。ちょうどそのとき、カレンダー捜査官が入ってきた。

「こちらは電子探査課のカレンダー捜査官です」イヴが言った。「お宅の電子機器を調べさせていただきます。ご主人はホームオフィスをお持ちでしたか?」

「はい。階上《うえ》の主寝室の真向かいの部屋です。ご案内します」

「案内は不要です。それより、すべての電子機器、防犯システム、通信機器を捜査する許可をいただけますか。署に持ち帰り、さらに分析する場合もあります」

「はい、すべて許可します」

イヴはカレンダーに近づいた。「防犯システムをチェックしたらホームオフィスを調べて」

「了解」

「ミズ・グリーンスパン、犯人のしゃべり方で気づいたことはありませんか? アクセントや、言葉の組み立て、言い回しは?」

「ふたりとも声が小さくて、ささやいていることが多かったんです」

「わかりました」別の方向から訊いてみようとイヴは思った。「ご主人と仕事の関係はどうでしたか? 仕事を楽しんでいらっしゃいましたか?」

「夫は仕事が大好きでした。会社を愛していました。仕事は忙しかったですが、楽しんでいました。マーケティング部門を率いて、自分のチームを家族のように思っていたんです」

シシリーはソファに戻り、相変わらずこわばった体をかばうようにして座った。「警部補、どうぞ何があったか話してください。彼らが夫に何をさせたのか、教えてください」

「今朝、会議があったことはご存じですか？」

「エコノリフト社との合併の件ですね。ポールがかかわった企業戦略では、この数年で最大のものです。条件が承認されて話が進むまでに何か月もかかりました。彼とチームのみんなは、事業拡大にともなうマーケティングの方針を検討していました。それなのに、わからないわ」

「今朝、ご主人は自爆用ベストを身につけて会議に出席されました」

「まさか、なんてこと。何人の方が？　何人が？」

「十一名が亡くなり、いまのところ負傷者は九人です」

シシリーはカップを置き、両手で顔を覆った。すすり泣きしはじめる。「あの男たちは彼を殺人者にしたのね。ポールを人殺しにした。なぜ？　どうしてそんなことを？　なぜ、彼にそんなことをやらせたんです？」

「ご主人には敵がいましたか？」

「いいえ、いません、いないです」

「今回の合併について、ご主人はどう思っていましたか？」

「彼——彼は、初めは乗り気ではありませんでした。クアンタム航空はすべてに関して快適な空の旅を提供する高級航空会社で、エコノリフト社は格安航空会社です。でも、デリック

――デリック・ピアソンです――は事業の拡大を求めました。レベルの多様化と、ハブ空港への運行便の増加を望みました。エコノリフト社は世界中のハブ空港に運航しています。ポールも合併を前向きにとらえ、合意の取り付けを目指しました。彼は会社人間です、警部補。つねにデリックとクアンタム航空のことを考えているんです」

シシリーの目が見開かれた。「デリック。デリックは無事ですか?」

「お気の毒です」

「ああ、なんてこと、デリックはポールにとって父親も同然だったのに」

シシリーは震える手を差し出し、イヴの腕をつかんだ。「誓うわ、命をかけて誓います。ポールはデリックを愛していました。愛し、尊敬して、あこがれていました。ポールは暴力とはまったく無縁の人です。ああ、そうよ、どうしよう、ロジリン、デリックの奥さんです。あのご夫婦は結婚して四十年近くになるんです。彼女はどうすればいいの? どうなるの?」

「近所で見慣れない人物に気づきませんでしたか? ご主人は、誰かから不愉快な思いをさせられたと言っていませんでしたか?」

「いいえ。まったくそんなことはありません。この二、三週間はとくに、夫は仕事に追われていました。今回の合併の件です。疲れていたし、仕事以外は上の空という感じでしたが、やる気に満ちていました。合併は合意に至る見込みで、そして、今日がその大事な日だったんです。金曜日、ようやくベッドに入ってきた夫はわたしに身を寄せて約束してくれました。合併が成立したらすぐに、家族三人できみの好きなところへ行ってゆっくり週末を過ごそう、と。彼は笑みを浮かべたまま眠りに落ちました。でもそのあとに、あの人たちがやってきたんです」

「あの人たちがやってきた」シシリーは繰り返した。「そして、すべては変わり、もう二度と元には戻らないんだわ」

「お宅のセキュリティですが。コードを知っているのは誰ですか?」

「もちろん、ポールとメロディーとわたしです。あと、アイリス。アイリス・ケリーは、うちの育児ヘルパーです。九年前から働いてもらっています。わたしが妊娠中に雇いはじめました。もう家族のような存在です」

「彼女の連絡先を教えてください」

「はい、でも、アイリスは絶対にうちのコードを他人に漏らしたりしないし、今回のことにかかわっているはずもありません。ああ、どうしよう、何があったか彼女に話さなければならないわ。ポールのことを話さなければならない」

「彼女は月曜日はお休みですか?」イヴが訊いた。「週末は?」

「うちでとくに必要な場合以外はお休みです。メロディーは午前も午後も学校にいるようになり、アイリスが去年、結婚したこともあって、ふだん、うちに来てもらうのは火、水、木曜日です。警部補、わたしは彼女に子どもの世話を任せていて、それは自分の命を預けているのも同然なんです」

「ほかにコードを知っている人はいませんか?」

「ええ、ほんとうに——そうだ、忘れていた。わたしの母と義理の父。あのふたりは知っています。ポールの両親はセドナに住んでいて、だから……ああ、そうよ、ポールの両親。おふたりに伝えなければ——」

「それはわれわれが伝えます。セキュリティのコードはどのくらいの頻度で変更していますか?」

「たぶん、年に一度くらいだと思います。うちでは何のトラブルもありませんでした。これまでずっと悪いこととは無縁だったのに……ポールがこんなことになってしまって。いつポールに会えますか?」

会うものが残っているとしても、絶対に会うべきじゃない、とイヴは思った。「あとで検死官《ME》の連絡先を教えます。ミズ・グリーンスパン、巡査をつけますから、一緒に階上《うえ》へ行ってください。お母さんに連絡をしなければならないでしょう。とりあえずあなたと娘さんに必要なものを荷造りしてください。ニューロシェルまで送らせます。今後の連絡先を教えてください」

「あなたはこれから何を？」

「仕事をします」

「夫は人殺しではありません、警部補」

「ミズ・グリーンスパン、わたしはここにこうして座って、あなたのご主人は被害者だったと言っているんです。われわれはやるべき仕事をして、できることは何でもやり、あなたを傷つけて娘さんを恐怖に陥れ、ご主人を殺した連中を見つけます」


イヴは階下《した》のホームオフィスでカレンダーを見つけた。

「一般的なパスワードで開けられる機器に疑わしいものは見つからなかったわ」カレンダーはイヴに言った。「仕事量はハンパないわね——この六、七週間はとくに多い。あとは個人的な書き込み、リマインダー、とくに重要とは思えないメールのやりとり。もっぱらワードパズルで息抜きしてたみたい。ラボではもっと深いところまで覗《のぞ》けるはず」

「自宅のセキュリティは？」

「それがとんでもなく怪しい」カレンダーはチェリーレッドのバギーパンツにいくつもある

ポケットのひとつから、紙に包まれた正方形の小さなガムを取り出した。「いる？」

「いらない」

「で、よくできたシステムなわけ」カレンダーは説明を始め、包みをむいてガムを口に放りこんだ。「めちゃくちゃよくできてる。お金もかけてる。そんなセキュリティ・システムを簡単に破るのは無理でしょ？　犯人たちにも無理だった。侵入するのに二、三か月はかかっている」

「何か月も？」

「ラボで確認するけれど、とりあえず、現場で携帯機器を使って探ってみた。そうしたら、十二月末からたっぷり三十回は押したり引いたりしてたわ。押すのも引くのも決まって午前二時から三時の間だけ。押すのはだんだん長く、深くなって、引くのも強くなっていた。何をしていたかというと、つまり、最初の層に侵入してデータを読み取って操作して、いったん戻ってからまた下の層へ侵入する、という繰り返しよ」

カレンダーはつややかなピンク色の風船ガムを勢いよくふくらませ、すぐに吸い込んだ。

「わたしの考えでは、その間、被害者たちはコードをまったく変更せず、犯人たちはとにかく侵入を試みつづけた。するりと入り込んだり、強引に押し入るのは無理。層ごとにちょっとずつ削ったり、刻んだりするしかなかった。それには、時間と忍耐とそこそこの技術と、めちゃくちゃ性能のいい機材が必要だった」

「つまり、犯人たちはまだ去年のうちに、この家のこの家族に狙いをつけていた」イヴは言った。「しかし、コードを知らず、システムをすぐに解除する技術を持たなかった。ちょっといじっただけで解除する力量もなかった」

「そのとおり《エグザクタムンド》」

「しかも、住人ははじかれたり押されたりしても気づかなかった」

カレンダーはあちこちつんつん飛び出ている濃い紫色のショートカットを手で押さえた。

「ちゃんと気をつけていれば気づいていたはず。たいていは気をつけないものよ、ダラス。セッティングして、あとは忘れちゃう」

「すべて持ち帰ってよ。奥さんや子どものを含め、電子機器はすべて深いところまで探ってほしい。クアンタム航空には誰が?」

「フィーニーとマクナブがいる。これは大事件よ。捜査のため、警部もお出ましになったわ」

イヴはうなずいた。EDDの警部、フィーニーが捜査にかかわったなら、電子オタクたちは一バイトも残さず、ありとあらゆる電子機器を分析することになるだろう。

「何もかもよ、カレンダー、メモキューブまですべて。わたしたちは現場に戻るわ」

「了解。ダラス、個人用の電子機器をこじあけると持ち主の本質がわかるわ。亡くなった男性は仕事が大好きだった。ほんとうにのめり込んでいた。じゃあ、家族のことは？　いつだって一番に考えていたわ」

イヴは部屋を出て、遺留物採取班を呼び入れた。家中、隅から隅まで残らず、調べさせなければならない。そして、地下室へ降りていった。そのうちシシリーとメロディーは荷物をまとめ、避難場所へ送られていくだろう。

地下には家族のプレイルームがあった。大きなスクリーンや、ゲームエリア、ミニサイズのキッチンもあり、雑然としているが居心地がよさそうだ。大きなドールハウスを見て、イヴはベラを思い出した。何かのパズルや、おもちゃ、洗面所もある。

分厚い扉――最初に現場に駆けつけた警官に壊されていた――の向こうは保守用スペースだった。むき出しのパイプが走り、古い鉄製シンクがある、この家の最深部に、シシリーは閉じ込められていた。逃げようともがいたのか、パイプには血痕も残っている。窓はなく、外の明かりはいっさい入ってこない。レンガの壁は分厚く、音は外に漏れない。

こんな真っ暗なところに閉じ込められたらどんなだろう、とイヴは想像した。寒くて、恐ろしく、しかも、夫や娘の身に何があったのか、何が起こっているのかもわからないのだ。

その地下スペースを探りつづけると、埃《ほこり》がこすれたばかりのところがあり、犯人たちがカメラを設置していたとわかった。殴られ、傷だらけで、ぐったりした妻の姿をポール・ローガンに見せつけるような角度で取り付けられていたのだろう。

ピーボディが出入り口にやってきて、イヴは振り向いた。

「奥さんと娘さんを、制服警官が奥さんの実家へ送っていきました。ふたりとも朦朧《もうろう》としていました、ダラス。グリーンスパンは子どものためになんとか持ちこたえていますが、いまにも限界というところです」

イヴがやったようにピーボディも地下室内に目をこらした。「なんてひどい」とつぶやく。「彼女、よく正気を保てていると思います」

「犯人はこの家の人たちに狙いを定めていたのよ」イヴは言った。「つまり、ポール・ローガンをよく知っていて、彼なら家族を救うためにボタンを押すだろう、押すに違いないと信じていたということ。一家にこっそりつきまとい――カレンダーによると――約二か月もかけてセキュリティを解除し、誰にも知られないまま家に入り込んだ」

イヴは首を振りながらプレイルームに戻り、円を描いて歩きだした。「犯人の標的がデリック・ピアソンなら、彼のために時間を費やしたはず。結果として、会議と出席していた従業員が何人か吹き飛ばされている。合併を阻止するために？」

イヴはまた首を振り、階段を上りはじめた。「合併を阻止するなら、もっといい方法があるはず。もっと簡単なやり方が。あの子からほかに何か聞き出せた？」

「自分の部屋にもカメラが設置されていたと思っているようです。あの子のそばにいることが多かったほうの男に何度か、リンクに向かって泣き声をあげさせられたと言っていました。〝お願い、パパ、助けて〟と言わされたとも」

「なるほど、リンクに向かってね。録音していたのよ。かわいそうな父親に小さなイヤホンを付けさせて、子どもの泣き声を聞かせていた。たぶん妻の声も録音していたはず。父親に受信機を付けて監視していたのは間違いないと思う。警察に連絡しようとしたり、二の足を踏んだりしたら、麗しのガールズの叫び声を聞かせるのよ」

「メロディーの話からすると、彼女ではなく父親のそばに長くいた男のほうが、主導権を握っていたような気がします」

イヴは寝室のある階まで階段を上りつづけた。「どうしてふたりを生かしておいたんだろう？　犯人たちが望むことをローガンがやれば、妻と子どもを始末してもよかったんじゃない？　目撃者もいなくなるわけだし。犯人についてあれこれ説明する人がいなくなるのよ」

イヴは主寝室に入っていった。血痕のついた皺《しわ》くちゃのシーツや、切断された拘束バンドが床に放置されていた。椅子にべったり血がついているのは、ローガンが逃げようともがいた跡だろう。

「土曜日の夜までに、犯人たちはこの家に来たことがあったか？」イヴは疑問を声に出した。「彼らのうちひとり、あるいはふたりとも、客として、あるいは修理工として家に入ったことがあった？　配達人や、点検スタッフとして訪ねていた？　そうとは限らない」寝室を歩きまわりながら、さらに疑問を口にする。「ふたりとも丸二日、一家と一緒にいたわけだから。慌てることなく、主寝室や子ども部屋はどこなのか探せたはず。部屋を荒らしてもいない」と、イヴは続けた。「金目のものをくすねてもいない――電子機器を覗いたり持ち去ったりもしていない。シシリーは結婚指輪をはめていた。本物の派手なダイヤの指輪じゃないけれど、軽く二、三千ドルはするように見えるもので、犯人はそれも奪ってはいない」

ウォークイン・クローゼット――夫婦で共有する大きなものだ――に入っていったイヴは、予想どおり、小さな金庫を見つけた。

「金庫は鍵がかかっていて、中身は持ち去られていないに決まっている」

イヴは指先でロックパッドに何か打ち込んだ。

「わあ、ほんとうに腕をあげましたね」

イヴはちらりとピーボディを見た。「それほどじゃないわ」ロークほどはうまくない、と思う。「シシリーから番号を聞いていたのよ。で、なかにあるのは、現金《キャッシュ》がいくらかと、派手じゃないけれどそこそこの宝石類と、改まった感じの高級腕時計《リスト・ユニット》がふたつと、パスポート、などなど」
イヴは金庫の扉を閉めた。「こじ開けるのがどんなに簡単でも、犯人たちはそのへんの数千ドルには目もくれなかった。美術品や電子機器を売って儲《もう》ける気もなかった。ひとつの目的に集中していた。あくまでも」

イヴはゆっくりと主寝室の続きのバスルームに入っていって、出てきた。

「執拗で、集中し、揺るぎない」そう言いながら廊下に出て、メロディーの部屋を見つけて入っていった。女の子らしい部屋だがかわいらしすぎることはない、とイヴは思った。きちんとしていても——割れたガラスと、壊れたソーラーシステムが散乱しているのを除けば——へんに管理されている感じはない。

「犯人はメロディーの足に拘束バンドをはめて、ベッドに縛り付けるのを忘れたのか。それとも、起き上がれるようにさせたかったのか？　でも、両手は縛っていた」イヴは考えこんだ。

「ほんの子どもですし、心配じゃなかったんだと思います。求めていたものが得られたら、こっちの男は子どものことはどうでもよくなったんです。主犯格じゃないほうの男は」

イヴはうなずき、またピーボディのほうに体を向けた。「そうだと思う。メロディーを担当していた男は事件当時も今もリーダーじゃない。最後まできちんと仕事をしていないわ。

メロディーの拘束具をゆるめた――たぶん、子どもに弱いのよ。ほんの子どもだけど、あの子はばかじゃなくて、勇敢で賢く、どうやったら気づいてもらえるか考えついた。ふたりがすぐに見つかっても犯人たちには関係なかったのかもしれない。いずれにしても、さほど時間はかからずに見つかっていたはずだから。あるいは、あと一時間はかかったかもしれないけど、それはどうでもよかったのよ」

イヴは割れた窓ガラスのところまで歩いていった。「ほんとうにどうでもよかった。そのころにはとっくにいなくなっていたから。ファット・シティーへ向かっていた」

「〝太った町〟という意味じゃないです」ピーボディが横から言った。

「マーケティング部門の役員や、会議そのものや、合併問題や、クアンタム航空の社長を吹き飛ばすことと、ファット・シティーはどうつながるのよ?」

「ロークに訊くべき質問みたいですね」

「そう、確かにね。遺留物採取班が来たわ」二台のバンが止まるのを見て、イヴが言った。

「始めてもらうわよ」

3

育児ヘルパーのアイリス・ケリーはローガンとグリーンスパンの家から歩いてすぐの建物に住んでいて、イヴはまず、彼女の話を聞いて、それから負傷者のところへ行こうと決めた。マスターコードを使って建物のドアを開け、こぢんまりしたロビーに足を踏み入れる。

二基あるエレベーターのひとつから、女性ふたりが早口のスペイン語でしゃべりながら降りてきた。ふたりとも象の赤ん坊くらい大きなバッグを持っている。若いほうの女性は、小さな動物――象の赤ん坊もいる――がぶら下がったベビーカーを押していて、乗っている赤ん坊は親指をしゃぶっている。満足げに目をとろんとさせ、指を味わっているようだ。

「あんなことをして何になるの?」無人になったエレベーターに乗り込みながら、イヴが言った。「自分の親指がどれだけおいしいのよ?」

「味じゃなくて、吸う行為がいいんです。口が満足して、慰められるんですよ」

「要するに、セルフ・フェラチオしてるってこと?」

数秒間、ピーボディはあわあわと口を動かしつづけた。「あの……すごくいやらしい気持ちや異様な感じにならないでその質問に答えるのは、たぶん、無理です」

イヴは肩をすくめ、四階まで上がっていった。建物もセキュリティもちゃんとしている、と思った。自分が暮らしている建物に誇りを持ち、ロビーや、エレベーター内や、廊下を散らかすようなことはしない堅実な賃金労働者の住まいだ。

ケリーの家のドアブザーを鳴らして、待つ。

プツッと雑音がしてインターホンがつながった。「はい?」

「ダラス警部補とピーボディ捜査官です」イヴは警察バッジを掲げた。「ニュー《N》ヨーク《Y》市警察《P》治安《S》本部《D》。お話を聞かせてください」

カチャリと音がして鍵が開いてドアが開き、イヴはアイリスがすでにニュースを知っているとわかった。アイリッシュクリーム色の顔によく引き立つ空色の目は腫れぼったく、縁が赤くなっている。日光を思わせる長い金髪をなでつけて一つにまとめ、背中に垂らしている。黒いストレートのズボンに、目の色より淡いブルーのシャツとシンプルな黒いカーディガンを着ている。

「スクリーンで。スクリーンでレポートされているのを聞きました。ポールに……シシリーに連絡がつかないんです。どうしてもつながらなくて。ああ、ああ」

「お邪魔してもいいですか、ミズ・ケリー?」イヴが訊いた。

「ごめんなさい。どうぞ。今日はゆっくり寝ていて」アイリスは一歩あとに下がった。「仕事が休みなんです。だから、起きたのが遅くて。それで、とくに聞くつもりもなくスクリーンをつけて、雑用を済ませてから用事をしに出かけるつもりでした。シシリーに連絡が取れないんです。メロディー。ああ、どうしよう」

「ミズ・グリーンスパンとメロディーはミズ・グリーンスパンのお母様のいるニューロシェルへ向かっているところです」

「ああ。ああ」アイリスはリビングエリアの椅子に深々と座り、両手で顔を覆ってわっと泣き出した。「ああ、よかった。わたしはてっきり……それが怖くて……こんなひどい話はありません。スクリーンによると、ポールが会社の人たちを道連れに自殺したと言うんです。彼は絶対にそんなことはしないのに、ずっと、ずーっとそう言いつづけているんです。シシリーに連絡も取れなくて」

「お水を持ってきましょうか?」ピーボディが訊いた。

「ありがとう。ありがとうございます。どうしてポールがそんなことをしたと言われつづけているのかわかりません。絶対に人を傷つけたりしない人です。ほんとうに、いい人なんです」

「ミスター・ローガンは強要されたと、われわれは考えています」

「強要された」アイリスはゆっくりと繰り返した。

「ミズ・ケリー、誰かが接触してきて、ミスター・ローガンの家族や自宅や仕事について訊かれませんでしたか？」

「いいえ。訊かれません。と言うか、あの人たちのことはふつうに、夫や友だちや家族に話します。でも、あの人たちも家族なんです。わたしを家族にしてくれました」

アイリスはさっと涙をぬぐい、気持ちを奮い起こすように体を揺すった。「生まれたばかりのメロディーを連れて戻ってきたおふたりを、わたしは家で迎えたんです。ほんの小さなピンク色の包みみたいだったわ、彼女。いろいろ人に話しますよ。メロディーが学校やダンスのリサイタルでどんなによくやったかとか、ポールが言った面白いこと――冗談を言うのが好きなんです――とか、シシリーと一緒にこんなことをしたとか。他愛のない世間話です」

「友だちや家族以外には？」イヴはさらに訊いた。ピーボディが水を注いだグラスをアイリスに渡した。「メロディーが学校にいて、両親が仕事をしている間、家に何か届けにきた人とか。修理工とか。誰でもいいんです」

「いいえ、話したことはないです、絶対に。買い物に行ったとき、店の人と話をすることはあります。元気かい、ご家族も元気かい、なんて訊かれますから。たまにメロディーの自慢話もします。自分の子どもみたいに思っていますから。こんなに学校の成績がいいんだ、とか——彼女は天文学者になりたいんです。メロディーを学校まで迎えに行ったとき、ほかの生徒のお母さんやベビーシッターと話をすることもあります。会議があってシシリーが残業しなければならないこともあって、そういうときはわたしが学校までメロディーを迎えにいくんです」

「どこか不審に感じる人はいませんでしたか？　あなたが話をした人や、近所で見かけた人では？」

「誰も思いつきません。近所の人や、近所の家で働いている人にも知り合いはいます。たまに雑談をしたり。わたしのジョニーと出会ったのも、彼がお隣に仕事で通っていたときでした。スペーサー家のキッチンを改装していて、そのうち話をするようになったんです」

「それはどのくらい前のことですか？」

「四年近く前です」

「家のセキュリティ・コードを知っていますね」

「はい」涙に濡《ぬ》れた目が大きく見開かれた。「はい、でも——」

「誰かに教えたことがありますか?」

「まさか、教えたりしないわ。ジョニーにだって教えていない。信頼を裏切るわけにはいかないもの」

「コードをどこかに書き留めていましたか?」

「いいえ」

「どうやって覚えているんですか?」

「簡単です。わたしたち四人の名前の頭文字を年の順に並べた数字ですから。PCIM――それぞれがアルファベットの何番目か、ということです。だから、16、3、9、13で、163913になります。どうしてそれを? 家で何かあったんですか?」

事件のその部分はまだメディアには公表されていないようだ、とイヴは思った――あるいは、アイリスがスクリーンを消してから発表されたのか。「男がふたり、家に侵入したんです――セキュリティをかいくぐって。現時点でわれわれは、男たちがコードを知っていたとは考えていません」

アイリスの息遣いが荒くなった。「シシリーとメロディーは無事だと言ったはずです。さっき――」

「すぐによくなります。ミズ・グリーンスパンは怪我をしましたが、重傷ではありません。

この聞き取りが終わったら、彼女のお母さんを通じて連絡が取れるでしょう」

「メロディーは？」アイリスは強く体を揺すり、握りしめた両手を胸に当てた。「メロディーは怪我をさせられたんですか？」

「軽傷です。あなたは、仕事中もリンクに応じますか？」

「はい。とにかくふたりと話をさせて、お願いします」

「メロディーは警官に気づいてもらおうとして、ジュピターをぶつけて部屋の窓ガラスを割ったんですよ」ピーボディはなだめるように言ってからほほえんだ。「彼女は賢くて、勇敢で、心配するようなことは何もありませんから」

「賢い子です。そうなんです」アイリスはまたあふれ出る涙をぬぐった。「わかりました。ふたりは大丈夫なんですね」

「この半年の間に、知らない相手から何度も接触があったり、調査と称して何か訊かれたりしませんでしたか？」

「思い当たることは何もありません」

「十二月のことを思い出してください。何がありましたか？」

「ええと、クリスマスの準備を。メロディーはもうサンタを信じていないのに、クリスマスまであと何日、と数えては大騒ぎしていました。毎年やっているように、わたしは飾り付けを手伝いました。盛り上げて楽しむんです。そのために買い出しに行ったり、買い物をしたり。わたしからポールとシリーへのプレゼントも選びます。とくに今年、ポールは仕事でずっと忙しくしていましたから。もちろん、メロディーとふたりでショッピングにも行きます――秘密の買い物をしてラッピングしてもらうんです。メロディーの両親と、女友だちと、祖父母のために」

「とくに変わったことはなかったんですね」

「思いつきません……ええと、いつもと違うことはなかったと思うけれど――」

「どんなことでもいいんです」

「ハンドバッグからリンクと財布をすられたわ。間抜けな話です。ニューヨークで生まれ育って、いつも用心していたはずなのに、あんなことに」

「どんな状況で、いつ？」

「ショッピングしていたんです、メロディーと一緒にランチを挟んで何時間か。土曜日で、どこも混雑していました。二、三年前から、原則として土曜日は休むことにしていますが、忙しい時期や夏休みには働くこともあります。そのときは荷物もたくさんあって、わたしは少し疲れていました。それでうっかりしてしまったんだわ。わたしたちは地下鉄のプラットホームにいました。混んでいて、騒がしくて、メロディーはとてもはしゃいでいました。わたしは彼女としっかり手をつないでいました。電車がやってきて、まわりの人とちょっと体がぶつかり合いました。きっとそのときにすられたんだと思います。改札を入るときに読み取り機《リーダー》にリンクをかざしたばかりでしたから。電車に乗り込んでから、ハンドバッグを探ったら――カレーを買ってから帰るとジョニーに知らせたかったので――リンクも財布もなくなっていたんです」

「警察に届け出ましたか？」

「ポールとシシリーに強く勧められて、届け出ました。見つかるはずがないですよね？ 誰にすられたのか、まるでわかりません。財布に入っていたデビットカードと、リンクのアプリをいくつか解約しなければなりませんでした。財布には現金も少し入っていました。そう、百ドルもなかったですが、大事な写真を入れていたんです」

「でも、セキュリティ・システムのコードがわかるようなものは？」

「入っていませんでした、警部補――もうお名前を忘れてしまいました」

「ダラス警部補です」

「すみません、警部補、わたしの愛するものすべてにかけて誓います。ポール・ローガンほど親切で思いやりのある男性はほかにいません。言われているようなことを彼がしたなら、あなたがおっしゃったとおりです。強要されたんです。それよりもっとひどいことをされたんです。どんなことなのかはわかりませんが、もっとひどいことです。すみませんが、もうシシリーとメロディーに連絡してもかまいませんか？」

イヴは立ち上がった。「どうぞ。ほかに何か思い出したら、どんなにつまらないことに思えても、わたしかピーボディ捜査官に連絡してください。デカ本署《コップ・セントラル》まで」

「必ず連絡します。わたしの家族にあんなことをした犯人を見つける助けになるなら、どんなことでもやります」

「十二月と言っていましたね」エレベーターでロビー階まで降りていく間に、ピーボディが言った。

「クリスマス前。ということは、押したり引いたりが始まる前よ。犯人は、ケリーが財布かリンクに暗証コードを記録しているかもしれないと思って、試しにやってみた。でも、記録されていなかったから、セキュリティ・システムのすり抜けを始めなければならなかった。今回の合併話が持ち上がったのはいつなのか、十二月の時点で知っていたのは誰なのか、調べなければ。財布とリンクがすられたときの報告書を手に入れるわよ」

イヴは身の引き締まるような外気に足を踏み出した。「念のため、ケリーの夫についても調べるわ」

「彼女はキッチンのボードにメロディーが描いた絵を留めています――バレンタインに贈られたカードも、夫からのカードと一緒に留めてありました」

「夫が犯人だと言っているわけじゃない。いずれにしても、念のために調べるということ。夫なら、コードを狙って財布やリンクを盗む必要はない。彼女が目を離している隙に探ればいい。でも、夫が仕事の依頼を受けたり、一緒に仕事をしたり、付き合いがあったりする誰かが、ファット・シティーへの近道を求めていたかもしれない。夫から情報を聞き出して、ほかのシステムに侵入しはじめたかもしれない。あの家のセキュリティ・システムに入り込んだようにね」

「病院へ向かうわよ」続けてイヴは告げた。「でも、聞き取りを終えて解放された関係者がいるかどうか確認しないと。いれば、病院へ向かいながら話を聞く」

病院に到着するまでに、治療を終えて帰宅を許された者三人から話が聞けた。三人とも言っていることはほぼ同じだった。ポール・ローガン――家庭と会社を愛する企画力のあるチームリーダー――は、「上の空」だったり「具合が悪そう」だったり、「いつもと違うようす」で現れ、会議室に入ってきたデリック・ピアソンとウィリミナ・カーソンに近づいていったという。

そして、ドカン。

イヴは誰よりも先にカーソンから話を聞きたかったが、エコノリフト社の社長である彼女は重傷を負い、昏睡《こんすい》状態で集中治療室《ICU》にいて面会は許されなかった。そこで方針を変え、警察バッジを提示してローガンの業務補佐係の病室に入った。

病室のベッドの白いシーツと対照的にルディーの顔は赤むけになり、火傷《やけど》用ジェルが塗られてテラテラと光っていた。右腕は手首から肩までギプスで固定されている。頭頂から左の耳までの深い傷は縫合されていた。患者用の薄いガウンに覆われていない肌にも、擦《す》り傷や切り傷、あざや火傷が見える。

「ミスター・ロウ、わたしはダラス警部補、こちらはピーボディ捜査官です」イヴはまた警察バッジを取り出しながらベッドに近づいた。

病室には、患者に塗られた火傷用ジェルの青臭く甘ったるい匂いが充満している。ルディーの黒いあざに囲まれた目がうるんだ。

「何があったのか、わかりません。わからないんです」

徐々に話を引き出そう、とイヴは思った。「今朝、ミスター・ローガンは何時に出社しましたか？」

「八時四十五分です。遅くとも八時半には出社すると思っていたので、心配しました。今日は重要な日で、会議の前にプレゼンテーションの要点を再確認する予定でした。私は週末にいくつか気づいたことを――たいしたことではないです――書き留めていました」

「それを彼に送りましたか？」

「いいえ、でも、伝えて確認しておきたいことが二、三あったので、昨日、メールしました」

「返信はありましたか？」

「落ち着くようにと、短いメールが返ってきました。ええと〝落ち着け《チル》、ルディー。こっちはもうつかんでいる〟」

「つかんでいる？」

「ええ、私も最初は意味がわからなくて、そのうち、プレゼンテーションはこっちのものだ、とかそういう意味なんだろうと思いました」

「彼の普段の表現ではない？」

「そうですね。ええ、彼がそう言うのは聞いたことがありません」

軍人の言い回しだ、とイヴは思った。やつらの失敗、その一。

「今朝、出社したときの彼のようすは？」

「気もそぞろでした。疲れていて。私には心配するなと言いながら、週末もずっと仕事をしていたのだと思いました」涙があふれ、てかてかしたジェルの上を流れていく。「書き留めたものを渡したかったのですが、彼はリンクはつなぐなと言ってまっすぐオフィスに入っていきました。そして――そして、鍵をかけたんです。ドアに鍵をかける音がしました。これまでに鍵をかけたことはないんです。何かおかしいと、すごくおかしいと気づくべきでした」

ピーボディは手を伸ばし、ルディーの怪我をしていないほうの手を取った。「気づける人なんていませんよ」

「彼はいつもと違うことをしていたんです、いつもと違うことを。でも、九時ちょっと前にオフィスから出てきて立ち止まり、まっすぐ私を見つめました。そして、私がいい仕事をするから、ほんとうに彼や会社のプラスになっている、と言ってくれたんです。気分のいいものですよね。われわれがいい仕事をしたとき、いつも忘れず、そう言ってくれるんです。彼は会議室へ行き、私はほかの仕事をいくつか片付けてから、彼のデスクにファイルを置きに行きました。デスクにタブレットが置いてありました。会議に必要なのに持って行かなかったんです。私はタブレットをつかんで、走り出しました。間違いなく、必要なものだから。会議室のドアの前まで行ったか、ひょっとしたらドアを開けたかもしれません。覚えていないんです。何かが爆発して、すべてが熱くなって、ものすごい音がして、吹き飛ばされたような気がしました。その先は覚えていなくて、気づいたら、叫び声や悲鳴のなか、誰かに引きずられていました。たぶん。そのあとはもう何がなんだかわからないです」

「わかりました。仕事の面で、ミスター・ローガンにこれまでなかったような接触があって、あなたが不安に感じることはありませんでしたか?」

「いいえ、マム、まったく。ポールは言われているようなことはしません。絶対にするわけがないんです」

ルディーは傷つき、悲しみにくれているので、イヴはマムと呼ばれても大目に見た。「社内で、彼に反感を持つ人はいましたか?」

「いいえ、マム。確かに、意見が食い違ったり議論になったりすることはあるし、合併話が進み、交渉が持たれる間に緊迫した場面も二、三ありました。でも、声を荒らげるようなことはまったくありません。私は彼のもとで働くことが大好きでした。ほんとうに亡くなったんですか?」

「お気の毒です」

「たぶん、彼じゃありません」ルディーはつぶやいて目をそらし、壁を見つめた。「きっと彼に似た誰かでしょう。クローンみたいにそっくりな。なんだかすごく疲れました」

「ほかに何か思いついたら、連絡してください」イヴはピーボディに合図を送り、ベッド脇のテーブルに名刺を置くように伝えた。

「付き添ってもらえる人はいますか?」ピーボディが訊いた。

「母がシャトルでこちらへ向かっています。兄も」病室の戸口に女性が現れ、ルディーの悲しみに張り詰めた目がゆるんだ。「キミ」

一目でさっきまで泣いていたとわかるキミは、明るい色の小さな花束を握っていた。

「NYPSDです」イヴが言った。

「あら。またあとで来ます」

「いいんです。終わったところですから。ご親戚ですか?」

「いいえ、ルディーの同僚です」

「ピーボディ、花束を受け取って、ルディーに付き添っていて。廊下でちょっとお話しできますか?」キミの返事も待たず、イヴはさっと彼女の腕を取って廊下に導いた。

黒髪で、どこか悲しげであどけない目をした小柄な女性は、両手の指を落ち着きなく組んだ。「わたしは現場にも居合わせなかったんです」イヴが口を開く前に、キミが言った。「つまり、デスクに向かっていたら……爆発音がしましたが、わたしが思っていたような爆発音とは違っていました。会議室から遠かったからだと思います。でも、そのうち怒鳴り声や叫び声がして、人が走り出して、警報器が鳴りはじめました」

「今朝、ミスター・ローガンに会いましたか？」

「彼がわたしのデスクの脇を通った一瞬だけです。彼は何も言いませんでした。いつも何か言うのに、今朝は何も」

「仕事上、彼とはどのくらい交流がありましたか？」

「ポールは全員と交流がありました。そうやってリーダーシップを取るのが彼のやり方でした」

「個人的には？」

「わたしはクアンタム航空で働くようになってまだ一年ちょっとですが、彼が休暇中に開くホームパーティに行きました。こんなの納得できません」

「クアンタム航空でのあなたの立場は？」

「リア・バーケルのアシスタントです」キミはぎゅっと目を閉じた。「でした。彼女は――爆発で亡くなったんです。そう聞きました。デジタル・マーケティングの主任でした。会議に出席していたんです。あの、今回の合併に向けた動きのなか、彼女とルディーとわたしはポールと密接に連絡を取り合い、仕事をしていました。仕事だけではありません」

キミは涙をぬぐった。「ほんとうに、ひとつのチームだったんです。ひとりが欠けても成り立たないような。うちのアパートメントに泥棒が入ったときも、リアはルームメイトが戻るまでわたしを家に泊めてくれました。わたしがひとりにならないように」

「それはいつの話ですか？」

「この十二月です。ルームメイトは出張中で、わたしはデートをしていました。それで家に戻ったら、部屋が荒らされていて」

「何を盗まれたの？」

「コンピュータと、予備のリンク、タブレット、ウォールスクリーン、経営学修士号《MBA》を取ったときに両親が買ってくれた腕時計《リスト・ユニット》、非常用の現金も。警察は、手っ取り早く金目のものを狙った犯行だろうと言っていましたが、わたしの部屋はめちゃくちゃに荒らされていて、それが怖くて。いまはどうでもいい話ですね」

「そのコンピュータで仕事をしていましたか？」

「ええ、でも、パスコードで保護していたし、フェイル・セーフ対策もしてありました。それに、つねにディスクにバックアップを取って、出かけるときは持っていっていました。もう習慣になっていて。だから、データはすべて無事でした」

「エコノリフト社との取り決めに関するデータもそのコンピュータに？　それに関する仕事上のeメールとか、そういうものも？」

「はい。だから、フェイル・セーフ対策をしていたんです」

安全《セーフ》な失敗《フェイル》などあるわけがない、とイヴは思った。

ふたたびカーソンの容体を確認しようとＩＣＵのある階へ上りながら、イヴはキミとのやりとりをピーボディに伝えた。

「また十二月ですね」

「十二月十八日——ケリーが財布とリンクをすられた直後よ。そっちの事件報告書も見ないと」

「両方手に入れます。いちばん予想されるのは——いまのところ、ですが——クアンタム航空とエコノリフト社の交渉は、十一月の終わりにはまとまり始めていたか、合併の契約が交わされる寸前までいっていた、と。そのうち、ローガン宅の育児ヘルパーが財布とリンクをすられ、ローガンの仕事上のチームのひとりが十二月にコンピュータと電子機器を盗まれた。偶然なんてあり得ないですよね？」

「そうじゃないことは火を見るより明らかよ」イヴは同意した。「火を見るのがどうしてそんなに確かなのか知らないけど。狙われたのは取引で、人じゃない。取引をぶっつぶせ、ということ——だから、金の流れを追う。誰が得をして誰が損をするのか、いちばん重要なのはそれ」

ふたりはＩＣＵのロビーに入っていった。デスクにいた番犬役の看護師が、疑わしげな厳しい目つきでちらっとふたりを見た。ロビーの椅子に、数人がそれぞれ離れて座っている。全員が疲れ果てたようすだ。ひとりは左の頰に塗られた火傷ジェルを光らせ、右の足首に歩行可能なギプスをつけ、右腕を首から吊っている。

イヴは番犬看護師に近づき、手のひらにのせた警察バッジを見せた。「ウィリミナ・カーソンの容体は？」

「ＩＤを照合します」

「そうして」

看護師は警察バッジをスキャンした。岩のような無表情が、たんなるいかめしい顔つきに変わった。「適当なことを言って通り過ぎようとしたマスコミの人がいたので。ミズ・カーソンは危篤状態です。さらに情報や、具体的な症状について知りたければ、担当のドクターから聞いてください。待っていただくことになりますが。まったくとんでもない朝でした」

「ほんとうに。容体に少しでも変化があれば知らせてもらえると助かります」

「書き留めておきます」

「今朝の事件で、ここには何人、収容されていますか？」

「ミズ・カーソンを含めていまはふたりです。三人、収容されましたが、女性がひとり、力尽きました」

死者十二名。イヴはそう思い、ギプスをはめて腕を吊っている男性のほうをまた見た。六十代半ばだろうか。人目を引く風貌の痩せた男性だが、I♡New Yorkと書かれたスエットシャツとスエットパンツ姿だ。シャツもパンツも新品らしく、きちんとした黒い紐靴《ひもぐつ》と不釣り合いだ。

「彼に話を聞くわよ」イヴはピーボディに言った。

近づいていって、警察バッジを見せる。「お知り合いがICUに?」

左目が充血していたが、男性は注意深くイヴを見つめた。「ええ。私はエコノリフト社の顧問弁護士で、ウィリミナ・カーソンの相談役です」

「会議に出ていたんですね。わたしは捜査主任です。こちらはパートナーのピーボディ捜査官」

「あなたのことは知っています。ニューヨーク市でいちばんの殺人課警官には簡単な事件でしょう。なにしろもう人殺しを確保しているんだ。と言うより、救いようのないろくでなしの残骸《ざんがい》だな」そう言って、怪我をしていないほうの手を握り、二度、腿《もも》を叩いた。「やつが生き長らえ、残りの人生を牢《ろう》のなかでやつれていくようすを思い描けたら、どんなによかったか」

「ピーボディ、もっと居心地がよくて、静かに話ができる場所がないかどうか探して。失礼ですが、お名前は？」

「ローレン・エーブル。私はウィリミナのそばを離れない」

「わかりますが、あなたとお話しする必要があって、いくつか伝えなければならない事実もあるんです」

ピーボディは小さな休憩室――テーブルがひとつ、椅子が四脚、自動販売機が二台と、ノアの箱舟より古そうなオートシェフがあった――を使えるように手配してきた。小さな枕を持ってきたのは、いかにもピーボディらしい。

「ミスター・エーブル、足を高くしなければいけないと看護師さんに言われました」ピーボディは言い、四つ目の椅子にクッションを置いて、角度を変えた。

エーブルはため息をついた。「ご親切に、ありがとう」両手で脚を持ち上げて、クッションにそっとのせる。

「水かお茶を持ってきましょうか？」

「ちゃんとしたブラックコーヒーが飲めるなら、私の最初の子どもを差し上げますよ、そんな子はいませんがね」

「探してきましょう」

ピーボディが部屋を出ていくと、エーブルは一瞬目を閉じた。「アイコーヴの本を読みました。映像はまだ観ていないが、本は読みました。ナディーン・ファーストは捜査官を実にうまく描いていたようです。よいパートナーに恵まれましたね、警部補」

「はい」

「事実、とあなたは言われた。それを聞かせていただきたい」

「これから話すことのすべてがメディアに伝わるわけではありません。捜査が継続中はいっさい伝えられません」

「弁護士になって三十九年です、警部補。口の閉ざし方は知っていますよ」

「ポール・ローガンの話です」

イヴが話しはじめるとエーブルはまた目を閉じたので、目の表情は読み取れなかった。しかし、自宅が襲われた状況を伝えると、顔の火傷の跡が怒りで赤くなった。

イヴが話を終えても長い間、エーブルは何も言わなかった。やがて、目を開けて言った。

「要するに、彼は選択を迫られたということですね。彼と今朝あの部屋にいた私たちみんなの命か、彼の妻と子どもの命か、どちらを取るかと」

「はい、事実はすべてそうであることを示しています」

エーブルは深々と息を吸い込んだ。「私は何か所か骨折し、打撲傷を負って会議室を出てきた。生まれたときから知っている女性は生死の境をさまよっている。血はつながっていなくても娘と呼んでいい女性だ。たとえ数秒でも事前に察知できたなら、私は身を挺《てい》して彼女を守っただろう。一瞬もためらわず。ポール・ローガンにはその選択しかなかったのだと、最終的には受け入れられるかもしれない。私でも同じことをしただろうから。しかし、ウィリが亡くなったら、私は死ぬまで彼を呪いつづけるだろう」

「彼のことはよく知っていたのですか？」

「まったく知らない」ピーボディが持ち帰り用のトレイにカップを三つのせて戻ると、エーブルはそちらを見た。「あなたは優秀だ、捜査官。少なくともまともなコーヒーの香りがする」

「香りだけかもしれませんが」

「ありがとう。ローガンと直接、仕事をしたことはない」エーブルは続け、コーヒーの最初の一口を飲んだ。「仕事相手はクアンタム航空の顧問弁護士だった。彼もウィリと一緒にICUにいる。なんとか持ちこたえてほしいものだ。この数か月で、デリック・ピアソンとは親しくなった。とてもいい人物で、弁護士として言わせてもらえば、抜け目がなくて公正だ。私の優先事項は、エコノリフト社にとって最善の取引に持ち込むことだった」

「それができましたか？」

「できたと信じている」

「この事態で、契約はどうなりますか？」

「デリックが亡くなり、ウィリが……。状況は不確かだ。今日の会議後、契約書が交わされて法的な手続きがなされ、市場にも情報解禁されていたはずだった。先週にはもう、両者の間で契約は成立していた」

「しかし、署名はされていない」

「そう。どちらの会社にも、いまとなっては契約締結をためらう取締役がいるかもしれない。しかし、デリックの子どもたちは契約の成立を要求するだろう。父親が望んでいたことだから。しかも、クアンタム航空にとっていい取引だ」

「エコノリフト社はどうなりますか？　すみません、ミズ・カーソンがエコノリフト社を経営しなくなった場合の話です」

「私が過半数株主になる。エコノリフト社の株式の彼女の持ち分は、私と、彼女の父親違いの弟と、彼女が幼いころから付き合いのある親友で分けられることになっている」

「その弟さんと親友はどこに？」

「ハヴィエル――彼女の母親と三番目の夫の間の息子だ――はバルセロナに住んでいて、医療関係の勉強をしている。彼とウィリミナの母親は一緒にこちらへ来ることになっている。遅くとも明日には到着するだろう。ジュリエットもすでにこちらに向かっている。彼女は夫と娘とサンタフェで暮らしている。ふたり目の子を妊娠中だという。あせらないで待つように言ったが、こちらへ向かっている」

「あなたが爆発で亡くなっていたら？　あなたの持ち分は誰のところへ？」

「なるほど、面白い。ウィリだが、彼女が私より先に逝《い》けば、私の兄と妹が引き継ぐことになっている」

「受取人全員の名前と連絡先を教えていただけますか？」

「申し訳ないが、私のオフィスに訊いてもらわなければならない――話は通しておこう。リンクもメモブックも、ほかの何もかも、爆発で失ってしまった。着るものを持ってきてほしいと、病院の付き添いスタッフに頼むはめになってね。靴だけは無事だったが」

ピーボディがエーブルを支えて待合室まで送っていくと、イヴは現場の捜査も、聞き取りも、イメージするのも、もう充分だと思った。

必要なのは、本署《セントラル》に戻って事件《ケース》ボードと事件ブックに向き合うことだ。考えなければならない。

「会議室を取って、バクスターとトゥルーハートに状況を知らせるわよ。部長に提出するから、これまでの報告書を書く時間が必要ね」

「病院のロビーの奥に売店があったので、何か食べる――なんでもいいです――というのはどうでしょう?」

「病院の食べ物がいいの?」

「お腹が減りすぎて、破れかぶれなんです」

「いいわ」イヴはクレジットを一握り取り出した。「破れかぶれフードを買ってきて。車で待ってるから」

その間にメモを読み直せる、とイヴは思った。

登場人物がおおぜいいる。そう思いながら外に出た。それぞれの駆け引き。こっちの持ち分、あっちの分け前。

誰かが自分の公正な取り分以上を求めたのだろう、とイヴは思った。

4

ピーボディが車に乗り込んできて、持ち帰り用カップをイヴに渡した。

「スープです。野菜とビーフの」

イヴはくんくんと匂いをかいでから一口飲み、地下駐車場の出口に向かってハンドルを切った。スープはコショウの匂いがして、ボール紙を液化してスパイスを効かせたような味だった。しかも、生ぬるいとも言えないくらいぬるい。「何から作ったビーフ？」

「何も言われなかったので、訊かないほうが賢明だと思いました」ピーボディはスープをごくりと飲み、小さく咳払いをした。「まずい、まずいです。ミニ・ベリーパイにするべきでした」

「ミニ・ベリーパイがあったのに、何だかわからない肉のスープを選んだの？」

「野菜も入っています」ピーボディはもう一口、何とか無理して飲み込んだ。「大人になれ、ゆるゆるのズボンを思い出せ、って自分に言い聞かせたんです。獣《けもの》っぽいですか？　後味がちょっと獣っぽいですね。オエッ」

「ドブネズミかもしれない。液状にしてコショウで味付けしたネズミ」イヴはピーボディの手にカップを押しつけた。

「病院ですよ！　病院がネズミなんか出しません」

またカーブを曲がったイヴは、そのまま再生処理機《リサイクラー》に近づいて車を停めた。「ネズミスープを捨ててきて」

「ネズミじゃないです。わたしはネズミなんか飲んでません」それでも、ピーボディは持ち帰り用カップを落としそうになりながら、あたふたと車のドアを開けた。大急ぎでリサイクラーに近づいてカップを捨てる。そして、げっそりして車に戻ってきた。「ACからダイエット・フィジーを出していいですか？」

「何の味なら、ドブネズミスープの後味が消える？」

「ほかの何だとしても、ネズミだけはないです」ピーボディは自分にチェリー味のフィズと、イヴにペプシのチューブを選択した。「あの弁護士は正直に話しているように思えました」ピーボディが語りだした。「それでも、彼もカーソンも爆発で命を落としていたら、エコノリフト社の株式の大半が相続されることになったでしょう。ピアソンが亡くなり、クアンタム航空の過半数の株式は相続されます」

「遺産受取人は全員調べるわよ。不自然きわまりない相続よね。危険だし、とてつもなく複雑。ローガンが怖《お》じ気《け》づいてボタンを押さなかったらどうなる？　大株主たちが爆発で死ななかったら？　カーソンは生き延びるかもしれない」

「なんで爆弾なんでしょう？」ピーボディが指摘した。「相続が動機なら、特定の人を狙うのではなくおおぜいを殺したのはなぜでしょう？」

「それよ」イヴは同意した。「一方の会社、あるいは両方の会社に不満を持っていた誰かの犯行、というほうが可能性が高そう。合併を吹っ飛ばして――あはは――利益を得る誰か、というほうがもっと現実的かも。両社を混乱状態に陥れ、合併話を延期させたり消滅させたりしている間に、新たなリーダーが現れて、合併を望まない連中と取引をする、とか」

「合併話が消滅したり、たんに延期されたりした場合にどんな利益があるのか、それがわかりません」

「そういうことなら、われらが民間人の専門コンサルタントに訊かないと」

「マクナブとわたしでロークに一万ドル渡して、投資してもらうんです」

「何の話？」

「少し前にロークに頼んで、まだそこまで貯《た》まっていないんですが、もうちょっとなんです。それぞれ五千ドル貯まったら、ロークに預けます」

それを聞いてイヴは少し不安になった。「捜査官の給料で冒険をするにはよっぽどの覚悟が必要よ」

「わたしも彼も、いつか家がほしくなるかもしれません。アパートメントか、ひょっとしたらタウンハウスかも。投資するとして、信頼して任せられるのは誰ですか？」

「ローク」イヴは認めた。「投資のことなんて、わたしはからきしわからないけど」

「でしょうね」

「彼は農場を買ったのよ」イヴがぼそっと言った。

「死んだという意味ですか（第二次大戦中のパイロットの間で使われた表現で、戦死すれば遺族が死亡見舞金で農場を買えることから）？　また慣用句の使い方を間違ってますよ」

「農場。ネブラスカのどこかにある本物の農場よ。わたしのちょっとした言葉を彼が脳内変換して、何か挑戦したくなったみたい。それで、地の果てみたいなところのろくでもない農場を、わたしの名前で買ったの」

「あなたがネブラスカの農場に住むんですか？」

「勘弁してよ、ピーボディ、ネズミスープをごくりとやったせいで脳みそが溶けちゃった？彼は農場をどうにかするんだろうけど、それが何だかわかるわけないでしょ？　何かに変えるとか何とかして、売るとか何とかするってこと。どこだか知らないネブラスカの、何にもない薄気味悪い土地に、汚らしい家と不気味な建物がいくつか建ってるのよ」

「で、あなたはそれを所有している」

「法的には」この自分が農場を持っているということがイヴには苛立たしく、どうしていいのかわからなくなってしまう——そもそもそんな風にイヴを困らせるのが第一の理由で、ロークが農場を購入したことはわかっていた。「わたしが言いたいのは、そんなつまらないものを買ったのは、彼にとってゲームだということ。やってみてうまくいかなくても、まあ、うまくいかないだろうけど、彼は楽しいのよ。でも、あなたたちからお金を預かれば、それは彼にとってゲームではなくなってしまう。慎重になるはず」

「わかっています。考えるとちょっと怖いですけど、わくわくもします。それから、あれはネズミのスープじゃありません。ひょっとすると、リスだった可能性は一割弱くらいあるかもしれませんが」

イヴはセントラルの地下駐車場に車を進めた。「どこが違うのよ?」

「リスはまあまあかわいいし、ふわふわしています。一匹一匹に個性があるかもしれません」

自分の駐車位置に素速く車を入れると、イヴは座席で体の向きを変えた。「今度、ふわふわのネズミみたいに走ってるリスを見かけたら、目をのぞきこんでみなさい。じっとよく見るの。あれは狂気の目よ」

イヴがさっと車から降りたとたん、コミュニケーターの着信音が鳴った。画面を見ると、ホイットニーのオフィスからだ。「ダラス」

「できるだけ早く部長のオフィスにいらしてください」

「いま、セントラルです。すぐに上がっていきます」コミュニケーターを切る。そして、イヴの考える時間が始まった。「会議室を押さえて、バクスターとトゥルーハートと打ち合わせをする。遺産受取人の調査を始める」エレベーターを目指して大股で歩きながら続ける。「EDDに連絡を取って捜査状況を聞いてから、今回の住居侵入に似た事件をすべてチェックする」

エレベーターに乗り込むと、ほかに必要なことを次々と確認した。ホイットニーとの面談を終えたらさっそく取りかかるつもりだった。

エレベーターが止まると、警官がどっと乗り込んでくる前にピーボディを見捨て、イヴはグライドへ向かった。

その途中、リンクを引っ張り出してロークに連絡した。

すぐに本人が応じて、その顔――神々に彫られたとしか思えず、あり得ないほど青い目は見るものの魂を揺さぶる——が画面に現れた。「最近、発見された太陽系の天体を買収中にしては、忙しそうじゃないわね」

「長い長いランチミーティングを終えて戻るところだ」魅惑的なアイルランド訛《なま》りをかすかににじませて言い、完璧に彫り込まれたような口元をゆるませてほほえむ。「昼の食事にはありつけたかい、警部補？」

「ネズミスープを少し」

たてがみを思わせる黒くつややかな髪と同じ、黒い眉を上げる。「恐れを知らない人だ」

「ピザのほうがよかったけど。それはそうと、民間人の優秀なコンサルタントが必要なの——ビジネス専門の。大きなビジネス。具体的に言うと、合併よ」

「クアンタム航空の爆発事件を捜査中だね」ロークの笑みが消えた。「最後に聞いたとき、死亡者は十二名だった。ウィリミナ・カーソンはまだ頑張っているかい？」

「わたしが病院を出たときはまだ。昏睡状態で重態だったけれど、生存者のひとりよ。彼女を知っているの？」

「少しだけ。デリック・ピアソンは知っていたが、親しかったわけじゃない。それでも、被害に遭った人には気の毒な話だ。不満を持った従業員がキレてやったこと、と報道されている。どれもこれも伝えられているとおりとは思っていないが」

「ぜんぜん違うわ。今夜、時間を作ってもらえる？　まだしばらくかかりそうなの」

「作れるし、いつだって作るよ。しかし、もっといいやり方がありそうだ。僕もまだ一時間ほどやらなければならないことがあるが、それが終わればセントラルまで行ける。きみがいるところならどこでも」

「いまのところ、ずっとここにいると思う。ありがとう。肉は……何から作ったのかわからないときは食べられないわ」イヴは言った。

「じゃ、こっちの用事が済んだらそちらへ行くよ。あと、僕のおまわりさんにネズミスープよりもっとおいしそうなものを調達できるかどうか確かめる」

「ええ、ありがとう。じゃ、ここでまた」

イヴはリンクを切り、ホイットニーのオフィスの手前にいる業務補佐係《アドミン》に近づいた。

「すぐにお入りください、警部補」補佐係がイヴに言った。「部長がお待ちです」

イヴはオフィスに足を踏み入れた。

ホイットニーは床から天井までの大きな窓の横に立っていた。後ろに回した両手を組んで休めの姿勢をして、ニューヨークの景色を眺めている。幅の広い肩には、指揮の責任がずっしりとのしかかっている。短く刈り込んだ黒髪は白髪まじりだ。

「きみの報告を聞く前に」振り向かずにホイットニーは言った。「言っておこう。私の妻とデリック・ピアソンは二十年来の友人だった」

「奥様も、部長も、ご友人を亡くされて、ほんとうにお気の毒なことです」

「ありがとう。アンナとロジリン・ピアソンは親しく付き合っている。デリックは友人だったが、アンナとロジリンはむしろ姉妹のような関係だ。今日はほんとうにつらい日だ」

ホイットニーは振り向いた。大きくて浅黒い顔が真剣だ。「さらに言いたいのは、この捜査の主任をきみが担当することになったとアンナに伝えたら、彼女はほっとした顔をしたということだ。事件の背景を突き止めてデリックのために正義を果たすには最善の人を得たとロジリンに伝えて、力づけてあげようと言っていた」

ホイットニーはデスクに戻って座るのではなく、三月の淡いブルーの空にマンハッタンの高層ビルや尖《とが》った屋根がそびえる景色を背に、その場に立ったまま言った。「現時点で、どこまでわかっている？」

「ローガンとグリーンスパンの住居に侵入者がいたのはご存じですか？」

「最初に現場に到着した者の報告書を見た」

「男がふたり――妻も娘も侵入者は男だと確認しています――土曜日の早朝に住居に侵入しました。現在、詳細な調査を進めているカレンダー捜査官が現場で語ったところによると、自宅のセキュリティは十二月から何回にも分けて、一層ずつ徐々に破られているそうです。

十二月には、クアンタム航空とエコノリフト社の合併に向けた交渉がまとまりはじめていて、その同じ十二月に、ローガン宅の通いの育児ヘルパーで、家族以外でただひとりセキュリティ・コードを知っている者が、ハンドバッグから財布とリンクをすられています。彼女は警察に盗難届を出していました」

「そうか」ホイットニーが言ったのはそれだけだった。

「さらに十二月に、ローガンのチームのアシスタントが帰宅したところ、アパートメントが空き巣に入られていました。盗まれたものには、彼女のコンピューター――仕事のデータが入っています――も含まれていました」

ホイットニーはうなずいた。「ローガンはマーケティング担当だったと聞いている。財務や法務の担当ではなく、合併やその交渉とは密接にかかわってもいなかった、と」

「そのとおりです。しかし、彼とそのチームは合併における広告やマーケティングを担当していて、彼は今朝の会議でプレゼンテーションをする予定でした。部長、男たちは彼の妻と八歳の娘を、丸二日以上にわたって痛めつけていました。彼の目の前で妻を殴り、彼女を――さらに娘も――レイプして殺すこともありうると脅したのです。妻を地下室に移動させて閉じ込め、カメラを設置し、娘も子供部屋のベッドに縛り付けて、そこにもカメラを設置しました」

「脅迫されたのはわかるが、ローガンはひとりで会議室に入り、結果的に十二人が死亡したのだ」

「彼がひとりだったというのは正確な認識なのかどうか、わかりません。これまでに得た目撃者の証言には、彼が誰かと話をしていたように受け取れるものもあります。しかも、男たちは彼の娘に、リンクに向かって父親に呼びかけるように、具体的には、助けてほしいと泣いて訴えるように強要しました」

「録音したのだろう」ホイットニーが言った。「おそらく、それを小さなイヤホンで父親に聞かせていた」

「はい。ローガンにも受信機は取り付けられていたかもしれません」

「彼が二の足を踏んだり、警察との接触を試みたりしたら脅すために」

「わたしはそうだと信じています、部長。他に選択肢がなかったとは言いませんが、彼はないと思い込んでしまったのでしょう。爆発の直接のきっかけを作ったのは彼であり、そのことに疑問の余地はありません。しかし、現時点での証拠が示しているとおり、彼は妻と娘を救うためにボタンを押したのです」

ホイットニーはふーっと息を吐き出した。「私はローガンを知らないが、デリックは一度ならず彼の名を口にしていた。彼を高く買っていたのは知っている。彼とその家族を愛していた」

「彼は、会議が終わったらチームのみんなとお祝いパーティをするつもりでした、部長。軽食のケータリングを手配していたし、アシスタントふたりにボーナスを渡すつもりでした。月曜日には仕事帰りに妻と娘に花を買って、仕事ばかりしていた自分を理解してくれたことに感謝する、と書き留めてもいました。金曜日の夜、会議を爆破する計画を胸にオフィスを出たわけではありません。彼と爆薬とのつながりも、自爆用ベストを作ったり手に入れたりする方法を知っていたことを示す証拠も、まだ見つかっていません」

ホイットニーはうなずいた。「男ふたりについて、何かわかったか?」

「わたしがローガンの自宅を離れたとき、遺留物採取班はまだ作業中でした。率直に言って、部長、手がかりになるようなものが採取されるとは思っていません。彼らは慎重です。何か月も前から計画を立てていました。ふたりのうち、少なくともひとりは、現役、あるいは退職した軍人か警察官と思われます。わたしは軍人の確率のほうが高いと思っていて、サラザールと彼女のチームが爆弾の破片を詳しく調べれば、爆薬を扱った経験のある者の犯行であることが示されるはずです」

イヴはさらに――目撃者の証言や、考えられる動機や、このあと予定している打ち合わせや、捜査方針について――詳しく伝えた。

「ロークに助言を求めました」と、イヴはさらに言った。「ビジネスの面で、今回のような規模の合併にはどんな特徴があるのか。よい点、悪い点について。純然たるテロ行為なら、部長、すでに犯行声明が出されているでしょう。自分たちがやったと、何らかのグループが発表しているはずです。会議に出席していた誰かあるいは複数の人物を狙った復讐《ふくしゅう》でしょうか？　それにしては狙いが広すぎるし、やり方も複雑すぎます」

「では、一社、あるいは両社への攻撃だな」ホイットニーは結論を言った。「あるいは、合併そのものをつぶすためか」

「ほかの線を示す手がかりが現れないかぎり、その方向で捜査を進めます。ピアソンの遺産の受取人は、妻と息子と娘です。その三人から話を聞く必要があります」

「了解しているし、想定内のことだ」

「部長、ピアソンから合併の話を聞いたことがあるかどうか、うかがってもよろしいですか？」

「クリスマス休暇以来、私は彼に会っていないが、アンナとロジリンは二、三度会っている。仕事の話は滅多にしなかったよ、警部補、彼の仕事についても、私の仕事についても。彼の子どもたちのことは知っている。アンナのほうがよく知っているが、私の印象では、ふたりとも聡明でクアンタム航空のことを心から大切に思っている。彼らから事情を聞くなら、私が話を通しておこう。明日の午前中、彼らの実家ではどうかね？」

「よろしくお願いします」

「手配しておこう。逐一、状況を報告するように、警部補。きみの邪魔はしない」

「今後、状況報告はバクスターとトゥルーハートから直接、部長に送らせます。わたしは、ロークの助言を得たらできるだけ早く報告書を送ります」

ホイットニーはうなずいた。「幸運を祈る。下がってよろしい」

部長はイヴに背中を向け、自分が守っている街をガラス窓越しに見つめた。

イヴはEDDに寄ってから自分のオフィスに戻ることにして、少し考えてからまずラボへ向かった。途中、目にしみるような色と柄の服を着て行き来する電子オタク、二、三人とすれ違ったが、本署《セントラル》のオタク《ギーク》たちは避けてラボを目指した。

ラボに近づくと、フィーニーの姿が見えた。白髪混じりの赤毛があらゆる方向に突き出ている。イヴにはクソ色にしか見えない茶色の上着を脱いで、同じクソ色ズボンに皺くちゃのベージュのシャツを着て、腕まくりをしている。

彼の左手のステーションにはマクナブが立っていた。ひとつにまとめた長い金髪を、オレンジを感電させたらこうなるだろう、という色のシャツの背中に垂らしている。サーカスのテントのような縞《しま》模様のバギーパンツのなかで、痩せた尻を左右にカクカク振っている。右手のステーションでスツールに腰掛けているカレンダーは、チェリーレッドのバギーパンツにピンクの水玉模様のシャツを着ている。肩を揺らし、頭を左右に振るたびに、紫色の髪が跳ね上がる。

イヴは目をこすり、思い切ってガラスの扉を通って、なかに入っていった。

尻や肩が揺れ、フィーニーの警察靴がコツコツ床を打っているのに、音楽は鳴っていなかった。それぞれの頭のなかに響いているのだ、とイヴは思った。まったくどんな音が聞こえているんだか。

フィーニーがイヴに気づき、ちょっと待てと言うように人差し指を立てると、もう一方の手でスクリーンをスワイプしてから指先をひらひらさせた。

フィーニーは低くうなってからイヴに体を向けた。

「何かわかった?」

「いろいろわかったが」フィーニーはバセットハウンドを思わせる悲しげな目をさっとこすった。「すぐに役に立ちそうなものはあまりない。カレンダー、説明してくれ」

「オーケイ、まあ、現場で言ったとおりよ。セキュリティを分析したわ――めちゃくちゃ高度なやつ。でも、あいつらはレイヤーを少しずつ少しずつ削るようにして侵入していった。十二月からたぶん――現場だけで――二十時間はかけて徐々に入りこんだ。誰が住宅にそこまでやる? 高度なやつだから時間がかかるのに」

「どうしても家に入りたい誰か」

「そうよ、それ。だから、たっぷり時間をかけて、じっくり作業をする。邸内コミュニケーターは、外からの通信は受けられるけど送信はできないように切り替えてあったわ」

「万が一、とらえられた者がリンクを使おうとした場合にそなえて。抜かりないわね。着信は可能なままだから」イヴは続けた。「モニターできて、何日も誰も応じないのを不審に思って誰かがやってこないように対応できる」

「そのとおり。実際、着信があった。土曜日に、妻の母親から連絡が入った――連中は妻になりすましてメールを返してる。夫は一日中仕事にかかりきりだから、娘と映画を観てから買い物をして、なんとかかんとか、と。夫にも連絡が二本――仕事関係よ。彼らは業務補佐係からの連絡に応じてる――たぶん、それ以降も連絡してきそうな内容だったから。彼にメールで――」

「落ち着け《チル》」と、イヴは続きを言った。「こっちはもうつかんでいる」

「そのとおり。二本目の連絡をきっかけにシステムを自動返信にセットして――これも賢い――月曜日の朝まで連絡には応じられないと伝えているわ。それから、日曜日の夜、妻のリンクを使って娘の学校の校長にメールをして、娘の具合が悪いので、月曜日は学校を休ませてようすを見ると伝えてる」

「母親と娘が月曜日に学校に来なくても、誰も心配したり、メールしたり、自宅に立ち寄ったりしないように、というわけね。育児ヘルパーは週末と月曜は休みだから問題なし。でも、問題なくことを運ぶにはスケジュールを把握している必要があった。家を充分に見張って、いつもの決まった動きを知っていたはず。邸内のコンピュータはどう？」

「それはマクナブの担当よ」

「はい」マクナブは言い、痩せた尻を素早くスツールにのせて、くるりと回転した。「妻の電子機器に保管されているものの多くは学校関連で、役員活動のこととか、ほかの役員や教師や親とのメールなど。ちなみに、超気難しい親もいますよ。彼女はそんな連中にもうまく対応してて、感動ものです。あとは、子ども用のあれこれ。家族や友だちとのメール。疑わしいものは何もなし。家計簿もつけている――これも常識外れな点は一切ありません。夫の電子機器に残されているのは仕事関係。この二、三か月の仕事はほとんど、合併に向けた華々しいものばかり。キャッチフレーズ、ネット広告、スクリーン広告、短い映画みたいなのもありました。すごくかっこいいやつ。それから、仕事関係のメール、スケジュール表――これは仕事用も個人用も。メモブックに自分のための書き込みをたくさんしてる。夫婦ともに写真がいっぱい。ほとんどが家族写真で、いろんな休暇やクリスマスに撮ったものとか。奥さんは少しSNSをやってるけど、夫はやっていなかった」

「あとは、子どもの？」そう続けて、マクナブは肩をすくめた。「学校の授業と宿題関係、ゲームが少し。利用には親の制限がかかっています。タブレットには本がたくさん。読書家に違いない。科学ものとSFが好み。ソーシャルメディアはブロックされている。メールはすべて親のアカウントを経由しなければやりとりできない。いまも下の層を調べていますが、現時点では何も出てきません。SNNTS。状況《シチュエーション》（S）は正常《ノーマル》（N）で、見るべきものは何もない《ナッシング・トゥ・シー》（NTS）です」

「合併に関するすべてがほしい——広告もメールもメモも、すべて。わたしのユニットに送って。自宅とオフィス、両方よ」

「了解です」

「フィーニー？」

「ローガンのオフィスの電子機器から始めている。マクナブの報告と同じ感じだな。いちばん多いのが合併関連のデータだ。首をかしげたくなるようなものは皆無で、事実と一致しないメールもない。不審な相手との連絡は受信も送信もない。ローガンのオフィスのメモブックを見たかね？」

「ええ」

「では、彼がチームのためにパーティをして、妻に花を買い、妻と子どもを長めの週末旅行へ連れて行こうと計画していたのは知っているね。彼は月曜日に爆死するつもりで金曜日に職場を離れたわけではない」

「そうね。まさにそのことをホイットニーに伝えてきたところよ」

「誰かがデータにアクセスしようとシステム内に侵入を試みたとしても、その痕跡は見当たらない。次に、彼の業務補佐係の電子機器を調べた。まったく、あの若者にはまともな人生が必要だし、熱を上げているキミという子に行動を起こすべきだ」

「そうなの？」

「見え見えだ」フィーニーは肩をすくめて言った。「ところが、彼はつねに仕事をしているか仕事のことを考えているか、どっちかなんだ。個人的なメールは数えるほどで、相手は二、三人の友人と母親だ。母親へのメールにはいつもそのキミの話が出てくるが、ほとんどは仕事がらみだ。ゲームはただのひとつもない。写真もなし。ボスに注意喚起《リマインド》すること、という自分へのリマインダーが大量にある。自分とローガンのスケジュール、ローガンのアドレス帳——仕事欄とプライベート欄がある。プライベート欄にはずらりと各人の誕生日と記念日が記されていた。ハッキングや、連絡先が読み取られた形跡はない。合併がうまくいったお祝いに、週末にそのキミに花を買い、ローガンにワインを買うこと、とリマインダーに書き込みがあった。この若者は悪事をやらないどころか、僕に言わせれば、よすぎるくらいいい若者だ。仕事以外の人生を必要としている」

「キミが病院の彼のところへ来ていたわ。お見舞いの花を持って」

「そうなりゃ彼もアクションを起こすだろう。とにかく、こっちは大物の電子機器の分析もはじめている――ピアソンのだ。いまのところ、気になることは何もないが、先はまだ長い」

「あなたたちがエコノリフト社のおもちゃでも遊べるように、手配しているところよ」

フィーニーはぷーっと頬をふくらませた。「もっと坊やたちが必要になるな。きみは内部の者の犯行だと思っているのか？」

「まだどちらとも言えない。階下《した》で打ち合わせがあるの。ロークも来る予定――ＥＤＤにじゃなくて」イヴはすかさず言い添えた。「大規模な企業合併とかいうものについて詳しい人から話が聞きたくて」

「それが終わってからまだ遊ぶ気があるなら、彼はうちが引き受ける。そこまで送ろう。フィジーでもどうだ？」フィーニーは電子オタクたちに聞いた。

「もちです」ふたりは声をそろえて言った。

「それで」イヴとラボを出ながらフィーニーが言った。「オスカーの件はもうすぐだな」

「オスカーって誰?」

フィーニーは強《こわ》い髪をかきわけるようにして頭をかいた。「おいおい、ダラス、僕だってオスカーのことは知ってるぞ。映画がいろいろ受賞するやつだ」

「そう。知ってたわよ」頭のどこか隅っこのほうで。

「行かないのか?」

「行かない」

「アイコーヴの映画はアホらしいほどたくさんの賞の候補になってる。ナディーンも何かの候補だ。どうして行かないんだ?」

そう訊かれ、イヴは頭のなかでふくれっ面をした。「行きたくないから。ごてごて着飾って、ほかのごてごて着飾った人たちと話をして、一緒に座ってなきゃなんないのよ、わかる? しかも、そのためにニューLAまで行かなければならないし、会場にはいろんなメディアの連中がいて、次々とばかみたいな質問をしてくる。その服はどなたのデザインですか、とかね」

「そうだな。そんな目に遭うよりスタンガンで気絶したほうがましだが、それはそれとして、これは一大事なんだぞ。ピーボディとマクナブが招待されているのは知っているだろう」

「知らない」イヴは仰天して立ち止まった。「確かなの？　あれこれ大騒ぎするピーボディにうんざりさせられていないわよ、まだ」

「だろうね。この話はカレンダーから聞いた。つまり、マクナブもできるだけ騒がないようにしているんだ。大騒ぎしてわれわれを悩ませないのは、ついこのあいだ五日間の休みをやったばかりだからだと思う。きみも、ふたりが充電できるようにメキシコの別荘を手配してやった。だから、ふたりともその件について口を閉ざして、厚かましいろくでなしにならないようにしているんだ」

「わかったわ」

フィーニーはバセットハウンドの悲しげな目でちらりとイヴを見てから、自動販売機でフィジーを買いはじめた。「これは一大事なんだ、おちびさん。人生で一度きりの重大事件と言ってもいい。きみがピーボディを解き放つなら、僕も喜んでマクナブを解き放つ」

「犠牲者が十二名の事件の担当になったばかりなのに。クソ、クソ、ふざけんな！　それはいつ？」

「日曜日だ」

「いまなんて？　次にやってくる日曜日？」

「そう、次にやってくるやつだ。でも、日曜日だぞ。週末に出かけて、まだ事件が未解決なら月曜日に戻ってくればいい。解決済みなら火曜日でもいいだろう――これは長引きそうだと思うがね。あの若い業務補佐係についてさっき僕が言っただろう。仕事以外の人生も必要なんだ。だが、まだ何も言うな。一日二日、ようすを見よう」

「そうね」イヴはうめくように言い、フィーニーは何本ものフィジーを腕に抱えた。「ロークに頼まないと。ピーボディを解放するなら足が必要だから」

「それならナディーンに頼めばいい。彼女が行くのは間違いない。何か手配しているだろうから、ふたりを拾ってもらえばいいだろう」

「かもね。そうだ、クソッ。アイコーヴのことであれこれやっただけでも最悪なのに、彼女、赤い馬事件のことも原稿にしててわたしに読ませたのよ」

「そうなのか？　どうだった？」

イヴは肩を落とした。「めちゃくちゃよかった。イヤになる。もう行かないと」

くたばれオスカー、と思いながらイヴはその場を離れた。まったくもう、死体安置所《モルグ》に十二人の遺体があるっていうのに、オスカーのことなんか考えられるわけがない。しかも、遺体はほとんどバラバラだ。

その件はあとで心配することにしていったん忘れ、イヴはグライドに飛び乗った。脳を仕事モードに切り替える。

勢いよく殺人課へ入っていき、毒々しいブルーの地に、目玉の飛び出た極彩色の魚をデザインしたジェンキンソンのネクタイを見て一度瞬きをしたが、そのまま歩きつづけ、自分のオフィスの地味な色合いに囲まれて、ようやくほっとした。

ネズミスープの味がまだ口に残っているようで気持ちが悪く、ドアをロックしてからオートシェフに近づいた。最新のチョコレートの隠し場所、アルファアルファ・パワー・スムージーをプログラムする。

「こんちくしょう！」本物のアルファアルファ・パワー・スムージーを取り出して、イヴは声をあげた。「くそチョコレート泥棒め！」

不埒《ふらち》なチョコレート泥棒はチョコレートを盗んだうえにわざわざ手間と時間をかけ、メニューどおりのスムージーができるようにセッティングしていた。

これには敬意を表さなければいけない。

ろくでもない最低の盗人《ぬすっと》野郎をつかまえたら――そう、もちろん、もちろんつかまえる――足首を縛って窓の外に吊してやる。素っ裸にして。

ただし、敬意を込めてそうする。

とりあえず、ドアのロックをはずしてブラックコーヒーをプログラムし、事件ブックと事件ボードの準備をした。

知りたいことがあり、二、三、調べ物をしながら、書き込みに最新情報を加え、ニューヨークにあるエコノリフト社本社の電子機器と、ウィリミナ・カーソン個人の電子機器を押収する令状を請求した。

作業が終わるのと同時に、聞き慣れたピーボディのドスンドスンという足音が聞こえた。

「こちらは準備できましたから、いつでもどうぞ、ダラス」

イヴはファイルをひとまとめにした。「ローガンとグリーンスパンが雇っている育児ヘルパーの夫は、十六歳のときにバッテンがついてる」ふたりで歩きながら、イヴは言った。「保護者のいないパーティで飲酒して、愚かにもみんなで大騒ぎして近所の人に通報された。それ以外はきれいなものよ。同じ会社に十二年間、勤めている。ふたりで身の丈に合った暮らしをしているわね。それから、ローレン・エイブルについて調べたら、何もかも彼が言っていたとおりだった」

イヴは会議室に入り、ピーボディが設置した事件ボードをじっと見て、うなずいた。

バクスターとトゥルーハートは会議用テーブルに向かっていた。若くて真面目なトゥルーハートは手元にジンジャーエールのチューブを置いて、自分のノートを読み返している。スーツ姿の伊達《だて》男、バクスターは警察署のまずいコーヒーを手に椅子の背に体をあずけ、事件ボードに目をこらしている。

「出演者が多いな、警部補《LT》」バクスターが言った。

「これからもっと増えるはず。エコノの捜索令状を請求したところよ。とりあえず、ＥＤＤにはオフィスのデータとカーソン個人の電子機器を調べてもらう。ピアソンの息子と娘と妻からは、明日の午前中には話が聞ける。ついさっきホイットニーから、彼の奥さんとピアソンの妻は親友だと聞かされたところよ」

バクスターは顔をしかめた。「ただでさえ悪いところに、また面倒なのがのっかったな」

「何かわかった？」

バクスターはトゥルーハートを見た。「そっちから始めてくれ、相棒」

「はい、クアンタム航空の社員、合計三十三人から聞き取りをしました。あの建物のうち三フロアが同社のオフィスに使われていて、われわれが到着したとき、社員のほぼ全員がすでに避難していました。聞き取りができたのは、現場に残って負傷者の手助けをしたり、〝危険はなし〟と判断されてから戻ってきた者だけです。ほかの社員の聞き取りはこれからです」

「まずは、今後、被災現場《グラウンド・ゼロ》と呼ぶことになる地点に限定して調べた」バクスターが続けた。「会議室にいなかった者はほとんど、急いで逃げている。当然だろう。その後、戻った者もいた——忠誠心からか好奇心からか。第一回の聞き取りで気になった者はいなかったと思う。トゥルーハートは、従業員全員のリストの標準調査をすでに始めているから、その結果が出たら、さらに詳しく調べる」

「究極の脅迫を受けた個人が爆弾を持っていたり、身につけていたりして、建物のなかにいると知っていたら、あなたならどうする？」

「間違いなく、仕事に遅れていく」バクスターが答えた。

「建物内にいなかった者を探すわよ。病欠者、遅刻した者、あらかじめ休みを取ってバケーションに出かけていた者。あるいは、とにかく出社しなかった者。エコノリフト社の者で会議を欠席したり、遅刻してきた者がいないかもチェックして」

イヴはテーブルを押しのけるようにして立ち上がり、事件ボードに近づいた。「現在、捜索中の容疑者は二名で、おそらく男性。中背で、引き締まった体つきと思われる。いまのところ、他に身体的特徴はわからない。しかし、ローガンの業務補佐係への返信メールから、ふたりのうち少なくともひとりは、軍隊で何らかの訓練を受けたことがあるんじゃないかと、わたしは思っている。受けていれば、爆発物に関する訓練である可能性がいちばん高いでしょうね。そして、容疑者のうちひとり、あるいは両方が、確実で、効果的な自爆用ベストを作れる者とつながりがあるか、実際に本人が作れると思われる」

「サラザールは優秀だ」バクスターが横から言った。「彼女なら、ある程度は火薬の成分を特定できるだろう。爆弾を作る者にはたいてい決まったスタイルがあり、それが署名になるんだ」

「そうであるように願うわ」イヴはピーボディを見た。「次はあなた」

5

ピーボディは姿勢を変えてから、ノートパッドをスワイプした。「国際犯罪行為情報源《IRCCA》で似たような犯罪を探しました。こういった自爆用ベストはたいてい政治的な目的で使われます。でも、強盗に使われた例も二、三ありました。対象はいつも金融関係です。今回の事件に類似した最近のものは、二年前のシカゴで銀行員が誘拐された事件です。犯人たちは銀行員に無理矢理自爆用ベストを着せて、銀行に入っていくよう命じました。銀行員に小型のイヤホンを付けさせ、リモコンでベストを制御していました。無音警報を受けた警察が駆けつけて銀行を取り囲みましたが、ひとりでも銀行を離れたらベストを爆発させるという犯人からの声明が、銀行員を通じて告げられました」

「犯人の要求は?」イヴが訊いた。

「二億五千万ドルを無記名預金口座へ振り込め、と。にらみ合いは四時間にわたり、結局、銀行のオーナーは金を渡すことにしました。ベストを着せられた男ですか？　オーナーの義理の息子で、オーナーにとって孫になる男の子ふたりの父親でした。金が振り込まれると、犯人たちは人質交渉人と直接接触して、ありがとよ、と言ったそうです。銀行の安全が確認され、ベストは爆発物処理班によって無害化されました」

「ドカンとはやらなかった」バクスターが言った。

「はい、でも、うまく逃げきることはできませんでした。銀行員は腰が抜けるほど怯《おび》えながらも、しっかり見ていたんです。犯人はマスクをつけていましたが、手袋ははめず、素手にシーリング処理をしていました。銀行員は、無理矢理ベストを着せられたときに男の左の手首のタトゥーに気づいたんです」

「ほう、識別マークだな」バクスターはにやりと笑った。

「ええ。刑務所で入れたタトゥーです。もうひとりの犯人はあまりしゃべらなかったけれど、銀行員はその声に聞き覚えがありました。同じ銀行の従業員——服役していた兄がいる——でした。警察は三人目の男——爆弾製造者——の行方を追い、メキシコの海辺で逮捕しました。爆弾の製造過程の特徴が手がかりになりました。

いずれにしても、この事件が似ているのは、自爆用ベストの使用と、被害者を誘拐したことだけです。もっとも、通勤途中に銀行員を拉致《らち》して縛り上げ、少々手荒く扱ってから銀行に送り込んでいますが」

「そして、逃げ切れなかった」イヴは言い添え、事件ボードをじっと見た。「自分や他人の失敗から学ばないのは愚か者だけよ。身元が特定されるような印は残さず、使う予定の道具とは直接的につながらないようにする。男に責任を負わせる――そして、確実に爆発させる。他に似た事件は？」

「ええと、悪党が同じように他人を利用した事件がふたつあります。ひとつは、二十年ほど前のニューヨークの事件ですが、交渉中に爆弾が爆発しました。スイッチの誤作動です。もうひとつはベガスで、見物人が手下にタックルして、それでドカーン。政治的な目的以外で行われた犯行の動機はひたすら金であって、うまくいったのはひとつもありません」

「興味深いわね」イヴは事件ボードの前を行ったり来たりした。「今回の事件は男ふたり。姿を見せなかったか、あるいはローガンの家に来なかった者が他にいたかもしれないけど、とりあえず、ふたりということで進めるわよ。このふたりは頭が回って、ミスをしたり対立したり秘密を漏らしたりする可能性は低い。彼らは銀行の従業員を拉致していない――でも、こいつらは金づるになる銀行オーナーにとって大切な人を拉致するといううまい手を使った。ふたりはまったくあせらない。拉致して、縛って、スタート。時間をかけて恐怖をかきたてた。じっくり、じわじわと恐怖をあおったのは、重大な責任を被害者の手にゆだねるため」

「彼ができなかったらどうなっていたでしょう?」トゥルーハートが訊いた。「家族の命がかかっているとしても、ボタンを押せなかったら?」

「時間と手間は無駄になるけど、立ち去ればいいだけの話。ふたりはローガンが何をしているか見張るため、彼にマイクをつけていたに違いない」

イヴは事件ボードに近づき、メロディーの写真をとんとんと叩いた。「この子の話によると、父親に呼びかけるように言われたそうよ。リンクに向かって大声で助けを求めろ、と。それを録音して、絶えずイヤホンで聞かせていたのよ。それでもなお、彼が尻込みをしたら、ふたりは立ち去ったはず。家族を殺したかもしれないし、殺さなかったかもしれないけれど、とにかく立ち去った。ミッションは失敗」

イヴはこの件をいったん置いて、またあとで考えることにした。

「わたしとピーボディでこれまでに調べたことだけど」

イヴはふたりに聞き取りの結果と、証拠と仮説について伝えた。

「つまり、やつらは少なくとも十二月には始めていたということだな」バクスターが計算して言った。「ローガンをターゲットにして。彼に決めるまでに、他にも目を付けていた相手がいるかもしれない」

「他にも候補者がいた可能性は高いと思う」イヴは同意した。「いちばんふさわしいのが彼だった」

「彼が尻込みしてふたりが立ち去った場合、ふたりは何を失う？　二、三か月分の労力だ」バクスターが考えながら言った。「それと、そのためにそろえた電子機器代と爆弾代――爆弾製造者に手間賃も払ったかもしれない。投資額としては、たいした額じゃない」

「彼らは何に投資していたんでしょう？」トゥルーハートが不思議そうに言った。「自分には一種の国内テロのように思えます」

トゥルーハートがいったん口をつぐむと、バクスターが宙で一方の手をくるくる回した。

「続けろ、お坊ちゃん」

「あの、クアンタム航空は大手航空会社で、富裕層にサービスを提供しています。なので、政治的に富裕層に反発する過激派グループがやったのかもしれません。庶民にサービスを提供する航空会社と手を組もうとしているところですから。CEOや他にもお偉方がいるクアンタム航空の本社で爆弾を爆発させたら、人びとを恐怖に陥れますよね？　しばらくは誰もがクアンタム航空の航空チケットを買うことをためらうでしょう。そうなれば会社は大ピンチに見舞われます」

「エコノリフト社もね」ピーボディが指摘した。「同じことが当てはまります。CEOは持ちこたえていますが、それは運に恵まれたからで、ひょっとしたら亡くなってしまうかもしれません。だから、両社が大混乱に陥っているんです」

「金持ち連中と手を組むことに、エコノリフト社の誰かが一石を投じたのかもしれない」

「それもひとつの見方よね」イヴが言った。「でも、誰も自分たちが爆発させたと言い出さないのはなぜ？　声明を発表するなら、自分たちの犯行だと言いたいでしょ？」

「はい、言いたいです。というか、言いたいだろうと思います」トゥルーハートは言い直した。

「大金がかかわる混乱が起きているのは事実です」ピーボディが言った。「大金を手にする遺産受取人もいます。でも、自分の会社を襲うというのはないような気がします」

「安く売り払う者もいるだろう。予想どおりの反応だ」バクスターが言った。

「遺産受取人が？」イヴが訊いた。

「株主たちだ。どちらの航空会社の株価も打撃を受けるだろう。すでに急落しているんじゃないか。クアンタムはこの数日中に態勢を立て直せば、切り抜けられるだろう。エコノがどれだけしっかりした会社かは知らない。彼らのほうがクアンタムより合併が必要だったという話だ」

イヴは興味をかき立てられ、両手をポケットに突っ込んだ。「犯行現場にいたクアンタムの社員の言葉？」

「いや。経済ニュースや市況報告からだ」バクスターは立ち上がり、コーヒーのおかわりを取りに行った。「ほんの聞きかじりだがね」

「合併を阻止して、両社の社長とお偉方を吹き飛ばしても、株主や相続人の得にはならないでしょう？」

「そうだな」

「上層部を傷つけたくてやったなら、それでどんな利益があるの？　やったのは利益のためじゃなくても、金持ちが痛めつけられたわけよね。だったら復讐か。復讐って感じはぜんぜんしないけど」

イヴは事件ボードの前を行ったり来たりした。「徹底的に調べるわよ。とくにクアンタムの従業員を――現役も退職者もすべて。犯人たちは理由があってローガンを選んだ。選んだということは、彼と知り合いか、彼についてよく知っていて目をつけたということ。エコノ社のスタッフにも目をつけられた者がいるかもしれないから、探してみる。両社の従業員以外で、今日の会議の正確な日時と、場所と、開始時間を知っていた者がいたかどうか、それも調べないと。日時や場所は公表されていたの、バクスター？」

「俺が読んだのは、法的な問題は片付いたから今週中にも合併が成立するだろう、という内容だった」

「メディアには公開されていなかったとしても、従業員はおおぜいいるし、噂《うわさ》話は広がるものよ。犯人のふたりは自分たちの持ち時間がどれだけか知っていた。会議は月曜日の朝だとわかり、ローガンは言われたとおりにするだろうと――めちゃくちゃ勝算の高い――賭《か》けに出た。同時に、彼がやらなかった場合はただ立ち去ろうと計画していた」

「警部補？」トゥルーハートは手を上げなかったが、上げようとしたかのようにテーブルから片手を浮かせた。「犯人は家に入り込んで家族を襲い、ローガンを縛り上げて脅し、出社させたわけですが、彼が最終的にボタンを押さなくても、両社はダメージを受けたのではないでしょうか？　誰も死ななくても、不利な報道はされたはずです」

「そのとおりね、捜査官。両社を攻撃するのが目的だったり、聞きかじりのバクスターの言っているとおりなら、彼らの目的は達成されたことになる。爆発ほどの衝撃はなくても、そう、不利な報道はされるから。まず、職場に現れなかった者から探すわよ――徹底的に。ピーボディ、すぐに取りかかって。バクスター、あなたとトゥルーハートは現場に戻って、聞き取りを続けて」

イヴは振り返って事件ボードを見た。「待って。こういう会社って、同じビルのなかに飲食店があったり、ランチの配達を頼んだりするんじゃない？　社内に自動販売機や休憩室があるとしても。あと、宅配便やメッセンジャーの配達も受けるはず。役員には配車サービスを使う人もいるでしょうね。お偉いさんは後部座席に座って、リンクで長話をするものよ。わたしはそっちを調べる。さあ、始めて。ピーボディ、この部屋を押さえておいて。また必要になるかもしれないから」

捜査官たちが会議室から出ていくと、イヴはリンクを取り出して、面倒な手順を強引に短縮させてルディー・ロウとつながった。

ルディーは眠そうな声でこわごわ応じた。「あの、ダラス警部補ですか?」

「そうよ。質問があるの。ポール・ローガンやあなたたちの課では、どこか決まった店に注文をしていた? オフィスでランチを食べるときや休憩のときに」

「ポールはQT――クイック・アンド・テイスティー――が好きでした。ロビー階に店があって、毎朝十時に、エルザが本日のマフィンをポールに配達していました」

「エルザ?」

「名字は知りません。思い出せないだけかも。QTのクアンタム航空への配達はほとんど彼女がやっていました」

「彼に直接、渡していたの? オフィスに入ってきて?」

「たいていは、注文の品を私に渡すだけでした。たまにポールがオフィスから出てきたり、彼女を呼び入れたりして、調子はどう？　とか声をかけていましたが、たいていは私に渡すだけでした」

「オーケイ。彼が使っていた配車サービスは？」

「〈オール・トランス〉です。いつも私が、ハーバートを運転手に指名していました」

「彼は今朝も〈オール・トランス〉を利用した？」

「それは……わかりません。確認できます」

「わたしがやるわ。いつも配達物を届ける人は決まっていた？　どこのメッセンジャー、あるいは宅配業者？」

「〈クアンタム航空〉は〈グローバル・エクスプレス〉を使っています。外から届くものは、相手側が利用する業者ですから、さまざまです」

「ありがとう、助かるわ」

「シスルだ。すみません、エルザの名字を思い出しました。エルザ・シスルです」

「さらに助かるわ。ゆっくり休んでね、ルディー」

イヴはその場で行ったり来たりしながらＱＴに連絡し、エルザは配達中だと知らされた。

〈グローバル・エクスプレス〉に連絡しかけたとき、ロークが会議室に入ってきた。

「たぶんここだろうとピーボディから聞いた」イヴのところまで歩きながら、ロークは事件ボードをじっと見た。「今日は忙しかったんだね、警部補」そう言ってイヴの背中を手のひらでなで下ろした。「忙しく働く一日がいい。事件ボードの十二人みたいに永遠の休みを過ごすよりは」

「ポール・ローガンを含めた十二人だね」

「大量殺人」

「彼も死んだから、きみの担当になった」

「犠牲者だから、わたしが調べるのよ」

「彼がどうして犠牲者に？」

「わたしのオフィスで話すわ。本物のコーヒーがあるところで」

「齧歯《げっし》動物のスープのあと、何かちゃんとしたものを食べたかい？」会議室を出ながらロークが訊いた。

「食べようとしたけど、いまいましいチョコレート泥棒に隠し場所を見つけられちゃったの」

「チョコレートがちゃんとした食べ物とみなされるのは、きみの世界だけだ」

「食べればいいのよ。おいしいんだから」

大部屋《ブルペン》を通り抜けてイヴのオフィスに入ると、ロークはオートシェフに近づいてふたり分のコーヒーとチキンスープを一杯、プログラムした。

「チキンスープはいつからそこに入ったの?」

「僕のおまわりさんを愛する誰かが、簡単に手に入るならきみもちゃんとした食べ物を口にするんじゃないかと考えたからだ。自分のACのメニューはたまにチェックしたらどうだろうね」

「チョコレートをアルファァルファァ・パワー・スムージーとしてプログラムしたけど、うまくいかなかった」

「きみを知っている人ならアルファァルファァ・パワー・スムージーにだまされたりしない」

確かにそうだと思い、イヴはデスクの椅子にどさりと座った。そして、チキンスープを飲みながら、捜査全般についてロークに伝えた。

「つまり、彼は家族を守るために、自分と十一人の命を犠牲にしたということか。犯人たちは、どうして彼がそうするとわかったのだろう?」

いい質問だ、とイヴは思ったが、ロークが疑問に思うのは当然だった。「マイラと話をするつもりだけれど、犯人たちが時間をかけて彼に狙いを定めたのは間違いないと思う。他にも候補者はいたはずよ、たぶんね。それから、犯人たちは時間をかけて彼とその家族を痛めつけて、彼に選択を迫り、尋ねつづけた。妻と子どもを救うにはどうすればいいんだ?

と。そうやって参らせた」

「セキュリティ・システムをよく見せてほしい。なんと言ってもうちの製品だからね。カレンダーの分析も確認したい。きみの話からすると、犯人はふたりともとくに技術があったわけじゃなく、たいして時間や手間をかけずにシステムをかいくぐれるような技術のある者とつながりもなかった。にもかかわらず、システムを通り抜けた」

「二か月以上かけてじわじわと」イヴが指摘した。「十二月、あるいはもっと前からローガンに照準を絞っていた。遺産の受取人のリストがあるけれど、見たところ、合併は彼らにとっても経済的に好ましいことだったみたい」

「そう、それは間違いない」

「あなたはどうしてエコノとの合併を望まなかったの?」

ロークは、尻が痛くなる来客用の椅子にそっと腰かけた。「うちはすでにエコノにひけを取らない競争力がある。即金で買収すれば面白かったかもしれないが、間違いなく独占禁止法がらみで面倒なことにもなっただろう」

「エコノは売りに出ていたの?」

「今はそんなことはない」ロークは肩をすくめ、コーヒーを飲んだ。「将来的にはあり得ない話でもなかった。おそらく最高執行責任者《COO》が退任したのも含めていくつか原因があって、去年あたりから資金繰りに問題があったからね。合併すれば、その立て直しは可能だったと思う」

「じゃ、合併はクアンタムよりエコノにとってより利益があったということ？」

「とりあえずは。しかし、クアンタムは自分たちよりエコノのほうが充実している分野にも進出したかったはずだ」ロークはまたそっと椅子の背に体をあずけた。「クアンタムの格式の高さは、五つ星の移動手段を望んでそれを手に入れる余裕のある層には魅力のひとつだ。しかし、庶民が望んでも手が届かないというのは、弱点でもある」

「合併がすべて失敗に終わって、得をするのは誰？」

「そうだな、僕だね――少なくとも短期的には。あとは、ほかの競争相手」

「どうして短期的なの？」

「今日のような悲劇に見舞われても、合併はほぼ間違いなく成立するだろう。一年近くかけて進めてきたプロジェクトだからね」

「よく知っているわね？」

ロークは穏やかな目でイヴを見た。「知るのが僕の仕事だ。そういう噂は去年の冬から流れていて、その法令にかかわる書類は数か月前に提出されていた。役所仕事は時間がかかり、計画の進行そのものが遅れてしまうからね」

「今朝、合併が正式に決まることは知っていたの?」

「ああ、知っていた」

「なんで——知るのが仕事だから、とは言わないで」

「それが仕事だし、そういう話はあちこちで耳にした。ピアソンの息子はロンドン支社の運営を任されている——話はそちらからも聞こえてきた。ピアソンの娘は先週、同じくクアンタムの支社があるローマへ向かった。ニューヨークが本拠地じゃない重役はすべて、先週、ニューヨークを訪れた。今日、合併は正式なものになる、というもっぱらの噂だった。両社の合併にともなう宣伝キャンペーンがはじまる、と今朝いちばんで報じているネットニュースもあった」

「つまり、そうね、一般の人は知らないか、少なくとも詳細はわかり得ないけれど、同じ業界の人や両社の社員なら知っていた、ということ」

「そのとおり。今日、合併が正式に成立することは、この二、三週間でかなりのメディアに漏らされていた。しかし、詳細を隠していたのはインパクトを期待してのことだ。カーソンが持ちこたえれば、もちろん、そうあってほしいものだが——たとえ亡くなったとしても——合併は成立させるべきだ。彼女とピアソンの相続人が大ばか者じゃないかぎり、合併すべき理由は今も変わらない。交渉は終わり、取り決めも済み、あとは正式な署名が残っているだけだった」

「じゃ、なんだって吹き飛ばしたの？　ローガンやピアソンを殺すためだけにあんなことをするなんて、理屈に合わない。暗い裏道で喉元をグサリとやればあっという間だし、ずっと簡単よ」

「同感だ。そして、誰かを殺すのが目的じゃない、というのがきみの結論なら、それも同感だ」

「だったら、何が目当てなの？」イヴは詰め寄った。「会議を吹き飛ばしても、結局のところ、合併が頓挫《とんざ》しないなら、目的は何？」

「混乱させること」ロークは言った。「それも大規模に。マスコミを狂乱させ、業界に大打撃をあたえる。自爆用ベストや爆弾が使用されたら、とっさに人は何だと考える？」

「テロ行為」

「テロ行為があったら、どうなる？」

「パニック」

「そのとおり。人がパニックになるだけじゃなく、市場もパニック状態になる。今回の場合、真正面から直接、攻撃されたのはクアンタム航空とエコノリフト社だ。その結果、午前中の取引で、両社の株価は暴落した」

「つまり、両社の価値は昨日より下がった」

「今朝の九時以前よりはるかにね。人はパニックになって売りに走り、株価がちょっと下がったのをきっかけに、一種の集団心理が働いてつぎつぎと売られ、さらに売られつづける。信用取引をしている者は、二、三日中に株価が下がりすぎたら、自分たちの資産がなくなってしまうだろうと気づく」

イヴはどうにかロークの話についていっていたが、ここで片手を上げた。「どういう意味かわからない」

「株を買うのに借入をする者は、損失が増えるのを覚悟で利益を最大にしたがる、ということだ。簡単に言うと、自己資金が五ドルしかないから、五ドル借金して、十ドル分の株を買う。株価が十五ドルに上がれば、百パーセントの儲けを手にできる。しかし、株価が下落すれば、おそらく追加保証金《マージン・コール》を請求されて、資金と借入金を失い、利子と手数料が借金に加わることになる」

「それって、ビジネスのやり方としてばかげてるみたいだけど」

「信用買いはギャンブルだ」ロークは認めた。「しかし、儲けにつながる可能性もある。レバレッジ効果を得られるということだ」

「利益と同じこと?」

「そうとも言える。借金がてこの効果《レバレッジ》を生むんだ」

イヴは髪を掻きむしりたくなった。「誰が借金をしたいのよ？　人は借金を返したがるものよ」

「儲けを得るために借金をするんだ」イヴの目がどんよりするのを見て、ロークはほほえむしかなかった。「だからこそ金融機関――利益を得るために借金をする先――が存在する。真剣な投資家なら分析する。今回の場合、爆発後、投資家――真剣じゃないか、たんにパニックになった者――は、株を売り払う」

「株価が下がるから投げ売りする。下落するのを見て、さらに多くの人が投げ売りする。それでは相続人も、株主も儲けられない」イヴは眉をひそめて事件ボードを見た。「いったいどういうこと？」

「株が売れるということは、買う人がいるんだ。一株百ドルの価値があったものが――今もわかりやすい数字にするよ――数時間のうちに五十ドルで売られるようになる。五十ドルで買って、ほとぼりがさめて合併が実行されるまで待ち、百ドルか、おそらくはそれ以上で売れればいい」

「合併が実行されなければ、五十ドル失うわ――信用買いならもっとよ。でしょ？」

「確かにそうだが、合併は行われる。両社の代理人が今日の就業時間までに、あるいは明日の朝いちばんに声明を発表して、合併は行われると明言するのは、まず間違いない。誰かがこの好機を利用しようとしている――この好機が、言ってみれば、爆風で開くことを期待しているのか？　そうなれば、短期間に莫大な儲けを得ることになる」

イヴはさっと立ち上がった。「これがみんなそうなの？」片手を勢いよく事件ボードのほうへ向ける。「株式市場で儲けるため？」

「短期間に莫大な金を稼ぐのが目的なら、みんな、そのためだ」

「いくらよ？　だいたいでいいから」

「どれだけ投資したかによるが、株価は暴落した。そうだな、元手が十万ドルなら百万ドルかそれ以上になるだろうし、信用取引ならもっとずっと多くなる」

「じゃ、投資家も調べる必要があるわ。株価が暴落したときにドカンと投資した人たちを探すのよ」

「運に恵まれるといいが。両社とも世界的な企業で、その株を買っている者は世界中にいる。加えて、そういった情報はなかなか手に入らないし、さまざまな隠れ蓑《みの》が使われていたり、ごまかされていたりする可能性もある。この仮説どおりなら、とんでもなくうまいやり方だ」

「とにかく、やったのはクソ犯人よ。ふざけるなっていうの！」経済用語はダメでも、犯人のことならわかる。「十二人の命を奪い、八人を病院送りにし、母親と子どもを傷つけたのはほかならぬクソ犯人よ。どうしてふたりを殺さなかったんだろう？　母親と子どもよ」

イヴはさらに言った。「目撃者を生かしておいたのはなぜ？　犯人の人相を説明できなくても、何かしら手がかりを得ていたかもしれないのよ。ローガンが尻込みしたらふたりを殺すつもりだったのに、計画どおりに運んだあと、生かしておいたのはなぜ？」

イヴは振り返ってロークと向き合った。「いずれにしても、ふたりを殺す気はなかった。それがひとつの考え方。そうじゃなければ、やつらはめちゃくちゃ傲慢《ごうまん》で、生かしておいたふたりからわたしたちが何か得られるとはこれっぽっちも思っていないか。くそっ、その両方かも。マイラと話をしないと」

イヴは極端に幅の狭い窓に近づき、外を見つめた。「いま、あなたが言ってくれた説だけど、わたしが頭のなかでいろいろ考えていたどの説よりりうなずける。あまりに不快で気が滅入るけど、納得できる。株価がまた上がるまでにどのくらいかかると思う？」

「場合による」

イヴはキッと振り向き、首を振った。「〝場合による〟とか、勘弁してよ。専門家のくせに。もしあなたが売買してるとしたら、いつ株を売る？」

「合併は成立させると両社が発表すれば、株価は上昇しはじめるはずだ。取引の終了ベルが鳴るまでにすっかり回復するには、今日はもう時間が足りない。しかし、会社からの今後に関する声明に、ピアソンの妻や、息子、娘の個人的な思いをからませれば——取締役会は間違いなくそうさせたがる——クアンタムの株価は回復しはじめる。エコノも同じだ。合併が成立したと発表すれば、株価は暴落したときと同じように、素早く、ドラマチックに上昇するだろう。株式市場というのは、おおよそ感情や気分で動いているからね」

「だったら、およそ二十四時間後には、大きな利益が得られる」

「そうだ。これがすべて大はずれで、どちらかの会社の関係者がなんらかの復讐のためにすべてを企《たくら》んで、その犯人なりのやり方で——どんな方法か、今のところ僕には見当がつかないが——合併を阻止したのなら、話は別だが」

「わたしは復讐説に傾いていた。今後も、どちらもありだと考えるべきよね。わたしなりに整理しなきゃ。そうしたら、このわけのわからない株式市場について、もっと訊《き》きたいことが出てくると思う。あなたはカレンダーと話がしたい?」

「ああ、そうだね」

「電子捜査課《EDD》のラボにいるわ。あるいは、もうどこかへ移動したかも。フィーニーとマクナブもこの件にかかわっているのよ——ほかにもフィーニーがオタクたちを引き入れてくれたわ。調べなければならない電子機器が山ほどあるから」

「きみが帰れるようになるまで、僕はそっちを手伝っている」

「あなたが来るんだと言ったら、フィーニーが目を輝かせてた。あなたに手伝ってもらえたらうれしいはずよ。わたしも同じ」

ロークは立ち上がってイヴのところまで歩いてくると、両手で顔を包みこんだ。「重い事件だ。一度の爆発で十二人が亡くなるとは、きみが背負う重圧は計り知れない」

「犯人ふたりを檻《おり》に閉じ込めたときの満足感も計り知れないはずよ。あなたと一緒にね？わたしにはあなたというてこ《レバレッジ》がある」

ロークはほほえみ、唇でイヴの唇に触れた。「じゃ、ふたりでこの重荷を家に持って帰るまで、僕は友だちと遊んでいよう」

彼はそうするだろう。ロークがオフィスを出ていくと、イヴは思った。警官たちとともに調査をして過ごし、わたしがこのおおぜいの死を家に持ち帰れば、つきっきりでともに調べてくれる。レバレッジどころじゃない。彼はわたしだけの奇跡だ。

イヴはマイラのオフィスに連絡をしようとデスクに向かったが、コンピュータの着信音が鳴って、気が変わった。

そして、サラザール警部補からの予備レポートを読んだ。

「思ったとおり」イヴは声に出して言った。「軍関係者よ」

マイラに連絡して、マイラのドラゴンこと業務補佐係《アドミン》相手に貴重な二分を費やして、短時間の相談を受けてもらえることになった。イヴはブルペンを横切り、途中、ピーボディのデスクに寄った。

「サラザールのチームが爆弾の成分分析を始めたわ。これまでの分析によれば、少なくとも火薬の一部は軍仕様の品質だそうよ」

「あなたが思っていたとおりですね」

「何らかの形で裏付けを得られるのは気持ちがいいわ。わたしは階下《した》のマイラのオフィスで助言をもらってくる」

「クアンタムとエコノの従業員で、今日、病欠したりあらかじめ休みを取っていた者のリストを作りました。今までのところ、会議にかかわっていた者はいません。調べ始めたばかりですが」

「続けて。あと、エルザ・シスル——毎日、ローガンにマフィンを配達していたという——も調べて。クアンタムと同じビル内にある〈クイック・アンド・テイスティー〉という店で働いているわ。ローガンが利用していた配車サービスは〈オール・トランス〉で、ハーバートという運転手を指名していた。メッセンジャーや宅配便は〈グローバル・エクスプレス〉を使っていた。そこまで手が回らなければ、マイラとの話が終わってからわたしがやるから。ロークが仮説を立てたわ。バクスター！」イヴはこっちへ来るようにと身振りで示した。

デスクに向かっていたバクスターとトゥルーハートが立ち上がった。バクスターはピーボディのデスクの角に腰で寄りかかった。

「爆発後、エコノとクアンタムの株価が暴落しているわ」

「想定内だな」バクスターが言った。「数分前にも確認した。まだ下がりつづけている。今日、無一文になった人はおおぜいいるだろうし、二社の痛手は大きいだろう。どちらかの会社、あるいは両社に恨みを抱く者がいるに違いない」

「ロークはそうは考えていない。爆発で株価を暴落させて、それで信用何とかっていうのを利用して、安くなった株を買うって」

「それは危険すぎるだろう、ボス。二社が回復するには何か月もかかるかもしれない」

「合併は成立するし、今日の取引時間が終わるまで、あるいは、遅くとも明日には、株価は上がり始めるってロークは断言してる。お偉方から声明が発表されるはずだって。合併手続きは引き続き進める、という発表があれば、株価は上がる。それが彼の考えよ」

「待ってくれ、つまり、これはすべて、あのクソ野郎どもが安値で株を買い、高値で売るためだって、そう彼は考えているのか？」バクスターは半分笑いながら、きれいに整えた髪をかき上げた。「見事としか言いようがないな。限りなく残酷だが見事だ」

「そういう見方もするべきということ。仕事を休んだ者たちは？　彼らの経済状況を探りたい。ローガンやピアソン、カーソンに近い従業員についても同じ。ロークは、合併話は一年ほど前から進められていたとも言っていたわ」

「最初は極秘裏に進めていたんだな。しかし、そうなると、犯人がシステムをかいくぐり、計画を練る時間はたっぷりあったということだ」

「ふたりのうち、少なくともひとりは軍の関係者よ。爆弾を扱った経験があると思う。それを考慮に入れて。わたしはマイラと話をしてくる」

6

デスクに業務補佐係の姿はなく、マイラの診察室に続くドアは開いていて、イヴは心のなかで歓声を上げた。マイラはオートシェフのそばに立っていた。オールバックにしたミンク色の髪のカールが若々しい。細身でスマートなスーツは熟《う》れた桃の色で、グリーンとブルーの間の色の、ピンヒールの靴を履いている。淡いブルーの目をした美しいマイラは振り向き、ほほえんだ。

「時間どおりね。お茶はいかが？」

「結構です、ありがとうございます。お忙しい時間を割いていただき、感謝しています」

「午前中は忙しかったけれど、午後は楽なのよ。おかけなさい」

殺人課の主席プロファイラーであり、精神分析医のマイラは、アイスクリームをすくうへラのような青い椅子ふたつを並べたひとつに座って美しい脚を組み、左右の手に優美なカップとソーサーを取った。「朝はほんとうに忙しくて」イヴが座る間にマイラは言った。「クアンタム航空の爆発事件のことは断片的に耳に入っているけれど、知っているのは、クアンタム航空の役員が自爆用ベストを身につけ、エコノリフト社の幹部との会議が行われる部屋に入った、ということだけよ。十二人が亡くなって、さらにおおぜいが負傷したと聞いたわ」

「あとで完全な報告書をお送りしますが、いまは重要なことだけお話しして時間を節約します」

「もちろん、そうしてちょうだい」

「土曜日の未明、男ふたりによってポール・ローガンの自宅のセキュリティ・システムが破られました」と、イヴは説明しはじめた。

イヴが手短に要点を告げていくと、マイラはうなずき、ときどき紅茶を飲みながら聞いていた。最後まで、一度も話の腰を折らずに耳を傾けた。

「では、ローガンは正体不明の男ふたりに威嚇《いかく》され、痛めつけられ、家族を人質にされて支配されたのね。ローガンと男たちのつながりも、ローガンが進んで自爆する理由も、今のところわかっていない。これまでの捜査で、男たちは何か月も前——合併があるかもしれないというニュースが漏れたころ——から、ローガンに狙いを定めていたらしい、と」

「そのとおりです」

「ローガンについて調べた結果や、デスクや自宅に保管されていたもの、メモブックの書き込み、家族や同僚や部下の証言から浮かび上がるのは、誠実で仕事熱心な従業員であり、公正で安定したチームリーダー像だけれど、さらに重要なのは、彼が妻と娘を愛する家族思いの男だということね。だからこそ、彼はターゲットとして理想的だったわけだけれど、実際に爆弾を爆発させて、自分を含めて何人もの命を奪うという保証はなかったわ」

「犯人たちは可能性をじっくり考え、一か八かやってみた」

「そうね。それで、犯人たちは何を失うはめになったかしら？　彼が拒んでも、失うのは時間と手間だけ。彼らはただその場を去ればよかった」マイラはいったん言葉を切り、紅茶に口をつけた。「ひとりがもっぱらしゃべり、妻に暴力を振るうのもほとんどそちらで、もうひとりは女の子の監視役だったけれど、ほとんど痛い目には遭わせなかった。精神的な恐怖はあたえても、肉体的に痛めつけはしなかったのね」

「女の子の話によると、手首の拘束具を少しゆるめてくれたそうです。でも、もうひとりには髪を引っ張られて、悲鳴をあげたり泣いたりさせられた、と」

「では、女の子と隔離された両親は、声は聞こえるけれど、娘が実際に何をされているのかわからなかったのね。犯人は妻にもっとひどいこともできたはず——性的暴行はなかったけれど、レイプすると脅してもいる。これも言われたとおりにしないとどうなるか、ローガンに示していたのよ」

「妻によると、ずっと夫妻のそばにいた男はローガンに、かみさんと子どもを救うために何をするのかと、何度も繰り返し尋ねていたそうです。何をしてかみさんと子どもを守るのか、と。ずっと名前ではなく〝おまえのかみさんと子ども〟と言っていたそうです」

「ふたりの命は彼にかかっていると、繰り返し思い出させていたのよ。これからやるのは彼が選んでやることなのだ、と。精神的拷問よ。妻を夫から隔離して地下室に閉じ込め、傷つき、途方に暮れている姿を夫に見せていた。犯人はふたりとも自分たちが何をしているのかわかっていたでしょうけど、少なくともひとり——支配的なほう——はしっかりわかっていた。以前、捕虜を尋問したり、何か強要したりしていた可能性はとても高いわね。軍人かもしれないというあなたの直感は正しいと思うわ」

「ロークも巻き込みました——ビジネスや合併や、そういったことの専門家ですから。彼は仮説を立てました。爆発のあと、両社の株価は急落——彼の言葉です——しました。ええと、彼に言わせると、株式市場は気分で動くそうです」

「そうなの？　考えたこともなかったわ」

「なので、それ——市場です——がパニック状態に陥り、株価が急落するんです。正体不明の男たちはたんまり株を買い込み、合併が実現したり、実現させると会社側が発表したり、そんな感じのことを待つんです」

「やがて株価はまた上昇し、多額の儲けが得られる、と」

「莫大な利益だとロークは言っています。意味はわかりますが、込み入っているし、危険だし、株式市場で遊ぶにしても、やり方が乱暴です」

マイラはカップを脇に置いて、椅子の背に体をあずけた。「ギャンブルには楽しみも含まれるものじゃない？　失うものが何もなくて、危険にさらしてもいいお金がある場合はとくに。犯人たちは危険にさらしてもいいお金を手に入れることになるから、いずれにしても賭け金をどんどん増やしていくでしょう。彼らは市場がどう動くか理解しているし、ビジネスも知っているわね。ふたりは、あるいはひとりだけかもしれないけれど、ビジネスと合併についてよく知っているから、自爆事件を企むことができた。そして、忍耐力もある――何か月もかけたのだから。しかも、ローガンの自宅に二日もこもっていたわ。

妻にたいする暴力はたんなる手段ね。親と引き離していたから、実際に子どもを傷つける必要はなかった。引き離すだけで充分だったのは、録音した声が聞かせられるから。支配的なほうの男は暴力になじみがあり、それを手段として使っているのよ」

「社会病質者《ソシオパス》」と、マイラは続けた。「軍隊にいた経験があって、爆薬の知識があり、心理作戦についてよく知っている。ポール・ローガンのプロファイリングもできるし、実際にやったでしょうね。ふたりとも頭がいいわ。とくに支配的なほうの男は戦術や駆け引きに通じていて、パートナーを信頼しているわね。ふたりはたがいをよく知っていて、絆《きずな》で結ばれている。血縁があるかもしれず、相手を信じている。家族というものを理解しているわね」マイラは小声で言った。「ふたりとも、家族の絆や父親の愛についてよくわかっているわ。ひとり、あるいはふたりとも、子どもがひとりか複数いるでしょう。ふたりともギャンブラーで、大きく儲けるためなら進んで危険を冒すわ」

「そして、傲慢じゃないですか？」イヴは身を乗り出した。「犯人たちは妻も子どもも殺しませんでした。殺す必要がないのはわかりますが、手がかりを残すことになります。めちゃくちゃ賢いふたりは、そういうふうには考えないのかも。でも、ふたりのやりとりを聞いていた女の子を生かしておいたことで、こちらの手がかりは増えます。妻も犯人たちから受けた印象を伝えてくれました。犯人は傲慢で自信過剰だから殺さなかったのか、そうではなく、自分たちの手は汚したくなかったんでしょうか？」

「最後のは面白い考え方よね？　殺しにかかわるのはローガンだけということ？　あり得るし、興味深いわ」

「どこかの男に爆弾を持たせて送り込むのと、縛りあげた女性と子どもを殺すのは別の話ということですね」

「殺せば自分事になるけれど、それ以外はすべて、犯人たちにとって他人事なの。たんなるギャンブルよ」

「わかりました。ありがとうございます」イヴは立ち上がった。「犯人たちは百万、おそらく二、三百万ドルは手に入れるでしょう。彼らの狙いはそれだけかもしれませんが、ギャンブラーはギャンブルをするものです。しかも、これまでのところ、うまくいっています」

マイラはうなずき、脚を組み直した。「そうね、またやろうとするでしょうね。自分たちに有利なように市場を操作しようとするわ。それでどんな事態が引き起こされようと。危険な賭けこそ楽しいのよ」

「株価が上昇すれば、さらに大きな儲けを手にする」

「もうひとつ」マイラは自分の腿《もも》を指先でとんとんと叩きながら考えた。「今、わかっていることから見て、ふたりに血縁があるなら、ひとりは一方より年上――兄とか、いとこ――だと思うわ。父親と息子だと無理があるのは、同年代のふたりという感じがするから。一緒に仕事をしているなら、一方のほうが経験豊富で指導者のような立場かもしれない。支配的なほうが年上で、経験豊富、戦術にも長《た》けているわね。そして、より残酷に違いないわ」

「ひとりは女の子の髪を引っ張り、もうひとりは痛くないように結束バンドをゆるめました」

「そうね。子どもは立ち上がってうまく窓ガラスを割り、警察に居場所を知らせたけれど、支配的な男のほうなら、そんなことができる状態で放置はしなかったと思うわ。いずれにしても警察は自宅に踏み込んだでしょうけれど、もっと時間がかかっていたはず。時間が短縮されたのは単純なケアレスミスと言わざるをえないわね」

「わたしもそう思います。兄弟《ブラザーズ》」イヴは考えながら言った。「血のつながりがあるとはかぎらないけれど、固く結ばれている。これもひとつの見方ですね。重ねてお礼を言います」

殺人課へ戻るあいだに、イヴはギャンブルの観点からあれこれ考えてみた。株式市場だけなのか、ほかにも広がるのか？　トランプ、ルーレット、競馬、スポーツ賭博《とばく》も？

強い絆で結ばれた男ふたり。一か八か賭けて儲けたり、勝算を計算するのが好きで、元手をたっぷり持っているからやりがいも感じている。辛抱強く、聡明《そうめい》で、良心がない。

イヴはピーボディに連絡をした。「会議室で。これまでにない見方が二、三あるわ」また少し考えてから、ロークにも連絡をした。「新たな観点が二、三あって、これからチームのみんなに伝えるのよ。オタクたちのラボで何かに夢中になっているなら、あとで話してもいいけれど」

「没頭していたが、新たな観点には興味を引かれるね。こっちはあとでいいから、降りていくよ」

「よかった」

イヴはまっすぐ会議室へ向かい、マイラのプロファイリングを思い出して事件ボードに加えていった。

「ダラス」ピーボディが急いで会議室に入ってきた。「カーソンが意識を取り戻したそうです。代理人を通じて声明が発表されました――ピアソンの家族も同席して声明を発表しました。それぞれの側の個人的見解――無念の思い、いたわり、悲嘆――のあと、合併手続きは続行される、と告げられました。明日、クアンタム航空の代理人がカーソンの病室で署名をして契約が締結されるそうです」

「早いわね。病院に連絡して、カーソンから聞き取りができるように話を通しておいて」

「わかりました。バクスターとトゥルーハートは何か片付けているところだそうです。二、三分でこちらに来るとのことです」

「それでいいわ」イヴは作業を続けた。「ロークもこっちへ降りてくるところよ。その声明が市場にどう影響するか、彼なら説明できるはず。わたしのオフィスに戻って、みんなの人数分、ちゃんとしたコーヒーを用意してきて」

「喜んで」

ピーボディが扉に向かって歩き出すと、バクスターとトゥルーハートが会議室に入ってきた。

「本物のコーヒーを用意してきます」

「手伝います」トゥルーハートがそう言ってピーボディと一緒に出ていき、バクスターはゆっくりと事件ボードに近づいた。

「ブラザーズか」バクスターは言った。「血のつながりか、軍隊仲間か、自ら選んだ関係か。これはかなり納得できる。ソシオパス――これは当然だろう――はいいとして、ギャンブラー？　面白いし、これもかなり納得できるな」

「専門家ふたり――ロークとマイラよ――が同じような意見なら、そういうことなんだと思うわ」

「両社の株価はかなりの打撃を受けた。三十分ほど前に確認したんだ。俺は倫理観の塊《かたまり》だから、証券会社の担当者に連絡して、何株か買っといてくれ、ベイビー、と言いたいところをぐっと我慢したよ。それでも、くそっ、そそられたなあ」

イヴは好奇心にかられてちらりと振り返った。「買うとしたら、いくらくらい？」

「事件のことを何も知らなければ？　うーん、五千ドルずつだな、たぶん。知っていれば、その倍だ」

「ほんとうに？　NYPSDのしがない捜査官が、ギャンブルに二万ドルも使えるの？」

「俺には俺のやり方がある」ロークが部屋に入ってきて、バクスターは振り返った。「一時間前、クアンタムとエコノにいくら賭けた？」

「そうだな、僕のおまわりさんに怖い目でにらまれなかったとして？　二百万ずつだな。何人か関係者をよく知っていて、たっぷり収益が見込めると確信できるからね。そして……」

ロークはリンクを引っ張り出して、タップした。「すでにもう相当な利益を得ているはずだ。どちらの会社の株価も動き出した。上がっている」

「簡単に下がり」バクスターはため息をついた。「簡単に上がるものだな」

「もう上がっているの？」イヴが訊いた。

「二十分ほど前に声明が発表されてから、どちらの株価もじりじりと上がっている。僕の考えでは、取引時間が終わるまでに暴落前の株価を超えるだろう。気分で動くから」ロークはイヴに思い出させた。「危機をものともしない強い株だと思う人もいるだろう。とにかく好機を待つ人もいる。お買い得価格で買いあさった人は売るだろうし、確実でしっかりした株だと見て買う人もいる」

「ギャンブルね」イヴが言い、ピーボディとトゥルーハートがコーヒーを入れたポットと、マグと、クリームと砂糖をのせたトレイを持って戻ってきた。

「ふたりに株価の説明をしてあげて」イヴはロークに言った。

ロークは説明しながら手のひらサイズ《パーム》のPCを取り出して、指先をさっと滑らせた。「まだ上がっている」そして、さらに言った。「殺しにかかわったふたりが株を買っていれば、取引終了時刻ぎりぎりまで待って売り払うだろう。僕が彼らだったら、そうする」

「誰が売ったか調べられる？」イヴがロークに訊いた。

「彼らが大ばか者だったら、イエスだ。きみのボードを見るかぎり、そうじゃなさそうだ」

「大ばか者じゃないあなたなら、どうやって隠す？」

「地球上、地球外を問わず、匿名性が守られる場所はたくさんあるが、そういうところの無記名預金口座を利用する。僕は地球外のほうが好みだが、処理に時間がかかる。それで、彼らはどうするかって？　地球上、海外の、安全な租税回避地に預けているだろう。彼らがことのほか賢ければ、データは下層の見えないファイル《シエル》に隠すはずだ」

「それを掘り返せる？」

ロークは視線を上げてイヴと目を合わせた。あなたの未登録の道具を使って深く掘り下げ、倫理的に問題のある探索ができる？　そう尋ねられているのは明らかだった。「いざとなればね」ロークは言い、ほほえんだ。

「ピーボディ、令状の請求に取りかかって」

ということは、違法な手はまだ使わないのか、とロークは思った。残念。

「その間に」イヴは続けて言った。「わたしたちが探すのは男ふたり、そのうち、少なくともひとりは何らかの形で軍隊にいたことがあり、そこで爆薬を扱う仕事をしていたと思われる。ふたりは血縁者か、一緒に働いていたかもしれない。ふたりは信頼し合っている。一方は年上で、より支配的と思われる。ギャンブラーで、ソシオパス。辛抱強く、時間をかけて調査をして、細かい作業を成し遂げる。ビジネスに関する知識もあって、株式市場を理解しているはず」

「これが初めての金儲けじゃないだろう」バクスターが横から言った。「初めてでこれだけのことを企めるわけがない」

「同感。株に関わる仕事をしていた可能性もあるわ。ファイナンシャル・アドバイザーとか、株式仲買人とか。あなたみたいに聞きかじっただけかも」

「聞きかじり屋の俺としては、ロークと同じ考えだ。地球上の海外の口座だろう。口座は複数あるとか？」

ロークはうなずいた。「ほぼ間違いないだろう。口座ごとに売り買いすると少し余計にコストがかかるが、より目立たなくなる。ひとつの口座からとくに高額の取引をしないかぎりはね」

「ええと」トゥルーハートが片手を上げた。「彼らはどれくらい儲かるんでしょう？」

「そうだな、最安値か、それに近いところで買っていれば……」ロークは再び株価を確認した。「犯人の身になってみると、一方の目で市場の動きを見守り、もう一方の目でメディアをチェックし収支報告や発表を確認しながら、最高値に近いところまで持ちつづけるんじゃないだろうか？　相手はふたつの会社で、それぞれが暴落し、そして着実に持ち直しただろう？　投資額が十倍になっても不思議はないし、そうなればたいした儲けだ」

「トゥルーハート」イヴが言った。「両社の従業員を調べて。元従業員もよ。理由があって解雇された者を詳しく調べて。聞きかじりのバクスターは、投資をやってそうなタイプに目を向けて、ハイリスクなものを好む者はとくによく見て。軍隊――準軍事組織も含めて――にいたことのある者もチェックして。それから、そういった要素が重なる者がいないかどうか確認を。あと、犯人のクソ野郎の一方、あるいは両方がローガンと顔を合わせたり、すれ違ったりしている可能性はかなり高いと思われる。とくに目立つような形じゃなく、ローガンは気にも留めていなかったような形で。こっそりつきまとって観察していた時期だけ、同じジムを利用していたかもしれない。同じコースでゴルフをしたとか、そんなことよ。調べていて、二度以上、同じ名前が出てきたら、さらに深く掘り進めて。何か質問は？」

「調べはじめたら、訊きたいことも出てくるだろう」バクスターはトゥルーハートを見た。「忙しくなるぞ、新米くん、すぐに取りかかろう」

「ピーボディとわたしは病院へ行く。ローク?」

「とりあえず、EDDに戻ることにする。ここに戻ったら知らせてくれ。一緒に車で帰ろう」

「じゃ、あとで。ピーボディ、行くわよ。準備して」

イヴは大股で殺人課を横切り、オフィスで自分の荷物をまとめた。また大股で引き返したところで、ピーボディが追いついてきた。「カーソンから話を聞く段取りはついてる?」

「十五分——どうしても話したいとカーソン本人が要求したんです——ということで、医師たちの許可を得ています。彼女の代理人を通した印象ですが、カーソンは傷ついているのと同じくらい、腹を立てていると感じました」

「あなたなら腹を立てない?」エレベーターからグライドに乗り換えて駐車場へ向かうあいだ、イヴは考えながら言った。「同族会社。ビジネスはうまくいっている。さらにそれを拡張して、一段階、いや二段階はレベルアップできる契約がまとまるところだった。その成立を目前にして、彼女は吹き飛ばされて昏睡状態に陥り、意識を取り戻したらICUにいたのよ。わたしなら当然、腹を立てるわ」

「そう言われればそうです」

イヴはなめらかな動きで運転席に座った。「怒るのが当然なのかそうでないのか、確かめるわよ。彼女はビジネスを知っているし、この方面の仕事にはめちゃくちゃ詳しい。株の売買のことも知っているに違いない」

「今回のことに彼女が——契約の価値を高めるために——かかわっているかもしれないと思うんですか？　昏睡状態になってＩＣＵに収容されたのに」

「ギャンブルよ」イヴは言い、駐車場を出て車列に合流した。「のるかそるかの大きな賭け。でも、とにかくどんな感じか確かめたい。それから、そうだ、ピアソンの検死結果を確認しないと。何も得られないかもしれないけれど、とにかく確認する。彼は死期が迫っていて、相続人たちのために契約の価値を高めようとしたのかも。そして、とんでもないやり方を見つけた。限りなく可能性は低いけれど、突拍子もない可能性でも無視するわけにはいかない。何しろ、彼の奥さんと子どもたちは無事なんだから」

車を運転しながら——停止、発進、停止の繰り返しだ——指先でハンドルをとんとんと叩く。「この件には第三者の影がまったく見えないのよね。犯人の男たちが別の者と話すのを、妻も娘も聞いていない。コミュニケーターでも話していない。ふたりだけなのかもしれない。血縁者なのか、自ら選んだ相手なのか、ふたりはいわゆる兄弟。じゃなければ……恋人。それもあり得る。恋人同士か配偶者よ」

ほんとうにそうだろうかと考えながらイヴはハンドルを切り、病院の地下駐車場に入って、予想より時間がかかっていらいらしながら空きスペースを見つけた。

「会議に出席して、気づいたらこのメディカルセンターに運びこまれていた、という患者たちのようすも調べるわよ。まずはカーソンから」

「病院は彼女の容体の危険度を一段階下げました。依然として重体ですが、安定しているのでICUは出ました。代理人の業務補佐係《アドミン》——アンソン・ホイットという男性で、彼女に少し熱を上げているかもしれません——によると、彼女の怪我は、火傷《やけど》と頭部の裂傷、肋骨《ろっこつ》二本の骨折、肩の脱臼《だっきゅう》の他、会議用テーブルの大きな金属片が突き刺さり、脇腹に深い傷を負っているそうです」

　病室のある階を探し当て、ナースステーションで警察バッジを示した。受付を担当していた看護師は眉を寄せた。

「ミズ・カーソンは重体です。安静と、静かな環境、看護を必要としています。明日、出直していただいたほうがよいかと思います」

「そうでしょうが、われわれはもうここにいるし、すでに許可も得ています」

「ええ、それはわかっています。でも、患者さんが眠っている場合、あなたのためであろうと、他の誰のためであろうと、起こすことはしません」

　看護師はカウンターをぐるりとまわって出てきた。チョコレート色の肌の小柄な女性で、目つきが鋭く、人をまとめる地位にいるのがわかる。カーソンが入院している快適そうな個室に着くと、そのきつい目つきが柔らかくなって思いやりにあふれたものに変わった。

「警察の方が見えましたよ。まだ来客に対応できそうになければ、また出直していただきますからね」

「ありがとう、ジーニー。警察の方をお待ちしていたのよ。大丈夫」

「十五分ですよ」看護師はまたイヴにきつい目を向けて言った。「何かあったらすぐにブザーを押してくださいね」そうカーソンに言って、部屋から出ていった。厚底の靴は気味が悪いほどまったく足音がしない。

「ミズ・カーソン」

イヴはベッドに横たわっている女性に近づいた。混合人種の女性で、火傷にはジェル・パッチが貼られ、傷を縫い合わせた線が左のこめかみから耳のまん中まで伸びている。イヴの視線が、傷を負った血色の悪い顔から固定されている肩へと移る間も、さまざまなモニターの小さく規則的な音が、ピッ、ピッ、ピッ、と鳴りつづけている。

「ダラス警部補。ピーボディ捜査官」カーソンはほほえまなかった。「以前もいらしてくださったと聞きました。わたしはお会いできる状態ではなくて……」

「いま、こうして会っていただいて感謝します」

「うちの社で働いていた五名が亡くなりました。わたしも知っていた社員、わたしを信頼してくれていた五人です。彼らのために正義がなされてほしいし、必ずそうなるようにします。亡くなった五人を愛していた人たちにとって、正義は色あせて頼りなく思えるでしょうが」

カーソンはくっきりとした明るいブルーの目を閉じ、ため息をついた。「たった今、いちばん古くからの友人——ニューメキシコからわざわざ来てくれました——にわたしの身の回りのものを取りに自宅へ行ってもらいました。でも、わたしの業務補佐係のアンソンがどこか近くにいます。そのうち戻ってくるでしょうし、彼はここで付き添ってくれることになっています。彼が現れたら、コーヒーか冷たいものを持ってこさせます」

「どうぞお構いなく。親しい方々を亡くされて、お気の毒です」

「わたしも残念です。予想もできない大きな損失だけれど、負けるものですか。勝つのはこっちよ」

「勝つというのは?」

「合併は成立させます」

「今回のことは、合併を阻止するためだと?」

「もちろん、そう思っています。他にどんな理由がありえますか?」

「阻止させたがっているのは誰でしょう?」

「具体的にどこの誰だと、わかっていたらどんなにいいでしょう。この交渉、契約を阻止することに血眼《ちまなこ》になっている常軌を逸した誰か。他の航空会社に関わりのある者かもしれません」

「脅迫を受けたことがありますか?」

「ありません、そのことについてはさっきローレンと――少し前にお会いになったでしょう――話し合ったところです。そして、ようやく彼を説得して、自宅に帰ってもらいました。意識して声を荒らげたりもしました」カーソンは少しほほえんだ。「ふだん、興奮することはまずありませんが、頑張って気持ちを高ぶらせ、なんとか家に帰って休むようにさせました。アンソンが戻ったら、同じことをやらなければと思っています。彼は腕を骨折した以外に、火傷と切り傷と打撲も負っています。さらに治療が必要になるかもしれないから、帰らないで病院に残ったほうがいいかもしれないわ」

カーソンはトレイにのっている水が入ったコップに手を伸ばしかけ、顔をしかめた。

「お取りしましょう」ピーボディが近づいて、曲がったストローが挿されたコップをカーソンに渡した。

「ありがとう。ああ、こんなところで立ち往生しているのが、腹立たしくてたまらない――

こんなことを言うのは、恐ろしく利己的だとわかっているわ」魅力的な目にこみ上げた涙を、カーソンがすぐに押さえ込むのをイヴは見逃さなかった。「わたしは生きていて、回復するのだから。失礼、脅しを受けたことはありません」

「ポール・ローガンを知っていましたか?」

「取引が進む過程で、知るようになりました。彼のマーケティングのコンセプトも、切り口も、関心も、わたしにはプラスでした。爆発が起こったとき——つい今朝のことなのね?信じられない」

カーソンは深呼吸をしてからまたストローで水を飲んだ。「最初に意識が戻って、何があったか理解したときは呆然《ぼうぜん》としました。彼が好きだったし、尊敬もしていたからです。そして、たまらなく腹が立ちました。そのうち、ローレンから、ポールの奥さんと娘さんのことと、犯人がおふたりに何をしたか聞かされました。怒りたいわよ。ポール・ローガンに対して。でも、できない。今でも彼の顔をはっきり思い出せるわ。真っ青な顔をして、目にいっぱい涙を浮かべて、手を震わせていたの。今もありありと思い出せる。そして、ああ、たまらない、デリックがまっすぐ近づいていって、心配そうにポールの両肩に手を置いて、どうしたんだって訊いたのよ。わたしは一歩下がったわ——ええと、後ろに下がって、デリックとポールだけが向き合えるようにしたの。まだ合併していないから、彼はデリックの部下で、仲間だから、わたしは一歩後ろに下がったのよ。あのとき、もし……」

「ローガンは何か言いましたか？」

「言いました――たぶん。〝申し訳ない。ほかにどうしようもないんだ〟と言ったと思うわ。断言はできないけれど。次の瞬間、世界が白く、目がくらむほど真っ白になって、吹き飛ばされるのがわかったわ。そして、ぞっとするほどひどい痛みを感じたの」カーソンの一方の手がそろそろと脇腹に移動した。「そのあと、何もなくなった。正真正銘の空白のあと、気づいたらICUにいたのよ」

「この一年で、従業員を解雇せざるを得なかったことがありますか？　合併の気配を察したり、わずかでも事情を知っていた者で、ということですが」

「話が本格的になって真剣な議論が始まったのは、夏のなかごろになってからです。もちろん、合併の話が出はじめたのはもっと前で、少なくとも一年は前よ。それで、あらかじめ問題がないかチェックしたり、さまざまな数字を確認したり、法律や規制について調べたりしていた。でも、目的や方向性をきっちり決めて真剣に考えだしたのは、七月になってからよ。秋までは社内だけの話で秘密にしておけたけれど、どうしても、こういうことは漏れてしまう。解雇した従業員もいるけれど、いつだって人の出入りはあるから」

「とくに目立つ者はいませんでしたか？」

「わたしは、うちの会社の細々したところまでは管理していないの」カーソンはまたかすかにほほえんだ。「それに反対する人も多いでしょうね。でも、各課のリーダーに権限をあたえなければ、そこのリーダーとは言えないでしょう。最初から、社員全員が合併に乗り気だったわけではないわ。徐々に賛成する者が増えていった。今回起こったようなことができる人間ややったかもしれないと思える者がいれば、ほんとうにそれが誰であっても、一瞬もためらわずにあなたに伝えるわ。怪しいと思っている人がいるの？　いるのかしら？」

「手がかりという手がかりをすべて、積極的に追っているところです」

カーソンはもどかしげにふうっと息を吐き出した。「企業のトップが言いそうなことね。自分がそうだからわかるわ」

「それでも、ほんとうのことですから」

せいぜい三十歳くらいの男性が病室の出入り口にやってきた。火傷ジェルを塗り、腕を固定して、ハシバミ色の大きな目に疲労の色を浮かべていても、ハンサムだ。

「ウィリ」

「いいのよ、アンソン。警察の方たちだから」

男はベッドの脇まで歩いてきた。「私が彼らと廊下で話しましょうか？」

「わたしとの話が終わってからね」

「そろそろ時間切れだと伝えるように、ジーニーから言われました」

「彼女、けんか腰なの。もう少し愛想よくしてくれないかしら？　あと二、三分、話をさせてほしいわ」

「いいんです」イヴはふたりに言った。「とりあえず、もう充分にうかがいました。何か思い出したり、われわれに答えられる質問があったら、わたしたちのどちらでもかまいませんから、連絡をください」

「つねに最新の情報を伝えていただきたいわ。葬儀があっても、わたしは参列できません。何が起こっているか、知る必要があるんです」

「連絡を絶やさないようにします」イヴはちらりとアンソンを見た。「廊下に出ませんか？」

「コップのお水を入れ替えてきましょう」ピーボディが申し出た。

「ありがとう。ほんとうはコーヒーがいいけれど、あなたから言ってもらってもジーニーが許してくれないわね？　とにかくただの水以外なら、お茶か、青臭いハーブティーでも我慢するわ」

「できるかぎりのことをしてみます」

イヴはアンソンと一緒に廊下に出た。アンソンはカーソンのベッドから見えないように体を斜めにして、指先で両目を押さえた。「私で力になれることならなんでも言ってください。彼女は死んだと思いました。私には何もできなかった。友だちは、いちばん親しい友人のひとりは亡くなりました。目の前で起こったことなのに、私には何もできなかった」

「カーソンの業務補佐係になってどのくらいですか？」

「三年半です。彼女の補佐係のさらにアシスタントをしていて、マルシアが退職したときに後を引き継ぎました」

「合併のことは最初から知っていましたか？」

「はい」

「どう思いましたか？」

「ウィリ――ミズ・カーソンほどビジネスに関して頭のいい人を私は知りません。しかも、会社だけではなく、彼女のもとで働いている人たちのことも心から気にかけています。だからこそ、エコノとクアンタムの相性はぴったりなんです。少なくとも私が見たところ、ミスター・ピアソンも同じ考えをお持ちのようでした」

「そう思っていない人もいましたか？」

「疑念を抱いている人もわずかにいたし、反対意見もありましたが、話が具体化するにしたがって、しだいに消えていきました。今回のことは何ひとつ理解できません。誰がこんなことをするのかまったくわからない。ウィリのもとで働いている者、彼女を知っている人なら誰だって、ほんとうにひとり残らず、彼女ならやり遂げるとわかっています。彼女が合併をやめるなんてありえません。あまり長い間、彼女をひとりにしたくないのですが」

「あと一分だけ。業務補佐係として、彼女のメールを見たり予約を手配したりしますね。なんとなくでも、脅迫じゃないかと思えるようなものはなかったですか？」

「思いつきません」

「個人的なものでも？　彼女を傷つけたがっている人に心当たりはないですか？」

「彼女の別れた恋人は世間知らずの間抜けですが、あり得ないです。絶対にあり得ない。ふたりは仲がいいとは言えませんが、やつが暴力を振るうようなら私が気づかないはずがありません。暴力的というより、優柔不断なろくでなしです」

「名前を」

「くそっ、口にするのも腹立たしいが、しかたない。ジョーダン・バンクスです。信託財産で暮らしているようなやつで、口を開けば自慢話ばかり。美術界で仕事をしているふりをしていますが、基本は見栄っ張りの怠け者です」

「あまり好きではない？」

「まったく好きではありませんが、やつはこんなことはしません」

「あなたはどうなんですか――ミズ・カーソンと個人的な関係があるのですか？」

「もちろん、私は――おっと、そういうことではありません。つまり、彼女を愛していますが、そういう意味ではなく。私には婚約者のような恋人もいます。あの、まだ結婚を申し込んではいませんが、申し込みます。こんなことがあると目が覚めます。でも、私はウィリを愛しています――ロマンチックな意味ではなく。それは……だって、失礼でしょう。私は彼女のために働いているし、それに、彼女は、あの、年上です」

持ち帰り用のカップを持ったピーボディがカーソンの病室に入るのが見えて、イヴは話を終わらせることにした。

「他に何か気づいたら――」

「気づけるといいのですが。いまは頭のなかがごちゃごちゃなので、あとで何か思い出せたらと思っています。親友が、警部補、私の目の前でばらばらになって吹き飛びました。ゆうべ、一緒にニックスのゲームを観に行ったのに、彼はもう……。そのことが頭のなかをぐるぐる回っていて消せないんです」

イヴはアンソンを病室に戻して、ピーボディと歩き出した。

「わたしには心から腹を立てているように思えます」ピーボディは言った。

「そうね、ふたりともそんな感じ。彼女には別れた恋人がいる。ジョーダン・バンクス。業務補佐係は彼を嫌っている――今回のことにかかわっているとは思わないけれど、嫌っている。彼について調べるわよ。それから、門番看護師が他の怪我人の名前と病室をもっと教えてくれるかどうか試す」

「カーソンにコーヒーかお茶を持っていきたいと言ったら、彼女はにらまなくなりました。出してくれたのはハーブティーでしたが、怖い顔はしなくなりました」

「じゃ、次もあなたが訊いて」イヴは言った。

7

ふたりは病室を回ったが、新たな情報は得られなかった。

「怪我人でもそうじゃなくても、残りの目撃者から聞き取りをしなければ」車を目指して歩きはじめながらイヴが言った。「有力な手がかりは得られそうにないけど」

「会議室に共謀者はいなかったと思います。少なくとも、知らないうちにかかわっていた人はいないでしょう」

「知らないうちにかかわっていた人を探すのよ。どんなに細い線でも、プロファイリングの結果に適合する誰かとつながるかもしれない。ささいなことをうっかりしゃべったせいで、何かが誘発されたのかも」

「人って自慢しますからね」ピーボディが同意した。「仕事で大きな動きがあったとか。文句も言いますよね。残業続きで死にそう、とか」

「配偶者や恋人が残業ばかりだと、友人にこぼしたり。それから、これだけ大きな会社だとクビになる人もいる――自分から退職する人もいる。その人たちをチェックしないと。ピアソンに愛人がいてセックスしまくっていたという情報はないから、カーソンの元恋人を調べるわよ」

車に乗り込むと、ピーボディはすでにPPCで検索して得たデータを呼び出した。

「ジョーダン・ライオネル・バンクス、四十六歳、白人、三十三歳で結婚し、三十四歳で離婚している」

「あっという間ね」イヴが言った。

「〝誓います〟から〝出ていけ〟まで十か月。子どもはなし。元妻のレティティア・アリソン・アーガイルは、主に英国で展開している〈アーガイル・コミュニケーションズ〉帝国の後継人。再婚して三年目。三十五歳だから、バンクスよりかなり若いですね。現在、ふたり目の子どもを妊娠中です。それはそうと」

ピーボディは少しだけスクロールダウンした。「バンクスは大金持ちの四代目。〈バンクス《B》・インフォメーション《I》・アンド《&》・エンターテインメント《E》〉の経営者のひとりです。BI&Eはさまざまなメディアの経営や、映画、ホームビデオ、デジタルコンテンツの製作や、ライブシアターの運営にかかわっています。ちなみに、『ジ・アイコーヴ・アジェンダ』と最優秀作品賞を競っている『ファイブ・シークレッツ』は彼らの大ヒット作品です」

イヴはただうなり声をあげた。

「ジョーダン・バンクスはここニューヨーク――アッパーウェスト――にも邸宅があり、ハンプトンズの浜辺に別荘も持っています。彼の元妻が、離婚してロンドンを離れる彼に買い与えたものです。彼はヨットも所有して、夏は地中海で過ごすことも多いようです。それだけの暮らしができるなら、いい仕事をしているんですね」

「どんな仕事?」

「それです」ピーボディが言った。「同じくアッパーウェストに画廊――〈バンクス・ギャラリー〉と言います――を所有しています。登録されているデータによると、総資産は十二億ドル。ところが、ところが」

「ところが、何?」セントラルに引き返しながら、イヴは訊いた。

「ゴシップページを読むと、ちょっとようすが違っています。たとえば、元妻は彼を追い払いたくて大金を払った、とか。彼は浜辺の別荘を貸し出していて、画廊はバンクスが赤字を出して倒産寸前。忙しそうな男です。パーティからパーティ、女性から女性へと渡り歩いている――いつも儲《もう》け話を探しているそうです。きょうだいふたりやいとこたち、先代の経営者たちと違って、家業は放ったらかしですが、お咎《とが》めなしで収入だけ得ています。役立たず

う」

「ゴシップを知っていて、金は払うからかかわってくれるな、というのが実家の考えでしょの厄介者ですね」

「わたしもそう読んでいます」ピーボディは同意した。「たぶん総資産は登録されているデータの半分以下でしょうが、それだけでもたいした額です。でも、彼のようにやりたい放題の人生を送るには、もっと金が必要だと思います」

「家に帰る前に、彼のところに寄ってみる。ロークにも一緒に来てもらうわ」イヴは言った。「彼は、金は持っていても見せかけだけのろくでなしを威圧するのがうまいの」

イヴは署の駐車場に車を入れて、時間を確認した。「オーケイ、担当分の仕事を持って帰ってやってもいいし、マクナブを待つあいだにやってもいいし、どちらでも都合のいいようにして。わたしは報告書を書き上げてから、ロークをつかまえてバンクスを脅かしにいく」

「報告書はわたしが書きます」ピーボディが申し出た。「わたしがマクナブをつかまえるより、あなたがロークをつかまえるほうが早いでしょうから」

「いいわね。何か新しいことがわかったら連絡して。わたしはバンクスの家に寄ってから、帰って仕事をする」

ピーボディが車を降りてもイヴは運転席から動かず、ロークにショートメールを送った。

〝終わっていたら、駐車場で〟

一分もしないうちに返信が届いた。〝了解。十分後に〟

イヴは座ったまま自分のメモを読み返そうとして、ため息をついた。待ち時間が十分ある。片付けたほうがいいだろう。そして、その日、五、六回は連絡をよこしていたナディーンに連絡をした。

「やっとよ！」カメラ撮影用にメイクをしたナディーンの顔が車のダッシュボードのスクリーンいっぱいに映った。「今朝の爆弾事件について、一対一でインタビューがしたいわ」

「それはできない。捜査中だから」

「すぐに終わらせるから」簡単には引き下がらない中継リポーターは重ねて求めた。

「どんなに早く済ませてもだめ。今から捜査に戻るところよ。NYPSDの捜査チームはポール・ローガンを被害者と見ている、とだけ言えるわ」

「テロ行為だというのは肯定する？　否定する？」

「ポール・ローガンはテロリストではないし、いかなるテロ組織とのつながりもないわ。はっきり言えるのは、彼とその家族は身元不明の人物ふたりに長時間にわたって監禁され、痛めつけられ、NYPSDは全力をあげて捜査中ということ」

「どうして彼が標的になったの？　犯人の要求は？　それから――」

「今のところ、これ以上のことは教えられないわ、ナディーン。厄介な事件なのよ。それとは関係ないんだけれど、あなたに訊きたいことがある」

ナディーンの猫に似たグリーンの目が鋭くなった。「あなたはわたしに質問できるのに、わたしは――」

「そう、わたしは質問できるの。もし――もしよ――ハリウッドの件でピーボディとマクナブを休ませられたら、ふたりが行けるように手配をしてもらえる？」

「もちろんよ。そのつもりだったわ。あなたとロークは――」

「わたしたちは行かないけれど、わたしがピーボディに時間をあげられて、フィーニーもマクナブに同じ時間をあげられるなら、わたしも彼もそうしてあげるつもり」

「もう移送機《トランスポ》の手配はしてあるから、彼らも一緒にどうぞ。予約したのはスイートルームで、彼らが泊まれる部屋もあるから歓迎するわ。受賞候補作の関係者席は用意されているから、そこに座ればいいし。必要なのはそれっぽい服だけ」

「その通りね。彼らが行けるかどうか、いつまでに知らせればいい？」

「金曜日に発つから、その日のお昼過ぎまでに」

「じゃ、それまでに連絡する」

「あなたたちも来られたらいいのに。オスカーを獲《と》るか獲れないか、重大な瞬間よ」

「画面で見てるわ。そういえば……赤い馬の原稿。いいわね」

ナディーンの目が疑わしげに細められた。「読み終えたの?」

「ほとんどね。いい感じ。あれって——あなたに何がわかるの? って言われそうだけど——たぶん、アイコーヴの本よりいい」

ナディーンの賢そうな目が一瞬閉じられた。「そうであってほしかったの。あなたがどう考えるかが大事なの」

「そんなのどうでもいいけど、いいなと思ったから、いい作品とか、そういうことなんだと思う」

「大事よ」ナディーンは繰り返した。「あれを書きはじめたら、監督とキャストが映画製作の契約を交わしたの。ええと、亡くなってしまったピーボディ役には、別の役者を選んでいるところ——でも、他はすべて、前の人たちがやってくれることになってるわ。もう三作目の依頼もあったのよ——三部作みたいにするらしくて。どの事件を素材にしたらいいか、今考えているところ」

「わたしに訊かないで。それから、オスカーの式に行けるかもしれないことはピーボディには一切言わないで。黙って子犬みたいな目で見つめてくる彼女に、死ぬほど悩まされるに決まっているから」

「一言も言わない」

「ロックスターを連れていくの？」

「ロックスターを連れていくわ。あなたが考え直してくれたら、最高に楽しい夜になるのに」

「それはないわ。そろそろろくでなしの話を聞きに行かなくちゃ」

「名前を聞かせてくれない？　ろくでなしはすごくいいネタになるのよ」

「彼が事件とかかわりがあるとわかったら、教えてあげる」

イヴはリンクを切り、ピーボディが送ってくれたバンクスに関するデータを呼び出してじっくり読みはじめた。しばらくして、ロークが助手席側のドアを開けた。

「きみが仕事をして、僕が運転するかい？」ロークが訊いた。

「いいえ、もう情報はたっぷり仕入れたから。EDDはどんな具合？」

「大量のデータが掘り出されたが、今のところ当てはまりそうなのは何も見つかっていない。それで、僕たちはどこへ向かうのかな？」

「カーソンの元恋人のところ。ジョーダン・バンクスについて知ってる？」

　イヴ専用車《DLE》の助手席シートの位置は、とくに脚の長いロークにぴったりだ。「ばか野郎だという以外に？」

「カーソンの業務補佐係の考えと、ピーボディの有名なゴシップページの正しさが裏づけられたわ」

「彼のことはほとんど知らないが、そう、ばか野郎だとは断言できる。しかも、役立たずだ。裕福な家の出で、一族のほとんどは積極的な人生を送り、恵まれた立場を利用して建設的なことをしているらしい」ロークは説明を続け、イヴは駐車スペースから車を出した。

「彼の従姉妹《いとこ》に……かなり親しい知り合いがいたんだ」

「あらあら」

「従兄弟《いとこ》とは大違いの、頭がよくて上品な女性で、楽しい付き合いをさせてもらっていた。僕に言わせれば、ジョーダンの脳ミソは濡《ぬ》れたネズミを詰めた袋並みだが、なかなかずる賢い。どこか不思議な魅力を利用して相手にすり寄り、疑うことを知らない人をその気にさせて、投資させたり、金を借りたり、もらったりする」

「あなたにも試した？」

「一度ね。マドリッドで、たまたま彼の従姉妹——僕の素敵な知り合いだ——と出くわしたことがあった。僕は出張中で、彼女はスペイン人との結婚を目前に控えていた。親切な彼女に招待されて、僕は結婚式に参列した。当然だがジョーダンもいて、何かの計画だか何だかについて、うるさいくらい熱心に話しかけてきた。だから、失せろ、と言ってやった。確か、とても素敵な結婚式だったよ」

「じゃ、彼と仕事はしていないの?」

ロークは横を向き、驚くほど青い目でイヴを見た。「ばか野郎と仕事をすることはめったにないよ」

「彼はあなたを恐れてる?」

「どうして恐れるんだい?」

イヴはただ目をむいて、住宅街へ向かって車列を縫っていった。「失せろと言ったとき、彼はいなくなった? すり寄りつづけた?」

ロークは少しほほえんだ。「すぐに失せたと思う」

「それよ、わたしが言ってるのは。じゃ、とりあえずは冷淡で礼儀正しいロークでいてもらう。これだけで充分に怖いけど、それでは足りないってわたしが判断したら、目いっぱい怖いロークになってかまわないわ。彼が今回の件にからんでいるのかどうかはわからないけれど、カーソンと付き合っていたんだから、何か知っているかもしれない」

「喜んでやらせてもらうよ」ロークは体の向きを変えて、まじまじとイヴを見た。「込み入った事件だね、警部補」

「そうでもないわ。ただ……おおぜいの人が亡くなり、家族が脅されて、それは株式市場を舞台にしたギャンブルで犯人が大儲けするため、という事件。自分の儲けだけを狙った、とんでもない計画だけど、結局はすごくうまくいってしまったの。もちろん、彼らは過ちを犯した。目撃者ふたりを殺さず、黙っているべきなのに子どもの前で話をした。でも、ポール・ローガンを選んだのは正しかった。自分より愛するふたりを救うために、あなたなら何をする？」

ロークはイヴの手に自分の手を重ねた。「無条件になんだってやる」

「あなたならボタンを押さなかった」

「そうだろうか？」

イヴはうなずいた。「あなたは——わたしたちは——別の道を見つけていたはず。それはもっと賢くて、陰険で、ずるくなければできないこと。彼はもっと賢くなれた——別の状況でなら——かもしれないけれど、陰険でもずるくもなくて、だからこそ犯人たちは彼にやらせたのよ」

「きみはやつらがまたやるかもしれないと思っている」

「あれはたぶん一度きり。たぶん」

「そうは思っていないだろう」

「思っていないけれど、一度きりなら成功を喜んで祝うでしょうね、いまいましい。一度きりだとしても、そのうちまたやりたくなるわ。うまくいったから。勝ったから。一度きりじゃないとして、やつらはしっかり計画するタイプよ。細部まで綿密に練り上げる。もう次に狙う人を決め、別の計画を考えているわ」

「僕も同じ考えだ。ということは、間違いなくフィーニーもだろう。それでも、この手の大規模な合併は毎日は起こらない――毎年だってない」

「だから、やつらが市場操作するのに他にどんな方法でやるか、一緒に考えてほしいの」

夜空を突き刺す美しい剣を思わせるシルバーとガラスでできた高層ビルがあり、イヴはその前の縁石沿いに車を停《と》めた。

「ドアマンと交渉してくる」イヴは車から勢いよく降りて、古典的な黒い制服姿の男と向き合った。イヴが口を開く暇《いとま》もなく、ドアマンがほほえんだ。

「どんなご用でしょうか、警部補？　サー」ロークが車から降りると、ドアマンが声をかけた。

それなら話は早いと思い、イヴはやり方を変えた。「ジョーダン・バンクスよ」

「承知いたしました。ミスター・バンクスはご在宅です。つい二十分前に戻られました」

　ドアマンは幅広のガラスの両開きのドアへ足早に向かった。なめらかにドアが開いて足を踏み入れたロビーは、黒とシルバーで統一され、ところどころに赤い花の華やかなアレンジメントが飾られている。あたりにはその花の香りが漂い、黒いタイルを踏んで長いセキュリティ・デスクへ向かいながら、しんと静まりかえった雰囲気が教会のなかのようだとイヴは思った。

「ダラス警部補とローク様がジョーダン・バンクス様をお訪ねです」ドアマンが長いカウンターにいた男性に告げた。

「承知しました。サー」男性はロークに視線を移した。「おふたりがお見えになったと、バンクス様にお伝えいたしましょうか？」

「いいえ」イヴはきっぱり言った。

「五十一階です。五一〇〇番が正面玄関になっております」男性がボタンを押すと、シルバーのエレベーター・ドアのひとつが静かに開いた。「行ってらっしゃいませ」

「ありがとう」ロークはイヴの腕に手を置き、一緒にエレベーターに向かって歩きだした。

「あなたのビルね」

「そうだ」

「じゃ、ばか者と仕事はしないけれど、部屋は貸すのね？」

「彼らだって雨露をしのぐ屋根は必要だから、おおぜいのばか者に貸していると思う」

イヴはシルバーの天井を見上げた。「たいした屋根よね」

「なかなか素敵だろう？」ロークは身を乗り出し、イヴが目を細めてセキュリティ・カメラを見たのもかまわず、キスをした。「同じくらい素敵なレストランがすぐ隣にあったと思う。もしお腹がすいていたら」

「食事なら家でするほうがいい」

「確かに」

ふたりは音もなくなめらかに上昇して、五十一階に着いた。

広い廊下のそこここにも赤い花が飾られ、シルバーの壁には何かが激しくほとばしるような絵が掛けられ、その先に五一〇〇番の両開きのドアがあった。

「セキュリティは厳重ね」ドアの防犯カメラと、掌紋照合装置《パーム・プレート》と錠を見て、イヴは言った。

ブザーを押して、カメラにロークだけが映るように後ろに下がる。

イヴが予想したとおり、バンクスにも防犯用コンピュータにも何も尋ねられないまま、ドアが開いた。

「おやおや、これは驚いた」前に出てきたイヴを見て、バンクスが言った。「そして、こんにちは」

これがロークの言っていたどこか不思議な魅力というやつだろう、とイヴは思った——少年っぽいハンサムな顔にゆっくり笑みが広がり、子犬のような目の茶色がみるみる深まった。顔を縁取っているくしゃくしゃっと乱れた茶色い髪は豊かで、日に焼けたのかセンスのいいカラーリストのおかげか、明るい筋が入っている。淡いゴールドのセーターと焦げ茶のズボンに包まれた体は引き締まっている。

一八〇センチぐらいだろうか。シシリー・グリーンスパンの表現を借りれば、均整の取れた体だ。

「NYPSDのダラス警部補です」

バンクスはバッジにはほとんど目もくれず、子犬のような目でイヴの顔を見つめた。たいていの女性をうれしくさせる目つきなのだろう、とイヴは思った。

わたしはたいていの女性ではない。

「知ってますよ、ロークの奥さんですよね。スクリーンでお見かけしたことがあります。いろんな記事でも読みました。どうぞ、お入りください。お会いできてうれしいな、ローク」

バンクスは片手を差し出した。ロークがその手を握る。やけに丁寧でよそよそしいほどだ。

「警部補は警察の仕事でここへ来たんですよ」

「それは穏やかじゃないな」しかし、ジョーダンの笑顔は少しも曇らない。「座ってください。〝仕事〟というのは飲めないという意味じゃないといいけど」

「飲めないということです――でも、あなたはお好きに」

リビングエリアの床から天井まである大きな窓の向こうは広いテラスで、その先の景色がよく見える。街に夕闇が流れこんですべてが淡い光を放ち、剣や槍《やり》のようにそそり立つ高層ビル群の背景の空が刻々と暗くなっていく。川面《かわも》がちらちらと光りはじめる。

ジョーダンは、話がしやすいように配置されたソファと椅子のほうを身振りで示した。ソファも椅子もすべて黒と白で、イヴはチェス盤を思い出した。壁沿いに低くて横長の暖炉があって、炎が揺らめいている。その上の壁に、木炭と鉛筆で描かれた裸体の――男性も女性も――デッサン画が並んでいた。

静かな音楽が小さく聞こえる。

「食前酒を飲んでいたところです」ジョーダンは言い、淡い金色の飲み物のグラスをつまんだ。「皆さんはコーヒーをブラックでいかがですか？　ドロイドに用意させます」

「結構です、ありがとう」形だけの挨拶《あいさつ》もこれで終わりとばかりに、イヴは腰を下ろした。

「あなたはウィリミナ・カーソンと付き合っていましたね」

「ええ。あの――詳しく言うと、数週間前に関係は解消しました。円満に」

ジョーダンも腰を下ろした。ゆったりと心地よさそうに身を沈める。

「ミズ・カーソンが今朝、クアンタム航空本社で起きた爆発事件で、重傷を負ったのをご存じですね?」

ジョーダンは真顔になり、悲しそうな表情を浮かべた——木炭のデッサン画に劣らず表面的だ、とイヴには思えた。「今朝、聞きました。ひどいなんてもんじゃありません。犠牲になった人たち! クアンタム航空の従業員や役員たちでしょう? どうしたらあんなことができるのか理解できないですよ、滅茶苦茶だ。ウィリが殺されなくてほんとうによかった。完全に回復すると聞いています」

「誰から聞きましたか?」

「それは……ニュースで聞きました。ウィリのことが死ぬほど心配で、実は一日ずっとニュース番組にかじりついていたんです。あんなことがあっても合併は成立するし、彼女はもう回復しはじめています。ほんとうにほっとしましたよ! あの男、あの正気を失った男がどうしてあんなことをしたのか、もうわかったんですか?」

「ポール・ローガンは、今朝、怪我をしたり亡くなったりした人たちと同じく被害者です。それを聞き逃していたなら、ニュースのかじりつき方を間違えたようですね。クアンタムとエコノが数か月前から交渉を続けていたのは知っていたんでしょう?」

「ええ。よく知っていましたよ、ええ。ウィリはビジネスにとても強くて、僕が影響力を発揮できるのはアートの世界に限られていましたが、付き合っているとき、彼女からたまに会社の細かな情報を聞かされていました」

ジョーダンはまたにこっとほほえみ、軽く乾杯するように食前酒のグラスを上げた。「アイコーヴの本や映画にあるように、あなたがロークと一緒に仕事をするのと同じですよ」

「細かなことまで知っていましたか?」

ジョーダンは体の向きを変えて真顔になり、さらに重々しい表情を浮かべて少しだけ身を乗り出した。「エコノとウィリにとって大きな変化だったし、これからも変化は続くでしょう。彼女は衝動で動くようなことはまったくなくて、表計算や統計データに関することはもちろん、アドバイスや意見もきちんと受け入れられる人です」

「彼女があなたからアドバイスを受けていた?」声をあげたのはロークだった。反論するというよりも挑発するように、一方の眉を上げて訊いた。「こんな大きな契約について?」

ジョーダンは一方の手のひらを上に向けて、上げた。「僕は、曲がりなりにもビジネス一家の出ですよ。代々、交渉したり、取引したり、売買をしてきた一族です――どれだけの規模かは、もちろんご存じでしょう。当然、ウィリは僕にアドバイスや意見を求めました。あなたの奥さんがごく自然にあなたの意見を求めるように」

「彼女はあなたのアドバイスや意見に従いましたか?」イヴが訊いた。

「真剣に受け止めて考慮していたと思いますよ。僕は合併を強く勧めました。僕の考えでは、エコノはある種の洗練を必要としていて、クアンタムはそれを提供してくれます。ピアソンを知っていましたか?」ジョーダンは再びロークを見た。「すばらしい人でした。なんという悲劇だろう。彼の奥さんと娘さんと息子さんにお悔やみの言葉を伝えました。不思議なことに、娘さんのリアーナはどこかウィリに似ているんです。魅力的な女性です。注目すべきスタイルを持ったビジネスウーマンです」

「しかも相当な収入もある」ロークは言い、ぞっとするほど冷ややかにほほえんだ。

ジョーダンは凍りついた。

「他には誰が、合併に関するあなたのアドバイスや意見に興味を持ったの?」イヴは強い調子で訊いた。

「どういう意味かわからないな」

「合併の交渉や準備の段階で、その細かなことを誰に話したの?」

ジョーダンは侮辱されたふりをした。「ウィリに相談されたことは何だろうとすべて秘密事項だった。僕が彼女の信頼を裏切るわけがない」

「これは驚きだ」ロークは穏やかに言った。「あなたの従姉妹の結婚式でわかったことだが、あなたはめちゃくちゃ口が軽いはずだ。私をそそのかして、あなたがかかわっているとかいう取引に投資させようとしただろう——何とかその気にさせようと、極秘事項を山ほど教えてくれたじゃないか」

「そんな記憶は——」

「私は覚えているし、警部補が少しのあいだ席をはずしてふたりだけにしてくれたら……記憶を呼び戻してやれる」ロークは身を乗り出した。「呼び戻してやろうか？」

「脅されたり侮辱されたりしたくて、きみたちを家に入れたわけじゃないぞ」

「脅しの言葉なんて一言も聞いていないわ」イヴは椅子の背に体をあずけた。「でも、呼び戻すのは——ひとまず——見送ることにする。自分が——取引で優位に立ったり誰かを感心させたりするために——誰に話したり、細かなことを伝えたりしたのか、そのうち考えたくなるはずよ」

「ウィリの話を聞いたのもアドバイスしたのも、好意からだ」ジョーダンのしゃべり方はぎこちなくなっていた。「合併みたいなビジネスの話よりもっと楽しい話がある。さっきも言ったが、僕が興味のあるのはアートの世界だ。さて、話はそれだけなら、今夜は約束があるので」

「あなたは考えたくなるはずよ」イヴは繰り返した。「だって、ロークがあなたは口が軽いと言ったら、それは間違いないから。十二人が亡くなったのよ。あなたが恋愛関係にあった女性は入院している。調べたら――調べるわよ――わかるけど、賭けてもいい。あなたはほんの何週間か前に――円満に――別れた女性が入院している病院に連絡して、容体を尋ねてさえいないに決まっている」

それを聞いて、ジョーダンの顔がかすかに赤くなった。決まりが悪いのだろう。いや、腹を立てているに違いない、とイヴは思った。

「誰に合併の話をしたか、誰があなたから詳しい話を聞き出そうとしたか、あなたは考えたくなるはずよ。きっとじっくり慎重に考えることになる。株式市場に興味があるのは誰か、賭けをするのが好きなのは誰か、軍隊経験があるかもしれないのは誰か」

バンクスは自分のグラスを脇に置いた。「僕は知り合いがとても多くて、そのうち、株式市場に興味があったり、一か八かの賭けを楽しんだりしている人はたくさんいるし――」

「あなたもそうなの?」

バンクスは言葉を切り、またグラスを手にした。「そういったことは、僕のファイナンシャル・アドバイザーがやってくれている。前にも言ったとおり、僕の専門はアートだ」

「でも、エコノ社のCEOは大きな決断を前に、あなたに助言を求めたわ」

「ピロートークだ」バンクスは軽くあしらった。「経験のある男性に意見を聞くのは、女性として自然な流れでしょう。正直な話、僕はウィリの仕事には興味がなかったし、その細かな話を聞いてほしいと食事に招待されたこともない。いずれにしても、彼女とかかわりがなくなってもう何週間もたつんです。さあ、もうひとりにさせてください」

イヴは立ち上がった。「あなたは考えたくなるはずよ」ふたたび言った。「なぜなら、捜査が進んで、爆発事件を引き起こした男たちとあなたが結びついたら、わたしは何としてでもあなたを共犯者として逮捕するから。そうはなりたくないはずよ」

さっきとは違ってバンクスの顔は赤黒くなり、魅力はどこかへ消え失せた。「ばかげた話だ。僕は生まれてからこれまで、誰ひとりとして傷つけたことはないのに！　どうか出ていってくれ。さもないと、セキュリティを呼ぶことになる」

今度はロークが立ち上がった。「ここは私の建物で、セキュリティも私の指示に従うんだ、この間抜け野郎。だから、警部補の警告を聞き入れるのが賢明だな。そうだ、もうひとつ。リアーナはおまえみたいなつまらない男のために時間を無駄にはしないぞ。もういいかな？」ロークはイヴに訊いた。

「いまのところは。考えるのよ」イヴはさらに言い、ロークと一緒に玄関へ向かった。途中、振り返って見ると、ジョーダンは怒りに顔をひきつらせていた。

完璧だ。

「見事に怖いロークだったわ」エレベーターに向かって歩きながら、イヴは感想を言った。

「きみも見事に怖いおまわりさんだったと言わせてもらおう」ロークはイヴの手を取り、指先にキスをした。「チームワークだ」

「彼は考えるはず。考えるのをやめられなくなるわ。たぶん、この線から手がかりが得られる。彼が合併についてしゃべりまくっていたのは間違いないから。内部情報を手に入れて舞い上がっていたのよ。いかにも彼らしい」

イヴは大きく息をつき、両肩を回した。「さあ、家に帰って、食べて、仕事を続けなくちゃ。どうやるかっていうと、まず、ろくでなし野郎のファイナンシャル・アドバイザーは誰なのか突き止めて――それと、彼がクアンタムとエコノにいくら投資したかも」

「喜んで」

イヴはロークに運転をまかせて、ジョーダンの聞き取りの結果を手早く要約して、チームに送った。

「有能で冷静なカーソンがどうしてバンクスみたいな役立たずの麻薬常用者に引っかかったのか、理解できないわ。確かに見た目はいいけれど、見た目が大事なら、セックスだけ楽しんで次の誰かを探せばいいのよ」

「思い《ハート》はほしいものを求め、見たいものを見るものだ」

「臓器《ハート》は鼓動する筋肉にすぎないわ」イヴは体を傾けてまじまじとロークを見た。「あなたは素敵よ」それだけではとても足りない、と思う。「それが大事なの。あなたが役立たずの麻薬常用者なら、セックスだけして次の誰かを探していたわ」

「最初にきみとセックスしたとき、僕の名前はまだ容疑者としてきみの事件ボードに記されていたと思う」

「形ではそうね」イヴは認めた。「でも、あなたを容疑者とは思っていなかった。わたしが間違っていたら、ちゃんとあなたを逮捕していたわ。最後にもう一度セックスしたあとにね」

「ダーリン、それはすごく素敵だ──しかも、妙に興奮する」

「あんなに聡明でしっかりして見える彼女が、あの男の口車《くちぐるま》に乗ったのが不思議よ」

「彼は人を魅了する術《すべ》を知っている──目的があれば、大げさなくらい褒めまくる。頭は悪くないし、口もうまい」ロークは肩をすくめた。「そこそこ腕のある、根っからの詐欺師だな。聡明でしっかりした女性は、口のうまいいかさま師にだまされやすい。とくに一途《いちず》な人はね。あらまあ、でも、わたしには違うわ、とか、わたしが彼を変えてみせる、って思うんだ」

しかめっ面のイヴを乗せた車は邸《やしき》の門を抜けて、どんどん暗くなっていく夜空にそびえるわが家へ向かった。威厳と居心地のよさを兼ね備えた邸だ。

「言おうと思っていたの。水玉模様の水玉は変わらないけど、変えられることもあるのよ。自分で変わるっていうこと。あなたは警官と結婚して、わたしは都会のお城に住んでいる」

ロークは車を停め、身を乗り出してイヴにキスをした。「水玉は水玉のままだ」

「にじんでくっつかないかぎりは。くっついたら大きな斑点《はんてん》になる」

「確かだけど、ややこしいな」ロークは言った。「つまり、僕たちはたがいの水玉をなすりつけ合ってまだら模様にした」

「そうね、でも、バンクスは？　彼みたいなタイプはいつまでたっても水玉のままよ」

「どうしてだかよくわからないが、同意せざるをえないな。ウィリミナも同じ結論に達して、関係を清算したのだと思う」

「でも、その前に合併や交渉の話を彼にしてしまった。その前に彼は……その話を大げさにして広めた。そんな感じだろうと思う」

ふたりは車を降りて、一緒に正面玄関へ向かった。

「さっきの話だが、実際のことわざでは水玉模様ではなくて〝ヒョウのまだら模様は変わらない〟だと知っているね？」

「ヒョウは、生まれて、生きて、死ぬまでずっとヒョウのままだから変わらないわよ」

「大事なのはことわざとしての意味なんだが」

「どうして、そんな当たり前のことのためにことわざが必要なの？　言葉の無駄遣いよ。当たり前のことを言うだけのアホなことわざがなくなれば、言葉や話がめちゃくちゃ節約できるはず」

ふたりだけの都会の城の、広々としたホワイエに足を踏み入れる。冬の休暇から戻った黒ずくめのサマーセットが、足下に太った猫を従えてぬっと立っていた。

あいかわらずガリガリで死体みたいだ、とイヴは思った。しかし、熱帯のどこかへ行ったらしく日に焼けていて、イヴは戸惑った。とにかく戸惑った。

さらに悪いことに、あの小麦色は痩せ細った体のほかの部分まで広がっているのだろうかと考えてしまう。そんなことを考えると、脳出血が起こりそうだ。

「ほぼ予定時間どおりのお帰りですね」サマーセットが気取った声で言った。「しかも、おそろいで」両方の眉を上げている。「さらに、見たところ、お怪我もないようで」

「今日はまだ早い《ヤング》から」イヴがコートを脱いで、階段のいちばん下の親柱に引っかけた。猫が歩いてきて、身をくねらせながらイヴの脚の間を抜けた。「あなたは若く《ヤング》ないけど」

イヴは階段をしずしずと上っていき、ロークはサマーセットと冗談でも交わすつもりなのか、その場にとどまっている。猫は小走りにイヴのあとを追った。

8

イヴはまっすぐ自分のホームオフィスへ行き、事件ボードの準備をした。スーツの上着を脱いでネクタイをはずしたロークが部屋に入ってきたときにはもう、仕事はいくらか進んでいた。

ロークは暖炉のスイッチを入れた――イヴはつい忘れてしまうが、雰囲気がよくなる。

「片付けなければならない仕事が少しあるんだ」ロークはイヴに言った。「ええと、二十分後に夕食ではどう?」

「三十分後のほうがいい」

「そうしよう」

隣り合うオフィスでロークが自分の仕事をしている間に、イヴは事件ボードを設置してコーヒーをプログラムし、事件ブックを作った。

ブーツを履いた脚をデスクにのせて、コーヒーを片手に椅子の背に寄りかかる。膝に飛び乗ってきたギャラハッドの重さが心地いい。コーヒーを飲みながらぼんやりなでる。そうやってじっくり考えつづける。

容疑者はまだ見えない。もしかするとあのゲス野郎——まさにぴったりだ——はさらに何らかの情報につながるかもしれないし、容疑者そのものかもしれない。何の罪もない男性が武器にされ、家族もひどい目に遭わされた。十二人が亡くなり、業績のいい会社二社が痛手を受けた。

イヴは目を閉じた。

一か八かの賭け、株式市場、利益。

「爆薬」そうつぶやき、ロークが部屋に入ってきたのを感じて目を開けた。「爆薬を使うのは、衝撃をあたえて、人の命を奪い、建物を破壊し、さらにパニックを起こすため」

「それで?」ロークは立ち止まり、事件ボードに目をこらした。

「株価を操作する方法は他にもあるはずよ。もっと被害が少なくて、人も死なないやり方が。犯人たちは、犯人がローガンではないと——ローガンが進んでやったのではないと——警察に見抜かれることは気に留めていなかった。でも、最初の衝撃とパニックは——それらが引き起こす結果も——求めた。誰が死ぬか? 何人死ぬか? すべて運しだい。ひとりか、十二人か、二十四人か、それはあまり重要じゃない。何より結果が大事。危険を冒す人、ギャンブラー、だけど、いちばん大事なのは結果。とにかく窓ガラスを吹き飛ばして好機が続くあいだにつかめるだけつかみ、最大の利益が得られるときに売り払う」

イヴが体の向きを変えると、ギャラハッドが膝から飛び降りた。ゆっくりとイヴの寝椅子に近づいていって、飛び乗る。

「ただのゲーム、投機ゲームかもしれない」イヴはさらに言って立ち上がり、事件ボードを見ているロークと並んで立った。「でも、その可能性は低いと思ってる。犯人たちはあまりに多くを注《つ》ぎ込み――時間と、手間と、危険――どれだけおおぜいに及ぶとも知れぬ人たちを進んで殺した――その前に女性を殴りつけ、子どもを怯えさせた――そのわりに、たいした利益は得ていない。でも……それって相対的でしょう？　あなたにとって相当な利益と、ピーボディにとっての相当な利益はレベルが違うわ」

「投資額の十倍――信用取引をしていたら、おそらくもっと――となれば、かかった経費にかかわらず、かなりの利益だ。たとえば、今朝、ピーボディが五千ドルで買ったエコノ株を、今、売るとしたら、五万ドル以上で売れるということだ」

「わかったわ。犯人のレベルはピーボディ以上かもしれないし、あなたのレベルかもしれない。たぶん、その中間くらいね。ピーボディから、彼女とマクナブであなたに一万ドル預けて運用してもらうって聞いたわ」

「それだけたまってその気になったら、ということだ」ロークはイヴを見た。「心配かな?」

「いいえ。たぶん。心配じゃないわ」ボードの前で行ったり来たりする。「心配じゃない」さっきよりきっぱりと言った。「彼らのお金だし、増えても彼らのだし、あなたは慎重にやるだろうから。自分のお金を運用するより用心深くやると思う」

イヴは立ち止まり、また眉をひそめ、ふたたび歩き出した。「それが重要なのよ」

「そうなのか?」ロークは壁に近づいてパネルの扉を開け、ワインのボトルを取り出した。

「ふたりはお金を貯《た》めて、自分たちで投資することもできるけれど、株式市場や売買や投資について何ひとつ知らない。証券会社へ行ってアドバイスしてもらうこともできるだろうけど、あなたがいるならそんなことはしなくていい」

イヴはまだむずかしい顔をしたまま、ロークが差し出したワインを受け取った。「つまり、彼らのやり方は賢い。利口な投資法よ——ええと、彼らは何て言ってる?——増やすために使う?」

「そう言っているね」

「あなたを信頼してゆだねれば、まず間違いなく儲かるわ。それで、これは?」イヴは事件ボードを示した。「これは犯人たちのやり方。不正工作をすれば、一か八かの賭けですらない。確かに、失敗する可能性はあるけど、勝算は高い。サイコロに細工したんだから」イヴはつぶやいた。

「そして、取引所が不正に気づくころには」ロークが締めくくった。「儲けをかっさらっていなくなっている。さあ、食べるよ」ロークは言った。「そして、仕事に取りかかる。今夜は赤肉の気分なんだ」

イヴは腰を下ろし、ステーキと、小さな金色のポテトと、柔らかいアスパラガスを食べはじめた。一口食べて、またしてもロークは正しいと思った。今夜は赤肉がふさわしい。

「まだあなたの名前が容疑者として事件ボードにあったとき」イヴは話しはじめた。「あなたはここにわたしを引っ張り込んで食事をしたのよ。ステーキだった」

「そうだった、覚えているよ」

「本物のステーキを食べたのは、あれが二度目だった。牛の肉ってこと」

ロークはロールパンをふたつに分けて、一方をイヴに渡した。「初めて聞いた。最初に食べたのはいつ?」

「警部補になったとき、フィーニーがステーキを食べに連れていってくれたわ。模造食品に慣れきっていると、そんなに大騒ぎするほど違うの? って思うわけ」イヴは一口大にステーキを切って、じっと見てから、食べた。「それで、違うんだってわかる。初めてのステーキは？」イヴはロークに訊いた。

「八歳だったか、たぶんそのくらいのころ、ダブリンの高級住宅地の邸宅に忍び込んで家捜ししていたときに盗んだ。当時は、貴重品を冷蔵庫に隠していたんだ。泥棒と呼ばれる者は誰だってそんなことは知っていた」

「冷蔵庫にね」イヴは同意した。「あと、下着の抽斗《ひきだし》も。隠し場所といえば、たいていそのどちらかだった。で、ステーキは？」

「マイクとブライアンと僕で、隠れ家のホットプレートで焼いて、文字どおり、むさぼり食った。あれ以前もあれ以後も、あのステーキよりうまいのは食べたことがない」

イヴがほほえみ、ロークは彼女のグラスにワインを注ぎ足した。「サマーセットに引き取られてから一度か二度、食べに連れていってもらったことがあって、ほんとうのステーキはこういう味なんだとわかった。それでも、狭苦しい隠れ家で食べた焦げた肉の塊は、まさに神々の食べ物のようだった」

「彼らはわたしたちとは違うと思う。あのふたりよ」イヴは言い、背後の事件ボードのほうを身振りで示した。「わたしたちみたいに困難な状況で育つと、卑屈になったり、暴力的になったり、残忍になったりすることもある。環境にゆがめられてしまうの。何かすばらしい味を覚えている、ということもあるけど。とにかく、彼らはそうじゃない」

「卑屈で、暴力的で、残忍？　彼らはそうじゃない？」

「周到で、計画的で、慎重に練り上げるのが彼らのやり方。殴られたり、仕返しを望んだり、生き残るために必死だったりとか、そういうつらい目には遭っていない。過去を思い出す必要もない。彼らは有利な立場にいて、ほぼ間違いなくちゃんとした環境で育っているはず。きちんとした教育を受け、トレーニングも受けていると思う」

ロークはじっとイヴを見つめ、いつものように、その知性と、考えるプロセスに感心しながら、またステーキを切った。「なぜそう思う？」

「オーケイ、ギャンブルをする基本的な理由は三つある。まず、面白半分。これには娯楽的要素も含まれる――つまり、少なくとも投資した分は失っても困らない。次に、自暴自棄や依存症からで、これは負けるのがふつう。勝っても、結局それをつぎ込んでしまうからよ。三つ目は、もっとほしいから。とにかくもっとほしい、というのが理由。犯人はこれじゃないかと思ってる。いずれにせよ、これまでにわかっていることからの推理だけど」

イヴは小さなポテトをフォークで突き刺した。「それから、あなたはこの街で行われる賭け金の高いギャンブルにも詳しいはずよね」

ロークは一方の眉を上げて、ワインを少し飲んだ。「かもしれない」

「それが手がかりになるかも。あなたはいくつかカジノを所有しているけど、自分ではほとんどギャンブルはやらない。カードとかルーレットとか、その手のものよ」

「勝つのはつねにカジノだから、お客になるよりカジノをやるほうがいい。たまにギャンブルもやるよ。ちょっとした暇つぶしにはいいし、少しは儲かる。しかし、僕にとってはいつだって楽しみのためでしかないし、それ以外は勝負する相手の心を読む練習で、ひとり残らずカモにするのは言うまでもない」

「盗みはすべてギャンブルだった」イヴは指摘した。

「それは確かだが、職業でもあった」ロークはまたほほえんだ。「夢中になる対象だね。最初は生き残るための手段で、やがて生き方になり、別の楽しみになった」

「リチャード・トロイは賭け事をしていたわ」イヴは父親の話をした。「今になって考えると、あの人にとって飲酒や虐待と同じ病気だった。パトリック・ロークもギャンブルをした」

ロークはうなずいた。「そう、やっていたし、同じように病気だったと思う。僕たちの残虐な父親たちは似たり寄ったりだ」

「このふたりはその点も違う。子どもの前で泥酔したり、暴言を吐いたり、殴ったりするタイプじゃない。考えれば考えるほど……。ふたりにはかなりやりやすかったんじゃないかと思える。確かに、時間はかかっているし、ある程度お金もかけているし、危険もともなっているけれど、いったん始まれば数時間のうちに儲けを得られる。またやるわね。人って、儲けているうちはやめたりしない」

「だから、いつもカジノの勝ちなんだ」ロークは同意した。

「ほかに大きな企業間の合併とか、業態の変更とか、株価の操作に利用できそうな動きを知らない？」

「いつもどこかで何かしらの計画が進められているよ」

「たぶん、ここ、ニューヨークのことに限られると思う。そうじゃないと、移動しなければならないからよけいに時間がかかる。的がわからなければ当てるのは無理。彼らはまた同じことをやる？ 危険を覚悟で繰り返す？ くそっ。考えなきゃ」

「食べるのが先だ」

「そうね」イヴはまたステーキを切り、頭のなかを空《から》にして、いったん片隅に追いやっていたことを考えだした。そして、個人的なことを思い出した。

「あ、そういえば。映画の賞の発表が日曜日にあるのよね」

ロークは首をかしげ、ワイングラスを掲げた。「これは驚いた」

「まあね、よく知ってるわけじゃなくて、ふと思い出したから。それに、あなたはこの手のことが好きだし、だけど——」

「きみは事件の捜査中だし、きみはその手のものが好きじゃない」

「それでも」

こんなに理性的じゃなければいいのに、とイヴはロークについてたまに思う。こちらが罪悪感にかられてしまう。それでも、まるで理性的とは言いがたいこともしょっちゅうあって、それはそれで頭にくる。

だから。

「あなたの素敵なシャトルでわたしたちを会場まで運んでもらえるとは思うけど、問題は……」

ロークは続きを待った。半分面白がって、半分興味津々で、イヴが説明しようと悪戦苦闘しているのを見ていた。

「とにかくうんざりだし、嫌でしょうがないのよ、ローク、このばかみたいなことすべてが。アホみたいな服を着るだけじゃなくて、顔じゅうべたべた塗りたくられて、アホみたいな服を着て、同じように顔中べたべた塗りたくられた人たちと話をしなければならないのが。わたしだってできるわよ、たまには。あなたの行事に参加してやってる」

「やってくれているし、感謝しているよ」

「オーケイ、いいわね、でも、これは？　あの本とかあの映画の件は？　仕事中、たまに目撃者とか容疑者にさえ言われるのよ。あ、そうだ、アイコーヴの本、読みましたよ。あの映画は大好き、とか。それがすごく変な感じがしてうっとうしいのよ。いつか、どうしようもなく常軌を逸した男に逮捕前の権利を読み上げて、そうだ、あのアイコーヴの映画は超面白かったよ、って言われても、わたしは一ミリだって驚かない」

ロークが笑い声をあげ、イヴは眉をひそめてまたステーキを食べた。「わたしは本気よ」

「わかってる」

「もっと悪いことを知ってる？ ああ、もう最悪。わたし、もうすぐ赤い馬の原稿を読み終えるの。ナディーンが読め読めってうるさくてしょうがないから。で、それがいいのよ。もうめちゃめちゃ、すっごくよくて、それを彼女に言わずにいられなかった、友だちだから。たとえわたしが嘘《うそ》をついて、ごめん、あれはダメだわ、って言っても、結局は出版されて、つぎの映画が製作されるのよ——三部作が作りたいらしい」

言い終わるとイヴは大きくため息をつき、ロークはその間に慎重に言葉を選んだ。

「ダーリン、イヴ、きみの苦痛はまぎれもなく本物だし、きみが困惑しているのも明らかだから、気持ちはよくわかると言いたいところだ」

「ほんとうに嫌でしょうがない」

「しかし、きみはとても才能のある女性と友だちになったんだ。まさにこの上ない本物の友だちで、今回のことは彼女にとってとてつもないチャンスだ」

「チャンスなんて関係ないわ」イヴはつぶやき、さらにステーキを食べた。「わたしはお洒《しゃ》落《れ》な授賞式には行かないから。とにかくノーよ」

「いずれにしたって誰かが行かなくては」

「彼女はたぶん受賞するわ、残念だけど」イヴはワイングラスをのぞき込み、じっと考えた。「だから、とにかく、フィーニーとわたしで話し合って、ピーボディとマクナブがあっちに行けるように休みをあげるつもり。ふたりともこのアホらしいイベントが大好きだし、こっちから誰かが行ってナディーンと一緒にいるべきだろうし。彼女がロックスターを連れていくとしても」

ロークは何も言わずにただ立ち上がり、テーブルをまわって近づくと、イヴを引き上げるようにして立たせた。片手でイヴの顔を包んで、そっとやさしくキスをする。

「愛する人《アグロー》、きみはたいしたものだ」

「そんなこと――」

ロークはもう一度キスをしてから、ただイヴを抱きしめた。「理解できないくらい愛している」

「どこかのばかげたお洒落パーティに行かないから?」

「確かにそれもある。ふたりのためにシャトルを手配しようか？　スイートルームは？」

イヴはため息をつき、何のためらいもなくすべてやってくれようとするロークを、自分でも理解できないくらい愛していると感じた。「ふたりはナディーンとロックスターと行くわ。彼女はもう手配しているの。ふたりにはまだ何も言わないつもり。言ったら最後、ピーボディがまとわりついてきて逃げられなくなるから」

「だったら、レオナルドに連絡するのがいちばんだな」

イヴはロークにすり寄った。「どうして？」

「われらがガールにオスカー用のドレスが必要だから――靴も、バッグもだ。宝石類はきみが貸してあげればいい」

イヴはロークからぐいと体を引いた。「でも――」

「そのドレスに合わせてマクナブにも何か考えてくれるだろう。あまり時間はないが、ピーボディとマクナブのためなら、レオナルドは何とかしてくれるに決まっている」

「あきれた、服ならふたりとも持ってるわ」

「心配しなくていい」ロークはさらりと言い、イヴの肩をぽんぽんと叩いた。「その件は僕が対処する。費用も持つ。きみが食器の片付けをして、僕はこっちの連絡をするというのはどうだい？　それが済んだら、ふたりとも頭を切り替えて、殺人に集中しよう」

「殺人のことだけ考えていればよかったころ、人生はもっと楽だったわ」

「おいおい、きみは水玉をまだら模様に変えたんだろう?」ロークはまたイヴにキスをして、リンクを取り出した。

イヴは独り言を言いながら食器をまとめた。

「レオナルド」と、ロークが言うのが聞こえた。「きみのガールたちは元気かい?」

食器の片付けを終えたイヴは、ファッションやアクセサリーについて議論しないで済んだし、公正な取引だったと思った。ACに近づいてポット一杯分のコーヒーをプログラムしていると、ロークがリンクをポケットにしまった。

「喜んで手伝ってくれると言っていたから、この件はもう済んだと思って大丈夫だ」

「わたしはまだ考えてもいないわ。ジョーダン・バンクスのこと」

「調べはほぼ済んだと考えていいよ」ロークは言い、ゆっくりと自分のホームオフィスへ向かった。

大事なのは、ほんとうにそう考えていいということだ、とイヴは認めた。ロークが楽しみながらジョーダン・バンクスの経済状態を探っているころ、イヴはチームからの最初の報告書を読み始めた。

まず解雇された者から調べて、そのうち軍関係か金融業のどちらか、あるいは両方とつながりのある者を反転表示させた。

気になる者が二名いた――ふたりとも一方の会社の従業員だったのが、もう一方の会社に転職している。このふたりに印《しるし》をつけてさらに調べることにした。

イヴが調べを進め、ロークが探っているころ、ジョーダン・バンクスはふとひらめきを感じた。強気の女性警官は彼に考えろと言った――バンクスは考えることだけはやらなかった。威嚇されるのも不安な気持ちにさせられるのも嫌いだったから、いつもどおり、そんな気分は無視してパーティに出かけた。

カクテルと違法ドラッグと音楽を楽しみ、友だちの妻とパントリーで軽く一発やった。笑っている者もいれば、噂話に花を咲かせている者もいる。バンクスはあとで使えるようにゴシップを仕入れることにしていた。うまく利用すればゴシップは金になる。

かなりハイな状態でトイレの個室のひとつに閉じこもり、ゴシップをいくつかメモブックに記録した。どこの家族が喧嘩《けんか》中で、誰と誰が不倫関係で、誰がギャンブルでどれだけ借金しているか――ちょっとした内部情報はひょんなことから金を生む。

そして、ふと思いついたのだ。

確かに、ウィリから情報を聞き出していた――もちろん、さりげなく。きみの相談係になってあげよう、かわいい人。ものすごくストレスを感じてるみたいじゃないか、ねえ。さあ、背中をもんであげるから、何もかも話してごらん。

そうやって、使えそうな情報をあれこれ仕入れた——彼女のパソコンのファイルを開いてさらに手に入れた。おかげで、クアンタム航空から目を離すなと知り合いの投資家に伝えられた。パーティで会った情報通に、この男とはビジネスの話をするべきだと、思わせることもできた。

そうだった、とバンクスは思い出した。ちょっとした内部情報を売って、ささやかな小遣い——いつだって役に立つ——も稼げたじゃないか。

しかし、あれは何か月も前のことだ。しかも、背中をかいてくれたらそっちの背中もかいてやろう、という程度の小さな話だ。しかし、改めてよく考え、いけすかない女警官とアイルランド野郎が訪ねてきたことを考え合わせると、見えてきた。

たいした思いつきじゃないか！

感心なことに、バンクスは一瞬、胸の痛みを感じた。しかし、それもたいした痛みではなく、すぐに消えた。いずれにしても、自分はあの痛ましい暴力にたいして何の責任もないのだ、と思った。それどころか、被害者だ。

被害者になるもっとも穏やかなルートを見つけるのは、子どものころから磨いてきた特殊技能だ。これにはとても助けられた。

そして、ルートの計算をした。スピードと曲がり角も考慮した。

バンクスは、友だち四人で入れそうなアプリコット色のジェットバスの幅の広い縁に座り、パーティ用に持ってきたエロチカを加味したゾーナーのジョイントに火をつけ、じっくり考えた。やがて、利益と被害者意識が結びつくのが見えて、リンクを取り出した。

「やあ、どうも」きらめくような笑顔で言った。「どうしても話したいことがあるんだ」


ロークが入ってきたのとほぼ同時に、イヴはリストのトップにふたりの名前を入れた。椅子に座ったままくるりと回転する。「ふたり、引っ張ってきて事情聴取したいわ」と、説明しはじめる。「ふたりとも四十代の男性で、ふたりともエコノとクアンタムの両社で働いていた。ひとりは八年間海軍に勤め、もうひとりの父親はいまも米国海兵隊《USMC》に勤務中。ただし、爆薬関連の訓練とのつながりはとくに見当たらない。前者はＩＴ関連のスペシャリストで、データ探索はお手の物。後者は経理課勤務で、財務や投資関係には詳しいと思われる。という感じ」

イヴがコーヒーのおかわりをカップに注ぐと、ロークはイヴを見て人差し指をくるりと回し、もう一杯注ぐように頼んだ。

「ふたりの今の勤務先は?」

「元海軍勤めのITスペシャリストは今もクアンタム勤務。二年前にエコノから転職してきた。後者は新卒でクアンタムに就職し、その後エコノに転職した――両社とも五年ほど勤めている。今は動物の権利を広める会――通称ROAR――の職員よ」

「なるほど」ロークはイヴのデスクの縁に腰かけた。「犯罪歴」

「ROARの男は何度か逮捕歴があって、すべて抗議活動関係。主なものはブロンクス動物園での活動と、もうひとつは毛皮倉庫への落書き。これで服役しているわ。元海軍は軽犯罪で二度、検挙されている――酔って暴れたのと、ちょっとした喧嘩ね」

イヴはコーヒーを手にした。「そちらは何かわかった?」

「ジョーダン・バンクスはたいしたごろつきだ」

「ごろつき」

「アートギャラリーの経営はほぼ破綻《はたん》状態だというのに、やつはたいしたこともせずに相当な給料を得ている。スタッフには雀《すずめ》の涙ほどの給料を払い、僕の見たところ、スタッフの作品を無料で展示させて埋め合わせているようだ。その作品が売れたら、手数料として代金の七十パーセントをギャラリーが取っている。ギャラリーのスペースは個人のパーティ会場としても貸し出している」

「ほぼ破綻状態」と、ロークは繰り返した。「というのは書類上のことだ。しかし、資金洗浄《マネーロンダリング》の仲介人としてはかなり成功していると言える。僕がすでに送ったささやかな調査結果を、きみはNYPSDでその類《たぐ》いのことを扱っている担当者に渡したくなるだろうね」

「バンクスは誰のお金を洗浄しているの?」

「きみのゴーサインをもらって一線を踏み越えないかぎり、それはなんとも言えない。でも、ほとんどは大金が動くゲームで得られた金だろうと思う。やつもたまに楽しんでいる。ありきたりな出所ではないが、やつにはコネがあるんだ」

「だろうと思った」

「アートの世界からも流れこんでいるかもしれない。ギャラリーの経営はダメでも、バンクスはアートの世界にコネがあるし知り合いもいる。現金で売ることもないことはないし、現金なら簡単に洗浄できる。他の業界から流れてくる金もやつは洗浄している。それだけのことをやってのけていてもなお、やつはとことん間抜けだ」

イヴは首を振った。「彼が犯罪者であるより間抜けであるほうが、あなたは気に障るのよね」

「そう、もちろんだ。やつは間抜けで、金はやつの指のあいだからこぼれ落ちていく。そこそこうまく隠されている口座をふたつ持っているんだ。こっちに二、三百万、あっちにも

二、三百万、と隠している。ギャラリーは家族が所有する建物にあるから家賃は払っていないが、帳簿では家賃を支払っていることにして、いろいろごまかしながら、かろうじてやりくりしている。ビスケットが食べたいな」ロークはそう言って立ち上がり、キッチンへ向かった。

「そこにビスケットはないわよ。投資については？」

「取引銀行は〈バックリー・アンド・シュルツ〉だ」ロークがキッチンで声をあげた。「バックリー本人がバンクスの資産を管理していたようだが、八年前に若い者に担当を譲っている。やつは今、バックリーが直接担当するほどの個人資産を持っていないからね」チョコチップがごろごろ入った大きなクッキーふたつを皿にのせて、ロークが戻ってきた。

「これはビスケットじゃないわ。クッキーよ」

「じゃ、きみはほしくないんだね」

「やだ、ちょうだいよ、ビスケット」

イヴはひとつ手にしてかじりついた。「温かい。おいしいわ」

「おいしいよ。今、バンクスの資産はシュルツの孫に管理されていて、しっかりしていることに、孫は公明正大だ。僕の印象では、彼は社内の別の誰かにこの件を引き継いでいるがね。でも、それは裏づけるには、きみがしがみついている一線を越える必要がある」

「そのまま調べつづけて」

「了解。われらがバンクスは、十一月にわずかだがクアンタムの株を買っている。信用取引で五万株だ。そして、今朝、爆発の直後に売るように指示を出した」

「パニックになったのね」

「そうだ、しかし、たまたまだが——一線を越えないように慎重に調べていたら——あるメールに出くわした。銀行のバンクスの担当者は、株は売らずに持っておくようにと強く勧めていた。ここで損が出るとしてもたいしたことはないし、少なくとも株価は戻るから、と適切な助言をしていた」

「彼は聞き入れた？」

「やつなりにね。返事？　〝こんちくしょう、タッド。勝手にしろ〟やつは辛抱が足りない、というのが僕の見方だ。しかし、最初の反応から見て、今回の計画にからんでいないのは間違いないと思う」

「たぶんね。タッドはかかわっていたかも。かかわっていたけど、本人は知らなかったのかもしれない。バンクスは、ごろつきで、ろくでなしで、間抜けで、しかも、だまされやすいカモなのかも。他の表現があるとすれば、汚い男よ。それでマネーロンダリングしてるなんて、あきれるわ」

「哀れな男だ。紙幣はぴんとしてきれいになるがね」ロークはクッキーを平らげた。「ウィリミナ・カーソンはやつのギャラリーに三万ドルちょっと払っていた——美術品代として。エコノ社からは十万ドル近く渡っている」

「面白い。その七十パーセントは彼のものになる。明日の朝、彼女と話をして、合併についてバンクスに何を話したのか、できるかぎり聞き出すわ。バンクスとの第二ラウンドも戦うし、探し出したふたりの聞き取りもしないと。ふたりともローガンと何らかのつながりがあるか、彼を観察できる立場にあったかもしれない」

イヴは勢いよく立ち上がり、事件ボードに近づいた。「犯人は内部情報を知っていたに違いない。もちろん、合併に関する噂はあったでしょうけど、すべての準備が整うまで詳細は伏せられていた。この計画を練り上げるには、数か月までいかなくても数週間はかかった。だから、犯人たちはごく普通の周辺の人はもちろん、金融業者より詳しく知っていた人間のはず。推測だけど、これだけのことを企むには確かな情報や知識が必要よ」

イヴは振り返った。「わたし、間違っている?」

「何を訊くか、どうやって訊くか、誰に訊くか、それがわかっていれば多くを見いだせる。政治家と役人もいる。合併に役所の手続きがかかわってくると、その方面でも情報が得られるだろう。情報が漏れることも考えられる」

「機密情報の取り扱いを許されている誰かのアシスタントのアシスタントが、大きな取引を控えて雑用が多くてたいへんだとか、友だちとビールを飲みながら自慢げに話したかもしれない」

「あり得るね」

「確かにそう」イヴは両手の指先で両目を押さえた。「オーケイ。次は住居侵入」両手を目から下ろす。「あなたは住居侵入についても、お金のことも、ビジネスも、取引についてもよく知っている。どうやってだまして盗むかも知っている」

ロークはじっと考えながら、イヴのデスクに腰で寄りかかった。「すべて褒め言葉と受け止めているよ」

「住居侵入」イヴは繰り返した。「というものは、基本は詐欺。あなたはそういうのも知ってる。罪のない人たちを利用して殺したりはしなかったけれど、どうやって準備して住居侵入したり、いかさまをしたり、ペテンにかけたり、盗んだりするかは知っている」

「まだ褒め言葉と受け止めているよ」

「どうやる？　あなたがソシオパスで、遺体の山を作ることをなんとも思っていなかったら。どうやって準備をする？　それにはどのくらいの時間がかかる？　費用はいくらくらい必要?」

ロークはふーっと息をついた。「そうだな、火のそばに座って話そう」

「わたしはただ――」

「ブランデーが飲みたいんだ」ロークは言い、ゆっくりブランデーを取りにいった。「死者の数を気にかけない犯罪計画の話なら、あっちのほうが居心地がいいだろう」ロークはイヴの手を握り、ソファまで引っ張っていった。

猫が寝椅子から降りて、ぴょんぴょん跳ねながら近づいてきて飛び上がり、ふたりの膝の上に横たわった。

「気持ちがいい」ロークが言った。「いろいろな要素がつながって始まったのだと思う――そのどこかに重要なことがある。犯人は二社のどちらかの社員か、社員の知り合いかもしれない。マスコミ媒体で情報を目にしたのかもしれないし、街で噂を聞いたのかもしれない。職業は金融関係かもしれないし、役所関係かもしれない。こんな曖昧《あいまい》な背景から、犯人の思い描いたものを推理しなければならない」

「最適なタイミングで二社に打撃をあたえ、株を買って、待って、売る」

「手短に言えば、そうだ。きみがそのソシオパスだとして、最も望ましいタイミングで打撃をあたえる場合、最適なのは血と恐怖をともなうやり方だ」

「爆発させて命を奪い、混乱を引き起こす。直後の二、三時間は、何が起こったのか誰にもわからない」

「そのとおり。世の中は建前を捨ててありのままの姿をさらけ出し、そんなとき、人びとは自国民、あるいは外国人によるテロ行為だと決めつける。市場は反応する。だから、僕が計画するなら、会議の日時と、出席者の名前が必要だ。それから、会社が立ち直ることも欠かせない。そうじゃなければ、儲けは得られないだろう?」

ロークはブランデーを少し飲んで、じっと考えてから言った。「知っている必要はまったくないんだな。月曜日の会議のあとで合併について大々的に発表があって、最終的に契約が成立するということは」

「わたしは知っていたと思う。偶然じゃないわ」

「もちろん、偶然ではない」ロークは同意した。「しかし、重要な会議があるということさえ知っていればいい。合併のことはすでに知っているし、まもなく最終的な契約が結ばれることも知っているんだ。しかし、会議の時間と場所だけは知る必要がある。となると、どちらかの会社の下級管理職か幹部のアシスタントと仲良くなろうとするだろう」ロークは想像しながら言った。「バーやジムで出会って、言葉を交わす。さらに二、三度、顔を合わせることがあり、一緒に酒を飲んだり、世間話をしたりするようになる」

「どうでもいいおしゃべりね。自慢したり、文句を言ったり」

「たいてい両方だ。その相手から、重要な会議がいつあると聞けたら、そこから行動を起こす。あるいは、もうちょっとつついてみる。いずれにしても、たんなる会話だ。仕事を終えたふたりがストレスを解消しているだけ。そうやって情報を収集して」

ロークは続けた。「ピアソンの相続人は遠くにいるから安全で、カーソンの相続人たちも同じだとわかる。両社の取締役会から数人が九時からの会議に出席する。これは発表の場であり、形式的な披露の場だ。正式な契約はあとで改めて行われる。だから、最適な場であり、必要なのは発表の場に出席する者の名前だ。のちの正式な契約の場を襲えば、大物がおおぜい亡くなってしまう」

「会議には両社の最高責任者がいたわ」イヴが指摘した。

「僕の見方？　両社の最高責任者が亡くなっても心配ない。社員がいればどうにかなる。しかし、ダメージが大きすぎれば株価は暴落したままになり、回復するとしても数週間後になってしまう」

イヴはうなずいた。「爆発は悲惨だったけど、被害は限定的だったわ。会議室となかにいた人たちだけ。しかも、部屋の反対側にいた人たちの怪我はほとんど、切り傷や火傷や骨折だけで、命にかかわるようなものはなかった」

「大きな影響を生むためには、小さな影響は受け入れるしかない。それはそうと、ローガンを殺すには彼と接触しなければならない。友だちのように親しく、あるいは仕事上の関係だけで。同じ公園でジョギングをするとか、なじみのデリが同じとか。とくにちゃんとしたつながりはなくていい。もっとゆるいつながりでいくなら、妻や娘やアシスタントや同僚に近づく」

ロークはさらにブランデーを飲んだ。「僕が犯人なら、複数の人間から情報を得る。さりげない形でね——仕事帰りのバーやジムで言葉を交わしたり、クラブでふざけたり。少しずつ積み上げていくのがコツだ。充分に情報を得たら、ポール・ローガンと彼の家族を観察する」

「ローガンが鍵よ」イヴは同意した。「あなたがエコノの従業員なら、どうしてエコノの人を選ばないの？　近すぎる？　いずれにしても、あなたはローガンをよく知らなければならない。彼なら大丈夫だと確信できないと。じゃないと、一か八かの賭けに出なければならないから。あなたのパートナーは誰？」

「ああ、そうだな、答えにくい質問だ」ロークはグラスをまわしながらブランデーをのぞきこんだ。「僕なら仕事はひとりでするほうが好きだが、なんでも単独でできるとは限らない。一緒にやるなら確実に信用できる者でなければ。今回みたいな血なまぐさい仕事ならおさらだ。これが僕の仕事で、計画も自分で練るなら、どうしても必要な技術を持っている者を仲間に選ぶ。知り合いだ。個人的に親しい者。僕が誰かの計画に誘われるとしても、相手の条件は同じだよ」

「爆薬を扱う仕事をしたことがある？」

「うーん」ロークはまたブランデーに口をつけた。「繊細なやり方のほうが好みだが、それが望めない場合は……」

「自分で爆弾を作ったことは？」

ロークはつま先を動かして靴を脱いだ。両足をコーヒーテーブルにのせて、質問の答えをじっくり考える。「特定の職業のあらゆる面を学ぶのは賢いことだと思わないか、警部補？ものを爆破して穴を開けるのは、つねに……無骨なことだとみなされるが、無骨なのが求められたり必要だったりすることもある。たとえば、宝石を求めて大きな穴を掘る場合だ。僕は宝石はほしいが怪我はしたくない、となれば、パートナーや専門家の出番だ。ここできみが言っている爆弾とは別物だな。ものを破壊するのが爆弾だが、その形はさまざまだ。身につけられる爆弾は作ったことがないし、作るのを手伝ったこともない。それには勉強が必要だろう」

「その方面はサラザールが詳しいわ。あなたにはだいたいの流れを説明してほしかったの。

これで、全体像がつかめた。内部情報は不可欠ね。それがなければ計画は進められない。内部情報と、ローガンなら絶対やるという確証、株式市場の知識、株価操作の手段。それと爆弾――たいていの泥棒、証券マンはまず手に入れられない――を足せば、全体像が見えてくる」

イヴは眉をひそめて事件ボードを見つめた。「オーケイ」

ロークは猫を持ち上げてソファの向こう端に下ろして、体の向きを変え、イヴをそっと仰向けに倒して覆い被さった。一連のなめらかな動きはダンスのようだ。

イヴは言った。「ちょっと。仕事中よ」

「きみは堂々巡りをしている」ロークは言った。「僕のコンサルタント料も払ってもらわないと」

「つけておいて」

ロークはにっこりした。「そのつもりだ」

笑い声をあげたイヴの口に、ロークの口が下りてきて、すばやく唇を歯ではさんだ。イヴはその瞬間の雰囲気に身をまかせ、両腕と両脚をロークの体に巻き付けた。

「どのくらいすばやく終わらせられる?」

ロークは一方の手でイヴの脇をさすり上げ、さすり下ろした。「早いのと満足できるのと、どっちがお好みかな？」

「あなたのことならわかってるわ、超一流《エース》さん」体を弓なりにしてロークに押しつける。

「両方できるって」

「試してみるかい？」

イヴはふたたび体を弓なりにして、熱い体を熱い体に密着させた。「望むところよ」

ロークも声をあげて笑いながら、唇を唇に押しつけた。

素早く、素早く、そして、そう、両手は的確に素肌をたどり、器用な指先が敏感な部分をたぐり寄せ、押さえこむ。泥棒の揺るぎない手、スリの敏捷《びんしょう》な指先がイヴの息をはずませる。いつのまにかイヴは武器をはずされ、上半身をあらわにされていて、思わず息を飲んだ。

「今のところ、すごくいい」イヴはなんとか言った。

すぐに胸を口で味わわれて、また息を切らす。絶え間ない愛撫《あいぶ》に心臓をドキドキさせながらなんとかロークのシャツに手を入れて、肌に触れた。

炎がくすぶり、熱気と光が巻き上がる。移動させられて不機嫌な猫はソファからすとんと降りて、もったいぶった足取りで部屋から出ていった。

ロークはイヴの体の上を移動しながら、伸びやかなラインとささやかなカーブを味わった。こんなにもイヴを震えさせられるかと思うたび、血が沸き立ってぞくぞくする。たまらなくさせられる。あえぎ声、ため息のひとつひとつが、ロークの血管のなかでビートを刻み、原始のドラムを響かせる。体と同じように細くて長いイヴの手がロークを求め、つかんで、解き放つ。

ロークはイヴのなかに分け入って、沈みこみ、満たす。

ふたりは息を乱しながらしっかり抱き合い、見つめ合った。

イヴは両手でロークの顔に──一瞬、愛《いと》おしげに──触れ、すぐに指先で彼の髪を梳《す》き上げ、つかみ、引き寄せた。口と口とを合わせ、荒々しくむさぼるようにキスをする。

そして、たがいを激しく求める素早い動きがすべてを凌駕《りょうが》した。イヴは無我夢中でロークの体を両腕で締めつけ、ぶつけるように腰を押しつけた。

イヴが叫び声をあげて高みに身を投げ出すと、ロークは耐えて、耐えて、耐えてから、ふたり一緒に落ちていった。

9

イヴは夜明け前の灰色の世界で目を覚ました。裸で、ひとりきりだ。コミュニケーターの呼び出し音が鳴っている。

おぼつかない手つきでコミュニケーターをつかむ。

「映像ブロック。ダラス」

〝現場へ急行せよ、ダラス、警部補、イヴ。現場に巡査が待機。ジャクリーン《J》・ケネディ《K》・オナシス《O》貯水池、八十六丁目。殺人の疑い。被害者はバンクス、ジョーダンと確認された〟

「くそっ」イヴは思わず口にした。「了解。ピーボディ、捜査官、ディリアに連絡せよ。ダラス、以上」

寝返りを打つ。「照明オン、二十パーセント」シャワーを浴びに向かった。

「誰に話したのよ、とんま野郎？　誰に話したの？」熱く脈動するジェット水流に打たれながらつぶやく。シャワーから飛び出して、そのまま乾燥チューブに飛び込んだ。目を閉じて、渦巻く温風を受け、バスローブをつかんで大股で寝室に入った直後、足下に猫を従えてロークが部屋に入ってきた。

「早起きだね」ロークが言った。

「バンクスが死んだわ」

「そうか。コーヒーを淹《い》れてこよう」

感謝しながらクローゼットに駆け込んだ。「まったく、セントラルパークでいったい何をしてたのよ？」黒いズボンとシャツとジャケットをつかむ。「JKOで何をしてたのよ？」

「貯水池か？」

「行ってみるまでそれしかわからない。ただし、つながっているのは間違いない。昨日、爆弾が爆発して、わたしが彼と話をして、今朝、彼が死んでいたのが関連していないわけがない、絶対に」

イヴはシャツ――白――を着て、ズボン――黒――を穿《は》いて出てくると、シッティングエリアのソファに黒いジャケットを放り投げ、ロークが差し出したコーヒーをつかんだ。

「ありがとう」

「僕も一緒に行こうか？」ロークはイヴのクローゼットにゆっくり近づきながら訊いた。

「必要ないわ」ドレッサーの上のポーチをつかむと、ロークが淡いグレーのVネックセーターと、靴紐《くつひも》がグレーの黒い膝丈ブーツを持ってクローゼットから出てきた。「勘弁して」

「そこまで華美じゃない――素敵だが――実用的なセレクトだよ。夜の間に気温がぐんと下がってみぞれも降っているし、風も出てきた」

「冬は永遠に終わらないの？」イヴはセーターを受け取って頭からかぶり、座ってブーツを履いた。

すでにビジネス用の完璧なスーツに身を包んだロークは、またオートシェフに近づいた。

「朝食を食べてる時間はないから」イヴは言い、立ち上がって武器用ハーネスを身につけた。

「これならさっと食べられる」こんがり焼いた分厚いピタパンをイヴに渡した。

「何、これ？」

ロークはほほえんだ。「早くて満足できるもの」

イヴは思わずにやりとしてから、かぶりついた。ふわっとした卵と、細かく切ったカリカリベーコン――それと、何か怪しげな、ほうれん草みたいなのも入っている。

「何かわかったら連絡してくれるね？　とにかく、僕もバンクスと話をしたわけだから」

「わかったわ」イヴはピタパンを平らげ、コーヒーの残りも飲んだ。片手で髪をかき上げ、ジャケットを着る。

ロークはイヴを引き寄せてキスをした。「僕のおまわりさんをよろしく」

「了解」身をかがめて猫を素早くなでてから、扉へ向かった。ふと立ち止まる。「ワッフルとオートミール、どっち？」

「なんだって？」

「わたしがいなくなってから食べるのは、ワッフル？　オートミール？」

「僕はオートミールが好きだ」

イヴはただ首を振ってから、足早に階段を降り、分厚い冬用コートにくるまって、死と向き合いに出かけた。

水分が多くて不快なみぞれが吹きつけて、車のフロントガラスで跳ね返っている。太陽はまだ顔を出さず、三月の冷たい風に吹かれたみぞれが、ヘッドライトの明かりのなかで白い筋になって見える。通りの地面が黒く光っている。

途中、追い越した唯一の大型バス《マキシ》は、夜勤明けの客をぎっしり乗せて重そうに車体を揺すって走っていた。ハンドルを切って八十六丁目の通りに入り、パトカーの背後に車を停めた。

制服警官が近づいてきて、イヴが警察バッジを掲げるとうなずいた。

「状況を」

「ええと、学生風の男ふたりがあちらにいます。酔っ払ったので外に出てぶらぶら歩いていたら、人が浮かんでいるのが見えたそうです。フェンスを越えて向こう側に飛び降り、男を引き上げたと言っています。われわれは巡回ドロイドに呼ばれました。男たちふたりはあちらで保護して、暖を取らせています」

「まず、ふたりに会うわ」

クルーザーのドアを開けると、男がふたり、防寒用ブランケットにくるまって震えていた。

イヴはその場にしゃがんだ。「ダラス警部補よ。話を聞かせて」

「ええと、あの、僕たち、散歩していただけですけど?」

「そう」

やや青ざめている若者の肌はなめらかなココア色で、茶色の目を大きく見開いている。ぴりぴりしているようだ。水と、体から発散している安いビールの臭いがした。

「名前は?」

「マーシャル。マーシャル・ホワイティティア。夜通し飲んでて、そろそろ帰ろうかってぶらぶら歩いてたんだ。JKOのまわりをジョギングでもするか、って感じで。そうしたら、やつが見えた。リチーが〝なんだ、こりゃ〟って言って、僕も〝まじかよ〟って感じで。ふたりでフェンスを越えて、水に飛び込んだ」

「心肺機能蘇生法《CPR》とマウスツーマウスまで試したんだ」もうひとりの男が言った。

「名前は？」

「あ、リチー。あの、リチャード・リーバーマン」男は大きく息を吸った。

透けるほど色白でソバカスが目立ち、まるで……水玉模様のようだ、とイヴは思った。髪はオレンジ色で先端がブルーだ――顎《あご》の先端にちょこんとはやしているヒゲもブルー。

「僕は、あの、免許を持ってて。夏はライフガードのバイトをしてるから、こういうときの対処法はわかっているんだ。でも、ああ、彼は助からなかった。ええと、死んでしまった。だから、警察を呼んだんだ」

「ここでぶらぶらしたり、警官を待ったりしているあいだに、誰か見なかった？」

「見なかったな。ええと、路上生活者がひとりいたけど、僕たちがパークへ入るまでに五番街へ戻ったみたいだ。それから……」

「なに？」

「巡回ドロイドも見えたような気がするんだけど、僕たちはここに入れてもらったから、あとのことはわからない」

「〈酔いざまし《ソバー・アップ》〉を飲んだ？」

ふたりはちらりと目を合わせてからうつむいた。

「聞いて、あなたたちが未成年で飲酒したことは、今はどうでもいい」

「パーティがあって、それで──」

「いいのよ」イヴはマーシャルに言った。「連絡先だけ教えてくれたら、この巡査たちに送らせるから──家はどこ？」

「僕たち、バークレーカレッジの学生です。それで、あの、パーティに行くんで、ちょっと寮を抜け出してきちゃって、それで──」

「大丈夫」イヴはリチーに言った。「送らせるわ」酔っ払っていてもそうじゃなくても、彼らは命を救おうとしたのだ、とイヴは思った。「見つからずに寮に忍び込めそう？」

ふたりはまた目配せをし合った。「僕たち、それは得意中の得意なんだ」リチーがイヴに言った。

「いいわね。やりなさい。体をよく拭いて、温かいもの──ノンアルコールよ──を飲んで。わたしにとって大事なこと。それは、あなたたちが人を助けようとして、それができなかったとわかったら警官を呼んだことよ」

「大学に告げ口しない？」

「しないわ。運に恵まれなくて、こっそり寮に戻ろうとしたところを見つかってしまったら、わたしに連絡するように言いなさい。コップ・セントラルのダラス警部補よ。いい？」

「わかりました、マム」

「マムで減点ね」イヴはドアを閉めた。「ふたりを送って」制服警官に命じる。「寮のなかに入るまで見届けるのよ」

「ぼんくらどもめ」制服警官は首を振った。「しかし、ちゃんとタマはついているみたいです。いまは縮み上がってるでしょうけど、ちゃんとついてる」

そのとおり。イヴは捜査キットを取りに車まで戻り、ジョギングコースと貯水池を目指して歩きだした。

太陽がのろのろ昇りはじめ、空が濁った薄い灰色に変わっていく。気の抜けたような淡い光のなか、ぼんやりと巡回ドロイドの姿が浮かび上がった――二体とも筋骨たくましい男性タイプで、角張ったいかめしい顔をしている。風にもみぞれにも動じず、体を寄せ合って立っていた。

イヴは警察バッジを掲げた。「状況報告を」

ドロイドからの報告は学生ふたりの話と大差なかったが、さすがにドロイドらしく時刻は正確だった。イヴは二体に待機を命じ、ジョーダン・バンクスの遺体をじっくり観察した。

ジョーダンは仰向けに横たわっていた。曲がっている首の角度と、肌の色とはまったく違うどぎつい色の首のあざから判断して、犯人はジョーダンの首を折ったあと、遺体を池に捨てたようだ。

ドロイドはスキャナーで遺体の身元を確認していたが、イヴは両手をシールド処理してから指紋照合パッドを使って正式に認定した。

「被害者の身元はバンクス、ジョーダンと確認された」記録するため、早口でデータを読み上げてから、死亡推定時刻《TOD》の測定器を取り出した。「TODは〇三二〇時。目撃者が九一一に連絡したのが五時十二分。水中にいた時間はさほど長くない。コートも腕時計《リスト・ユニット》も靴も身につけていない」

ズボンのポケットを探る。「財布、リンクもない。強盗の犯行に見えるが、違う。絶対に違う」

ペンライトを取り出して、首のあざを調べた。「殴られてできたものではない。落下したのかもしれないが……」顔の左側をライトで照らして目をこらしていると、ピーボディのウィンターブーツのドスンドスンという足音が聞こえた。

イヴは立ち上がり、パートナーのほうに体を向けた。「後ろを向いて」

「何ですか？」

「いいから、後ろを向いて」

ピーボディが言われたとおりにすると、イヴは彼女の背後に近づき、右手で下から顎をつかみ、左手を顔の左側を押しつけて、頭を、素早く——しかし、そっと——ひねった。

「ちょっと！」

「そうよ、そう」イヴは一歩後ろに下がった。「素早く、静かに殺す方法を知っている者。防御創はない。被害者は気づかなかった。予想もしていなかった。背後に誰がいるか知っていて、恐れていなかった。最初にスタンガンを使ったかもしれないし、武器を持っていたかもしれない。でも、スタンガンを使ってから池に放り投げて溺死《できし》させられるなら、あるいは武器を持っていたら、どうしてコンバットスタイルで静かに殺す？」

ピーボディはマフラーを首に巻きなおした。「これはカーソンの元彼ですよね？　昨日、あなたが話を聞いた？」

「そして、白々しい嘘をつかれた。見え見えよ」

「あの事件にかかわっていたんですか？」

「本人が知っていたかどうかはわからないけれど、かかわっていた。そして、犯人たちはこの迷惑男を生かしておかなかった」

ピーボディは一歩遺体に近づいた。「首が折れています。人の首を素手で折ることって、ほんとうにできるんでしょうか？」

「やり方がわかっていて力が強ければできるわ。軍人、やったのは軍人に違いない」

イヴは革のロングコートのポケットに両手を突っ込み、灰色をバックに灰色に浮かび上がるビル群のシルエットを見つめた。「犯人はどうやってここまで彼を連れてきたんだろう？彼は午前三時にここへやってきて、犯人たちと会った。あるいは、三人一緒にやってきた。防御創も争った形跡もない。彼は進んでやってきた。歩いてきた？　こんな遠くまで歩くタイプとは思えない。タクシーとプライベートの配車サービスで、彼の自宅まで迎えにいって、このあたりで降車させた車を探す。降ろしたのは今朝の二時から三時二十分のあいだ」

イヴはペンライトで芝生と狭い小道を照らした。「セントラルに連絡して、遺留物採取班と死体運搬車を呼ぶわ。採取班は何か見つけるかもしれない。連絡して。わたしは彼の記録を仕上げる」

記録を終えたイヴは、運搬係に遺体を袋に入れてタグをつけるように命じた。巡回ドロイドに犯行現場を見張るように告げて、ピーボディと一緒に車に向かって歩きながら、目撃者の話を伝えた。

「水は相当冷たかったでしょうね」

「若くて酔っ払っていたから、気にも留めなかったのよ」イヴは車に乗り込んで、言った。

「コーヒー」

「あ、はい」ピーボディはACにコーヒーをプログラムした。「バンクスがかかわっていたなら、手がかりがつかめそうですね」

「彼はかかわっていた。だから、カーソンに会いにいくわよ」

「いまからですか？　早すぎますよ」

「バンクスにとっては早くないはず」

イヴは看護師と交渉して――昨日の看護師ではなかったが、同じくらい面会を渋った――強引にカーソンの病室へ向かった。

カーソンは起きていて、壁のスクリーンに映っている株式市況の音声が小さく聞こえていた。看護師がカーソンに何か注意したり、モニターをチェックしたり、枕を振って膨らませたりしている。

「リリアン、すごくコーヒーが飲みたいんだけれど」

「では、朝食を運んできましょうね」看護士はそう言ってカーソンの手をぽんぽんと叩き、足早に病室から出ていった。

「ここのコーヒーはひどくて」カーソンが言った。「愚痴を言ってもしょうがないのはわかっているけれど、ああ、早くここから出たいわ。何かわかったの？」

「ミズ・カーソン、残念なお知らせですが、ジョーダン・バンクスが亡くなりました」

「何？　何ですって？」カーソンは怪我をしていないほうの手をベッドについて体を起こそうとしたが、顔をしかめてまた横たわった。「ジョーダンが？　どうやって？　何てこと」

「今朝早く、殺害されました」

「殺害？　いったい何で――どうやって？　どこで？　ああ、どうしよう。ちょっと待って」

カーソンは両手で顔を覆い、前後に体を揺らしつづけた。「殺された。死んだ。わたし……彼が嫌いだった。嫌いになったの。彼はわたしを笑いものにしていて、そうさせたのが自分だとわかって、それがたまらなく嫌だった。その彼が死んでしまったなんて」

カーソンは両手を降ろした。目はうるんでいるが、涙はこぼさない。「わたしたち、八か月くらい付き合っていたの。つい二、三週間前まで」

「知っています」

「もちろん、知っているわよね。知るのがあなたたちの仕事よ。考えられない。とにかく、何も考えられない」

「お水を持ってきましょうか？」ピーボディが申し出た。

「アルコールがいいわ。何でもいいから濃いのをダブルで。一時間でいいから知っている人が死んでいない世界へ行きたい」カーソンは目を閉じ、気持ちを整理するように深呼吸をした。「どうやって殺されたの？　話してもらえる？」

「死因《COD》は検死官《ME》が判断します」イヴは言ってもいいだろうと判断した。「首の骨が折れているようです」

「喧嘩をしたの？　あり得ない。そんなの、できる人じゃないわ」

「いいえ、喧嘩ではありません。合併の詳細や時期について、彼にどのくらい話しましたか？」

「それは……必要以上に」また息が荒くなり、カーソンはシーツを握りしめた。「ジョーダンが爆発事件に関係していたと言うの？　信じられない――信じないわ」

「それはわかりません。彼に詳細を話したんですね？」

「彼を愛していると思っていた。彼もわたしを愛していると思っていたのよ。彼の家族は……ビジネスを熟知しているわ。ジョーダンはそれよりアートに興味があった――実際、そうでもないいんだけど。もっと興味があるのは、女性と、その――金持ちの女性の――利用法。でも、彼はわたしのビジネスに興味があるんだと――心配して気にかけてくれていると――思って、自分の考えや、計画や、望みを話したの。彼はアドバイスをくれて、なかにはまあまあ有益なアドバイスもあったわ。わたしの話も聞いてくれて、支えてくれた。で、わたしがバカだったというわけね」

「そうは思いません」ピーボディが横から言った。「あなたは彼を大事に思っていて、彼も同じように感じていると思っていた。彼をパートナーだと、個人的なパートナーだと思っていたんですね」

「そうよ。わたしたちには……ともに過ごす未来があると本気で思っていたの。おめでたいにもほどがあるわね」

「パートナーと分かち合うことって必要です」ピーボディはさらに言った。「話をして、聞いてもらう。自然で、人間的なことだと思います」

「いつか――信頼するに足る人を見つけたら――またそんなふうに感じたいわ。でも、今は無理――さっき彼が嫌いだったと言ったけれど、口先だけで言ったわけじゃないの。それでも、あのことに彼がかかわっていたなんて信じられない。あの家族を恐怖に陥れて、おおぜいの人を殺すなんて。わたしも死んでいたかもしれないのよ。何か月もベッドをともにしていて、一緒に暮らしているも同然だったのに」

「どうして別れたんですか?」イヴが訊いた。

カーソンはため息をついた。「彼がお金をせびるようになったから。貸してくれって。初めてのときは、たいして気にも留めなかったわ。二、三千ドル程度よ――現金《キャッシュ》で。二度目は、二週間ほど前で、どういうこと? って思ったわ。最初のお金をまったく返してもらっていなかったし、明らかに返すつもりもないみたいだったから。わたしがためらったら、彼はそれっきり何もいわなかった。そのうち、彼が浮気をしていることに気づいたの。相手はもちろんお金持ちで、既婚女性だった。わたしが問い詰めると、彼は肩をすくめて受け流した。文字どおり肩をすくめたのよ」カーソンは怒りで目をぎらつかせて、言い添えた。

「お金が必要なのにわたしが渋ったから、別の金づるを当たったのね。悪いのはわたしだ——とかなんとか、彼は言ったわ」

「いけしゃあしゃあと」イヴは言った。

「蹴り飛ばしてやればよかったと思ってる。それでも、その場で彼を追い出したわ。彼は痛くもかゆくもないみたいだった。それどころか、どのみちわたしとは終わっていただろうって言ったわ」

「嫌いだった、というのは生ぬるい表現みたい」

カーソンはイヴを見て少しほほえんだ。「そうよね？　それでも、彼は暴力を振るうような人間じゃない。人を利用するし、ご都合主義だし、怠け者で役立たずのろくでなしだけど、人を殺したりはしないわ」

「人を殺すような人と知り合いかもしれない」

「ああ、そうね、わたしにはわからない。今何時？　早いわ」リスト・ユニットをちらりと見て、カーソンは自分で質問に答えた。「ジュリエットに連絡するには早すぎる。友だちなの。頼りにしている人よ」

「ジョーダンの友人や仲間について教えてください」

「おおぜい知っているわけじゃないわ。好きな人もいた。愉快で、ウィットに富んでいて、退屈しないから。それ以外の人？　わっと騒ぐには楽しいけれど、気がきいているっていうより辛辣《しんらつ》だし、その場のことより次のパーティや冒険のほうに興味があるのよね。違法ドラッグもやり放題だし――そのことでジョーダンに意見したあと、あまり一緒にはパーティに行かなくなったわ。わたしは会社を経営していて、それなりの信望もある。逮捕されて、名前や社名がメディアをにぎわすようなことはできないのよ。エロチカやバズがカナッペみたいに振る舞われるどこかのパーティで、写真を撮られるわけにはいかないの」

「賭《か》け事は？」

「もちろん。合法なのも、たぶん、そうじゃないのも。彼らには、賭け事をする金銭的余裕があるわ」

「そんななかで、あなたの仕事や合併の計画に興味を示した人はいますか？」

「警部補、彼らみたいなタイプは――というか、ジョーダンが好むような人たちはとくに――会社や仕事のことはあまり気にしないのよ。それよりパーティや旅行を楽しんでいる。

エコノについてさりげなく触れたことはあるかもしれないけれど、とくに質問されたり興味を持たれたりした記憶は、正直言って、ないわ」

「ジョーダンがアートギャラリーを利用して資金洗浄していたのを知っていましたか?」

カーソンは深々とため息をついた。「彼が? もちろん、していたでしょうね。完璧につじつまが合う。なんてばかだったんだろう、わたしは。わたしが美術品を買うと、彼は現金で払ってもらいたがった——わたしはそうはしなかったわ。会社のために会社の予算で買ったものもあるのよ——それに、決まりというものがある。自分のために買ったものもあるけれど、領収書はもらっていたわ」

「彼にぺらぺらしゃべりすぎたわね」カーソンがものうげに続けた。「わたしは彼を信頼し過ぎて、彼はその信頼をあらゆる方法で裏切った。わたしが内緒で話したことを誰かにしゃべって裏切った。見栄かお金のために。彼にとってはどちらもまったく同じなのよ。そして、そのせいで人が亡くなった。わたしが誰か頼れる人を求めて、彼がその人だと思ってしまったせいで」

「あなたに責任はありません」イヴはきっぱりと言った。「バンクスに責任があるなら、彼はその代償を支払ったんです、高くつきましたが。でも、あなたに責任はありません。そして、信頼している人に詳しいことを話したのは、あなただけではない可能性が非常に高い。

責任を負うべき男たちは、その話を利用する方法を見つけたんです」

ずらりと並んだ見舞いの花のあいだから、窓ガラスとその向こうに広がる灰色の空を見つめているカーソンを残し、ふたりは病室を出た。


ピアソンのアッパーイーストサイドにある赤レンガ造りの邸宅は、四階建てだった。威厳のある建物で、みぞれが雨に変わっても、背の高い窓の向こうには何の動きもない。

「ちょっと早すぎましたね」ピーボディが言い、イヴは広い屋根付きの玄関ポーチまでステップを上がり、両開きの扉の前に立った。

「知ったことじゃないわ」セキュリティは目立たないが完璧だ、と思いながらイヴはブザーを押した。

〝おはようございます〟コンピュータで作成された声は愛想がよく、淡々としていた。〝家族に不幸があり、ピアソン家は現在、お客様のご訪問を受け入れていません〟

「ダラス警部補」イヴは名乗り、スキャナーで読み取れるように警察バッジを掲げた。「それから、ピーボディ捜査官、NYPSD。事前に連絡済みよ」

〝少々お待ちください〟

スキャナーの赤く細い線がイヴのバッジをなぞり、緑色に変わった。

〝あなたの身元は確認されました、警部補。あなたが訪問されたことを家族に伝えます。しばらくお待ちください〟

一分もしないうちに、黒ずくめの女性が右側の扉を開けた。「お待たせしてすみません。どうぞお入りください」

一歩後ろに下がった女性は五十歳くらいで、黒っぽい髪はつややかなボブカットだ。泣きはらして縁が赤くなった黒い目は落ち着いている。

「コートをお預かりしましょうか？」

「おかまいなく」

「どうぞご案内します」女性は先に立って歩きだした。趣味のいい靴で光沢仕上げの金色の床を進み、色あせた赤と青の模様の分厚いカーペットを踏んでいく。カーペットの中央には大きな丸いテーブルがあって、そのまた中央に背の高い赤い花瓶が置かれ、盛られた白い花が高い天井に向かって伸びている。

女性は体の向きを変え、広いホワイエから天井がアーチ型になった通路を抜けて、応接セットが三組置かれた広い部屋に入っていった。ふたりが案内されたソファのそばには暖炉があって、黒と灰色の細い筋の入った白い大理石のフレームのなかで、炎がちらちら揺れていた。

「どうぞおかけになってお待ちください。家の者がまもなく参ります」

「ピアソン家にはどのくらいお勤めですか、ミズ……？」

「ミセス・スチューベンです。三十三年になります。わたしはこれで失礼いたします。コーヒーとお茶の準備をしなければなりませんので」

ミセス・スチューベンがアーチ型天井のある通路のそばまで行くと、向こうから男性がやってきて部屋に入ってきた。頭ひとつ背の高い男性は彼女の両肩に手を置いて、身をたたむようにして頭のてっぺんにキスをした。男性に何かささやかれると、ミセス・スチューベンは一方の手を上げて男性の手を握り、足早に去っていった。

男性は大股で近づいてきた。黒いセーターに黒いズボンを穿《は》いていて、まるで歩く煙突のようだ。姿に劣らずさえない顔はげっそりとして疲労の色が濃く、眠っていないらしい。

「警部補、捜査官。ドルー・ピアソンです。他の家族もすぐに参ります。どうぞおかけください」

「このたびはご愁傷様です、ミスター・ピアソン、みなさんにとってつらい時期だということは承知しています」

「身も心も打ち砕かれています。そんな言い回しを耳にするたび、砕かれるなんてグラスじゃあるまいし、と思ったものです。今になって、その意味がわかります」

ドルーはまた身をたたむようにして、優雅なブルーの地にバラの花を散らした模様の椅子に座った。

「何よりも知りたいのは、誰がなぜやったかということです。私たちは今日を乗り切り、明日も、人生の残りの日々も過ごさなければなりませんが、誰がどうしてやったか知らないまま、どうやってそれができますか？　父は……。知ったところで起きたことは変わりませんが、知らないままどうやって生きていけと言うんです？」

「NYPSDは総力を挙げて解明します。あなたはロンドンにいらっしゃった」

「はい。ロンドンが拠点です。でした、と言うべきかもしれません」

「しかし、これまでの交渉も、昨日のプレゼンも、話し合いもニューヨークで行われました」

「はい。この数か月、シャトルで何度も往復しましたが、リンクやホロも使ってやりとりしていました」

「あなたは合併に賛成されていた」

「そもそもアイデアを出して、最初に打診したのも私です。だから、私が合併話を父に持ちかけて、計画を実現させる手助けをしたから、父は命を失ったのではないかと、この二十四時間、惨めな思いで自問自答しつづけているんです」

「それは違います。爆弾を作って、ポール・ローガンに無理矢理爆発させた者が、お父様と他の十一人の命を奪ったんです」

「ポールはやって——かかわっていないと、確信しているんですか？」

「はい。彼をご存じでしたか？」

「とてもよく。信じられなかったし……信じたくありませんでした」ドルーは眉間をつまんでから、膝の上で両手を強く握り合わせた。「シシリーとメロディー——彼の奥さんと娘さんです——は、ふたりは無事ですか？」

「回復して元気になります」

「私たちはまだ——ふたりと連絡が取れなかったんです。母は——」

ドルーは言葉を切り、立ち上がった。黒ずくめの女性が三人、部屋に入ってきた。腕を組み、手を握り合って、一枚の壁のようにつながっている。

「ママ」ドルーは三人に近づき、中央の女性の手を取って体に腕をまわし、少し前に出た。

「こちらはダラス警部補とピーボディ捜査官だよ。母のロジリン・ピアソンです」

「ミセス・ピアソン、お顔を見せていただきありがとうございます。このたびはご愁傷様です」

ロジリンは精神安定剤のせいでうつろなうえに、泣きはらして赤くなった目でちらり、ちらりと、イヴ、ピーボディの順に見てから、腰を下ろした。「夫は死んでしまったわ」空模様に劣らずどんよりした声でロジリンは言った。

残りの女性ふたりも近づいてきて、ロジリンの左右にそれぞれ座った。右側に座った女性がロジリンの手を取った。娘だ、とイヴは思った。ふたりとも骨格が華奢《きゃしゃ》で、目の色も同じ深い茶色だ。娘の目にはクマができていたが、母親のようにうつろではなく、怒りがこもって鋭い。

「私の妹のリアーナと、妻のシビルです」ドルーは妹を見た。「ブラッドは?」

「できるだけ早く来ると言っていたわ。わたしの夫です」リアーナがイヴとピーボディに言った。「息子と、ドルーとシビルの子どもたちも一緒に階上《うえ》にいます。息子のノアは六歳で、ドルーの子どもたちはまだほんとうに小さいんです。ノアは父にとくにかわいがってもらっていたので動揺しています」

「できるだけお時間を取らせないようにします」イヴが言った。

コーヒーと紅茶のセットをのせたワゴンを押して、スチューベンが入ってきた。

シビルが素早く立ち上がった。「手伝うわ、ベッシー。お茶を飲んでください、ロジリン」教養を感じさせるイギリス風アクセントが、バラとクリームで作られたような外見にぴったりだ。栗色の長い髪を一つにまとめて、背中に垂らしている。「警部補?」

「コーヒーをブラックで。ありがとうございます」

「捜査官は?」

「コーヒーを、レギュラーで」シビルのぽかんとした顔を見て、ピーボディは説明した。「あの、クリームと――ミルクでも――砂糖をふたつです。ありがとうございます」

やるべきことができていかにもほっとしたように、シビルはスチューベンと一緒に飲み物を注ぎはじめた。イヴはふたりが支度を終えるのを待った。

「ミセス・ピアソン。ご主人を傷つけたり、ご主人の仕事や今回の合併を邪魔したり、阻止したりしたがっていた者をご存じですか?」

「いいえ。知りません。デリックはいい人で、すばらしい父親であり夫でした。会社の従業員のことも気遣っていました。誰もが彼を愛しているんです。そうよね、リアーナ? みんながお父さんを愛しているわ」

「ええ、もちろんよ」

「彼はまるで家族のようにポールに接していたの」うつろな目がしっかりして、怒りと耐えがたい悲しみが浮かび上がった。「ポールとシシリーがうちへやってくると、いつでも歓迎したものよ。メロディーはうちの孫たちと遊んでいたわ! それなのに、彼はわたしのデリックを殺したの」

「ママ、ママ」リアーナは両腕で母親を抱えようとしたが、押しのけられた。「ポールを被害者だなんて言わないで！　強要されたなんて、絶対に言わないで。あの人殺しはそうすることを選んだのよ。そうしようと選択して、あなたたちのお父さんを殺したの。わたしのデリックを殺したのよ。夫は死んでしまった」

言葉が口から飛び出すたびに声は高くなり、ついにヒステリー発作のようになった。涙がほとばしり、流れ出て止まらない。

「ママには無理です」リアーナが言い、立ち上がりかけた。

「わたしが階上《うえ》にお連れします」スチューベンがソファのまわりを回ってきて身をかがめ、ロジリンを抱くようにして立たせた。「さあ、階上に行きましょう、ミズ・ロズ。わたしと一緒に行くんですよ」

「わたしたち、何をするの、ベッシー？　どうするの？」

「少し休みましょうね」スチューベンはなだめるように言い、泣きじゃくるロジリンを連れていった。

「母には無理です――」リアーナは言葉を切って顔を背け、なんとか落ち着こうとした。声を殺して泣いていたシビルがリアーナの隣に座って、拳を握った。

「両親は――」ドルーは咳払いをした。「両親は結婚して三十九年目でした。幼馴染みだったんです。今はまだ母には無理でした」

「わかります。出直したほうがよいようでしたら、みなさんのお話はまた――」

「いいえ、いいんです。あの、終わらせてしまいましょう、ドルー」リアーナは空いているほうの手を自分の顔に押し当てた。「とにかく、終わらせましょう。わたし、シシリーと話をしたの」

「話を――いつ?」兄が強い調子で訊いた。

「今朝、午前中の早い時間に。どうしても話がしたくて。つらかったわ、彼女にも、わたしにも。わたしたち、友だちなんです――つまり、とても親しくしています」リアーナはイヴに言った。「娘さんはノアより年上ですけど、よく一緒に遊んでいて――ここにいるときは、ドルーの子どもたちも一緒に――それで、みんな仲がいいんです。つらかったと思いますが、彼女は、彼女やポールやメロディーに何があったか話してくれました。母には理解することも許すこともできないし、それを母に求めはしません。でも、わたしはできる。できるわ。わたしには子どもがいます。兄さんたちにも子どもがいるわ」リアーナはドルーとシビルに言った。「子どもを守るためにできないことがある?」

リアーナは一息ついた。「わたしも怒っているわ。どうしようもなく腹が立っている。でも、この怒りをポールやシシリーや小さな女の子には向けられない。この怒りをどうしたらいいんです？　誰がやったの？　誰のせいで、わたしたちはこんな思いをしているの？」

「それを解明しようと捜査をしているところです。お父様には敵がいましたか？」

「競争相手はいました――あなたのご主人もそのひとりです。競争相手やライバルじゃなくて、敵？　父を殺したがっていた人？　犠牲になった人たちを殺したがっていた人？　いいえ。いるはずがない」

「あなたはニューヨークのオフィスで、お父様のすぐ近くで働いていました。合併について、真剣に反対する声はありましたか？」

「もちろん、いくらかは。重大な進展であり、大きな変化ですから。でも、結局は、みんなにとってとてもいい取引になりました。ポール本人も、初めはあまり乗り気ではありませんでしたが、そのうち賛成派になりました」

「合併が発表される日、どうしてあなたはニューヨークにいなかったんでしょう？」

「パパは後継者のひとりがローマにいることを望んだので。ドルーはロンドン、ジャン＝フィリップ――わたしたちの従兄弟です――はパリにいて、わたしにはローマにいてほしいと。ウィリミナも主要都市に重要人物を置いているわ」

「世界的な発表、という印象をあたえるためです」ドルーが説明した。「重要な発表です」かすかな笑みを浮かべて言った。

「どなたか脅しを受けたことがありますか？」

「いいえ」ドルーが妻と妹を見ると、ふたりとも首を振った。

「何の警告もありませんでした」

「合併について誰に話をしましたか？　仕事以外では？」

「メディアに」ドルーが言った。「少なくともこの二、三週間は。ヨーロッパのメディア対応は、ほとんどシビルが手がけています」

「わたしは、ロンドンでドルーが率いているクアンタム・ヨーロッパのメディア担当チーフです。一年以上、育児休暇で仕事を離れていましたが、復帰して、合併の件でチームを率いています」

「メディアに情報を伝えたんですか？」

「効果的なものだけ、少しずつ」シビルは説明した。「合併を進めることに承認が得られるまでは極秘事項です。たまに――興味をかきたてるためにタイミングを見計って――リークするとしても、ほんとうに重要な詳細は伏せていました」

イヴはここでやり方を変えた。「ジョーダン・バンクスのことはよくご存じですか？」

イヴが見ていると、シビルは一瞬、目に浮かんだショックの色を抑え込んだ。そして、おずおずと手を上げて髪をなでつけた。

10

「知ってる名前よ」リアーナがつぶやいた。「どうして知っているのかしら？　ドルーは？」

「私はぴんとこないな、残念ながら」

シビルは何も言わず、誰とも目を合わさずに短く首だけ振った。

「彼は、二、三週間前まで、ウィリミナ・カーソンと恋愛関係にありました」

「それよ。バンクス一家でしょ、ドルー？　コミュニケーションズとかエンターテインメントとかいう。あそこのぼんくら息子」

「ああ」ドルーは少し眉をひそめた。「覚えているかぎりでは、会ったことはないな。モーガン・バンクスには会ったことがある。彼のお兄さんだろうか？」

「そうだと思う」リアーナは落ち着きを取り戻したらしく、目もくれていなかったコーヒーを少し飲んだ。「実は、わたしも会ったことはないけれど、話は聞いたことがあるわ。ウィリミナが彼と付き合っていることは、ある時点から知っていたと思う。もちろん、彼女のことは合併の話を通じて知るようになって、でも——待って、待って、彼に会ったことがあるわ。ディナーパーティで。何か月も前、たぶん、去年の秋だと思う。なぜ？」

「彼は亡くなりました」

シビルが凍りついた。みるみる顔から血の気が引いていく。ドルーは身を乗り出した。

「関係があるのですか？　ジョーダン・バンクスは、何らかの形で爆発事件にかかわっていたのですか？」

「詳しく調べているところです」

「でも、ウィリミナは会議室にいたのよ！」リアーナがいきりたち、カップとソーサーをガチャンとテーブルに置いた。「死んでいたかもしれないわ。そうはならなかったけれど、重傷を負っている。関係を解消されて、仕返しするために企《たくら》んだなんて言わないで」

「それが動機とは考えていませんが、彼が直接的、あるいは間接的にかかわっていた可能性はあります」

「女たらしという評判だったけれど、これはひどいわ。ひどすぎる。彼はポールを知っていたんですか？」

「まだふたりのつながりは見つかっていません」イヴはきびきびした口調を崩さず、リアーナに視線を向けたまま言った。全神経はシビルに集中させている。

「捜査に関しては、これ以上お話しするわけにはいきません」イヴは続けた。「あまり長々とお時間を取らせたくないのですが、あと二、三分ずつ、ひとりひとり、お話を聞けたらありがたいのですが」

「ひとりひとり？」ドルーが繰り返した。

「お話を聞くのに都合がいいし、終わったらお引き取りいただいてかまいません」

「いずれにしても、わたしはブラッドと子どもたちのようすを見てきたいわ」そう言いながら、リアーナは立ち上がった。「ブラッドをここへ寄こして、わたしはノアと一緒にいるわ。彼と話がしたいなら」

「そうしてください。ミスター・ピアソン、席をはずしていただいて結構です。わたしたちは奥さんと話をして、終わったらあなたと交代してもらいます。このやり方で進めれば、みなさんのお邪魔にもなりません」

「わかりました」ドルーは立ち上がり、妻の髪を軽くなでてから妹と一緒に部屋を出ていった。

　ふたりが間違いなく声の聞こえないところまで離れるのを待つ。「話して」イヴは強い調子で訊いた。

シビルはまばたきをした。「何のお話?」

「あなたはバンクスを知っていた。否定しても無駄よ」低くて険しい声でつづけた。「十二人が死んだのよ。バンクスを入れたら十三人。さあ、話してくれるわね。その前にあなたの権利を読み上げるわ」

「ああ、何てこと、ああ」

シビルは膝の上で組み合わせていた両手を離して、イヴが改訂版ミランダ準則を読み上げるあいだ、両腕を自分の体に巻き付けていた。

「ジョーダン・バンクスと肉体関係があったの?」

「いいえ! ないわ、ない、そういうのじゃなかったのよ。と言うか、あれはたんなる……気まぐれよ。わたしは絶対に――わたしたちは絶対に――ドルーを裏切れなかったし、そのつもりもなかったわ。あれはただ……」

「彼とはロンドンで会ったんですか?」ピーボディがイヴよりも穏やかに訊いた。

「ええ。一年ちょっと前よ。子どもはまだ三か月だった。ジェイシーは生まれてまだ三か月で、トレイ――上の男の子――は二歳になったばかりだったわ。子どもは年が近いほうがいいと思ったの」

シビルはまた両手を組み合わせた。「ドルーとリアーナはとても仲がいいから、わたしたちの子どもも年が近いほうが、ふたりのように絆《きずな》が深まるはずだと。でも、とにかく……」

「三歳にもならないふたりの子持ちになった」ピーボディは思いやりのこもった視線を向けた。「手がかかるでしょうね」

「はい。もちろん、手助けはしてもらっていました。母もベビーシッターもいたけれど――」

シビルは言葉を切り、指先で一方の目を押さえた。「言い訳はできないわ。ドルーは合併交渉の第一歩を踏み出したばかりで、計画を立てたり、会議をしたり、お父様や役員会のメンバーと話し合うためにしょっちゅう出張していた。わたしは忙しくてパンク寸前で、疲れ果てているし、無視されているような気がして――彼にとって魅力のない女になったような気もして。自分勝手、ほんとうに身勝手だった。かわいい子どもがふたりもいて、愛する男性もいて、彼もわたしと子どもたちを愛してくれていたのに。彼は重要な仕事で忙しいだけなのに、無視されていると思ったりして」

「あなたは仕事から遠ざかっていた。それまでは家庭の外に重要な仕事があり、それにかかわることに慣れていたんでしょう」イヴが言った。

「ひょっとしたら、軽い産後鬱《うつ》だったんだと思うわ。弁解にはならないけれど。生まれたばかりのトレイがいるのに早々に仕事に復帰して、ジェイシーと過ごす時間もほとんどなかった」

「彼とはどうやって知り合ったんですか?」イヴが訊いた。

「どうしても行きたい美術展があったの。そのオープニングパーティに連れていこうって、ドルーが約束してくれたのよ。ふたりきりの夜のお出かけ。大人の夜の時間を過ごせると思ったわ——子どもに食事をさせるのも、おしめを替えるのも、寝る前のおとぎ話もなし。その日、ばっちりお洒落をして、どうかしたみたいにうきうきしていたら、彼から連絡があって、ほんとうに申し訳ないけれど、緊急の用件ができてどうしても対処しなければならなくなった、って」

「動揺したでしょうね」ピーボディは同情たっぷりに言い、うなずいた。「がっかりした」

「ほんとうに、途方もなく打ちのめされたわ。泊まりのベビーシッターも頼んでいたの。新しいワンピースも買っていた。だから、とにかく出かけたわ。どうなったっていい。このオープニングパーティに行きたかったんだから、行くしかないわよ、って。出かけたわ」

「そして、バンクスと出会った」イヴが続きを言った。

「ええ。彼がパーティ会場にいて、なんとなく、一枚の絵について話を始めたわ。彼はとてもチャーミングで思いやりがあった。わたし、確かに媚《こ》びを売ったわ。ドルーに腹を立てていたせいもあるけれど、誰かにかまってもらえてすごく気持ちよかったというのがとても大きいと思う」

「それまでの三年のうち、二年近くは妊婦として過ごしていたんですよね」話の筋からそれずに、ピーボディはさらに理解を示した。「ひとりの人間、女性としての自分を感じたかったんでしょう。母親としてだけではなく」

「ああ、そのとおり、そうよ。正しくないことだけれど、パーティのあと、彼とお酒を飲みながら話をしたわ。美術や文学や映画について。ただ話をしただけよ。それから、帰り際、わたしがタクシーに乗るとき、彼は手にキスをしたわ。手だけよ。そして、ロンドンにはあと二、三日しかいないから、一緒にランチをどうかと言った。ひとりで食べるのは嫌いだから、って。

だから、一緒にランチを食べたの。翌日、赤ん坊をベビーシッターに預けて、彼とランチを食べに行って、また気を引くような態度を取った。その次の日も会った。真っ昼間から一緒にお酒を飲んだ。すごく不道徳な感じがしてどきどきしたわ。このとき、キスをされて、わたしも拒まなかった。彼が泊まっているホテルのバーで。それから、階上《うえ》のスイートルームへ誘われたの」

シビルは言葉を切り、両手で顔を覆った。「もう少しで行くところだった。心から恥じるわ。心のどこかで行きたい気持ちはあったの。でも、そんな自分に愕然《がくぜん》とする気持ちのほうが大きかった。わたしは何をしているの？　夫は仕事中で、子どもたちはベビーシッターと家にいるというのに、よく知りもしない男と何をしているの？　行かない、と彼に言ったわ。すべてわたしがやったことで、原因はわたしにあるから、彼に謝ったわ。ホテルを出て、二度と彼には会わなかった。ほんとうよ、誓うわ」

「合併について、彼に何を話した？」

「合併？　そんな話はとくに――」

「自分は結婚していると、あなたは彼に言った」イヴはさえぎるように言った。「結婚指輪もはめていた。夫はいつも仕事ばかり、と言ったら、彼は同情してあなたを喜ばせるようなことを言った？」

「あの……ええ、たぶん。言ったわ。彼が言ったの――はっきりは覚えていないけれど。こんなにきれいで刺激的な女性が家にいたら、会社にいても仕事に集中できない、とか。それで、いったいどんな大事なことがあって、ご主人はあなたを放っておくのだろう、って訊いてきたわ」

「そして、あなたは話した」

「あの……」シビルは一方の手で口を押さえた。「話したわ。今の彼は、家族より家業のほうが大事らしくて、エコノ社との話をまとめるのに一生懸命で、わたしが家にいるのかどうかも知らない、と言ったわ」

「具体的にエコノ社の名前を出したのね？」

「出したわ。ええ、出した」

「その件について、彼はもっと訊いてきた？」

「かもしれない。そうよ、もちろん、訊いてきた。わたしは愚痴を言っていて、ある人――とても魅力的でチャーミングな男性――が耳を傾けてくれて、同情してくれた、ということ」

「彼に何を言ったの？」

「正直なところ、話すようなことは大してなかったわ。あの話はまだ始まったばかりだったし。ドルーとお父様と会社の人たちが、ウィリミナ・カーソンと彼女の会社の人たちと会っているとか、そういうこと。ドルーはしょっちゅうニューヨークに出張したり、会議に出たりして忙しい、とか。わたしはそんなすべてに腹を立てていて、それはたぶん、わたしがそこにかかわっていなかったからだと思うわ。ほんとうに、わたしは愚かで自分勝手だったけれど、話せるようなことはあまりなかったのよ。まだ細かなことは何も決まっていなかったし。今回の事件に彼がかかわっていたとしても、わたしには何もわからない。まったく理解できないわ」

イヴには理解できたが、シビルを解放した。さらに、形だけだが、家族の他の者たちからも話を聞いた。

「まったくもう」車に戻って、乗り込むとピーボディが言った。「彼女は、そもそも自分が爆発事件のボールを転がしたんだと理解するでしょうか？」

「たぶんね。でも、バンクスがそのボールの一部をカーソンのところへ転がして、膨らましたのよ。そして、見栄か儲《もう》けのために、膨らましたボールをあちこちに投げた。すると、誰かが拾って、それを武器にして、ドカン」

「バンクスはあらかじめ準備してシビルに会ったと思いますか？」

「あり得ない。彼女が美術展のオープニングパーティに来ることや、ひとりで来ることは、彼には知り得なかったから。いいチャンスだと思ったのよ。いい女がいる。しかも金持ちだ、って。彼女が指にはめていた宝石を見れば、彼にはわかるわ。結婚してることもわかったけど、ひとりで来ている。話しかけてみて、感触をつかむ。オーケイ、このレディーは誘惑に弱く、幸せじゃない」イヴはそう言いながら、車を車列に合流させた。「そして、それを利用しただけ。おそらく、ベッドをともにできて、小金をかすめとれると思ったのよ。すると、彼女のほうから彼の膝に合併という種を落としてきた」

「彼は少し調べてみた」ピーボディは続きを言い、窓の外の雨を見ながらじっくり考えた。

「そして、これだ、ウィリミナ・カーソンだ――すごく魅力的で、未婚で、もっとどんどん情報が引き出せそうじゃないか。彼女と会う手はずを整え、魅了して、追いかけて、くっついて、手にできるものはなんでも搾り取る。それから、たぶん、インサイダー取引――とか何とか呼ばれているやつです――で儲けようと思いつき、得意になってそれを自慢したんでしょう。不適切な人たちに。そして、死ぬはめになった」

「筋が通ってるわ」イヴが同意した。「最初から最後まで。わたしの見方はこう。あの間抜けはふたりに、あるいはどちらかひとりに連絡したのよ。そして、計算してみたと言い、分け前を要求した。密告すると脅したのかもしれない。それほど愚かだったということ。でも、分け前を求めたのはやり過ぎだった。それで、おしまい」

イヴは一方の手を握りしめて、ひねった。

「ボキッ」

「内部の人間を探す必要はないわね」と、イヴは結論に達した。「内部の人間には、バンクスがぺらぺらしゃべるような話は必要じゃないから。でも、彼はふたりを、あるいは、少なくともひとりをよく知っていて、自慢話をして、情報と引き換えに小金か、便宜を図ってもらうことを望んだ。よく知っている相手だから、歩いてセントラルパークに入っていって、会おうとした」

「バンクスみたいな人間は、いつもすり寄ったり、こっそり動いたりしてるから、自分が狙われることは絶対にないと思っていたんでしょう。犯人のふたりを意のままにできると勘違いしたんです」

「そうね。勘違いして首を折ってしまったバンクスについてモリスが何を教えてくれるか、聞きにいくわよ」

イヴが死体安置所《モルグ》に続く白いトンネルを歩いているころ、雨はやや弱まって、冷たくてキレの悪い小便雨になり、誰かが巨大なスパナーを持ってきて、だめになった蛇口を直すまでいつまでもちょろちょろ降り続くように見えたし、実際、そんな感じがした。

モルグは合成レモンの香りと死の匂いがして、モリスの解剖室のダブルドアの向こうから魂を揺さぶるようなブルースが聞こえてきた。モリスは保護ケープを羽織り、その下はフォレストグリーンにごく細い金色のストライプが入ったスーツ姿だ。色を合わせて、シャツは渋いゴールド、ネクタイは深緑色で、その二色の紐を、背中に長く垂らした黒っぽい髪の三つ編みに編み込んでいる。

モリスはシールド加工した両手でバンクスの切開された胴体から肝臓を持ち上げて、重さを量った。そして、イヴとピーボディにほほえみかけた。

「ブルースと二度寝にぴったりの朝だが、両方いっぺんは無理だからね……」モリスは音楽のボリュームを落とすように命じた。

「小降りになっているわ」イヴは言った。「そのちょろちょろ感がまた、たまらなく不快」

「最悪は免れただろう」モリスは言い、シールド加工した両手の血を拭き取った。「雪になっていたかもしれない。この冬はもう嫌と言うほど降られたからな」

「キッチンでスイセンを――真っ白な――促成栽培しているんです」ピーボディがモリスに言った。「それを見て、なんとか冬の最後に耐えています」

「それは私もやってみるべきだな」

「死んだ男は、雨だろうと、雪だろうと、どんなスイセンだろうと気にしないでしょうね」イヴが言った。

「とてもかわいらしくて香りのいい花だよ」モリスはイヴに言った。「春の到来を告げる花だ。それはともかく……われらが遺体は、アルコールの影響が大きすぎて、嫌な天気も水に飛び込むこともいとわなかった若者ふたりによってJKOから引き上げられたと聞いている」

「若くて愚かなのよ。若くて愚かなふたりがいなければ、バンクスはあと二、三時間は水のなかにいたでしょうね。公園でジョギングをするには最適な日、とは言いがたいから」

「バンクスにフェンスを越えさせるとは、犯人は相当な筋力があるに違いない」

「ふたりいたかもしれないのよ」

「ああ、だったら負担は軽くなる。それでも、この首を素手で折るには、よほどの上半身の力と、技術が必要だっただろう」

「いちばん考えられるのが、軍事訓練の経験者」

「筋が通っている。背後からだ」モリスはさらに説明した。「右利き。故ミスター・バンクスは抵抗していない。防御創も、ほかの怪我もない。彼は大量の赤ワインと一緒に、ブリーチーズとハーブ――ローズマリーだ――入りクラッカー、ハトのデビルドエッグ（固茹で卵を縦ふたつに切って、味をつけた黄身を白身につめた料理）二個と、キャビアを小さじ山盛り一杯、他に、オリーブのマリネを二、三個とガチョウのレバーパテも食べている。それだけ食べたあと、アブサンを六十～九十ミリリットル飲んで締めくくっている」

「パーティの料理ね」イヴが言った。「豪華なカクテルパーティ」

「ガチョウのレバーとアブサン。それを味わって一時間以内に、死亡したと思われる」

「パーティ会場をあとにして、公園へ行った。犯人たちもパーティに出ていたかもしれない」イヴは遺体に目をこらしながら推測した。「そうじゃなければ、パーティのあとに会う予定だった。彼らは知り合いで、その彼らに、ちょっと調べているんだと言った。そうしたら……」イヴは持ち上げた両手をくいっとひねった。「ぽきり。毒物は?」

「検査に出している。すべての結果がすぐにでも出るだろう。彼はパーティで食べて飲んだだけではなかった」モリスはさらに言った。

そして、トレイから透明なサンプルケースをつまんで、掲げた。イヴがなかを見ると、鮮やかな赤い毛が一本、入っている。

「陰毛だ。彼の陰毛からすき取った」モリスはイヴに言った。「ラボのハーヴォに送る」

「女性のものでしょうね。彼が同性とのセックスに興味を持っていると思われる証拠は何も出ていないから。DNA鑑定は有益だと思う」

「持ち主のデータが記録されていれば、われらが毛髪と繊維の女王が突き止めてくれる。彼があちこちお直ししているのは間違いない」モリスはサンプルケースをトレイに戻して、さらに続けた。「顔も体もだが、大がかりなものじゃない。見てのとおり、陰毛は――永久脱毛で――ととのえる主義だ」

イヴは細長くととのえられた陰毛を見た。「はみ出た赤毛が見つかりやすかったわね」

「そうなんだ。だからといって、彼の慰めになるとは思わないがね」

「わたしだって慰められない。彼を共犯者として檻《おり》に閉じ込めるのを楽しみにしていたんだから。ありがとう、モリス」

「ここにいるのはきみたちの役に立つためだ」

ふたりが出ていくと、モリスは音楽の音量をまた上げるように命じた。むせびなくようなテナーサックスが響き渡る。

「パーティとセックス」歩きながらイヴは言った。「タクシー会社と個人用の配車サービス会社を調べて、ピーボディ。彼と取引のあった銀行に寄って、担当者と話をして面白い情報が得られるかどうか試すわよ」

イヴは車を東に走らせ、金融街の細い通りと高層ビルの谷間に近づいたころ、ピーボディが探し物に行き当たった。

「はい」ピーボディは片手を上げ、イヴに合図を送った。「運転手につないでもらえますか？　かまいません。ラピッド《R》キャブ《C》です」と、ピーボディはイヴに告げた。「乗車記録が、二時二十分に西九十六丁目。降車は西八十七丁目です。はい、聞いています」

イヴは片方の耳でやりとりを聞きながら、高い建物のあいだの闇を切り裂いていった。金ぴか時代の装飾の多い建物のなかには、都市戦争《アーバン・ウォーズ》をくぐり抜けたものもある。破壊され、戦後、建て替えられた建物はなめらかな弾丸状で、それが背の高い花綱《はなづな》飾りのついた宮殿のような建物と混在し、その前面に並んでいる雨に濡《ぬ》れたブロンズの杭《くい》が、運転を誤って突っ込んでくる車から建物を守っている。

イヴが二重駐車する気がなかったのは、一般のドライバーを怒らせたくなかったわけではなく、いつまでも降りつづく小便雨のなか、何ブロックも歩きたくなかったからだ。二重駐車できる通りはごくかぎられていた。

それでも、なんとか駐車場を見つけて、ちゃちな建物の二階のスペースに垂直オプションを使って車を割り込ませた。

「確認しました」ピーボディはイヴに言った。「RCが伝票を見つけました。バンクスはその場でタクシー代を払ったので、伝票があったんです。運転手は彼を覚えていました――ひとりで乗ってきたそうです。横柄でけちな客で、誰かとリンクで話していたと言っています。二、三分で着く、と言った以外、何をしゃべっていたかはわからないし覚えていない、と。タクシー代には、西九十六丁目七四三番への迎車代も含まれ、運転手が到着したと連絡すると、彼は一、二分で建物から出てきたそうです」

ピーボディはイヴと同時に車から降りて、カンカンと足音をたてて鉄製のステップを降りて、通りに出た。

「バンクスは代金をリンクで払って、車を降り、立ち去ったそうです」

「了解。彼の金を管理してた人たちとの話が済んだら、バンクスのアパートメントをざっと見にいくわよ。部屋にはアドレスブックがあるだろうから、彼の知り合いがわかる。パーティ好きな連中とも話をして、彼のアートギャラリーにも寄ってみる。バクスターとトゥルーハートにも連絡しないと」

イヴはふたりに、バンクスの近親者への通知を任せていた。

「家族の反応が知りたいし、場合によっては彼らの聞き取りも必要になるかもしれない」

ふたりは柵を通り抜け、首を伸ばしてカメラをかまえながらウォールストリート地区に群がっているおおぜいの観光客に加わった。

グライド屋台で売っているストリートコーヒーの香りがした。いつのまにか昼が近づいて、湯気の立ったソイドッグの匂いもしはじめた。プラカードを掲げ、怒りのこもった真剣な表情で資本主義の弊害に抗議しながら行進したり、ぐるぐると歩きつづけている人たちからは、意識して距離を置いて進んでいく。ウォールストリートのチャージング・ブルのまわりに集まって、鼻息荒く身構える銅像の前でうれしそうにポーズを取っている人たちもいる。イヴにとって雄牛《ブル》は——金属だろうが生身だろうが——睾丸《こうがん》のある牛だ。決して近づかない。

やがて、ビーバー・ストリート側から丸天井の金ぴかのロビーに入っていった。

イヴはバッジを示してセキュリティを通り抜け、ピーボディと一緒に四十三階まで上がっていった。

〈バックリー・アンド・シュルツ〉銀行のロビーは金ぴかではないが、何もかもが豪華だった。株式市況や経済ニュースが流れるスクリーンを見つめる人たちも重要人物のように見える。

三人いる受付係のひとりは、落ち着いてイヴのバッジを見た。「申し訳ありませんが、本日、ミスター・シュルツは終日、社外の会議に出席しております。こちらのオフィスには、明日まで戻る予定はございません。管理スタッフに言って、面会の予約をお取りいたしましょうか？」

「業務補佐係《アドミン》と話をするわ」

「可能かどうか確認いたします」

三分後、業務補佐係が現れた。

三十代の初めだろう、とイヴは思った。トゥルーハートに似たさわやかな髪型だが、どこか銀行家らしい趣がある。すばらしい仕立てのスーツ、靴はぴかぴかで、顔は若々しく、あどけない目をしている。

「警部補、捜査官」そう声をかけてから、威厳があって裕福そうな人たちがいるロビーのほうをちらりと見た。「どうぞ、ご案内いたします。私はデヴィン・ガリソンと申します。ミスター・シュルツの業務補佐係です」彼に案内されて通り過ぎるオフィスにはスーツ姿の人たちが座ったり歩き回ったりしながら、イヴにはギリシャ語——あるいは、電子オタク語——くらい意味のわからない言葉で金の話をしている。

デヴィンは体の向きを変えて、別のオフィスに入っていった——やや広くて、眺めがよく、設備がととのっている。社内の立場は中の上だろう、とイヴは判断した。

デヴィンは扉を閉めた。「あの——ミスター・シュルツは本日は終日、社外勤務です。たった今……たった今、ミスター・バンクスの速報を聞きました。ミスター・ジョーダン・バンクスです。彼のことは知っています。とても信じられなくて……」

「どのくらい彼を知っていましたか？」

「ええと。そうですね、実際のところ、リンクで話をするだけでした。彼がミスター・シュルツと話をしたいときに。あるいは、私がランチやディナーをしながらのミーティングを手配したときに話をしました。ご本人に直接、お会いしたことはありません。オフィスにいらしたこともありません。必要なとき、ミスター・シュルツが彼に会いに行っていました」

「いちばん最近、会いに行ったのはいつですか？」

「確認したいので、少し時間をいただいていいでしょうか？」

「お願いします」

デヴィンはデスクの向こうに回り、何か呼び出した。カレンダーだ、とイヴは気づいた。

ミスター・シュルツは多忙で、何も予定のない平日はほとんどない。

「二月十八日のようです。恒例の、月に一度のランチミーティングでした。次は、今月の半ばの予定でした」

「あなたの知っているかぎりで、ふたりが最後に話したのはいつですか？」

「昨日です。ミスター・バンクスが昨日の朝一番にオフィスに連絡してきました。あの、ところで……ミスター・バンクスはほんとうに殺されたんですか？」

「ほんとうに殺されました」

「あなたはアガサと話をするべきだと思います。ええ、あの、記録上、ミスター・シュルツはミスター・バンクスのファイナンシャル・アドバイザーでしたが、実際はアガサ・ロウエルが彼の口座を扱っていました。毎日です」

「彼女はどこに？」

デヴィンはまた先に立って歩き出し、こぢんまりしたオフィスが並んでいるところまで戻った。そのうちのひとつでは、女性――赤毛だ、と思って、イヴは興味津々で見つめた――がデスクに向かって座り、片手でコンピュータを操作し、もう一方の手にリンクを握っていた。壁のスクリーンにごちゃごちゃと記号が映っているのは、朝食前のロークのスクリーンと同じだ。

デヴィンはちらりとイヴたちのほうを見た――まっすぐこちらを見る青い目に苛立《いらだ》ちの色が浮かんだ。

「わかったわ。ええ、それで終わり。すべて良好。また連絡するわ」

リンクを切った。「どういうことなの、デヴィン?」きついブルックリン訛《なま》りで、もどかしげに怒鳴りつける。「目が回るほど忙しいのよ」

「こちらは警察の方です。ミスター・バンクスが……彼が殺されました!」

「いつ？」ショックよりも不快感から、アガサは眉をひそめた。

「今朝早く」イヴはアガサに言った。「ありがとう」今度はデヴィンに言う。「話をする必要が出てきたら、探しますから」

「わかりました。アギー、ミスター・シュルツに連絡して伝えたほうがいいですか?」

「ショートメールで」アガサはイヴに目を向けた。「早く済ませてもらえる?」そう言う間にもリンクが鳴り出した。「ほんとうに忙しいのよ」

「しかも、クライアントが死んだと聞いて、明らかに取り乱している」とイヴ。

「彼はミスター・シュルツのクライアントよ。わたしにはほとんど知らない人だった。誰か死ねば気の毒とは思うけど、人って死ぬものよ。じゃ、仕事があるから」

「デヴィンの話では、バンクスの日々の取引や処理を担当していたのはあなただと」

アガサはため息をつくように、まっすぐに切り下ろした赤毛の前髪を吹き上げた。「ちょっと待って」そう言ってリンクを手に取り、コードを打ち込んだ。「シェリル、これから二、三分、わたしへの連絡をそっちに転送させてもらう。だめよ、どうしても」さらに何か打ち込んで、リンクを置いた。

「ジョーダン・バンクスはとんでもなくいらつく男だった、いい？　お祖父《じい》さんのほうのミスター・シュルツは孫のタッドに彼の相手を押しつけて、タッドは彼をわたしに押しつけながら、記録上は彼のアドバイザーであり続けたのよ。バンクスが女性をセックスの相手か、きれいなものとしか見ていないから」

「バンクスはあなたが毎日の口座管理をしていると気づいていなかった」

「彼のためになにか対応するときは必ず、タッド・シュルツとしてやっていたから。何度か彼に会ったことはあるけれど、基本は、裏方に徹していたわ」

「彼と個人的な関係はありましたか？」

「まさか、ないわよ」イヴが両方の眉を上げると、アガサはまたため息をつき、恨めしげにリンクを見た。「初めて会ったとき、彼が猛烈に言い寄ってきたから、いちばん効果的なやり方で阻止したわ。自分はゲイだって言ったの。実際、セックスするなら男性のほうがいいんだけど。クライアントや行内の幹部に誘われても、遊ぶ相手は女性です、って言ってきっぱり断るのは、とにかく簡単。誰も侮辱されたと思わないし」

「最後に連絡を取ったのはいつですか？」

「ええと、昨日よ。彼は、お祖父さんのミスター・シュルツかタッドに連絡を取ろうとしたんだけれど、わたしに回されたの。彼は、わたしが業務補佐係かメッセンジャーサービス係として働いていると思っている——思っていた——のよ。何だっていいけど。それで、わたしが対処した——ショートメールとeメールで。爆発事件を受けて、彼は最近買ったクアンタムの株を売りたがっていた。バカよね。感情的過ぎる。クアンタムはちゃんとした会社で、株価だって戻りかけていたのよ——もう戻ったわ。それをタッドとして彼に伝えた。そうやって、クライアントが何千ドルも損するところを救ったんだわ。今となっては、彼にはどうでもいいことだろうけど」

「株を売りたがったお客はたくさんいましたか？」

「いくらかいて、わたしの話に耳を傾けない人も少しはいたわ。その人たちは損をした。わたしが今買うべきと言ったときに聞き入れた人たちは儲けたわ」

「最後にバンクスに会ったのはいつですか？」

「三か月前だと思う。タッドが彼をわたしに押しつけたがっていて、月一度のランチ——バンクスの機嫌をとるためにそのあとも続けていたわ——にわたしを連れていったときだから。彼はバンクスにわたしのことを、将来有望でとてつもなく頭がいいと言っていた――ほんとうのことだけど、バンクスをわたしに押しつけたいものだから、ことさら強調していたわ。でも、バンクスがわたしをかわいい女の子としか見ていないのは見え見えで、タッドもわたしも、少なくとも表立って担当を変えるのはまずいだろうとすぐに判断したわ。それで、わたしはこっそり変わることに同意したの」

「なぜ?」

「だって、わたしは将来有望で、とてつもなく頭がいいから。出世するつもりよ。彼の口座を引き受けて、お祖父さんのほうのミスター・シュルツとタッドのために一肌脱いだらどうなる? 出世の階段をひとつ上ることになる。納得した?」

「だいたいは。今日の午前一時から二時のあいだはどこにいましたか?」

「ベッドで――ひとりで――寝ていたわ」

「その前は?」

「ここで七時半まで仕事をしていた。八時にクライアントとディナーミーティングをして、それが十時までかかった。家に帰ってから、ルームメイト――プラトニックな関係よ――と一日の不平を言い合って、ベッドに入った」

「わかりました、ありがとう」

イヴが扉に向かっているあいだにもうアガサはリンクをかけていた。「シェリル、終わったわ」

「赤毛ですね」一緒に部屋を出ながらピーボディが言った。「でも、あの赤毛じゃないです」

「ありえない。いずれにしても、彼女のことは調べるわよ。とりあえず確認のため。ひょっとして、彼女はバンクスと寝ていたかも。彼から内部情報を仕入れて、それを元にクライアントに助言して出世しようとしてたとか」

いつまでもしとしと降りつづく雨のなか、イヴがふたたびアップタウンに向けて車を走らせているあいだも、ピーボディは調べつづけた。

「うわ！　彼女はほんとうにとてつもなく頭がいいです。主席でエール大学を卒業しています。主席ですよ、ナンバーワンです。標準中国語を含めて、四か国語もしゃべれるそうです。ひとりっ子で、未婚、同棲者《どうせいしゃ》もいません。ダラス、彼女はまだ二十五歳で、四か国語をしゃべるんです。犯罪歴はありません」

ピーボディは降りつづく雨をしんみりと見つめた。「四か国語しゃべれたらどんなにいいでしょう」

「あなたは二種類しゃべってるわ。民間人語と警官語。誰だってそれだけしゃべれたら充分よ。彼女は今の立場に満足していない。集中力があって、細部にこだわり、目的がはっきりしていて、金融業に勤め、相場に携わっている。バンクスの首を折れるほど強くも大きくもない。家族に軍人はいない？」

「いません。彼女がまだ小さいころ、母親はイタリア大使だったので、家族であちらに三年間住んでいました――しゃべれる言葉のひとつがイタリア語です。父親は政治顧問です。夫婦はイーストワシントンに住んでいますが、ニューヨークにも家があります。軍務経験はありません。父側、母側の祖父母とも健在で、こちらも軍務経験はありません。待って、待って、彼女には、四年間、陸軍に勤めた従兄弟がいます――でも、彼は衛生兵でした。現在は医者です――アトランタ在住です」

イヴは、とりあえずアガサの線はないと判断して、バンクスのアパートメントがある建物の前に車を停《と》めた。前とは違うドアマンがゆっくりと近づいてきたが、敬意のこもった態度は前の晩と変わらない。

「いかがいたしましょう、警部補？　捜査官？」

「ジョーダン・バンクスのアパートメントに入らせて」

「承知しました。ニュースで聞きました。ひどい話です」

「今朝、誰かからミスター・バンクスについて尋ねられた？」

「私は訊《き》かれていません」

ドアマンはふたりを建物のなかに案内した。前の晩とは違うセキュリティ係――黒いスーツ姿で、目の鋭い女性――がデスクに向かっていた。

「ローダ、ダラス警部補とピーボディ捜査官がミスター・バンクスの家《ユニット》にお入りになりたいそうだ」

「すぐに入れるようにします。あんなことになって、みんな、ほんとうに驚いているんです」

「われわれの他に、誰かをそのユニットに入れるようにした？」

「いいえ。ログをチェックしましたら、夜間のセキュリティの記録に、ミスター・バンクスから八時五十三分にタクシーを頼まれたとありました。車を手配後、ミスター・バンクスは九時に建物を出られました。戻られた記録はありません。お役に立つのであれば、タクシー会社に連絡をして、行き先を尋ねますが」

「それはもう確認済みよ」

イヴはエレベーターまで歩いていって、ピーボディと一緒に乗り込んだ。

「ロークのビルですか？」

イヴはかすかに眉をひそめた。「そう」

「いいところです」

イヴはただ肩をすくめ、両手をポケットに突っ込んだ。

ふたりはエレベーターを降りて、前の晩と同じよい香りのする廊下を進み、バンクスのユニットの正面玄関に近づいた。イヴがマスターキーでドアを開ける。なかを見た瞬間、イヴは武器を手にして腰を落とし、かまえた武器を水平に動かした。ピーボディは高い位置にかまえた武器を、水平に移動させる。

「くそっ」イヴはつぶやいた。「くそっ、くそっ」武器は必要ないとわかっていた。

豪華なアパートメントのなかを探り、手当たり次第に破壊した者は、とっくにいなくなっていた。

11

「誰もいないのを確認する」イヴは言った。「そのあと階下《した》へ行って、十九〇〇時から〇九〇〇時までのセキュリティディスクのコピーを手に入れる。それから、その時間の——ドアとデスクで——担当だった者から話が聞きたい」

急いでやったのだろう。イヴはそう思い、二つのフロアに分かれた住まいを一部屋ずつ、ピーボディと確認していった。慌ただしくて雑なやり口だ。引き抜いた抽斗《ひきだし》がひっくり返され、下の層の壁に掛けられていた絵画はすべて、床に落とされている。

「荒っぽい」イヴは声に出して言い、武器をホルスターに戻した。「でも、徹底的にやったみたい。ディスクのコピーをもらってきて。わたしは遺留物採取班に連絡する」

「建物のセキュリティは最新鋭のもののはずです」ピーボディが言った。「ロークの建物ですから」

「そうだけど、こんなことになってる。階下に行ったら、ついでに捜査キットを持ってきて」

ひとりになったイヴは遺留物採取班に連絡してから、キッチンへ引き返し、そのすぐ奥にあるセキュリティ基盤を確認した。バンクスは家事ドロイドを二体――ともに女性バージョン――使っていた。ところが、二体とも記録装置《ドライブ》が抜き取られていた。同様に、セキュリティ基盤のドライブも抜き取られていた。

しかも、それまで見て回ったどこにも、コンピュータや電子機器は一台もなかった。

イヴは下のフロアの玄関から外に出て、ドアの鍵をじっくり見た。そして、リンクを引っ張り出した。

「警部補」ロークの顔が画面いっぱいに現れた。「タイミングがいいね。ミーティングとミーティングの合間だ」

「そう、ええと、バンクスの家にいるの。わたしより先に誰かが来てたわ。手当たり次第に引っかき回したみたいで、短時間で彼の電子機器やセキュリティの記録を持ち去っているのよ」

ロークのブルーの目が険《けわ》しくなった。「誰かがセキュリティを破ったのか?」

イヴは銀色に輝くファッショナブルなキッチンをちらりと見た。抽斗という抽斗が引き出され、棚の扉も開けっぱなしで、家事ドロイドが二体、うつろな目をして立っている。

「そうね、破った、というのもひとつの言い方ね」

「すぐに向かう」

「だと思った」イヴがそう言うのと同時に、ロークが通信を切った。

イヴはキッチンを出て、上のフロアを調べることにした。上には、主寝室、客用の寝室、ホームオフィス、リネン類の保管庫がある。ぐちゃぐちゃになったシーツやタオルを見て眉をひそめながら、コミュニケーターでピーボディを呼び出した。

「バンクスが外部のクリーニングサービスを利用していたかどうか調べて」

主寝室へ移動する。イヴの経験上、人は自分の寝室を安らぎの場所や一種の隠し部屋のように考えがちだ。そして、人目につかないところに何か隠している。

バンクスは主寝室を金色で統一していた。ベッドの四隅から天井に伸びる柱は金色で、シッティングエリアの椅子も金色、壁のいたるところに金色の額に入った絵画が飾られ、窓にかかるカーテンも金色だ。

丸まったシーツや枕や毛布――すべて金色だ――が床に山盛りになり、分厚いジェルマットレスはベッドのフレームからはみ出て斜めになっている。彫像や半身像がテーブルや台座に置かれているが、テーブルに抽斗があれば、きっと半開きだっただろう。

ベッド脇のテーブルの抽斗には、性具の立派なコレクションがしまわれていた。しかし、電子機器はない。主寝室にはドレッシングルームがふたつもあった。ひとつにはバンクスの服の——スーツのポケットは引っ張り出され、靴はごちゃごちゃに散らかっていた——これも見事なコレクションがしまってあった。もうひとつのほうはスポーツ用品の保管場所になっていた。ゴルフのクラブ、スキー——水上用と雪用——テニスのラケット、山登り用具、ダイビング用具。ショットガンもあって、彼は銃の収集ライセンスを持っていただろうか、とイヴは思った。

いずれにしてももう手遅れで、彼を逮捕することはできない。

下のフロアでドアが閉まる音がして、部屋を出て見下ろすと、ピーボディとデスクの女性がいた。女性——ローダだ、とイヴは思い出した——は、悲しげな大きな目で部屋を見回した。

「上に来て」イヴはそう言って主寝室に戻り、服がしまわれているほうのドレッシングルームから調べることにした。

「とんでもないことです」ローダの声がした。「ショックだし、信じがたいです。ここで働いて四年になりますが、不法侵入は一度もありませんでした。ただの一件も」

イヴは捜査キットから〈シール・イット〉の缶を出して両手をシールド加工し、ひとつひとつ調べはじめた。「セキュリティ・カメラの映像のコピーがほしい」

「いま手配しているところです。警部補、ロークに連絡しなければなりません。彼には――」

「こちらへ向かっているところよ。バンクスは清掃を依頼していた？」

「われわれのサービスを週に二度、利用していました。毎週水曜日と土曜日です」

「スタッフはどうやって部屋に？」

「わたしが許可すれば入れます。彼らはコードを知りませんから、デスクと入居者、あるいはそのどちらかが許可しなければ入れません」

「ミスター・バンクスについて誰かが尋ねたり、この二十四時間内に、この部屋に何か配達があったり、不在で配達ができなかったりしたことは？」

「わたしのシフト中はありませんでしたし、そういった申し送り事項も記録されていません」

「でも、他の部屋には配達があった？」

「もちろん、いくつか。それぞれ、個別に許可を受けて入っています。許可なく部屋へ向かうことはできません。配達があったときに居住者が不在の場合は、デスクでお荷物をお預かりします。訪問客も許可がなければ入れません。キーカードを持っているか、許可を受けないかぎり、エレベーターや階段も使えません」

「この規模の建物なら、訪問客も多いでしょうね」

「はい。でも、お住まいになっている皆様の安全、治安、プライバシー、快適性が何よりも優先されます」

「許可されてなかに入ったら、目的の階以外へ行くことは可能？」

「それにはキーカードが必要です。二十階へ行く許可をあたえられたら、行けるのは二十階に制限されます」

「でも、住人は制限されない」

「はい」

「火事や他の緊急事態のときは？」

「エレベーターの扉と、出口はすべて自動的に開きます。まだそうなったことはありません。記録にも残っていません。異例の事態が五秒続いたら、それも記録されます。セキュリティ・カメラの映像に不調があれば、それ――不調の種類、時刻、継続時間――も記録に残ります。ここは〝五つ鍵《ファイブ・ロック》〟のアパートメントビルなんです、警部補、セキュリティの格付けでは最高位です」

ローダは両手を組み合わせ、寝室のなかを見回した。「どう考えていいのかわかりません」

「百パーセント安全な建物はないわ」イヴは断言した。「住人がスリに遭うかもしれないし、最近できた恋人にキーカードのコピーを作る人がいるかもしれない、何だって考えられるわ。あなたは、この建物に住んでいる人の顔と名前をすべて覚えている？」

「はい。覚えています」

イヴは体の動きを止め、興味を引かれて振り向いた。「ほんとうに？」

「仕事ですから。現在、このアパートメントビルの入居率は九十三パーセントで、六百三十四ユニットに――住み込みのスタッフを含めて――千八百十六名が住んでいらっしゃいます。フルタイム、パートタイム、合わせて三百人以上のスタッフが入居者の皆様に仕え、建物の手入れをしています。これ以外に、外部の広告宣伝スタッフや、季節ごとの作業員、必要に応じて呼び出す下請け業者がいます」

「へえ。廊下を挟んで、ここの向かいの家《ユニット》には誰が住んでる？」

「ミズ・ユーリとミスター・シムストンと、ミズ・ユーリのお母様のミセス・ユーリ――ご主人は亡くなっています――と、飼い犬のヨークシャーテリア、ジョージーです。みなさん、今はアルバ島にいらしていて、明日の午後遅くには戻られる予定です」

「ユニット三一〇〇」

ローダの目が初めて、楽しそうにかすかにきらめいた。「ミズ・カーリンとミスター・ハワード。新婚さんです。去年の秋に結婚されました。ミズ・カーリンはミスター・オルセンと、四年前にわたしがここで働き出してすぐ、離婚されたんです。飼っていたペルシャ猫、ヤスミンの親権はミスター・オルセンが取りました。ユニット三一〇〇ではゆうべ、ディナーパーティがありました。ケータリング業者を使って」

「お客の数は？」

ローダは一瞬目を閉じ、満足げにうなずいた。「ディナーは二十人分でした。カクテルが配られたのが七時半。ケータリング業者は〈ジャッコ〉で、六時に配達がありました。お花のデリバリーは〈アーバン・ガーデンズ〉で……配達は四時半。時間はだいたいですが」

「ロークの人を見る目は確かかね」

「そうだよ」戸口でロークが言った。

「サー」ローダは振り向いてロークを見た。「ほんとうに申し訳ありません」

「きみが謝る理由はない。ゆうべのセキュリティ・カメラの映像を見直して、知らない顔がいたらチェックしてくれ。警部補には、入居者と、スタッフ、記録が残っている訪問客、デリバリー業者、などなどのリストを。何をすべきかはわかっているだろう」

「はい。セキュリティ・カメラの映像のコピーを、あなたと警察の方にすぐに渡せるようにします」

「わかった。現時点で、ローダからもっと訊きたいことがあるかい？」ロークはイヴに訊いた。

「あとひとつだけ。新婚さん以外に、ゆうべ、パーティをした家がある？」

「ケータリングを利用した家が六軒と、それ以外が三軒。おおぜいが来ました。全員の記録をお渡しできます」

「オーケイ、きみはそっちをやってくれ」

「サー。セキュリティの格付けで、鍵をひとつ失うかもしれません」

「焦ることはない」ロークはローダに言い、肩を軽く叩いて送り出した。

ローダがいなくなり、ロークは捜索を再開したイヴを見つめた。

「あなたに劣らず衣装持ちだったみたい」イヴが告げた。「さっきざっと見たときに見つけたんだけど、ここに金庫がひとつだけあるのよ。ロックは解かれている。コードを知っていたのか、道具を使ったのかはわからない」

ロークはドレッシングルームにするりと入ってしゃがみ、金庫を調べた。いつものおもちゃのひとつを取り出して、読み取るようなことをしている。

「スキャンされている」ロークはイヴに言った。「コードは八桁《けた》で、リーダーで読み取られ、開けられた。単純なロックだ。バンクスのような人間は、コードを覚えなくていいようにどこかにメモをしまっていると思ったが、これは読み取られている。ニュースでは、まだ死因が明らかにされていないが」

「首を折られたのよ——素手で。そして、池に投げ込まれた。強盗のしわざに見せかけられていたわ——コートも靴も貴重品も身につけていなかった。リンクも持っていなかった」

「ここではわざわざ盗みに見せかけていない」ロークが言った。「宝石類が残されているし、闇取引ではいつも変わらずそこそこの金になるパスポートもある。美術品も、簡単に換金できる品もそこら中に置かれたままだ。現金もいくらか置いていただろうが、それは見当たらない。金は足がつかないからいいだろう？　ってところか」

「怒ってるのね。わたしもよ。でも、たとえセキュリティのしっかりした建物だろうと、住人が死んでいたり、もうすぐ死ぬと知っていたりしたら、アパートメントに入るのは、さほど大変でもないわ。そのおもちゃを使えば、セキュリティが破られたのか、鍵を使って開けられたのかもわかる？」

「わかる」

ロークはその場を離れた。イヴがスポーツ用品のしまわれたドレッシングルームへ移動して調べていると、ロークが戻ってきた。

「連中は道具を差し込んで、コードを読み取っているな——主寝室のあるフロアだ」

イヴは体の動きを止めて、目を細めた。「ということは、死ぬのを待って簡単に入ったわけじゃないわね。ジョーダンのキーカードやコードは使っていない。彼を殺す前に侵入した。どうして？　そう、午前三時過ぎよりも、夜中の十二時以前にロビーを横切ってエレベーターへ向かうほうが楽だから。そのくらいの時間、そう、十時とか十一時とかなら、まだおおぜいの人が出入りしてる。パーティにやってきたり、飲みに出かけたり、外の食事から戻ったりとか、いろいろ。この建物内では数件、パーティが開かれていて、それって全然珍しいことじゃないはず。ケータリング業者や、配達人や、お客が出入りするわ」

「ダラス――どうも、ローク」ピーボディが部屋に入ってきた。「来客用の寝室にもホームオフィスにも電子機器はありません。使用済みのメモキューブさえ」

「素早くて、荒っぽくて、今のところ、徹底的ね。主寝室のバスルームを調べて」

イヴはスキージャケットを探った。「ジョーダンはタクシーを手配させて、九時ごろ建物を出た。胃の内容物から判断して、最高級のカクテルパーティへ行った。赤毛の人物とセックスをした」

「具体的だな」

「陰毛が一本、紛れていたのよ。調べてわかったのは、別のタクシーが彼を乗せて――住所と時間もわかってる――JKOの近くで降ろしたこと。死亡推定時刻《TOD》は三時ちょっと過ぎだから、彼は犯人と、もっと可能性が高いのは犯人たちと、そこで会っている。そのうちのひとりは、彼の首をへし折る技能を持ち、彼らは力を合わせてジョーダンをフェンスの向こうの貯水池に投げ落とし、およそ二時間後、それを見かけた未成年の酔っ払いふたりが池に飛び込んで引き上げた、と」

イヴはウェットスーツを調べはじめた。

「犯人たちはジョーダンが身につけていた貴重品をすべて持ち去っていて、それには彼が持ち歩いていた電子機器も含まれるから、彼が誰といつ話したか、確かめられないのよ。やつらはばかじゃないわ」

「ありました！」ピーボディが防水バッグに入ったメモブックを手に戻ってきた。「トイレのタンクに沈めてありました——古典的なやり方です」

「訳ありだろうな」ロークはうなずき、イヴは受け取った防水バッグを開いた。

「パスコードでロックしてある」

ロークが手を差し出した。

「まずシールド加工して」

ロークはため息をついたが、言われたとおりにした。そして、メモブックを二十秒ほどいじった。「ロックの仕方が初歩的だ。開けると……ああ。これは簡易式の帳簿だな。クリーニングサービスの帳簿はちょうどこんな感じだろう」

「名前は入ってる?」イヴが強い調子で訊いた。

「ないようだな。数字だ。いつ、どれだけ入って、いつ、どれだけ出ていったか。彼の取り分、というか儲けだろう。実際の帳簿というより小遣い帳みたいなものだ」

「メモブックをここに隠していたということは、もう終わったやりとりよね」イヴが言った。「きっとアートギャラリーに記録があるわ。名前も」イヴはメモブックを受け取って防水バッグにしまい、さらに証拠品保管袋に入れて封印し、ラベルを貼った。

「犯人たちがこれを見つけ損なったなら、他にも見つけ損なったものがあるはず。ピーボディ、わたしたちがここを終わらせるまでに、バクスターとトゥルーハートをアートギャラリーへ向かわせるの。令状を取って、電子機器をセントラルへ運ばせて、ギャラリーの周囲をよく調べさせて。片っ端からスタッフの話を聞いて、その場にいない従業員の名前と連絡先も提出させるように」

「僕は、ローダとうちの警備員と階下《した》へ行く」ロークはイヴに言った。

イヴは、遺留物採取班が到着すると上のフロアの作業に当たらせ、ピーボディと一緒に下のフロアを徹底的に調べた。

コミュニケーターが鳴ったので、引っ張り出す。「ダラス」

「バクスターだ。バンクス・ギャラリーにいる。バンクスは不運続きだったな、警部補《ルー》。殺されたうえに、アパートメントに侵入された。しかも、アートギャラリーも同じことになっている」

「ああ、こんちくしょう！」

「そう、そういうことだ。ここのオフィスのデータと通信のユニットも、ほかの電子機器もすべてきれいに持ち去られている。今日、ここの店番をやってる刺激的な若い女性アーティストによると、ギャラリーは火曜日の一時に開く予定だったが、バンクスが死んだと聞いて、とりあえずギャラリーに行くべきだと思ったそうだ。どういうことなのか確認して、他のアーティストにも知らせたり、いろいろしなければ、と。彼女が不法侵入の通報をした直後に、われわれが到着した」

「アート作品は？」

「なくなったものはないと思うと彼女は言っていたが、いま調べてくれている。作品は彼女の言う保管ルームに集められている。記録を残しているコンピュータが持ち去られたので、ほとんど記憶を頼りに確認するしかないそうだ。しかし、それよりもっと問題なのは、バンクスのいつもの持ち去りだそうだ」

「作品を？」

「気に入った作品があると自分の家に持ち帰って、しばらく手元に置いてから、またギャラリーに戻すらしい。飽きるから、と彼女は言っている。アーティスト二、三人を自分の家に呼んで作品を飾らせ、それまで飾っていた作品をここへ運ばせて、また展示する、ということらしい。自分のコレクションのために作品を買う、ということは――彼女の話によると――いっさいしなかった。宣伝活動なんだそうだ。自宅に飾って友人たちに見せて喜ばせる、と。それでも、彼女によると、すべてがギャラリーに戻ってくるわけではなく、彼女は何度か彼の自宅に作品を設置しに行ったそうだが、以前、彼が持ち帰ったはずなのになくなっている作品もあったという。彼女は独自のリストを自分のPPCに作ろうとしたが、きちんと管理するのがむずかしかったそうだ」

「オーケイ、できるかぎりの手がかりを集めて、遺留物採取班も呼んで。アーティストとギャラリーの従業員すべての連絡先を手に入れて。電子捜査課《EDD》にそこのセキュリティをチェックさせてほしい」

「防犯カメラの映像は消えている」

「だと思った。とにかく、セキュリティが破られた時刻を特定させて。それから……そっちが終わったら、彼女をこっちへ、バンクスの自宅へ連れてきて。ここにあるアート作品を見てもらって、あるはずなのにないものがあれば教えてほしい」

イヴは通信を切り、リビングエリアを円を描いて歩きながら、じっくりと壁を見た。何も飾られていない。

「ピーボディ！」

ドスンドスンと足音をたて、ピーボディが足早にやってきた。

「何もかもひっくり返していったやつらが、寝室のフロアではやらなかったのに、ここではやっている。目的は何？」

「ええと……」

「上では壁の絵をはずさず、下のここではすべてはずしているのよ。この状況を見たら、絵で隠された金庫か、保管用の穴を探していたと思うかもしれない。でも、やつらは上でも同じように探したかもしれないのに、絵ははずしていない。それはなぜ？」

イヴは思いをそのまま口にした。「それはなぜ？」と繰り返す。「壁には穴もフックもないのに、絵はたくさんある」

「特別な横木から吊っているせいです。ピクチャーレールといって、絵画を——目立たないワイヤーや装飾的なチェーンで——吊るためのものです。これなら、壁を傷つけずに好きなだけ絵を変えたり、位置を変えたりできます」

「そのとおり。となると、どこにどの絵が吊られていたのか、飾られていた絵がすべてここにあるのかどうか、わたしたちにはわからない」

「保険を掛けたときの記録があるはずです」

「彼のやり方では、それはない。彼はギャラリーから作品を自宅へ持ち帰り、見飽きると別の作品と交換していた。そんなやりとりのなかで、たまに作品をこっそり売っていた。代金はすべて自分のポケットへ入れていた」

イヴはその場にしゃがみ、床に落とされた人物のデッサン画に目をこらした。「犯人たちは絵を一、二点、持って行ったの？　なぜ？　彼らが開けた金庫には高価なリスト・ユニットもカフスリンクもあったのに、持っていっていないのよ。どの絵でもよかったの？　あれはうちの暖炉の上に飾ったら超すてきじゃないか？　とか思って、特定の一枚を持ち去ったの？　たぶんね。見つけ出すだけの価値があったのよ」

イヴは最後にもう一度、部屋を見渡した。「強欲。すべては強欲のなせる業《わざ》。じゃ、ロークとミズ・記憶装置が何か見つけてくれたか、チェックしに行くわよ」

ロークとローダはセキュリティ管理室にいた。その設備は最新のテクノロジーである――驚きはしない――のはもちろん、美術品を思わせる美しさだ。ネズミ顔の小柄な男がふたりと一緒に働いている。全身灰色ずくめだが、イヴは男が電子オタク特有のひょいひょいと踊るような仕草をするのを見逃さなかった。

「ローダがコピーしてくれた」ロークが言った。「きみが指定した時間帯の映像を確認中で、住人、訪問客、スタッフ、などなど、ローダがきみのために書き留めてくれる」

「助かるわ」

「こちらにいるわれらがビングリーは、検知されなかったシステムの異常を綿密にチェックしてくれている」

「エレベーターと階段から始めて」

「了解。了解。りょーかい」ビングリーは念仏のようにつぶやき、椅子に座ったまま体を揺すった。

身長はせいぜい一六五センチで、体重は五十七キロくらいだろう、とイヴは読んだ。ほつれた髪もまばらなあごひげも、着ているものと同じ灰色だ。節くれ立った指でキーボードを叩くのも画面をスワイプするのも素早く、フィーニーが見たらにんまりしていただろう。

イヴはモニターに目を移し、そこに映った時刻を見た。二十二時四十分。人が出たり入ったりするのをじっと見る。〈ジャッコ〉の配達員数名が出ていった。別の捜査で会ったことのある配達員とそのチームだ。彼らは対象から排除できる。同じように可能性がほとんどなさそうなカップルが建物に入ってきた——ふたりともそっくり同じ毛皮のコートを着て、次はセックス、と言わんばかりの目をしているのもそっくり同じだ。

続いて、ティーンエージャーが入ってきた。ブーツに、流行《はや》りのアーミー・ベスト、耳当てのついた帽子をかぶり、モップのような毛並みの犬をリードにつないで連れている。

イヴはひとりで入ってきた男性に目を留めた――三十代後半、いかめしい顔つき、トップコートの裾をはためかせ、一泊用のキャリーバッグを転がして入ってきた。これかもしれない。

「これは誰――」

「これ見て、これ見て、お友だち《バリー》！」

大声に驚き、ロークはビングリーのなで肩越しに身を乗り出した。そして、声をあげた。

「おお」

「何が、おお？」イヴが嚙《か》みつくように訊いた。

「途切れて《ブリップ》、途切れて《ブリップ》、消灯、スムーズな動き」

「どういう意味よ？」

「リセット」ロークが命じた。「再生。ポーズ。そうだな、すごいぞ」

「やったね」ビングリーが言った。「こいつ、ばかじゃないね」

「そうだな。これなら機器の不調としても映像の中断としても記録されない」

イヴは髪を掻きむしったり、何かをぶん殴ったりしそうになるのをなんとか我慢した。殴りたいのは、たぶん誰かだ。「何が何なのよ？」

「ブリップだ。ほんの三秒足らずの」

「二・六秒」ビングリーが言った。

「そのとおり。エレベーターの――四番エレベーターだ――カメラが一時停止している。すると、男はエレベーター内の照明を消して、カメラを再起動させた。三秒以下だとトラブルとして記録されないんだ。照明は？　どのくらいだった、ビングリー？」

「九・八秒、消えてたよ」

ロークは振り向き、別のコンピュータを操作した。「二十二時十九分に、単一の短い事象として記録されている。システムは感知したが、ごく短かったから単なる注意事項として済ませている」

「何階？　その男は何階から乗ったの？」

「五十階で乗って二階上のバンクスの寝室がある階まで上がっている。カメラを再起動させなければならなかったのは、システムが感知して警告を発するからだ。しかし、照明は？　こっちは建物のメンテナンスの問題で、すぐについたから、これも注意事項で済まされている」

「降りたときは？　何時に何階から乗ってる？　バンクスの正面玄関のある階から出てきた

かもしれない。両方の階を確認して」

「ブリップはなし。そうだね、パリー？」ビングリーはロークに言った。「ノー・ブリップで、照明もずっとついてる」

「ああ、そうだ。同じやり方では降りていない。実際、今見ているが、その階で次にエレベーターが使われたのは、今朝の八時ちょうどだ」

「それは誰？　映像はどこ？」

「彼女はせっかち」ビングリーがロークに言った。

「たいていね」

「しょうがないね、パリー」ビングリーはくっと笑い、映像を呼び出した。

「ローダ？」

椅子をくるりと回転させて、ローダは映像を見た。「これは、五二〇三号室の――二フロアのメゾネットタイプです――ミスター・クラークと、お子さんふたりと、シッターです。ミスター・クラークは仕事に出かけ、シッターはお子さんたちに付き添い、歩いて学校へ向かうところです」

イヴがどうしてもと言って後に引かず、ふたりは十二時までかかって上下階のエレベーターと階段の映像をチェックした。ローダは映っている者全員の名前と部屋番号をイヴに告げた。

「これですべてですね」ローダが締めくくった。「エレベーターに乗り込んだ人はすべて、その階に住んでいる方です。その場にいておかしい人はひとりもいません、残念ながら」

「全員を調べるわ」イヴは言った。だって、おかしい。理屈に合わない。「いったい彼はどうやって部屋を出て、降りていったのよ？」

「飛んでいったかも」ビングリーがにやにやしながら言った。「パタパタパタパタって。ねえ、パリー？」

答える気にもなれず、イヴはただ目を細くした。そして、かかとに重心をかけてくるりと回転した。「ピーボディ！」

イヴが大股で部屋を出ていくと、ビングリーはさらににっこりした。「ご機嫌斜めだね、パリー！」

「そうでもないよ」

ロークはエレベーターの手前でイヴに追いついた。「もちろん、彼は飛んでいったわけじゃない。でも」

「でも。両方のフロアのテラスをチェックするわ。ひょっとして彼はめちゃくちゃ度胸があって、二、三階分だけでも両腕の力だけで降りていったのかもしれない」

ふたりはエレベーターに乗った。「〝パリー〟って何？」

「ビングリーは僕のことを賢いがまだ若くて学ぶべきことがいくらでもあると思っている。ちょっと変わった男だが、自分の役割はよく心得ているよ」

エレベーターで上っていく間に、イヴはもう一度よく考えた。「彼は五十階や五十二階に住んでいるとも、ここに住んでいるともかぎらない——そのほうが都合がいいけど。訪問客やケータリング業者に紛れていたかもしれないし、配達人を装っていたかもしれない。玄関まで行って、住人に宛名違いだと言われる。すみません、配送係に確認します。でも、もう建物のなか。どの部屋へも行ける。映像をすべて確認し直して、必ず見つけるわ。時間はかかるだろうけど」

ふたりはエレベーターを降りてバンクスのアパートメントに戻り、そのまま下のフロアのテラスに出た。

「当然、こっちのフロアでしょう。なんで一階高いほうから降りる？」

見下ろすとぎゅっと胃袋が縮んだが、イヴは歯を食いしばって耐え、テラスの壁を隅々まで調べてから遺留物採取班を呼んだ。

「どこかのクソ野郎がここから壁づたいに降りていった痕跡がないか、探してるのよ」

上のフロアへ行き、同じ作業を繰り返した。

結局、どちらからも期待していた結果は得られず、イヴは寝室のなかをぐるぐる歩きはじめた。「テラスの柵を越えていなければ、玄関から出ていったはず。玄関から出ていったなら、エレベーターか階段の防犯カメラに姿が映っていたはず。でも、映っていない。ということは……。建物奥の機械室かどこかを通って降りていったんじゃない？」

「メンテナンスの担当者以外が、きみの言うように機械室などに入ろうとしたら、警報が鳴るよ。警報を回避するには別の場所から操作しなければならないし、僕が把握している彼らの技術では無理だ。しかも、かなり時間がかかるし、高性能な道具も必要だ」

「でも、パタパタ飛ぶなんて、ありえない」

「パラシュートじゃないですか？」ピーボディが横から言った。「無茶ですけど、飛び降りてふわりと降り立ったのかもしれません」

「ここはニューヨークよ。でも、仮にそうだったとして、どこかの男が空からパラシュートで舞い降りたら、誰かが必ず通報するわ。彼はきっと……。待って。待って。真向かいのアパートメント。あそこの住人は明日まで帰ってこないのよ。鍵をチェックして」イヴはロークに言った。「鍵が破られたり、普通に鍵を使ったりして、この十八時間以内に開けられていないかどうか、チェックして」

ロークは向かいの部屋の寝室のあるフロアの鍵を調べてから、降りていって、下のフロアの鍵を調べた。振り向いてイヴを見る。

「気難しいことが多いかもしれないが、きみは僕の賢いガールだ。道具を差し込まれ、スキャンされ、開けられている」

「それって犯罪よね。わたしがなかに立ち入る確かな理由になるわ。開けてちょうだい、パリー」

ロークは半分笑いながら警報装置が作動しないように鍵を開け、ドアを押し開いてイヴを通した。

大きな窓ガラスの向こうから、三月の薄暗い光が届いている。

「何も入れていない額縁がこんなところにあるなんて、妙よね」イヴは――バンクスの下のフロアのデッサン画と同じように――色彩豊かなラグの上に置かれた額縁を身振りで示した。「テラスに続くドアが少しだけ開いている」

イヴは近づいていってドアを開け、絶え間なく降りつづく雨のなかに出た。

「彼はこのアパートメントに誰もいないのを知っていたに違いない。この建物にも詳しい。ここに住んでいるか働いているか、そうじゃなければ、バンクスの家で一緒に過ごすくらい彼をよく知っていて、それでここへ来たのかもしれない。バンクスの家で必要なことをやり、絵画を持って廊下を渡ってここへ来て、額縁から出してくるくると巻いた。そのほうが運びやすいから」

イヴはテラスの壁のそばにしゃがんだ。遺留物採取班を呼ぶまでもなく、装飾をほどこした石の表面に擦《こす》れたり削れたりした跡がはっきりと見える。

「たいした度胸よね」イヴは言った。「五十一階のテラスの柵を越えていくんだから」心の準備をして立ち上がり、手すりから身を乗り出す。

「壁の端のほうを降りていく。たぶん、まっすぐ降りていくか、あるいは、クライミングの経験があっていい道具を持っているなら――これは間違いないわね――横にも移動できると思う。行き先は、自分か共犯者のアパートメント、あるいは住人が不在だとわかっているアパートメントよ」

「フック付きの伸縮するロープを使っているな、そう、確かに、いい道具だ」ロークが横から言った。「テラスとテラスの間から降りていく。そのほうが人に見られないだろう？　伸縮性のある適切な道具を使えば、水平にも下にも、必要に応じて移動できる。人のいない部屋に忍び込んで、玄関から外に出られる」

イヴは振り返った。「経験者の言葉みたい」

ロークはただほほえんだ。「そうかい？」

「セントラルに戻ってチームのみんなに伝えたら、バクスターとトゥルーハートと打ち合わせをしないと。ローダからもらえるものはすべてほしい」

「そうできるようにしよう」

「ご協力ありがとう。ピーボディ、わたしは必要なものを受け取ってくるから、そのあいだに遺留物採取班をここへ呼んで。セントラルで明日の準備ができたら、できるだけ早く受け取ったものを全部うちに持って帰るわ。あなたは、ゆうべこの建物に来た招待客と訪問者、外部からの販売員や配達人を調べはじめて。わたしは住人を調べる」

イヴはふーっと息をついた。「さあ、仕事にかかるわよ」

12

バクスターは刺激的な若い女性アーティストに話を聞いて、バンクスがギャラリーから持って行った作品のリストを作ってイヴに渡した。リストは完全ではなかったが、イヴはそこから仕事を始めた。

事件ボードと事件ノートに最新情報を加え、報告書を書いてホイットニーとマイラにコピーを送った。そのうち、踊るような足音がオフィスに近づいてきて、イヴは振り向いた。

メイヴィス・フリーストーンがくるくるとターンしながらオフィスに入ってきた。光り輝くロングコートは鮮やかなピンク色で、蛍光ブルーの稲妻模様が無数に描かれ、前を開けているので、その下のピンク色の超ミニスカートとストライプのタイツ、メタリックブルーの腿《もも》までのロングブーツが見える。ピンクとブルーとゴールドの縞《しま》模様になった髪をねじってアップにしてふくらませ、ピンク色のポニーテールを背中に垂らしている。

メイヴィスは弾むような足取りでまっすぐイヴに近づいてきて、チェリー味のロリポップの香りをさせて、熱烈なハグをした。

「ハイ」イヴはやっとの思いで言った。

「ハイ。それにしても、最高機密のピーボディ・アンド・マクナブ・プロジェクト、最高の最高に最高だよ、ダラス」

「たいしたことじゃないわ」

メイヴィスは上半身を引いて、目――今日はプラムのような暗紫色だ――を輝かせた。

「超最高の話だよ。レオナルドがピーボディのために特別に仕立て直しているドレス、楽しみにしていてね。彼、自分で縫ってるんだよ。さすが、あたしのムーンパイ。今、いい?」

「もちろん、二、三分なら」

「ベラがあっちであんたのチームのみんなを楽しませてるんだけど、あんたに何かあげたいんだって」

「オーケイ」

「悪いけど、あれは……」メイヴィスは事件ボードのほうを身振りで示した。

「あ、そうね」イヴはボードにカバーをかけた。

「いいね。ちょっと待ってて」

メイヴィスは勢いよくオフィスから出て行って、楽しそうに意味不明なことをしゃべっているベラを抱いて、勢いよく戻ってきた。

ベラが着ているロングコートはメイヴィスとレオナルドが作ったのだろう、とイヴは思った。さらに鮮やかなピンク色で、まぶしいくらい輝き、虹の飾りがついていて、母親と同じロングブーツには靴紐ではなく七色のリボンが結ばれている。フリルのスカートをはいたベラは、満面に笑みを浮かべていた。

ベラは身をよじってメイヴィスの腕から逃れ、歌うように言った。「ダス、ダス、ダス!」

そして、イヴに飛びついてきた。その高さと素早さはバスケットのジャンプシュートのようだ。

イヴはベラを抱き上げて――ほかに選択肢がある?――言った。「ヘイ」

「ダス!」ベラは首をのけぞらせて、どうかしてしまったように激しく笑った。とんでもなくかわいらしい顔があらわになるように、ピンク色の一角獣《ユニコーン》のクリップで留めた金髪の巻き毛が揺れる。

ベラは両手でイヴの顔をはさんで頭を揺らし、両腕をきつく首に巻きつけた。ため息をつく。「ダス、ダス、ダス」

「誰かが口を滑らせるかもしれないから、あたしたち、最高機密のことは――暗号みたいなのを使うだけで――何にも言ってないんだ」メイヴィスが説明した。「なのに、この子はそのうちいいことが起こって、その理由はあんただって確かにわかっている」

「わたしはそんなんじゃないわよ。ただ――」

ベラは身を乗り出し、イヴの頬にキスをした。何だかよくわからないが一生懸命に話しかけてからイヴの顔をなで、さらに両手を髪に差し入れた。そして、モップのような自分の巻き毛からユニコーンのクリップをひとつはずして、恐ろしいほど真剣な顔をしてイヴのあちこちつんつん立っている髪に留めた。

「あ、ちょっと、わたしはこういうのは――」

「きれい!」ベラは太陽のようににっこりした。「ダス、きれい」そして、またキスをした。

「あたしのベラミーナ、それはとてもやさしくて、心の広いことよ。彼女は分け合うことを覚えはじめてるんだ。分け合うのは大事なことだよ」メイヴィスはわざとイヴに直接、ゆっくりと言った――しかも、いかにも母親らしい揺るぎない目で見つめてくるのが不気味だ。

「そうね」そして、いま、わたしはばかみたいなピンクのユニコーンを頭につけている、とイヴは思った。

「そのうえ、それはわざわざ用意したプレゼントでもないんだ。おまけみたいなもの。ベリッシマ? ダラスにプレゼントをあげたい?」

「ダス！」ベラは身をよじってイヴの腕から逃れた。「レゼントよ、ダス。ベラがあげる。きれい！」

メイヴィスは驚くほど大きなバッグから画用紙を巻いてリボンで結んだものを出して、ベラに渡した。

ベラはほほえんでパチパチとまばたきしながら、巻いた紙をイヴに渡した。「ベラがあげる。ダス」

イヴは座り、リボンをほどいて画用紙を開いた。

さまざまな色の小さな丸や、大きくて歪《ゆが》んだ丸の上に指でぐるぐると渦を描いたり、指紋をつけたりした絵だ。点々や、よろよろと曲がった線も描かれている。

イヴは言った。「わあ」

「ベラは絵が好きなの。今はフィンガーペイントが大のお気に入り。今日、あんたに会いにいくんだって言ったら、絵を描いてあげたいって言い出して」

「すばらしいわ」しかも、ジェンキンソンのいちばん目にしみる柄のネクタイに劣らずインパクトがある。

ベラはイヴの膝の上によじのぼり、腰を落ち着けて座った。イヴの手に自分の手を重ねて、一緒に絵を指さしていく。

「ダス」と、ベラは言った。「オーク。サムシット。ギャーアッド」とんとんと指さしてから、さらに紙の上のほうを指さす。「ダス、オーク、おう」

「ち」メイヴィスがすかさず言った。

「おう‐ち。おし……」ベラはメイヴィスを見た。

「おしろ」

「お‐しろみたい」

「そんな感じね」イヴは認めたが、自分にはやはり小さな丸と歪んだ大きな丸にしか見えない。ちゃんと理解できるメイヴィスに少し驚いた。「ほんとうにすごいわ、おちびさん」

ベラは青い目に期待をこめて、さらに意味のわからないことを話しはじめた。今度は、イヴがメイヴィスを見た。

「それを飾ってほしいんだって」

「ああ。そう、いいわ、もちろん。あの……家に持って帰るわね。ロークに見せて、ふたりで飾る」どこかに。

「サムシットも？」

「ええ。彼にもね」

「ギャーアッドも？」

「みんなに見せるわ。すごいわね」もう一度言ったのは、妙なことに、ほんとうにどこかすごいところがあるように感じたからだ。「ありがとう」

ベラはうれしそうにため息をつき、イヴの肩に頭をのせた。

「そろそろ行かないと、あたしのベルちゃん。ダラスはお仕事しないといけないから」

「ダスといる」

「ダラスにはまたすぐ会えるわ。今は帰らないと。旅行の荷造りも終わらせなきゃ」

「行くの、わーい！」ベラはもぞもぞと体の向きを変えて、イヴと向き合い、また意味不明のことをしゃべってから、きゃーっと笑い声をあげた。

「飛行機に乗って旅行するのが大好きなのよ」

「どこへ行くの？」

メイヴィスはベラを抱き上げた。「ニューLA。オスカーの授賞式よ、覚えてる？」

あほらしい、あほらしいオスカー。「あなたが行くのは知らなかった」

「行くだけじゃないんだ。歌うんだよ」心配なそぶりはめったに見せないメイヴィスが、片手でみぞおちを押さえた。「〝ホールド・オン・タイト〟が最優秀歌曲賞にノミネートされて、それを歌ってほしいって言われたんだ。獲れないと思う——あたしは〝テイク・ユア・レスト〟で決まりだと思ってる——けど……ああ、ダラス、あたしが、まさかのオスカー授賞式で歌うんだよ。ちょっと怖いよ」

「うまくいくわよ」

「アス《キック・アス》」ベラが真似をして言った。

「ごめん」

メイヴィスは首を振った。「キック・アスは言ってもいいんだ。そうなるように頑張るよ」そして、頭を傾けてベラの頭にくっつけた。「誰が思ったかな？　あたしがオスカーの授賞式で頑張るチャンスをつかむなんて、誰が思っただろう？　あんたがいなかったら、できなかったことだよ」

「何よ、ばか……言わないで」

「ばかじゃない。あんたとロークが扉を開いてくれたから、今のあたしがいる。それは絶対に忘れない。だから、見てほしいんだ」

「見逃さないつもり」

「見るんだよ」メイヴィスは繰り返した。「頑張るから。あたしのベラミーナと、ハニーベアちゃんのために。でも、今回は？　今回は誰よりもあんたとロークのため。急がないと。今夜、発つんだ。ダラスにさよなら言って、ベイビー」

「バイ、ダス！」

「またね《フリップ・サイド》」メイヴィスは言った。「チャ」

駆け出したメイヴィスの肩越しにベラが投げキッスをした。

イヴはフィンガーペイントの画を見下ろした。お城みたいなおうちと、ロークと、太った猫と、わかったわよ、サムシットね。

生きていて、自分がどこで何をするようになるのかはわからないものだ。死も同じだ。誰かの死で人生が変わってしまうこともある。

イヴは必要なものをまとめてオフィスから出た。ネクタイのことは考えずに――グリーンの海が黄色い花で埋め尽くされているという、目から血がにじみそうな柄――ジェンキンソンのデスクに近づく。

「わたしが知る必要のあることがわかったら、連絡して。それ以外の対応はまかせる。わたしは家で仕事をしてるから」

「了解だ、ボス」ジェンキンソンは視線をあげ、唇を曲げてにやりと笑った。

「何よ?」

「あれだけ俺のネクタイをけなすのに、自分は髪にピンクのユニコーンを付けてるんだと思って」

「わたしが――くそっ！」イヴは髪に手をやり、ユニコーンをむしり取った。「付けようと思って付けたんじゃないわ。あなたは自分の意志でネクタイを選んでる」
捨てるわけにもいかず、イヴはクリップをポケットに突っ込み、意識して落ち着いた足取りで立ち去った。

イヴは家に着くまでに、捜査の取り組み方について慎重な計画を立てた。邸《やしき》に入ると、ちょうどサマーセットが階段を降りてくるところだった。

サマーセットは眉を上げた。「異星人の襲来がありましたか？　ゾンビによる世界終末の始まりですか？」

「ゾンビならひとり、そこにいる」イヴはコートを脱ぎ、サマーセットが降りてくる階段の親柱に引っかけた。それから、ファイル用バッグに手を突っ込んだ。「これをあなたに見せることになってるのよ」

絵を開いて、掲げた。「メイヴィスが子どもを連れて来たの。彼女の作品よ――メイヴィスじゃなくて、子どものほう」

サマーセットはほほえんだ――気味が悪かった。「はい、わかります。とてもカラフルです」

「家と……わたしたち」イヴはひとつの丸を指で叩いた。「彼女が言うには、これがあなた」一瞬、間をおいて言った。「サムシット」

　サマーセットは声をあげて笑った――さらに気味が悪い。「うれしいですね」

「それはともかく」イヴはまた絵を丸めた。「彼女が、これをどこかに飾ってほしいって言ってるのよ」こんどはさっきより長い間を置いた。

「もちろん、そうでしょう。子どものアート作品を冷蔵庫に留めるのは昔からの伝統で、多くの家庭がそうしています」

「なぜ？」

「キッチンは家の中心、あるいは核心と考えられることが多いからでしょう。この家ではそうではないですから、あなたのオフィスのキッチンがふさわしいと思います」

「そうね」イヴは階段を上りはじめ、サマーセットがまた口を開いたので立ち止まった。

「子どもの無条件の愛はかけがえのない贈り物です」

「でしょうね」

「あなたは彼に言うと思っていましたし、そう確信していました。私の誤りでした」

　どういう意味かと尋ねるまでもなかった。「証拠がなかったし」イヴが説明しはじめても
サマーセットは何も言わなかった。「ロークが父親のように思っている男がパトリック・ロークを殺したんじゃないかとわたしは思うと伝えても、彼にとっていいことなんかないでし

ょう？」

「あなたは彼に言うと思っていました」サマーセットはただそう繰り返した。「あなたの——私たちの個人的な……軋轢《あつれき》のほかに——法を守るという義務感と、ロークへの忠誠心ゆえに」

「まさにそのふたつが、彼に言わなかった理由よ」

「あなたという人がわかりません」

「でしょうね」イヴはまた階段を上りはじめ、立ち止まった。「オーケイ、今言って、それでおしまいにするわよ。わたしは法の価値や正しさ、必要性、法が定めることを無条件で信じているし、その必要性と法が定めることが正義をもたらすのだと信じている。それを信じなければ、わたしはいないも同然よ。でも、あれは、時も場所も周囲の事情も普通じゃないなかで起こったこと。あなたには、奉仕して守ってくれると信じられる人が警察にはいなかった。ろくでもない獣《けだもの》から、子どもふたりをレイプして痛めつけ、殺してやると脅されたとき、あなたのために立ち上がってくれる人は警察にはいなかった。放っておけば、あの男は脅しを実行したはず。止める人がいなかったから。あなたは止めた。ロークが今ここにいるのは、あなたがパトリック・ロークを止めたから。あのころ、あそこで、あの状況で、子どもだった彼をあなたが守ってくれたから。わたしにはそれで充分よ」

「あのころ、あそこには、あなたのような警官はいませんでした」

「時間はすべてを変えるわ」イヴは続けた。「もう忘れて」

「たぶん、忘れられるでしょう」サマーセットは受け入れた。

イヴはふたたび立ち止まった。「優秀な泥棒になるように彼を仕込んだのはいただけないわね」

サマーセットはまた気味の悪い笑みを浮かべた。「彼には、生まれながらにその方面の才能がありました」

イヴは肩をすくめた。「反論はむずかしいわね」そして、階段を上ってホームオフィスへ向かった。

二時間後、ロークがオフィスに入っていくと、イヴはすでにポット一杯分のコーヒーを飲み、予備の事件ボードを三つ立てていた。座って、ブーツをデスクにのせて目を閉じている。

「眠っていないわよ」

「それなら、よかった。忙しかったようだね」

イヴは目を開け、ロークがやっているように新しいボードに目をこらした。「ひとつはあそこの住人——日中だけ職場として使う者も含めて——で、もう一つはアパートメントの従業員——下請けのスタッフも含めてるわ。最後のボードは、問題の時間帯にやってきた訪問者と、外部の販売員と配達人」

「全部で三千人近くになるだろう。きみがこのすべてを?」

「ピーボディがアパートメントの従業員の担当で、バクスターとトゥルーハートはアートギャラリーの調べを終えているから、外部の販売員と配達人を担当する。わたしは映像を見て、当てはまらない者をボードから消していくつもり。今日は、あなたの予定を狂わせてしまったわね」イヴは言った。

「うちのセキュリティの欠陥に予定を狂わされたが、もうほぼスケジュールどおりになっている。何か食べながらワインを一杯飲みたいね」

「猫に餌《えさ》をやらないと」イヴはぼんやりと言った。「わたしが帰ってきたらすぐにこの部屋にやってきて、いつものように長々と昼寝をしていたから、サマーセットにまだ餌をもらっていないわ」

イヴは立ち上がり、ゆっくりと三つのボードに近づいた。「住人からはかなりの人数が省けた。子ども、高齢者、女性。あの妻子は、犯人は男性に違いないと言っているから。あと、遠出していたことが確認された者もかなりいた。それと、確実なアリバイがあるふたりも消した。残りはいまも確認中」

「どうぞ。がぶ飲みしたコーヒーを中和して」ロークはワインのグラスをイヴに渡して、頭のてっぺんにキスをした。「一緒に食事をしたら、半分引き受けよう」

「あれはあなたのセキュリティの欠陥じゃないわ」

「ほぼそれに近い」

イヴがロークについてキッチンに入ると、猫も――食事を知らせる鐘が聞こえたのか――ついてきた。「照明がちかちかするたびに警報音を鳴らすわけにはいかないわ」

「確かにね」ロークは立ち止まり、イヴが冷蔵庫に留めたフィンガーペイント画をじっと見た。「これは……興味深い」

「メイヴィスがベラを連れてわたしのオフィスに来て、ベラがこれをくれて、どこかに飾ってほしいって。サマーセットが、飾るならここがいいって言うから」

「そうか。奔放な色使いと質感だ。ポロック派の最年少画家になれるんじゃないか」

「これは家」イヴはさらに近づいて、絵の一部をとんとんと叩いた。「それから、これがわたしで、あなた、猫、サマーセット」

ロークは絵に顔を近づけてから、一歩下がって距離を置いた。「そう見える？」

「見えないの？」イヴは笑いながらキャットフードを出した。「あの子が説明したのよ。メイヴィスがオスカーの授賞式で歌うって知っていた？」

ロークは首をかしげ、まだ絵を見つめている。「ああ、知っていたよ」

「教えてくれたらよかったのに。彼女にとって大きなイベントだから、知っていたかった」

「きみはそういうことには関心がないし、メイヴィスもきみがくるとは期待しないだろうし。きみはこのアート作品に関心を持ち、こうやって冷蔵庫に飾った。こっちのほうがずっと大事なことだと僕は思う」

「でも、ここは厳密には、邸の中心《ハート》じゃないわよね？」

ロークは体の向きを変えてイヴと向き合い、顎《あご》の浅いくぼみにそっと指で触れた。「この邸にはたくさんのハートがあるよ」

イヴの表情が明るくなった。「そうよね？」

猫はキャットフード――付け合わせはサーモン――をがつがつ食べ、ふたりはシチューを食べた。気の晴れない一日の終わりの、ほっとするひとときだ。

「あなたならどうやって入った？」イヴはロークに訊いた。「バンクスの家に。あの建物に住んでいないとして」

「計画する時間があれば――やり方はいくらでもある。今回の件について、今、考えるとすれば、という話だがね」チキンの塊肉と一緒にダンプリングまで煮込んであるおいしいシチューを食べながら考える。

「僕なら、エレベーターのセキュリティに細工をするような込み入ったことはやらない。結局のところ、犯人の建物への出入りを調べるのに、たいして時間はかからなかったろう?」

「まだ犯人が誰なのかわかっていないわ」

「しかし、もうやつのやり方や技術はわかっているし、建物にごく普通に入ってきたのもわかっている」ロークはボードのほうを身振りで示した。「やつはあのなかの誰かだ」

「オーケイ、じゃ、他にやり方があるとしたら?」

「外壁を上る」

「ありえない! 五十階以上あるのよ」イヴは指摘したが、ロークはただ肩をすくめた。

「適切な道具を使えば、高さはほとんど障害にはならない。電子手袋と電子ブーティを使って、登る時間さえ間違えなければ、着実に登っていける。さっきも言ったとおり、人に見られないように、窓ガラスと窓ガラスのあいだを登っていく。真夜中過ぎに登って、目的のテラスに着いたら、そこの鍵も開けるが、そんなのはいわゆる朝飯前のことだ。正面玄関の扉に比べたら何てことはない」

「なかに入ったら」ロークはさらに言い、空《から》になったグラスにワインを満たした。「目的のものを探す。部屋は荒らさない。玄関からなかに入った警官が、すぐに身構えるようなことにはしない。周到に、丁寧に探す――どのみち、誰も邪魔しに来ないし、殺すつもりの男にはまだ会わないのだから。必要なものを頂戴《ちょうだい》して、現金は足がつかないから、あればいただく。絵には手を出さない。そして、来たときと同じように去っていく」

ロークは乾杯をするように、イヴに向かってグラスを掲げた。「しかし、わざわざそういう場所を目標にするのは、価値のあるものを奪うためだろうから、目的のものを持って去る。やり方は同じだ」

「ほんとうにやったことがあるの？　ビルをよじ登った？」

「わくわくしたぞ。暗くて、風が吹いていて、足の下でも壁の向こうでも人の営みが続いている、と思うとね。誰も僕には気づいていないんだ。それに、きみと違って、僕は高いところが好きだ」

イヴはシチューを食べながらさらに考えた。「彼らはプロの泥棒じゃない。それはわかっていたけど、あなたが今言ったことで裏づけられた。彼らはやるべきことを大急ぎでやった。それはうまくいったけど、あなたの言うとおりね。彼らはあのボードに名前のある誰か。他の二、三千人と一緒にボードにいる」

「バンクスが持っていたかもしれない何かを取りに、やつらがあのアパートメントへ行ったことがわかった。やつらとバンクスのつながりが明らかになって、きみが容疑者を探すべき範囲はぐんと狭まった」

「それよ」イヴはシチューを平らげた。「これからも範囲を狭めないと」

イヴは集中して作業に取り組み、担当するボードから二百人以上を削除した。さらに、チームのメンバーからの報告を受けて、他のボードからも名前が消えていった。

イヴは優先リストも作りはじめ、軍隊や準軍事的組織のトレーニングを受けた者と、その経験のある身内がいる者を集めた。

ロークはイヴと一緒に作業を進めていたが、途中、予定していた連絡がハワイから入って席をはずした。戻ってくると、イヴはデスクに突っ伏していた。

エネルギー切れか。ロークはイヴの作業をオートで続けるようコンピュータに指示した。

椅子から抱き上げると、イヴが目を覚ましてつぶやいた。「大丈夫」

「大丈夫でも、くたくただ」

「優先リストに十八人集まったのよ。もっと増えるわ」

「少し眠ってからまたやればいい」ロークはイヴを抱えてエレベーターに乗り、寝室へ、と指示した。

「さっきより犯人に近づいてるわ」

「僕の辞書によると、明日にはもっと近づく」

ロークはイヴをベッドの縁に座らせた——猫がすでにど真んなかで伸びている。ブーツを脱がせて、暖炉に火を、と命じる。

「突風が吹いて、ビルの壁から飛ばされたらどうしてた？」

さっきの話に逆戻りか？「ひどくむっとしただろうね」

「わたしが訊きたいのは……」イヴは背筋をぴんとさせて武器用ハーネスをはずした。「パラシュートをつけてた？」

「仕事によるね」

イヴはふらふらしながら服を脱ぎ、寝間着を着た。「誰だった、あれ……」ヒューッという音を出し、両手の指をぱっと広げて壁をよじ登るふりをする。

ロークはわかったのが自分でも不思議だった。「スパイダーマン」

「そうよ、それ。彼はいいわ。あの生意気な子。少なくともあなたは、クモ糸ロープでビルとビルのあいだをブランコみたいに行ったり来たりしない」

ロークのほほえみが何か引っかかり、イヴは彼をじっと見ながらベッドにもぐりこんだ。

「やってるわけないわ。クモ糸ロープなんて実在しないから」

「滑車で動くケーブルがあるんだ――この話はまた今度」

ロークもイヴと一緒にベッドにもぐりこみ、一方の腕を彼女の体に回して引き寄せた。

「おやすみ」

「ニューヨークでやったわけないわ。やってたらわたしの耳に入ってる」

「ちゃんとやれば入らない」ロークのキスをうなじに受けながら、イヴは眠りに落ちていった。「僕はちゃんとやったんだ」

朝、イヴが目を覚ますと、ロークは座ってコーヒーを飲み、経済指標情報を見ていた。隣で猫が長々と伸びている。

イヴはベッドの上で上半身を起こした。「スパイダーマンのスーツじゃなかったわ」

ロークはイヴに視線を向けた。「違ったのかい?」

「黒かった――でも、彼は黒いのも持ってるんだと思う。まぎらわしい。でも、スパイダーのマークじゃなくて――ロークの――Rがついてた。それで、あなたは街の上を弧を描いてビューンって飛んだり、ビルによじ登ったりしてて、そうしたら、ほんとうにすごい突風が吹いたのよ。めちゃくちゃ怖かったわ。もう二度とやらないで」

「何とか我慢しよう。それにしても、最高に素敵な夢をみたんだね」

イヴはコーヒーマグをつかみ、ごくり、ごくりと飲みながらシャワーを浴びに向かった。戻ってくると、朝食を済ませたロークが一緒にコーヒーを飲もうと待っていた。猫の姿はなく、暖炉の前のいつもの場所へ移動したようだ。

朝食にオートミールが出てきてもイヴは驚かず――冬はまだすぐには終わらないらしい――いずれにしても、ほんの一カップだけでベーコンと卵も添えられている、と思った。

「風が吹きすさんでも、今日は明るく晴れていていいね」ロークはイヴに言った。

イヴはスクリーンに流れている経済指標を見て、思いついた。「犯人たちが興味を持ちそうなことがあそこにある?」

「いつも何かしらあるが、今のところ激しく動きそうな大きいものはないな」

「あなたはいつも何か――会社を――買っている」

「それで、やつらが僕の会社を狙うんじゃないかと、きみは心配している。もう予防措置は講じてあるよ――従業員すべての行動は把握されている」

「従業員って、すごい数のはず」

「それでも、ちゃんと把握している。それに、今のところ、買収しようと目をつけている企業はニューヨークにはない。海外や地球外にひとつふたつあるが、ここにはない」

「あなたがどこかへ行く予定は、たとえば、その買収の件で海外出張するとか、そういうのはない?」

「今後数日間、遠出する予定はない」

「それに変更があったら――」

「知らせるよ」ロークはイヴの手を取り、キスをした。「心配しないで。突風に挑むつもりはないから」

「オーケイ」イヴは納得し、朝食を終えると立ち上がり、着替えに行った。

選んだ服について何も言われなかったので、彼のファッションセンスという高い壁を少なくともよじ登れた気がした。

「午前中はほとんどセントラルにいるわ。昨日、やりかけのまま終わった捜査以外の仕事があるし、条件に引っかからない名前の削除と優先リストの作成をなるべくなら終わらせてから聞き取りを始めたい」

「僕はずっと本社にいる。うちの会社の誰だろうと、真剣に調べることになったら、知らせてもらえるとうれしい」

「犯人はあなたのところの従業員じゃないわ」イヴはポケットに入れる小物をかき集めた。

「わたしはとにかく削除しつづけて、削除されずに残るのが犯人。たぶん、下請けのスタッフで、あなたのアパートメントのスタッフじゃないわ。あなたの会社の審査は国家安全保障局《NSA》の審査より厳しいから」

「そうだとしてもだ」ロークは立ち上がり、イヴの腰に両手を回してキスをした。「僕のおまわりさんをよろしく」

イヴはロークの顔を両手ではさみ、キスを返した。「どんなビルでもよじ登っちゃだめよ」

「階段しか使わない」

「それで充分」イヴは歩きながら振り返って言った。「あの黒いスパイダースーツ、似合っていたわよ」

ロークから満面の笑みをもらったイヴは、風の吹きすさぶ快晴の外に出た。

なおもロークのことを思いながらセントラルへ向けて車を発進させ、彼が口にした一言一句を思い返して考える。

僕がバンクスの家のようなところを狙うなら……必要なものを持ち出すだけで、わざわざ絵を持っていったりしない。

確かに、絵が話をややこしくしている。どうして絵を奪ったのか――そして、その事実を隠そうとして、わざわざ隠れられる場所へ移動してから額をはずしたのか？　ロークならアパートメントのなかを手際よく探すところを、彼、あるいは彼らは、額に入った絵を廊下をはさんだ向かいの部屋まで持っていって、額からはずし、額は放置していった。

なぜ？

重要だから、とイヴは結論づけた。僕なら目的のものを持って去る、とロークは言っていた。絵は彼らが取りにきたもの。重要なものなのだ。

イヴはリスト・ユニットからバクスターに連絡した。

バクスターが応じた。「よお」

「刺激的な若い女性アーティストを連れてきて」

バクスターはにっこりほほえんだ。「一日をセクシーに始めるのは好きだね」

「それはパンツにしまっておきなさい、このスケベ。完全でも不完全でも、彼女が作ったリストをもう一度よく見てほしいのよ。それと、アート作品——犯罪現場の下のフロアにあった——の記録と付き合わせてほしい。ひとつ、なくなっているはずよ。それは何？　誰の筆によるもの？　筆じゃないわ」イヴは訂正した。「鉛筆よ。何が描かれているの？　バンクスはいつ、どこで手に入れたの？」

「彼がギャラリーから——正式に——持っていった作品のリストは手元にある。彼女はそれに、バンクスがギャラリーからこっそり持ち出した作品を加えたが、すべては把握していないそうだ」

「とにかく、彼女にはそのリストをもう一度見てほしい。とくに人物のデッサン画類をね。今のところ、絵画——風景や肖像画など——はどうでもいい。裸体かほぼ裸体を白黒で描いた作品よ」

「彼女は歯がゆい思いをしている」バクスターが言った。「ギャラリーのコンピュータがあれば、これ、と特定できたか、特定する手前まで行けたはずだと言っている」

「そうやって絞っていくことが大事なのよ。だから、彼女のメモや記憶を頼りにしなければならない。あなたとトゥルーハートは彼女と一緒に、リストにあるものとないものを分けていって。彼らが持っていったものが重要なのよ」

「俺が坊やに連絡して、迎えにいく。それから、セクシーな子を拾ってアップタウンへ向かう」

「何かわかったら、すぐに連絡して。わかったかもしれないでもいいから」

イヴは通信を切り、セントラルへ車を走らせながらずっと考えていた。裸の人間のデッサン画は殺人と金にどう関係しているのだろう?

13

イヴはまっすぐ自分のオフィスへ行き、意識して事件ボードを見ないようにした。コーヒーを片手に自分で三十分と決めて、殺人課がかかわっている事件――未解決、解決を問わず――を確認した。それから、報告書を読み、要求を承認し、管理者としての義務のうち本当に最も急を要するものだけを処理した。

残りは後でいい。

ブルペンに入っていくと、ピーボディが自分のデスクの前に立って、いくつか持っている大蛇のようなマフラーのひとつをほどいているところだった。視線を動かして見ると――イヴの目が溶けださないという事実からも――ジェンキンソンとネクタイ、ライネケと靴下はデスクにいないとわかった。

「ふたりは犯人を逮捕したばかりなんです」ピーボディがイヴに言った。「十丁目で建設作業中の作業員が、大型ゴミ容器のなかの遺体を見つけたそうです。今日は早いですね」

「ペーパーワークがあるから」イヴは持っていたディスクをピーボディのデスクに放った。「現時点で容疑者の可能性がある者たち。あなたの担当は後の半分。削除できる者や、優先リストの上位に入ってくる者がいないかどうか調べて。バクスターとトゥルーハートは、アートギャラリーの女性を拾いに行ってる」

「容疑者ですか？」

「今のところ違う。彼女にはもう一度、現場に残っていたアート作品と彼女のリストを見てもらいたいのよ。なぜ、やつらは人物のデッサン画を持っていったのか？　どれを持っていったのか？　誰が描いた作品なのか？」

「記念品として持ち去ったのでは？　高価なものかもしれませんし」

「じゃ、どうしてその場で額から出さないの？　向かいの家まで持っていってからはずすのはなぜ？」

「たぶん……持って行ってから気づいたんです。丸ごと持っていくより画布《カンバス》だけを巻いたほうが運びやすいし安全だって」

「かもしれない」イヴは認めた。「やつがそのくらいばかで衝動的ってこともありうる」

「でも、あなたは彼が時間を稼いでいたと思っている」

「どうしてバンクスのアパートメントから降りていかなかったの？　なぜ、ほかのアパートメントに侵入して、そこから降りていったわけ？　作品を額からはずして、そのまま額縁を捨てて」

「誰もいないアパートメントですよね」ピーボディが確認するように言った。「住人は今日遅くまで戻ってこないはずだから、作品が持ち去られたことにわれわれが気づくまで、丸一日かかった可能性もあるわけです」

「大事なものよ。彼はそれが目的でやってきて、持って行ったはず。電子機器や、彼とパートナーとバンクスのつながりを示すもの。それと、アート作品」

ピーボディは椅子に座り、思いついたままどんどんしゃべり出した。「バンクスはギャラリーを所有して、芸術家たちと仕事をしていました。殺人者のひとりは芸術家か、芸術家とつながりがあった人かもしれません。彼自身が芸術家で、自分の作品を取り戻したかった可能性もあります」

「それを頭の片隅においてリストを調べて」

ブルペンの一角に声をかける。「カーマイケル捜査官にサンチャゴ、わたしが指示してバクスターとトゥルーハートは外で捜査中よ。つぎの遺体《DB》はあなたたちの担当だから」

イヴは自分のオフィスに戻り、ドアを閉めて鍵をかけた。小さな部屋で仕事をしていて困るのは隠し場所が限られてしまうことだ。そう思いながらあたりを見回す。それでも、このプロジェクトではその点をうまく利用するつもりだった。

家から持ってきたチョコレートバーを出して、デスクの上に立ち、天井のタイルの裏側に貼り付けた。簡単に見つかる、そのとおり、でも……。

慎重に、細心の注意を払って、タイルのつなぎ目にボタン型の警報器を取り付ける。チョコレートに少しでも触れたら、耳をつんざくような警報音が鳴って泥棒は腰を抜かすほど驚くばかりか、吹き出した青い染料を顔面で受け止めることになるだろう。

満足したイヴは仕返しが成功するのを楽しみにしながら床に飛び降りて、ドアの鍵をはずした。

さらにコーヒーを用意して、容疑者かもしれない者たちのリストの半分に向き合う。

それから休まず九十分間調べて、数人の名前を、イヴにとって二番目のリスト「可能性が低い」と三番目のリスト「可能性はある」に移した。

その結果、「可能性が高い」のリストに六十以上の名前が残った。

まだ多すぎるが、聞き取りの機会を設けて、何人かと直接、話をするつもりだった。

バンクスの毒物検査の報告書も読み返した。どうしようもない愚か者としか思えないが、午前三時にセントラルパークへふらふら入っていったとき、バンクスはワインとエロチカとゾーナーで舞い上がっていた。

ポール・ローガンにマフィンを届けていた若い女性配達員と、配車サービスの運転手（爆発のあった日は利用されていなかった）もつながりはなかったとして、リストから削除した。

それでもなお、六十人以上ともうひとり――なくなったアート作品を特定できるかもしれないセクシーな若い女性アーティスト――から聞き取りをしなければならない。

着信音が鳴り、イヴがリンクをつかむと、画面にハーヴォの顔が現れた。

「名前を教えて」

「また会えたわね」今はショートにしているハーヴォの髪は、人を刺し殺せるくらい鋭くつんつんと突き出し、その燃えるようなオレンジ色に画面が溶け出しそうだ。

「どうも。名前を教えて」

「デロレス・ラーガ・マーキン。他も知りたい？」

「わかったことは何もかも」

「わたしにわからなかったことなんて、ないわ」ハーヴォが自分のコンピュータの画面を見ようと体の向きを変え、鼻の左側についているハート型の青い石がきらりと光った。「女性――生まれつきの赤毛――二十八歳。今、住所と連絡先の情報を送っているわ。ふたり姉妹の妹。母親のカーロッタ・ラーガはフットウェア業界の女帝よ」

「フットウェアの女帝がいるの?」

「あなたはセクシーな金持ち男と結婚してるから、彼女の靴を履いたことがあるわよ、きっと。わたしも模造品を一足持ってる。それはともかく、女帝は途方もなく長い年月、フィリペ・ラーガと結婚してる。ふたりとも初婚。娘——例の赤毛さん——もラーガの廉価版ブランドのデザイナーよ。ブランド名は、娘ふたりの名前、アローラとデロレスにちなんでアロレス。みんな、ばかみたいに金持ちよ。赤毛さんはヒューゴ・マーキンと結婚して二、三年になる。カジノ王のロジャー・マーキンの子息——サイオンって素敵な言葉——とね」

「ギャンブル」イヴは思ったままを口にした。

「サイコロを転がしたり」ハーヴォがうれしそうに言った。「ルーレットを回したりするほう。赤毛のデロレスが秘密の毛を、死んだ男の秘密の毛のなかでなくしていたなら、ふたりが秘密の関係だったのは間違いないわね」

「確かに。すぐに見つけてくれてありがとう」

「ねえ、これってちょろすぎる。次は難問をちょうだい」

「努力する」

イヴは通信を切り、赤毛とサイオンについて調べはじめた。そのうち、またリンクが鳴ったので出た。トゥルーハートからだ。

「バクスターはまだミズ・ケルシと一緒にいます。彼女は、断言はできないけれど、なくなった作品は三人の作家のうちの誰かのものだと思う、と言っています」

「三人？」

「彼女は――これも百パーセント確実ではないそうですが――バンクスがこの三人の名をリストから消したと考えています。彼女をバンクスのアパートメントへ連れてきて、もう一度、現場を見てもらいました。彼らの作品はこちらの現場にはひとつもありません。彼女は、ギャラリーに戻って確認しなければわからないけれど、なくなったのは三人のうちの誰かの作品に違いないと言っています。アンジェロ・リッチー、セルマ・ウィット、サイモン・フェントの三人です。現場の部屋にある作品はすべて、彼女の言うところの、ええと、人物のデッサン画です」

「裸の人物のね」

「はい。白黒のスケッチで、木炭や鉛筆で描いた線画というか、そういう類《たぐ》いです。彼女の話では、三人のアーティストはその、ええと技法と材料を使って作品を手がけることがあるとのことです」

「彼女をギャラリーへ連れて帰って、特定できるかどうか確かめて。それから、彼女が特定した人物についてさらに情報をちょうだい。特定できなければ、三人全員の情報を。三人の住所と連絡先をできるだけ早くほしい」

「了解しました」

そこに何かある。そう思いながらイヴは通信を切った。何かが。そして、マーキン夫妻の何かを洗い出したらすぐに、そちらをじっくり探ることにした。

夫婦それぞれについて調べ終えたイヴは立ち上がり、コートをつかんだ。「ピーボディ」

ブルペンを大股で横切りながら声をかける。「行くわよ」

すでにマフラーを巻いていたピーボディはコートを手にして、足早に後を追った。「十人の住人の順位を、リストのいちばん下に落としました。あなたが彼らをリストに入れた理由はわかりますが――」

「その件は一時保留。ハーヴォが赤毛の持ち主を特定したわ」

「赤……。ああ、あの赤毛ですね」

「デロレス・ラーガ・マーキン」

「待って、ラーガですか？　靴のラーガの娘？　わあ、ラーガの靴は足のための芸術品のようで、歌のようでもあり、詩のようでもあるんです」

「靴のようだと思うけど、間違いなく」

「実際、フットウェア業界のトップなんです」ピーボディはエレベーターに飛び乗り、もがくようにしてピンクのコートを着た。「一万ドルとか十万ドルとか余分にお金があったら、わたしも一足買うでしょうね。とはいえ、廉価版ブランドでも、セールになっても、手が届きません。それでも、たぶん……」

「あなたの靴の夢想も一時保留にしてほしいんだけど。ラーガ二世はヒューゴ・マーキンと結婚している。彼のパパはカジノのオーナー。いくつも持っている。夫婦はギャンブルが好き。ポイント1。マーキンの親戚には現役や退役した軍人が何人かいる。ポイント2。バンクスが死ぬ直前のパーティで、妻の陰毛がバンクスの陰毛に紛れ込んだらしいということは、おそらくマーキンはバンクスと知り合いだ。ポイント3」

こういうときに限ってエレベーターは満員にならず、ふたりはそのままエレベーターで駐車場の階まで降りていった。「マーキン夫妻とあの日のパーティ主催者は同じ建物に住んでいるわ。だから、わたしたちには一矢二鳥。パーティ好きの連中と話をするわよ」

「ポイント4って感じですけど」ピーボディは車に乗りこんだ。「石です。一石二鳥、一つの石を投げて二羽の鳥を殺すんです」

「鳥に石を投げたことがある？」

「ありません！」フリー・エイジャーには考えられないことであり、ピーボディは愕然として声をあげた。「そんな意地悪なこと」

「しかも、絶対に当たりっこない。だって、鳥は飛べるから。一発で二羽の鳥を殺せるくらい大きな石を投げるより、矢のほうが速い」

「でも、それにしたって」ピーボディはつぶやいた。

イヴの運転する車はさっと駐車場から飛び出した。「バクスターとトゥルーハートはギャラリーの女性をギャラリーに連れていってるところ。彼女によると、なくなった絵を描いたかもしれないアーティストが三人いるらしい」

「文字どおりの石とか、本物の鳥の話じゃないです」

「何?」

「何でもありません」ピーボディはやめることにした。「そのアーティストたちについて調べましょうか?」

「トゥルーハートが調べているし、彼女がひとりに特定したら時間の無駄になる」広告用飛行船のエンジン音や大型《マキシ》バスの排気音にかまわず車を運転しながら、イヴは今が最高のタイミングだと思った。

「ハリウッドのあれに、ナディーンはロックスターを連れていくって」

「知っています」ピーボディはにやりとして、いいぞ、いいぞとはやし立てるように目玉を回した。「彼は超かっこよくて、心底、彼女にハマってます」

「あの人たちのセックスライフのことなんか聞きたくないわ」

「そういうハマってるじゃないです。でも……。とにかく、カップルで行くのはナディーンにとって、めちゃドデカいこと《BFD》だと思います」

「なんだっていいわ。彼を連れていっても、移送機とホテルにまだ余裕があるそうよ」

「行くんですね！　ついに行くことにしたんですね？」ピーボディはシートで跳ね、パチパチと手を叩いた。「レッドカーペットのなかでも最高のレッドカーペットの上を歩くんですね！　これって――」

「ちょっと、違うってば。ぜんぜん違う。あなたとマクナブが一緒に乗れる余裕があるって、彼女は言ってるの。フィーニーが認めてくれたから、あなたたちは金曜日の午後にこっちを発って、火曜日の朝戻ってくれればいい」

　ピーボディは何も言わなかった。一言も。まっすぐ前を見つめている。

「どうしたの？」

「あの……一分くらい、息が止まっていたみたいです。オスカーへ行くための休みをくれるんですか？　ナディーンがわたしたちを連れていって、一緒に泊めてくれるんですか？　彼女とロックの神様のジェイクと一緒に？」

「その余裕があるそうよ」

ピーボディはまだ正面を見つめている。「わたしたちには進行中の捜査があります」

「バクスターとトゥルーハートがいるわ。それに、不思議かもしれないけど、あなたを殺人課に引っ張ってくる前も、わたし、何とか事件を解決してたから。いずれにしても、今週末は当番じゃないでしょ」イヴはさらに言った。「その分、超過勤務手当を払わなくて済むし」

「これって……。この気持ちに足りる言葉が思いつきません。頭がうまくまわらなくて、そういう言葉を絞り出せないいんです。物心ついたときからずっと、オスカーの授賞式や、出演者や、そのきれいな服を見てきました」

「フリー・エイジャーはハリウッド映画を観るの？」

「修道士とは違いますから。修道士だって、絶対にオスカーを観てると思いますけど。おばあちゃんですか？　それはもう、欠かさず観ています。毎年、授賞式の日におおぜいの人を集めてオスカー・パーティを開くんです。わたしもなんとかおばあちゃんや他のみんなと一緒に観るようにしているんですよ。ホームスクリーンを準備して、遠くにいる家族の映像をタブレットに映して、みんなで観ているようにするんです。おばあちゃんがばかげてると思う服を着てる人へ情け容赦ないコメントをするんです。それが最高で。そして、今、わたしはそこへ――ああ、どうしよう、何を着ていきましょう？　オスカーにふさわしい服なんて持っていません」

「ロークがレオナルドに話してくれたから、あなたたちふたりの服は彼が用意してくれるわ」

「わたしが……」ピーボディはようやく横を向いて、イヴを見つめた。「わたしがレオナルドを着てオスカーに？」

「みんな、なんでそう言うの？　でっかいレオナルドを体にまとってるみたいに。ちょっと、やだ、泣いたら全部なしにするわよ」

しかし涙はあふれ出た。「抑えられませんよ。少しの間だけです。あなたにとって行くのは拷問のようなものだと知っています。でも、わたしには？　最高の夢のようです。あなたが行けばいいのにと言う気はまったくありません。それはわたしにとって拷問ですから。わたしにとってはそれだけ大事なことなんです」

「そんなに大事なら、どうして前に言わなかったの？」

「わたしたちはメキシコへ行かせてもらいました。マクナブに充電が必要なとき、その時間をいただいたんです。そのうえさらにわたしのパートナーに、わたしの警部補《LT》に、わたしの友だちにお願いなんてできません」

ピーボディはふーっと息をつき、ごしごしと涙をぬぐった。「それに、あそこに行くなんて、ほんとうに、思ったこともありませんでした。なんかもう……想像を超えた世界で。そんなことができるとは思いもしなくて」

「そう、でも、できるのよ」

その建物には専用の駐車場があった。イヴはゲートで警察バッジをスキャンさせ、案内に従って来客用のエリアへ向かった。駐車スペースに車を入れる。

「さあ、頭を仕事用に切り替えて」

「わかりました」しかし、ピーボディはイヴの腕に手をかけた。「わたしは警官になりたかったんです。あなたについて調べて、ニューヨークの警官になりたいと思いました。ダラスに値する警官に」

「ちょっと、やめてよ」

「一分だけです、いいですか？　あなたの助手として殺人課に引き抜いてもらったとき、あれはわたしの人生でいちばん重要な瞬間でした。他にも大事なことはありました。マクナブに出会ったり、捜査官になったり、オーバーマンを倒す力になれたり。他にも悪いやつらを逮捕しましたけど、オーバーマンが特別なのは、警官としてのわたしたちと正反対だからです。今回のことは今言ったような人生を変えるような出来事には匹敵しません。でも、人生を変えるような出来事以外では、いちばん大きなことです。ありがとうございます」

「あなたたちを連れて行くのはナディーンよ」

「彼女にも最大限のお礼を言います。それから、レオナルドとロークにも。あなたが最初です」

「オーケイ、いいわね。これでおしまい」

ふたりは車を降りて、エレベーターに向かって歩きだした。「あと、これだけはやらなければなりません」

「わたしにキスしようとしたら」イヴは冷ややかに警告した。「ボコボコにするわよ」

「キスをしそうだって脅したり、頭のなかでキスするつもりもありません――わたしにとってそれだけ重要なことなんです、これは。でも、これだけは――」

駐車場で、ピーボディは両手を前に差し出して、頭をのけぞらせて叫んだ。叫び声は響き渡り、あちこちにこだまして、イヴの鼓膜を震わせた。

「オーケイ。ふう」ピーボディはもう一度、息を吐き出した。「さあ、頭を仕事に切り替えました」

「この建物中の犬が吠《ほ》えてるわ。ガラスは粉々になった。小さな子どもたちはベッドの下に隠れたわね」

「そうかもしれません」ピーボディは呼び出しボタンを押した。「でも、ああやって吐き出さないと、頭を仕事に切り替えられなかったので」

「あんなふうに吐き出すもんじゃないわ」イヴは警告し、警察バッジを提示してロビーを突っ切り、エレベーターに乗ると、マーキン夫妻の住まいのある階を音声指示した。

エレベーターの扉が開いて降りると、広い廊下が四本、四方向の家《ユニット》に延びていた。それぞれに、セキュリティ万全の専用エレベーターが別にある、とイヴは気づいた。南西向きのユニットに近づいていって、ベルを鳴らした。

〝お名前とご用件をお知らせください〟

手短かで歯切れがいい、とイヴは思い、同じように答えた。

「NYPSDのダラス警部補とピーボディ捜査官」警察バッジを掲げる。「ミスター・マーキンかミセス・マーキン、あるいはその両方と話をする必要があるのよ」

〝あなたの身分をスキャン中です……。あなたの身分が確認されました。ご用件をお話しください〟

「要件はミスター・マーキンかミセス・マーキン、あるいはその両方に伝えるから。扉を開けないと、夫婦かその片方をコップ・セントラルへ呼び出して事情聴取する手続きをするわよ」

〝しばらくお待ちください〟

「なんでコンピュータっていつもこんなに聞きたがり屋なの？」イヴは不思議だった。

しばらく以上の時間がかかったが、両開きの扉が開いた。なかにいた女性は四十歳くらいで、使用人用の黒服を着ているように見え、おそらく家政婦だろうとイヴは推測した。

「警部補、捜査官、ミセス・マーキンのアシスタントに知らせましたので、どうぞ控えの間でお待ちください。すぐにこちらへまいります」

家政婦は立ち去り、残されたふたりの前にはまた両開きの扉があって、開けたままになっていた。扉の前の右手には、さっきイヴが専用エレベーターと思ったものがあり、つや消しの金色の扉に精巧で派手な鉄の細工が施されている。その向かい側の壁には同じような作りで幅の広い引き戸がある。コートやショールをしまうのだろう、とイヴは思った。

開いたままの両開きの扉の向こうは、舞踏場かと思うほど広いリビングエリアで、床から天井までの大きな窓ガラス越しに、途方もなく豊かな人たちにしか見えない街の景色と、美しい公園が臨める。晴れた日にはハドソン川も見渡せるだろう。窓ガラスの右手と左手にそれぞれ、流れるようなラインを描く階段がある。

つや消しの金色で華麗に縁取られた巨大な鏡の前には暖炉もあって、炉を囲む磨き上げられた石は熱帯の海の色だ。

ソファも椅子もベンチも、階段と同じ流れるような曲線が美しく、暖炉の熱帯の海の色と、鏡の縁の色で統一されている。右手の階段がカーブしている下に、吹雪のように白いピアノが置いてある。その上に置かれた透明な大きなガラスのボウルには、青い小石が敷かれ、限りなく白に近い青から、黒にも見える深い紫色まで、さまざまなブルー系の花が盛ってある。

高い天井から吊られた幾層もあるシャンデリアには、数百個のしずく型のガラスがぶら下がっている。あれが落ちたら、軽く五十人は下敷きになって死んでしまうだろう、とイヴは思った。

ひとりの女性が右手のカーブした階段を降りてきた。肌は浅黒く、細かいカールの黒髪はボリュームがあり、先端は赤茶色だ。グラマーな体をオレンジ《ポピーレッド》がかった赤いスーツに包んでいる。三十代前半だろう、とイヴは思った。美人ではないが人目を引く。

広いスペースを横切ってきた女性の靴はかかとが高く、ポピーレッドの地に青と緑の渦巻きが描かれている。

「警部補、捜査官、アメリア・ルロアと申します」かすかに訛《なま》りがある。ヨーロッパ系、と思いながらイヴは差し出された手を握った。たぶん、フランス訛りだ。

「ミセス・マーキンはミーティング中です。今日は自宅で仕事をしていて、今はミーティングをしているというわけです。わたくしでお力になれればいいのですが」

「ミーティングが終わるまで待っています」

「わかりました。では、コートをおあずかりします」

「お気遣いなく」

「コーヒーかお茶の手配をいたしましょうか？」

「ミスター・マーキンかミセス・マーキン、あるいはおふたりと話ができるように、手配してください」

「お待ちいただいていることをミセス・マーキンに知らせます。申し訳ありませんが、ミスター・マーキンのスケジュールは把握しておりません。彼も今日は自宅勤務だと思いますが、確認が必要です」

「していただければありがたいのですが」

「どうぞ、入ってお座りください。しばらく時間がかかりますので」

曲線を描く左の階段のほうを向いたアメリアの顔に、あきらめの表情がよぎった。

別棟へ向かった、とイヴは気づいた。仕事のミーティングだから夫婦別なのか、すべて別なのか？

ピーボディは大きなガラス窓に近づいていった。「すごい景色です。天気のいい日にテラスを利用すれば、リビングエリアが二十平方メートル弱は広がりますね」

「足首が折れるような靴を作れば、儲《もう》かるってこと」

「アシスタントの靴を見ました？　手描きコレクションの一足に間違いないです」

ピーボディが景色を楽しんでいる間に、イヴは部屋のなかを観察した。フレームに入れた写真が何枚かあった――しかし、夫婦が一緒の写真は一枚もない。飾られた美術品はどれも無難で上品に感じられ、それも悪くないとイヴは思った。広くても居心地がよく、なんとなく温かく迎えられているような気もする。

気配を感じて振り向くと、男性が階段を降りてきた。ヒューゴ・マーキンだ。目の色と同じシルバーブルーのセーターに、カジュアルだが仕立てのいい黒いズボンを合わせている。足下を見ると、スキッド――セーターと同じ色の高価な品だ――を履いている。俳優のようにハンサムで、ハイライトを入れた波打つ金髪を後ろへ流している。

その笑顔は魅力にあふれていた。差し出された手にはまった指輪の青い石が、きらりと輝きを放つ。

「ダラス警部補、こんなにうれしいことはありません。筋金入りのファンですよ、私は。実際、日曜日にはハイランドセンターへ行って、オスカーを勝ち取ったあなたに声援を送るつもりです」

「わたしのオスカーではありませんん、獲っても獲らなくても」

「なんと謙虚な。ああ、ピーボディ捜査官、またしてもうれしいかぎりです。さあ、座ってコーヒーでも飲みながら、今日、私に会いにいらした理由を聞かせてください」

「ジョーダン・バンクスの話から始めます」

「ほんとうにショックでしたよ！」暖炉のそばの椅子に座るようにと、ヒューゴはふたりに身振りで示した。「彼が亡くなったまさにその晩、私が彼と話をしたのはご存じですか？　この建物内で開かれていたパーティで。いやいや、そんなことはご存じに違いない。何をお話しすればお力になれますか？」

「彼のことはよく知っていましたか？」

「実際のところ、とてもよく知っていたとは言えません。二、三回、一緒にゴルフをしたことがあります――四人でペアをふたつ組んで。パーティで顔を合わせることもありました。共通の友人や知り合いもいました。同じときにうちのカジノ――家族経営のカジノです――にいると、顔を合わせることもたまにありました」

「彼はお宅のカジノに入り浸っていたんですか？」

「正直言って、よくわからないですね」ゆとりを見せるように、マーキンはソファの低い背もたれにだらりと一方の腕をかけた。「そういう彼を見たのは一、二度です。ルーレットを楽しんでいたようだが、はっきり覚えているのはそのときだけです」

「あなたは何時にパーティ会場を離れましたか？」

「一時ごろだったと思います」

「バンクスはまだ会場にいましたか？」

マーキンは考えるふりをして座り直したが、その目がきらっと光ったのは質問を面白がっているからだとイヴは思った。「よくわかりません。広いアパートメントですから。ここほどではありませんが、かなり広いところです。しかも、とても……陽気な集まりでした。お客たちはそれぞれ楽しんでいました。うちは三フロアで、そこは二フロアですが、あちこちに散って、ふたりきりでもっと親密な時間を楽しんだりするチャンスはいくらでもありました。亡くなった日の夜、ジョーダンは私の妻と親密な時間をたっぷり楽しんでいたようですよ。ああ、コーヒーが来ました」

使用人の黒服姿の男性がトレイをのせたワゴンを押してきた。

「警部補はブラックで、捜査官にはクリームと砂糖を二杯」マーキンはまたほほえんだ。「ファンだと言いましたよね」

男性がコーヒーを注《つ》いでいると、デロレス・ラーガ・マーキンが階段を降りてきた。豊かな赤毛が両肩にかかっている。グレーのスーツは立襟のミリタリー風で、上着の前に銀色のボタンが二列に並んでいる。

シルバーのブーティのかかとは極端に細く、両側に赤いモールが縫い込まれている。耳元で輝いているスクエアカットのダイヤモンドのピアスが、唯一、身につけている宝石だ。

「ああ、私の美しい妻のお出ましだ。ダラス警部補と彼女の勇敢な相棒、ピーボディ捜査官がお見えだよ。レナルド、コーヒーをもう一杯だ」

「いいえ、結構よ、レナルド。すぐにまた別のミーティングが始まるんです。今日はほんとうに時間がなくて、申し訳ないわ」デロレスはイヴに言った。

「おやおや、興味深いお客様のためなら、いつだって時間はひねりだせるだろう。もう下がっていいぞ、レナルド。座って、さあ座って、デロ」ヒューゴは自分の隣のクッションをぽんぽんと叩いた。「ちょうど今、きみとジョーダンのことをお客様にお話ししていたところだ。それで、ふと思ったんだが、きみは彼が亡くなる前に最後にセックスした女性に違いない」

デロレスはただヒューゴを見つめた。そして、少なくとも三十センチは間を空けて彼の隣に座った。「席をはずしていただけるかしら、ヒューゴ？　ダラス警部補がまた話を聞く必要ができたら、あなたはもう一度ここへ来ればいい。いくらでも自由にできる時間があるんだから」

「いいとも」

「その前に、もう少し質問させてください、ミスター・マーキン。この週末はどこにいらっしゃいましたか？　金曜日の夜から月曜日の朝までです」

「ずいぶんと長い期間だな。ジョーダンが殺されたのは月曜日の夜か、火曜日の早朝ではありませんでしたか？」

「この週末にどこにいらしたか、教えていただけますか？」

「必要なら。南部のカジノを抜き打ちで点検して回っていました。ミシシッピ、ジョージア、フロリダ。かろうじてタッドとデルヴィニアのパーティに間に合う時間には戻ってこれました」

「現役、退役も含めて、ご親戚に何人か軍人がいらっしゃる」

「軍人？」ヒューゴはコーヒーに口をつけた。「おっしゃるとおりだと思います。今も家族は祖父を〝将軍〟と呼んでいますよ」

「あなたは軍隊に興味はないんですか？」

「まったくないですね。私は愛する者で、闘う者ではありません。そうだろう、デロ？」

デロレスはヒューゴを見もしなかった。「あなたは策略家よ、ヒューゴ。ただし、目的遂行のための明確な戦術は持っていない」

「それでも、きみを手に入れたじゃないか？　階上《うえ》にいますから必要なら呼んでください。

おふたりにお会いできて、ほんとうに感激しました」

ヒューゴが階段を上っていき、デロレスは脚を組んで息をついた。

「ジョーダンのことでいらしたのね」

「さっそくその話をさせてください」

「亡くなったことは気の毒だと思うわ。ヒューゴがわざわざ言ってくれたから、否定するのは愚かね。月曜の夜、パーティ会場で彼とセックスしたわ。タッド・トゥルレーンとデルヴィニア・オッターのパーティよ」

「ご主人は、あなたとジョーダン・バンクスの関係について、驚いたようにも、さほど気にかけているようにも見えませんでした」

「わたしは、つかのまの性的な接触を〝関係〟とは呼ばないけれど、そうね、ヒューゴは驚いても気にかけてもいないわ。ヒューゴとわたしは一年以上前から親密な関係はないの。わたしたちの結婚は、今となっては法的な契約に過ぎないわ」

デロレスは背筋をぴんと伸ばして、落ち着き払った表情で座っている。でも、よく見れば気づくはずだ、とイヴは思った。つややかな仮面の下に悲嘆が潜んでいる。

「わたしたちはそれぞれの道を歩んでいるのよ」デロレスは続けた。「嫉妬《しっと》にかられ、怒り狂ったヒューゴがジョーダンを殺したと疑っているなら、それは違うわ。はっきり言って、ヒューゴみたいな男にとって怒るのは骨折りでしかない。わたしは別にジョーダンを好きでもなかったし」

「でもセックスをした」

「そうよ。パーティへ行ったのはデルヴィニアが好きだし、ちょっと息抜きがしたかったのと、ヒューゴが来るとは知らなかったからよ。数日間、彼とは会っていなかったわ」

「それはいつものことですか?」

「ええ。さっきも言ったように、わたしたちはそれぞれの道を歩んでいるし、たいていはたがいを避けているの。パーティ会場で彼を見たときはいらついたわ。それから、衝動的に、一瞬の満足だったかもしれないけれど、ジョーダンとセックスをした。そのあと、会場を出て家に帰ったわ」

「ご主人は?」

「知らないわ。その後、どのくらい残っていたのか、いつ帰ってきたのか、ひとりで帰ってきたのか、誰かと一緒だったのかも知らない。わたしたちはこういう関係でうまくやっているのよ」

「なぜですか?」ピーボディが姿勢を変えた。「あなたはご主人が好きじゃない。それなのに、どうして一緒に住んでいるんですか?」

「わたしの両親は離婚にはあくまでも反対なの。わたしが夫以外の男と性的な関係を持っていると知ったら、両親は心の底から失望するでしょうけど、離婚はもっとふたりを失望させるわ。ヒューゴは間違いだったけれど、それはわたしの間違い。今、わたしは間違いと一緒に暮らしているの。彼は、わたしが彼と暮らしている理由をよく知っているわ」

デロレスはそっぽを向き、金持ちにしか見えないニューヨークの特別な景色に目をやった。「彼はそれを面白がっていると思う」

「彼はジョーダンをよく知っていましたか?」

「よく知っていたわ。わたしの印象だけど、ジョーダンがわたしを口説きはじめたのは、わたしが彼の友人の——うわべだけの友だちだとしても——妻だからよ。ふたりは性格が似ているところもあるし、趣味も合うの。スポーツ、旅行、ギャンブル、女性」

「株の売買は?」

デロレスは戸惑い、眉をひそめた。「株の売買。ジョーダンについては何とも言えないけれど、わたしの知っているかぎりで、ヒューゴはその手のことにわざわざ頭を使ったりしないわ。彼の代わりに頭を悩ませてくれる人がまわりにいるのよ」

「美術は?」

「ジョーダンは言うまでもないわね。ヒューゴ? とくに興味はないと思うわ。そうだ、ヒューゴは美術を学んでいたから、美術について語れるのよ。でも、実際に興味があるかというと、そうじゃない。楽しみをあたえてくれるものは何でも好きね。彼は怠け者よ——うちの一族のいちばん悪いところだけれど、彼はそれを隠すのがうまいの。ジョーダンのことで、彼のアリバイの証明はできなくても、これだけは言える。誰かを殺す？　そんな骨の折れることを彼がするはずがないわ。ましてやわたしのためにそんな努力をするわけがないわね」

「週末はどこにいらっしゃいましたか？」

「アメリアが詳しい状況や正確な時間を知っているけれど、金曜日に、母と姉と——あと、補佐のスタッフたちも——一緒に、顧客に会いにパリへ行ったの。戻ったのは月曜日の午前中よ。あなたがたにはジョーダンを殺した犯人を見つけてほしいけれど、力になれるほど彼を知っていたわけじゃないのよ。申し訳ないけれど、ほんとうに次のミーティングが控えているので」

デロレスが立ち上がり、イヴとピーボディも後に続いた。

「ご主人の家族とは付き合いがありますか？」

「ええ、ほとんどと。じつは、ヒューゴは家族のなかでは異色なんです。わたしたちの結婚式の日、彼の祖父の〝将軍〟はわたしに、きみはヒューゴを成功に導くだろう、と言ったのよ」

　デロリスは口をゆがめてからきゅっと結び、苦々しげにほほえんだ。「彼は間違っていた」

「ご主人は家族の誰かととくに親しいですか？」

「答えるのがむずかしいわ。誰かが役に立つとわかると、ヒューゴは巧みに関係を築いていくのよ。役に立たなくなればそれでおしまい」

「わかりました、お時間を割いていただきありがとうございます。パーティの主催者は今日、在宅でしょうか？」

「いいえ、いないわ。あれはいってらっしゃいパーティ《ボンボヤージュ》だったのよ。デルヴィニアとタッドはあの翌日、タークス・カイコス諸島へ向かったわ。春はずっとヨットの上の生活よ」

14

「春はずっとヨットの上の生活」イヴはただ首を振ってエレベーターに乗り、駐車場まで降りていった。

「ロークはヨットを持っていますか？」ピーボディが訊いた。「おふたりとも、春中ずっとヨットで生活したりとか、そういうのはしませんよね」

「どちらも答えはノーよ。彼はあまり船が好きじゃないから」

「ヨットと言っても超豪華な船ですよね。いずれにしても、ヒューゴはクソみたいな男です」

「本物のクソ野郎よ。しかも、まだ怪しい点がいくつもある。自分以外の人間はどうでもいいと思っていて、殺人事件の捜査中、警官たちの前で自分の妻にばつの悪い思いをさせて楽しんでいた。週末の彼の旅行について調べるわよ。パーティに、それもジョーダンが来ていたパーティに、うまい具合に間に合うように戻ってきてる。うまい具合に、っていうのは嫌いよ。偶然の一致と似たり寄ったりだと思う」

「彼は人を殺すには怠惰過ぎるっていうのは、彼女の正直な気持ちだと思います」

「彼女の見たところではね」イヴは言った。「それでも、共犯者の可能性はあるはず。彼は誰かの首を折らなくても、これは間違いないと思うけど、それを平気で見ていると思う。どこかの家族を脅し、その誰かを利用して多くの人たちを吹き飛ばしても、それで自分が儲かるなら平気だと思う。楽しみと強欲――このふたつのために彼は生きているみたい」

「しかも、彼はクソです」ピーボディが言い、ふたりは車に近づいていった。

「そのとおり。春中、ヨットで楽しんでるカップルの居場所を突き止めるわよ。犯人たちも殺す前にパーティに参加していたかもしれない。わからないけど、ひょっとしたらね」

イヴは車を発進させた。そして、帰り道の途中にある、バンクスのアートギャラリーに寄った。

「手がかりが得られるかどうか、確かめるわよ」

二重駐車をして、暴力的なクラクションの音や、大声の罵《のの》り言葉を無視して、〝捜査中〟のサインを跳ね上げた。

「長くはかからないわ」

バンクス・ギャラリーは、小さくてきらびやかなブティックとカフェに囲まれた小さくてきらびやかなギャラリーだった。

入り口には「閉店《フェーメ》」の札が下がっていたが、照明はついている。イヴはガラスのドアを何度かノックした。

トゥルーハートが姿を見せ、ふたりに気づくとまっすぐドアに近づいてきた。鍵を開けて、ドアを引き開ける。

「警部補。いらっしゃるとは思っていませんでした」

「近くまで来たから。何かわかった？」

「メイジーは——あ、ミズ・ケルシは可能性のある三人のうち誰なのか、まだ決めかねています。それどころか、四人目に気持ちが傾いていて、いま、自分のメモを見ながらアーティストのウェブサイトをチェックしているところです」

「彼女と話をさせて」

トゥルーハートはふたりを奥へ案内した——可動式のパネルが何枚もあって、それぞれに絵画が展示されている。イヴには理解できない作品もあったが、なかなかいいと思えるものもある。バンクスが裸体画を好んだのは間違いないが、風景画や、都市風景画、海景画、静物画も展示されている。

「静物画」と描かれたタグがイヴは理解できなかった。絵画はどれも「静物」じゃない？ トゥルーハートは先頭に立ってオフィスに入っていった。ここもきらびやかだ。バンクスはこの部屋でゆったりくつろいでいたのだろう。大きなソファに、大きな椅子、デスクも大きい。ここの壁にも裸体画が何枚も掛かっていた。フルサイズのオート《A》シェフ《C》も置いてある。

バクスターは刺激的な若い女性アーティストと並んで、キャスター付きの椅子に座っていた。

デスクの下から見えるむき出しの脚の長さから、長身でムチのように細い子だ、とイヴは予想した。今、ベッドから出てきたばかりのように乱れた髪は、ほとんど白に近いブロンドで、目はエメラルドを思わせる澄み切ったグリーンだ。

すごく興奮しているの、と言っているようなハスキーな声は、さぞかしバクスターの血をたぎらせているだろう。

「ほんとうにそうだと思うの……たぶん」

彼女は顔を上げ、エメラルド色の目をぱちぱちさせた。「あ、ごめんなさい。今日はもう閉店しているんです」

「メイジー、こちらはダラス警部補。そして、ピーボディ捜査官だ」

「そう」メイジーは立ち上がった――思ったとおり、タイトな黒いミニスカートからすらりと脚が伸びている。「作品のことがはっきりしなくて、ほんとうにごめんなさい。ジョーダンは……」

「亡くなった人のことを悪く言っているわけじゃないんだ、メイジー」バクスターがやさしく言った。「彼を死なせた者を探すのに役に立つんだよ」

「あなたの言うとおりね。彼はとにかく、気分次第でアート作品を持ち帰っていた。それで、いつもは二、三週間おきに戻していたの。そういうローテーションだった。すべて記録するべきなのに彼はしなかった――これは営業だって言って、記録を省略していたわ。クライアントになるかもしれないお客を呼んで、自分の家で作品を見せるから、と言って。でも、そんなの理由にならないし、彼は記録しないことを全然気に留めていなかったわ」

色っぽいハスキーボイスでしゃべるかもしれないが、彼女はアホじゃない、とイヴは思った。

「あなたの作品も？」

「わたしのもよ。抗議したらよかったんだけど、ここの仕事を失いたくなかったし、作品を人に見てもらいたかったから。ここで作品を展示しているアーティストはほとんど、同じように感じている――感じていたわ。彼は標準より不当に高い委託料を取ったけれど、他のギャラリーに作品を置いてもらえない新人アーティストの作品をたくさん預かってくれた。持ちつ持たれつよ」

「彼は人を怒らせる人？」

「毎日のように」メイジーは少しほほえんだ。「殺されるほどじゃないと思うけど。彼が亡くなって、ギャラリーは閉店してしまうわ。わたしたちアーティストにとって何もいいことはないわね」

「オーケイ。盗まれたかもしれない作品を見せてもらえる？」

「わたしが何をやったかというと、古いファイルを――自分で作ったのよ――探し出すことだった」メイジーは説明しはじめた。「わたしはオフィス管理学も勉強していて、それでギャラリーマネージャーとしてここで働けることになったの。失礼、どうでもいいことね。とにかく自分のファイルを作っていて、それに、ここでこれまでに紹介したアーティストのウェブサイトで見られる作品をつき合わせてみたのよ」

「それはいいわね」イヴはメイジーに言った。

「それがなかなかたいへんなの。それでも放り出すわけにはいかないし、そのうち、家にしまってあるファイルのことを思い出したのよ。それでデイヴィッドに連絡しようとしたちょうどそのとき、彼から連絡があって、それってたぶん、わたしが彼のことを考えていたからで……」

メイジーは両手を広げた。「とにかく、この三作品からさらに絞り込むことができなくて――今になってもうひとつ、別の作品も……ひょっとしたらって思い始めて。アーティストにはビジネスや売りこむのが苦手な人もいて、そういう人のウェブサイトはうまくまとまっていないし、情報も古かったりして、それが問題なの。もうひとつの問題は、わたしがもう何か月もジョーダンの家に行っていなかったことで、当然、彼は部屋に飾る作品を取り替えているはずよ。それも何度か。でも、これは……」

メイジーはタブレットの画像を壁のスクリーンに映し出した。「これはセルマの作品。セルマ・ウィット。タイトルは『休息する女性』。セルマはとてもいいアーティストよ。手がけているのは主にアクリル画だけど、木炭画やパステル画もすばらしいものがあるわ。ジョーダンがこの作品を持って行ったのは知っていて、それは去年の秋だった――夏の終わりだったかもしれない。彼がギャラリーへ戻したり、売ったりした記録はないわ。大事なのは、彼は普段、そんなに長く作品を持ちつづけないことよ」

イヴは作品に目をこらした――ベッドに積み上げた枕と、乱れたシーツにからまるようにして横になっている女性のデッサン画だ。

イヴは目を閉じ、意識をバンクスのアパートメントへ飛ばして、壁に並んでいたデッサン画を思い起こそうとした。

もっとしっかり見ておくべきだった。どれもほとんど同じような作品に見えたのだ。

「これはサイモン・フェントの作品よ。彼は……。ええと、セルマほどうまくはないけれど、将来性は感じられる。作品にまだ学生っぽいためらいが感じられるし、対象への関わり方が足りないけれど、ジョーダンは気に入っていた。ギャラリーが預かった彼の作品はこれだけよ」

「別の絵を」

「続けて」

メイジーが次の作品をスクリーンに映し出し、イヴは片手を上げた。「これよ。待って」しばらく別のほうを向いて、あの部屋の壁を思いだそうとする。黒い額縁と、そのなかのモノクロの人物像。

イヴはまっすぐ前を向いた。

「これよ。出入り口から三枚目だった」

「これはアンジェロ・リッチーの作品で、初期のデッサン画の一枚よ。実は、彼はこの作品をジョーダンにあげたの――彼がくれたとジョーダンが言っていたのかもしれない。ギャラリーで初めて作品が売れたから、そのお礼として。これで初期の作品よ。才能が感じられるでしょう。描かれた人物が動いて、呼吸しているわ。これは恋人同士で、ふたりの喜びが伝わってくる。『再会』という作品よ。離ればなれになっていたのが、また一緒になって、そして――」

「いいわ。彼の連絡先が知りたい。このアーティストの」

「彼とジョーダンは二年ほど前に仲違《なかたが》いしたの。アンジェロは自分の作品をすべて、ギャラリーから引き上げたわ。それから、イタリアへ絵を描きに行ったと聞いてる。連絡先は知らないけれど、彼はニューヨークに戻っているのよ。一流アーティストとしてブレーク寸前なの。というか、もうブレークして、各方面から注目されている。今夜、〈サロン〉で――業界では有名な画廊よ――個展のオープニングパーティがあるらしいわ」

「間違いなく、この作品かい、警部補《LT》？」

「これ以上はないくらい確実よ」イヴはバクスターに言った。

「アンジェロ・リッチー。住所はソーホーですね」ピーボディが告げた。「〈サロン〉はグリニッジビレッジです」

「搬入中でしょうね」メイジーがイヴに言った。「今夜のために作品を。アンジェロのことはあまりよく知らないけれど、搬入のときにかならずギャラリーにいるのは知っているわ」

「ありがとう、すごく助かった。話は終わりよ、バクスター」

「あの絵は好きでした。ええと、実際はデッサン画ですけど」イヴと一緒に車に戻りながらピーボディが言った。「ロマンチックで、なんとなく切なくて」

「犯人たちが胸の奥のロマンチックな何かをかきたてられて、持って行ったとは思えないけど。描いた本人に思い当たる理由があるかどうか、訊きに行くわよ」

着信音が鳴り、イヴは車の計器盤に軽く触れて車内リンクに応じた。「ダラス」

「どうも、警部補」サンチャゴからだ。「次のDBは俺たちの担当だってわかってますけど、よく考えた結果、この人たちはあなたの担当だと思うんです」

「この人たち」

「五人です。自爆用ベストを着ていた男を含めて」

「場所は?」

「高級っぽい画廊で、名前は——」

「〈サロン〉」

サンチャゴの目が細くなった。「こっちを透視してるんですか?」

「現場を保存して。すぐに向かう」イヴはサイレンのスイッチを入れて、強引に車列に入った。「ベストをつけてるDBの身元を調べた?」

「ウェイン・デンビー。画廊の三人のオーナーのひとりで、画廊の管理者です」

ピーボディがシートベルトをきつく締め直し、イヴは車の片側のタイヤを浮かせて角を曲がり、蛇行しながら東へ向かった。「制服警官を彼の自宅へ向かわせて。今すぐ。なかにとらえられた人がいて、困難な状態にある可能性が高い。扉を破るように言って。わたしが許可する。自宅の住所をバクスターに伝えて。彼とトゥルーハートも現場へ向かわせて。急いで、サンチャゴ」

イヴは叩くようにして垂直推進のスイッチを入れ、赤色灯もサイレンも他人事《ひとごと》だと思っているドライバーの全地形車を飛び越えて着地し、次の角をタイヤをきしませて曲がると、猛スピードで南へ向かった。

「クソッ、クソッ、クソッ」イヴは罵り、ピーボディはデンビーについて調べた。必死になって調べながら、まるで協力する気配のない車列を縫って時速一四五キロで疾走する車がクラッシュし、骨折して血まみれになった図を考えないようにした。

「ウェイン・デンビー、三十八歳。パートナーふたりとともに〈サロン〉を所有。妻はゼルダ・エステ・デンビー、三十四歳。結婚して八年。ひとり息子のエヴァンは五歳」

「同じパターンよ」イヴは二台のラピッドキャブの間をすり抜けながら、後部座席の客をちらりと見た。タイヤをきしませて追い越していくイヴの車を、男が大笑いしながらビデオに撮っている。

「堅実な結婚生活を送っている男性」イヴはさらに言い、サイレンに加えて鋭くクラクションを鳴らし、めちゃくちゃ急いでいるんだから、と言いたげにダッシュで交差点を渡ろうとした通行人ふたりに向かって、さらにスピードを上げて突進していった。

ふたりはあわてて後ずさりした——ひとりが両手の中指を突き立てる。

「愛情深い夫であり、父親だったはず」血はたぎっても心はあくまでも冷静に、グリニッジビレッジに入っていく。「家族思い。一戸建て住宅。セキュリティは良好」

ブレーキを踏み込むと、車は後部を横滑りさせ、バリケードとその手前に並んでいる人たちの一インチ手前で止まった。

「捜査キットを持っていきます」ピーボディが言い、ふたりは左右のドアからそれぞれ外へ飛び出した。

イヴは野次馬たちを肘で押しのけて進み、バリケードを迂回《うかい》して、野次馬整理をしていたドロイド巡査に警察バッジを見せてなかに入った。

〈サロン〉は道の角に建つエレガントな高級住宅のなかにあり、黒っぽい髪をなびかせた女性の絵が見える。透ける素材の赤いロング丈のワンピースの裾をふくらませ、両腕を上げて、くるくる回転している女性の一瞬を描いた作品だ。

紫外線カットのガラスを横断するように、ぎざぎざのひびが入っている。絵はイーゼルから落ちて激しくぶつかったらしく、額縁の角が欠けている。反対側の隅に作者のサインが見えた。

〝アンジェロ・リッチー〟

制服警官がドアを開けた。「警部補。あの丸天井の通路を抜けた先の左が現場です」

煙と、血と、焼け焦げたもの——壁や、木工部や、肉——のつんと鼻を突く臭いがした。

丸天井の通路は白かったはずだ。今は灰色にすすけて、赤い雨が降ったかのように血痕が飛び散っている。イヴはさらに先へ進み、大量殺戮《さつりく》の現場を見つめた。五人の体の一部だったものが床に散乱していた。ばらばらになった肉や、血や、骨や、筋肉が黒焦げになり、炭になっている。絵画もほとんど何だかわからなくなったり、焦げてぼろぼろになって床に落ちている。

炎にあぶられて、壁や床や天井はところどころめくれ上がり、波打っている。あちこちからまだ消火剤の泡がしたたり落ちている。すでに床に積もった灰に泡が落ちてぬかるんでいるところもある。

金属のはしごのようなものの破片が、犠牲者の体に突き刺さっている。

手にシールド加工を施した捜査官たちが、警官らしい無表情で現場を記録し、ばらばらになった遺体に印《しるし》を付けている。

足下に気をつけながら、カーマイケル捜査官がイヴに近づいてきた。「あなたの担当で間違いないわよね」

「ええ」隣にやってきたピーボディから捜査キットを受け取り、イヴも両手をシールド加工しはじめた。「わかっていることを話して」

「今夜、アンジェロ・リッチーの個展のオープニングパーティが開かれる予定だった。それで、関係者が作品の搬入作業をしていた。他のオーナーふたりも画廊にいて、そのひとり、ジョー・コトラーは奥のオフィスで仕事を、もうひとりは画廊の入り口のほうにアシスタントのひとりと一緒にいた。彼らは全員、奥のオフィスで保護しているわ。そのうち、デンビーが入ってきた、と画廊にいたふたりが証言している。デンビーは彼らに、そこから動くなと言ったそうです。彼のパートナー——アイリーン・アセティ——は、彼の声の調子やようすにびっくりして、しばらく立ち尽くしてしまったそうよ。それから、彼女はアシスタント——シスタ・ドーブ——にその場から動かないように言い、いったいどういうことなのかと思って、デンビーのあとを追いはじめた。すると、ドカン。そういうことらしい。近づいていったアセティは爆風で体が浮き上がり、空中に放り出された。それで腕を骨折した——すでに医療員《MT》の処置を受けているわ。アシスタントは転んだけど、こぶとあざだけで済んだそうよ」

カーマイケルはいったん息をつき、ポケットから水のボトルを出して、飲んだ。「アセティ――腕を折ったほう――は立ち上がり、ここまで走ってきた。そのときはまだあちこち燃えていたらしい。大声でアシスタントに外へ出るように言い、九一一に通報して、奥のオフィスへ急いで向かったところ、なかからコトラーが飛び出してきた。スプリンクラーも火災報知器も作動しなかった。コトラーは消火剤のタンクをつかんで消火にあたり、なんとかこの部屋以外に延焼するのを食い止めたそうよ」

「スプリンクラーも火災報知器も作動しなかった？」

「はい」サンチャゴが近づいてきた。「まだ詳しくは確認していません。われわれはここから六ブロックほど離れたところで、別の捜査を終えたところでした。誰にも看取られずに亡くなった人がいて、目視では自然死のようでした。なので、この件に応答しました。われわれが到着したときはまだ煙が室内に残っていました。これはあなたの事件に間違いないと思います」

「サラザールにも連絡したわ――彼女はこの前のも捜査しているから。チームと一緒にこちらへ向かっている」カーマイケルは言った。

「いいわね」

「火は消えていたから、消防士には捜査が終わるまで何もしないように頼んだわ。あの人たち、現場に何をするかわからないから」

「そうね。ほかのDBの名前はわかった？」

「アーティストのアンジェロ・リッチー、アシスタントのふたり、トレントン・ビーンとローデン・モデール、それから、インターンでコトラーの甥《おい》のダスティン・グレゴールです。彼はまだ十九歳で、コトラーはひどく取り乱しています」

「五名死亡」イヴは言った。「負傷者二名」

「運というものを信じているなら、運がよかったと言ってたところよ」カーマイケルが言った。「アセティのアシスタントによると、今夜のオープニングパーティには二百人は集まると予想していたって。何が目的なのか知らないけど、ろくでなし野郎たちがこの画廊に打撃をあたえたかったなら、もっと徹底的に打撃をあたえることもできたわけ」

イヴは絵画の残骸《ざんがい》をじっと見た。「彼らは狙っていたものは手に入れたと思うわ。ピーボディ、EDDに連絡して。何人かオタクが必要だから――今のは取り消し」ロークが入ってきたのを見て、イヴは言った。「現場オタクを手に入れたから」

イヴはロークのところまで歩いていった。両手を強く握られても拒まなかったのは、ロークの険《けわ》しい目つきに気づいたからだ。

「何？　ここで何をしているの？」

「ダウンタウンで用事があって、こっちのほうへ向かっていたら警報が鳴った。なくなったという絵の話を思い出したから、推理するのはむずかしくなかった。警報の数分後、その前にきみの車が停めてあるのが見えた」

ロークは静かに息を吐き出した。「爆発があったとき、きみがここにいたのかどうか、僕にはわからなかった」

ロークはイヴの両手を離し、一方の手でイヴの髪をなで、顎の浅いくぼみを指先でたどった。「きみはここにいてもおかしくなかった」ロークは小声で言った。

「いなかったわ」ロークの気持ちを理解して、イヴは彼の両手をぎゅっと握った。「ここにいたのは五人――自爆用ベストを着ていた人を含めて。家族を愛する人で、ここのオーナーのひとりよ」

「彼の家族は？」

「制服警官と、バクスターとトゥルーハートを向かわせた」

ロークはアーチ型天井の通路の奥を見て、数秒間、沈黙してから言った。「水に濡れたようすはない。スプリンクラーは作動しなかったのか？」

「ええ。火災報知器もよ」

「たまたまここにいる僕が、きみのために調べようか？」

「それは好都合ね。今夜は、個展のオープニングパーティが予定されていたのよ——かなり大がかりな。アーティストは——持ち去られたデッサン画を描いた人よ——アンジェロ・リッチー」

「リッチー？ 残念だ。才能があったのに」ロークはとにかく触れずにはいられないように、イヴの腕に軽く手を当てた。「うちにも一枚、彼の絵があるよ——『月光を浴びる女性』だ。来客用の寝室に掛けてある」

「そうなの？」

「ああ、そうだ。一年ほど前、イタリアへ出張したときに見つけた」

「彼と、たぶん、たくさんの彼の作品が、というより、彼と作品の残骸があそこにある」

「そうだね」

「そうよ。アーティストと、その大量の作品を爆破して何になるの？ ブレーク寸前と言われるアーティストだったんでしょう？」

ロークは視線を戻し、イヴの目を見つめた。「飲み込みが早いね、警部補。目的を一言で言うと？」

「てこね《レバレッジ》」

「そのとおりだ。若くて、きわめて前途有望なアーティストが、アメリカで初めての本格的な個展を開く直前に、爆死という悲劇に見舞われた。その作品の多くも彼とともに失われた」

「残された作品の価値は急上昇する」イヴは締めくくった。

「間違いなくそうなるだろう。これまでに彼の作品を買った——盗んだ——者は誰でも、相当な利益を得られるはずだ」

「犯人たちが盗んだ作品は？　あれはおまけの儲けよね。この件は、犯人たちがバンクスを殺すずっと前に計画されたことだから」

「それは間違いない」ロークはまたイヴの手を取った。「きみのために防火システムを調べてこよう」

ロークはその場を去ろうとしたが、そのとき、イヴのコミュニケーターが鳴った。「ダラス。いつ？」話を聞きながら目を細める。「奥さんの状態は悪いの？　ええ、わかった。EDDに何もかも、ひとつ残らず調べさせるのよ。それまで児童保護サービス《CS》の者を子どものそばにいさせて。彼らから離れないでいて、バクスター」

イヴはコミュニケーターをポケットに戻した。「子どもは軽い鎮静剤をあたえられているわ」イヴは捜査員たちのほうに体を向け、最新の情報を伝えた。「怪我はないけれど、軽い脱水症状があり、ひどく怯《おび》えているそうよ。妻は殴られている——大部分は顔を。指を二本、折られている。彼女は妊娠十二週間半ほどだそうよ」

「くそっ、何てことをしやがる」サンチャゴは言い、通路の横の壁を蹴った。

「MTによると、彼女は安定しているけど、入院させて、さらに検査と水分補給の点滴など、ほかにもできるかぎりのことをするそうよ。子どもは自室のベッドに縛りつけられていた。妻は物置に。自宅への侵入は火曜日の早朝。妻の記憶では、四時か四時半ごろ」

「仕事が早いな」ロークが言い添えた。

「そう、月曜日の朝、ローガンを脅してクアンタム航空の会議を爆破し、利益を手にしたのはほぼ間違いない。それから、愚かにも墓穴を掘るようなことをしたバンクスを始末した。さらに、絵と、電子機器や自分たちとの関係が示されている記録を盗み出し、次の標的を見つけて仕事に取りかかった」

イヴは円を描くように歩きはじめた。「バンクスの件はあらかじめ計画したものじゃないけれど、うまく組み込んだ。つぎの標的に取りかかる前に、バンクスを始末しなければならなかった。まず面倒な男を切り捨てる――そして、さらなる利益も手にする」

死の臭いはどこにでも漂い、命はたちまち奪われる。

「これで十八人だけど、求めているのは死者の数を増やすことじゃない。犯人たちの興味がそこにあるなら、もっと時間を稼いで、今夜、会場が美術愛好家であふれたころ、デンビーにベストを着せていたはず」

イヴは黒焦げになった残骸を見つめた。「目的は人を殺すことじゃない、絶対に。利益よ。ただそれだけ。ピーボディ、目撃者たちと話をしにいくわよ。カーマイケル、サンチャゴ、サラザールが着いたら対応して」

最初にふたりが話をしたアシスタントは、震えながら泣くばかりで、新たな情報はほとんど何も得られなかった。ピーボディは彼女のルームメイトに連絡をしてから、自宅まで車で送るように手配した。

続けて聞き取りをしようと、イヴは奥のオフィスに入っていった。「次はあなたから話をお聞きしたいのですが、ミズ・アセティ」

「わたしはジョーから離れない」アセティはコトラーの隣に座り、怪我をしていないほうの手で彼の手を握っていた。折れた腕は仮のギプスで固定して、スリングで吊られている。

「離れない」

「わかりました。みんな一緒に、ここで話をします」イヴはふたりの向かい側に座った。アセティの顔にはいくつか切り傷があり、頬は涙に濡《ぬ》れ、シャツとズボンには焼け焦げた跡もあった。髪を──腰まで届くほど長く、漆黒に赤褐色のメッシュを入れている──ひとつに束ね、あらわになった象牙《ぞうげ》色の顔はショックで青ざめている。それとは対照的に、深くくぼんだ茶色の目は燃え立つように輝いている。

アセティのパートナーは隣にぐったりと座り、放心状態で、泣き続けたせいで目が腫《は》れている。肌の色はアセティの髪のメッシュとほとんど同じで、イヴはレオナルドを思い出した。髪は何十もの入り組んだ三つ編みにしている。

彼が着ている黒いタートルネックのセーターと、銀のスタッドが並んでいる黒いジーンズは煙の臭いがした。

「いまはお辛いときだとわかっています。このたびはご愁傷様です」ピーボディが戻ってきて座り、イヴはそちらをちらりと見た。「いくつか質問をさせていただかなければなりません」

「質問があるわ」アセティが怒りのにじむ声で言った。「こっちにも質問がある。その前に言っておくけれど、ウェインは決して、決して、こんなことはしない……。わたしたち三人は大学時代からの付き合いよ。愛し合っているわ、わかる?」

「わかります。われわれは——」

「クアンタム航空で起こったことと同じよ。スクリーンにずっと流れていたわ。何者かがあの男性の家族を傷つけ、脅して、彼に——あんなことをさせたって。同じよ! ゼルダとエヴァンのことを教えて。教えてくれるまで、わたしはいっさい何も話さない。彼女は妊娠しているのよ」

アセティは唇を震わせた。「妊娠しているの」

「彼女は安定しています。MTの手当を受けて、病院へ運ばれました」

「赤ちゃんは？」

「わたしが知るかぎり、彼女も赤ちゃんも安定しています」

「エヴァンは？　まだ五歳なのよ」

「彼に怪我はありません。怯えていますが、無事です。お話を聞かせてください、おふたりともです」

「彼らは昨日の朝から出かける予定だったの。今日の夕方まで、出かけているはずだった。今夜のここの準備はすべて順調に進んでいたわ。だから、ふたりはエヴァンを連れてディズニーランドで一泊して楽しみ、弟か妹が生まれることを伝えるはずだった。男の子か女の子か、ふたりもまだ知らないのよ。妊娠したことは、わたしとジョーと、それぞれの両親以外、誰にも知らせていなかった。最初にエヴァンに知らせたい、って。だから、あの家族は旅行中で、楽しんでいるとばかり思っていたのに、その間ずっと、さぞかし……」

アセティはイヴのほうへぐいと身を乗り出し、嚙みつくように言った。「これはウェインのせいじゃないわ」

「ええ、そうですね。あなたがたが協力してくれたら、責任を取るべき者を見つけられるかもしれません」

「ウェインは死んでしまった」急に攻撃性を失い、アセティは椅子の背に体をあずけた。「彼の結婚式のとき、わたしたちは、ジョーとわたしは、新郎の付添人を務めたのよ。この画廊も三人で始めたわ。そして、成功をおさめた」

「何があったのか話してください」

「彼が来るのは、あと二、三時間してからだと思っていたわ。わたしたちはすべてを設置し終えていた。あとは作品を搬入するだけだった。絵やデッサン画をどこに展示するかもすでに決めて、図に示してあったわ。わたしは店の出入り口近くにシスタと一緒にいて、バーや軽食コーナーをどこに設置するか、確認していた。アーティストのアンジェロはギャラリーのロフトにいたわ——トレントとローデンとダスティンと一緒に。彼らはわたしたちがロフトに展示していた作品を撤去して、アンジェロの作品を展示しはじめていた。ジョーはオフィスにいた」

「個展が始まることは、公表していましたか？」

「〈サロン〉は水曜日が定休日よ。その日に搬入をして、個展が水曜日の夜に始まるようにスケジュールを組んでいるわ。個展は四週間続くけれど、いちばん人が集まるのが初日で、マスコミ関係者や美術評論家もやってくる。うちは——うちが水曜日の夜から個展を始めることは一般に知られているはず。ウェインが入ってきたの」

アセティの声が震えはじめた。「店に入ってきた彼は、青ざめていて具合が悪そうだった。わたしが何か言おうとしたら、彼にぴしゃりと言われたの。彼のそんな言い方は聞いたことがなかった。厳しい声で〝ここから動くな。きみもシスタもここから動くんじゃない〟って」

アセティはふーっと息をついた。「わたしはただそこに突っ立っていた。彼が声を荒らげ、具合も悪そうで、何がなんだかわからなかった。彼は怒ってもいたわ。それで、わたしも少し腹が立ってきた。いったいどういうことよ？　そう思ってあとを追ったわ。そのとき、爆発が起こった——恐ろしかったわ。巨大な熱い波に持ち上げられて、放り投げられたようだった。とにかく吹き飛ばされて、そのあと、ひどい痛みを感じた。腕よ。シスタも床に倒れていた。炎が見えて、臭いもしたわ。怖くてたまらなかった。外へ出て助けを呼ぶように彼女に大声で言って、それで、わたしは奥のジョーのところへ走って行こうとした。

そうしたら、彼が駆け出してきたの。スプリンクラーは作動しなかった。ジョーは〝火を消さなければ〟って言って引き返していった。画廊の奥に消火剤のタンクを置いているの。彼は火を消し止めた。丸天井の通路を歩いていって、火を消したわ。でも……」

「すでに遅かった」コトラーが小声で言った。「遅すぎた。私はウェインが……。アイリーンから聞くまで知らなかった。ダスティン。そう、ダスティンが……。私の甥だ。まだ十九歳なんだ。今年は勉強から離れると言っていた。大学へ進む前に、ここで働くことを望んだだけなのに。ダスティン、私の甥っ子」

コトラーは激しく泣きはじめ、嗚咽《おえつ》をこらえようとして悲痛な声を漏らした。アセティは怪我をしていないほうの腕を彼の体に回して引き寄せた。そして、彼女も泣きじゃくりはじめた。

イヴはピーボディに合図を送り、一緒にドアの近くまで歩いていった。

「あのふたりからほかに聞き出せるかどうか試してみて。問題のアーティストのことも。彼の初期の作品をここで売ったかどうか、誰が買ったか。どうやって訊けばいいかは、あなたならわかるはず」

イヴは廊下に出て、悲しみが充満していない空気を吸い込んだ。ロークがPPCをしまって近づいてきた。

「消火システムと火災報知器のセキュリティは、遠隔操作で破られていた。それだけだ。画廊の鍵も防犯カメラも無事だ。消火システムは今朝早くからオフになっていた。午前五時ごろからだ」

ロークはドアのほうを見た。まだ嗚咽が聞こえている。「暴力的な死ほど人を叩きのめすものはない」

「そうね。サラザールと話をしないと」

イヴは丸天井の通路のほうへ歩いていって、部下のひとりに声をかけた。サラザールが姿を現した。「死体安置所《モルグ》チームがばらばらになった遺体を拾っているわ。うちはうち担当のものを拾っている。それで、目視した限りでは、同じ爆弾製造者だと断言できる。軍レベルよ。今、やつの特徴を見つけた」

「材料の出所を追える？」

「やってみる。爆弾関係のブラックマーケットの仕組みはとても複雑よ。それに、製造者が賢ければすべての材料を同じ店から調達したりしない。彼は賢いと思うわ。あなたが限界まで粘るように、わたしも限界まで粘る。爆弾製造で大事なことって何だかわかる、ダラス？」

「ドカンといくこと」

「そうね、それと、ドカンといくものを作る刺激、複雑さ、作っているあいだに爆発するかもしれない危険？　それって癖になるのよ。彼はもうふたつ作った――少なくとも。これからもっと作るわ」

「わかってる。やつは得意の絶頂にいて、しかも着実に利益も得ている」イヴは最後にもう一度、モルグチームが人間の一部を袋にしまうのを険しい目で見つめた。「やつはかならず真っ逆さまに落ちることになる。神かけて誓うわ」

15

イヴが立ち寄ったウェストビレッジのデンビーの自宅は、予想どおり一戸建てだった。三階建てで、どのフロアでもすでに何人もの遺留物採取班のスタッフが作業をしていた。

地下室はないが広い家事室があった。犯人たちは妊婦を殴って脅してここで縛り上げ、シンクの下に通っているむき出しのパイプにつないだのだ。

イヴはしゃがみ、パイプに着いた血痕を調べた。太いジョイント部分に沿って、引っ掻《か》いたような跡――できて間もない――がある。同じように血痕のついたドライバーが床に落ちていた。

「どういうわけか、ここに両手が届いたみたい」不思議に思い、イヴはシンクの横にある古いキャビネットの抽斗《ひきだし》を開けた。「ここからよ。家事で使う道具類がしまってある。ここからドライバーを出して、パイプを壊そうとしたに違いない」

「両手をパイプにつながれていたなら、足を使ったはずです。両足を」

イヴはうなずいて立ち上がった。「そうね、やっとのことで抽斗からドライバーを出して、少しずつ少しずつ動かして両手でつかんだ。時間がかかっただろうし、並大抵の苦労じゃなかったと思う」

家事室からキッチンに入っていくと、向こうからフィーニーが入ってきた。

「きみはここだと聞いた」

「EDDが来てると聞いたわ。警部とは聞いていない」

フィーニーのまぶたの垂れた目が険しくなった。「この件は自分で処理したかった。腹の立つ事件だ」

「同感」

「遠隔操作だ」フィーニーは言った。「層ごとに解除しているのは前とまったく同じだ。セキュリティは前の家ほど高性能ではないが、かなり厳重なものだ。やつらはいい道具を持ってるぞ、ダラス。いい道具と、それを改造して性能を高める腕を持つ者に金を使っている。あるいは、本人たちが道具を作る技術を持っている」

「その技術を手に入れたかもしれないけれど、彼らは不法侵入のプロじゃない。泥棒を仕事にしてもいない」イヴはフィーニーとピーボディと一緒に家のなかを移動していった。「装身具を含めて、高価とは言えない貴重品がある。階上《うえ》には、すでに荷造りをしたスーツケースと、おそらく最後に詰めるはずの身の回りの品。うえの主寝室の金庫？　まあまあ高価な宝飾品と現金が入っていた」

「鍵が開いていたのか？」フィーニーが訊いた。

「いいえ。金庫を開ける腕が上がっているから、わたしが開けた。見せかけだけの単なる鍵付きボックスよ。見たところ、光りものより美術品にお金をかけているけれど、金庫にもそこそこの宝飾品がしまってあった。あと、現金も。泥棒じゃないわ」イヴは繰り返した。

「やつらは人を怖がらせて傷つけるのが好きなんです」ピーボディが横から言った。「泥棒はただ侵入して、盗んで、出ていきたいだけです。やつらは家族を怖がらせ、父親をいけにえにしました」

イヴは眉をひそめ、振り返ってピーボディと向き合った。「いけにえ？」

「父親です。そうじゃないですか？　やつらの人間爆弾です」

「そう。そうよね」イヴはリビングエリアを行ったり来たりした。写真とおもちゃが二、三個、美術品がたくさん。「見方を変えると、彼は英雄よ。家族を救ったんだから。彼は自分を犠牲にした英雄。これはマイラに解説してもらう必要があるけれど……。たぶん、犯人のひとり、あるいは両方には、自分を犠牲にした父親か、権威的存在がいたのよ」

「あるいはいなかったのかも」フィーニーが言い添えた。

「あるいはいなかったのかも。軍隊関係だというマーキンの親戚の記録を見てみたい。可能性はあるわ。リストとのにらめっこに戻るわよ。マーキンじゃなくても、犯人の名前はボードにある。少なくとも、ひとりはボードに名前がある。次の家族が同じ目に遭う前に、救いようのない連中を追いつめるわよ」

「彼らはまたやると、ほんとうにそう思っていますか？」

「連中はこれが気に入っているんだ、そうだろう？」フィーニーがピーボディに返した。

「それに、少なくともひとつ、予備のターゲットがあったに違いないわ。どんなに苦しめてもローガンやデンビーが思いどおりにならなかった場合、すぐにほかの誰かに乗り換えたはず」

「ここの電子機器を持っていく」フィーニーが言った。「最初のターゲットとかかわりがあった者の名前がこっちにもないかどうか探す。重なっているものは何だって探す」

「犯人たちはふたりについて詳しく知っていたからゲームができた。道はどこかで交差してるわ」

株式市場、企業合併、美術品、爆弾。イヴはアンジェロ・リッチーのロフトへ車を進めながら考えた。これらすべてはどう関係している？　どんな線でつながっている？

「乗ろうと思ったけど、降りなくちゃ」ピーボディが言った。「ふたつ目の事件が起きましたから。授賞式には行けないって、わかっています。マクナブも行けません。ふたりともこちらに集中しなければ」

「まだ決めるのは早いわよ」

「仕事が第一だと言いたかっただけです。じゃ……バクスターに連絡して、奥さんと子どもの状態を確認します」

「そうして」もう考えないでいよう、とイヴは心に決めた。プライベートは後回しだ。なぜなら、そう、仕事が第一だから。

「バンクスでつながっているのよ」ピーボディに、というより独り言のようにイヴは言った。「最初は彼とカーソンの関係、次はリッチーの作品と彼とのつながり。だから、彼は両方の事件をつなぐ鍵よ。彼は他に何とつながっている?」

「奥さんは安定しています」ピーボディが告げた。「お腹の赤ちゃんも同じです。あと二十四時間は病院のベッドで安静にさせるということです。男の子も元気です」ピーボディは報告を続けた。「奥さんの両親が預かっているそうです。バクスターとトゥルーハートは聞き取りを済ませ、報告のためセントラルへ向かっています」

「ふたりにリッチーの住所を教えて、そちらへ向かわせて。ギャンブルよ。またつながっている――バンクスとマーキン。すべてギャンブルよ――株式の売買もアートの世界も。次はもっと露骨になるかもしれない」

「カジノを爆破させるんですか？」

「なんでそういう考えになるのかわからないわ」イヴはなおも駐車スペースを探していると、リッチーの建物のほぼ目の前にスペースを見つけて、心のなかで驚き、小躍りした。

そこはおそらく荷積みゾーンと思われたが、イヴはさっと車を入れた。

「次に狙うのはライバルの個展？」イヴはさらに続けた。「でも、それだと利益を手にするまでに時間がかかる。まずは、リッチーの作品を買った人たちをさかのぼって調べなければ。そうなると、彼が作品を売ろうとして接触したギャラリーや、アート作品の仲介業者をすべて知りたい」

イヴは歩道に立ち、一ブロックまるごとを占めているずんぐりした立方体の建物を眺めた。

歩道から引っ込んだところに建っていて、その手前は冬に黄色くなった芝生がまばらに広がる前庭になっている。建物――四階建てだ――は軽量コンクリートブロック造りで、落ち着いたグリーンに塗られている。古い工場か何かだったのがロフトとして使われ、頑丈だったので都市戦争《アーバン・ウォーズ》を乗り切ったのだろう。

コンクリートの小道を歩きはじめると、ピーボディが言った。「彼がイタリアへ行って、しばらく生活しながら仕事をしていたなら……」

「そうね」イヴは頭痛の前兆を感じながら、スチール製の正面玄関に近づいた。「作品は海外とも取引されているから、捜査は難航するということ。ロークも作品を持っているのよ。リッチーの」

「そうなんですか?」

「来客用の部屋のどれかにあるって言っていた」イヴは呼び出しボタン——十五個ある——とセキュリティをじっと見た。低価格で、ほぼ形だけのものだ。「月光が……何とかってい う」イヴはマスターキーを取り出して難なく鍵を開け、入口ホールのようなところに入った。ごつい貨物用エレベーターがある。『月光を浴びる女性』よ」

「ああ! それ、知ってます! 誰が描いたかは知りませんでしたけど、帰るのが遅くなったとき、わたしたちがいつも泊めてもらう部屋に掛かっています。青と銀で描かれていて、神秘的で、すごく美しい絵です」

イヴは貨物用エレベーターをじろりと見てから階段へ向かい、ピーボディはただ〝ゆるいパンツのためだ〟とだけ思った。重い足取りで四階まで上っていく。

「何でもいいわ。とにかく、彼は一枚持っているから、ほかの売買を突き止める助けになるはず。ろくでなし野郎たちはまた買おうとするはずだから」

ダウンタウンの家賃の安い建物だから、落書きがあって、通路に使用済みコンドームが転がり、ビール混じりの吐瀉物の臭いが鼻をつくだろうと予想していたが、階段の壁にはずらりと絵が描かれていた。緑でいっぱいの公園の景色や、噴水のある架空の城、火を吐いているドラゴン、羽根の生えた裸体像。

「ここにはリッチー以外にもアーティストが住んでいるに違いないです。コミューンみたいなところかもしれません」

「この階は二軒だけね」四階に着くと、イヴが言った。右手のユニットのドア越しにがんがん音楽が響いている。リッチーのユニットに近づいて、マスターキーを使ってなかに入る。

イヴは驚かず、すでに手をかけていた武器を抜いた。なかに入ると広いスペースが広がり、正面に大きな窓があって、ずたずたに切られたカンバスが何枚も壁に掛かっていた。床に散乱する作品も切り裂かれ、土足で踏まれて壊れている。

「安全確認を」

メインの広いスペースのほかは寝室がひとつと、バスルームと、小さなキッチンだけで、確認はすぐに終わった。

「彼の作品はできるかぎりなくしてしまおうってことね」イヴはうんざりして武器をホルス

ターに収めた。「持っている作品の価値が上がるから」

「これは犯罪です。奪われた人命を軽んじるつもりはありませんが、ダラス、アート作品をこんなふうに破壊するのも立派な犯罪でしょう？　彼らが美術愛好家であるわけがありません。愛好家なら、こんなことができるわけないです。作品をたんなる――」

「投資対象と見て、最大限の利益を得ようとしている。時刻を特定するわよ。やつらはいつ入ってきて、いつ出ていったのか。わざわざバンクスの家からリッチーの作品を一作だけ盗むような犯人なら、ここから何作品か奪って、残りを破壊したのは間違いない。リッチーは何時にここを出て〈サロン〉へ向かい、犯人たちはいつデンビーを〈サロン〉へ向かわせた？　デンビーが到着した時間も、爆発の時間もわかっている。その間のいつ、やつらはここに入った？　捜査キットを、ピーボディ」

イヴは廊下を横切り、ブザーを押した。

音楽をがんがん流したまま、誰かがドアが勢いよく開けた。「だから、ロリー、さっき言ったとおり――ごめんなさい。別の人だと思っちゃった」

一六〇センチくらいのたくましい腕の女性で、黒いタンクトップから伸びた左の上腕二頭筋《じょうわんにとうきん》に人魚のタトゥーを入れている。濃いブロンドの髪を束ねて花柄のネッカチーフをかぶり、グレーのバギーパンツの裾を爪先スチールのついたブーツにたくし込んでいる。ストラップをつけたゴーグルを首にぶら下げている。

手には恐ろしげな形の彫刻刀を持っていた。

「NYPSDのダラス警部補です」

「オーケイ」女性は腰に下げていた浅いポケットの革製道具用ベルトに彫刻刀を差し込んだ。「それで?」

「アンジェロ・リッチーを知っていますか?」

「もちろん。向かいに住んでるわ。もう一度訊くけど、それで?」

「彼は亡くなりました」

女性は声をあげて笑った。「何の話してるの? 彼は〈サロン〉で、今日から始まる個展のために搬入中よ。今夜、重要な個展のオープニングパーティがあるの」

「もうありません」

はしばみ色の目が、初めて不安そうに翳《かげ》った。同時に、声も鋭くなった。「いったい何の話をしてるのよ?」

「彼のことはよく知っていましたか?」

「まず、何の話をしているのか言いなさいよ」

「今日の午後、〈サロン〉で爆発がありました。アンジェロ・リッチーと他に四名が亡くなりました」

「爆発。それって――それってガス爆発？　あの……。待って、いいから待って」女性は背中を向け、ネッカチーフを引っ張ってはずした。からまり、もじゃもじゃになった髪が両肩に落ちた。

なかに一歩足を踏み入れると、間取りはほとんどリッチーの部屋と同じだった。こちらは作業ごとにスペースをいくつかに分けているようだ。石――未加工の石――が置いてあり、作業台に木槌《きづち》とさらに彫刻刀が並んでいる。人の顔が半分まで彫られた石の柱がある。溶接工具と、金属板を積んだ作業台もある。

「お名前を教えてもらえますか？」

女性が振り向いた。青い顔をして、呼吸が浅い。「何？」

「お名前を、お願いします」

「アストリッド。アストリッド・バレッタだけど、アストリッドで通しているの。アンジェロはほんとうに亡くなったの？」

「お友だちですか？」

「だったと思う。わたしは――」アストリッドは口をつぐみ、両手で顔を覆った。「彼の才能はすばらしかった。本物の才能の持ち主だったわ。傲慢《ごうまん》で思い上がっていたけれど、そうなるのも当然じゃない？　わたしたち、とても厳しい職業倫理をお互い持っていた。わたしは彫刻家よ。それで、あの……これは言うべきだと思うから言うけど、ときどき彼と寝ていたわ。真剣な付き合いじゃないけど、そう、おたがいにとって都合がよかったのよ」

「最後に彼に会ったのはいつですか？」

「ゆうべ、彼と寝たわ。〝幸運を祈るファック《グッドラック》〟みたいなものよ。ああ、それがとんでもないことになってしまったのね」アストリッドの目にみるみる涙があふれた。「そんなつもりじゃなかったのに。わたし、自分のことのようにうれしかったのよ、わかるでしょ？　シャンペンのボトルを持って行って、ふたりで飲んで、それでセックスをして、うちに帰ったわ。今日はずっと仕事をしていたから、彼が搬入に出かける前には会ってないのよ」

「これは彼の絵ですか？」

女性が描かれた絵のほうを身振りで示すと、アストリッドはうなずいた。金色と緑色の丘を背景に、腰にバスケットを下げた女性が庭に立ち、太陽を見上げている絵だ。

「そう。彼がイタリアに住んでいたときに描いた絵よ。トスカーナ州。わたしがいちばん好きな場所のひとつなの。彼がここへ引っ越してきてまもなく、買ったの」そう言ってため息をつく。「ここの家賃も払えたし、絵を買う余裕もあったから。実家のお金よ。だから、いまはファーストネームしか使わないの。いつか、自分だけの名前を名乗りたいと思ってる。

まだまだ道は長いけど。でも、アンジェロは？　彼はこれからブレークするところだった。もうかなり注目されていたのよ。これから何年も何年も描きつづけるはずだったのに。それなのに、死んでしまったの？　これから昇りはじめるっていうときに？　ガス漏れみたいなくだらないことで？」

「ガス漏れじゃないんです」

「わからない。あなた、爆発って言ったけど」

「向かいの彼の部屋に来てもらえますか？」

イヴは先に立ち、ピーボディが捜索を指揮している部屋へ入っていった。

アストリッドは息を止めもしなかった。ただうめいた。太く、しわがれた声でうめいた。

「嘘《うそ》、何てこと、嘘でしょ。誰がこんなことを？　誰にできるの？　彼の作品。ケダモノ。こんちくしょう、ケダモノめ」

今度は目をうるませるだけではなかった。涙が一気にあふれ出た。

「誰がこんなことを？」イヴはアストリッドの言葉を繰り返した。

「わからない。こんなことをする人なんて、知らない」アストリッドは涙を流しながら膝を突き、引き裂かれたカンバスに触れた。「こんなことをして、地獄の火に焼かれればいい。きっと、きっと、修復できるものもあるわ。元どおりにはならなくても、腕のいい修復師はいるから。彼がこんなことをされる理由がないわ。彼は――」

アストリッドは言葉を切り、蛇口を閉めたようにぴたりと涙を止めた。「ガス漏れじゃない。あなたは何課の警官なの？」

「殺人課です」

「殺人」アストリッドは両脇で握りしめた両手を震わせながら、ゆっくり立ち上がった。「誰かがアンジェロを殺したって言っているのね」

「他に四人も」

「爆発？　誰かが爆弾を仕掛けた。〈サロン〉に。あそこの彼の作品。ここの彼の作品」作業台にあった石に劣らずその表情が険しくなった。「ああ、そうなのね。わかったわ。理由は三つ。理由は三つしかない」

「それは何ですか？」

「誰かがとにかくイカレてしまった――完全に正気を失ったか。誰かがブレーク寸前の彼にどうしようもなく嫉妬したか。そうじゃなければ、亡くなったアーティストの作品は――多くの作品が失われたら――生きてるアーティストの作品よりはるかに価値があると誰かが考えたか」

「そう考えそうな人を知っていますか？」

「知らないわ。知っていたら言うわよ。あなたがそいつを追いつめるのを手伝う」

「ここの鍵を持っているのは?」

「アンジェロだけよ。さっきも言ったとおり、わたしたちはたまに一緒に寝ていた――そして、ふたりとも、たまに他の人とも寝ていた。だから、わたしはここへ来るとき、ノックをするかブザーを鳴らすかしなければならなかった。わたしが知っているかぎりでは、みんなそうだったわ。彼にはすごく親しい友だちはいなかった、ほんとうに。でも、彼を憎む人もいなかった」

「彼がジョーダン・バンクスの話をしたことがありますか?」

「わたしにはないわ」

「ヒューゴ・マーキンは?」

「ないわ、残念ながら」

「ウェイン・デンビー」

「もちろん。彼は〈サロン〉のオーナーのひとりよ。実際、彼に会ったことも二度あるわ。どの絵を個展に出すか相談しにここへ来たんだけれど、正直言って、個展の全体像を把握する感覚は、アンジェロより彼のほうが上だった――アンジェロもそれを知っていたわ。彼は無事なんでしょう?」

「いいえ」

アストリッドの唇が開いて、震えた。「子どもがいたのよ。まだ小さい男の子の話をしていたわ。初めてここで会ったとき、彼はちょうど帰るところだった。奥さんと男の子と待ち合わせをして、どこかに――人形劇に――連れていくんだって話してくれた」

「今日、この建物のなかやまわりで、見慣れない人を見かけませんでしたか？　何か聞こえたことは？」

アストリッドは首を振り、また涙を浮かべた。「一日中、仕事をしていたし、大きな音で音楽を聴くのが好きだし。でも――ロリーは。たぶん、ロリーなら。彼女、何かインスピレーションを受けたくて、しょっちゅう通りを見てるから」

「どこの部屋ですか？」

「案内するわ。階下《した》の部屋よ。お願い、わたしにも何かさせて」アストリッドは引き裂かれ、切り刻まれたカンバスを見つめた。「何かやらなければ。階下へ案内するわ」

「ピーボディ、現場が荒らされないように気をつけて」

「了解です。バクスターに状況を伝えました。ふたりとも、もうまもなく到着するはずです」

「行きましょう、アストリッド」

「すぐこの下よ。あなたがブザーを鳴らしたとき、てっきりロリーだと思ったの。今日は朝から何度も連絡してきて、階下で今夜の服を選ぶのを手伝ってくれって言われていたから。一緒にいくはずだったの。彼女はまた恋人とドラマみたいな別れ方をしたばかりで、だから、彼女は――わたし、ぺらぺらおしゃべりばかり。考えるとつらいから、とにかく何かしゃべっていたいのよ」

「大丈夫ですよ」

三階にはユニットが六つあった。アストリッドが向かったユニットは、イヴが見たところ、リッチーの家の広いスペースの真下だ。

現れた女性はペンキが飛び散った白いスモックに、黒いスキンパンツを穿《は》いていた。スモックの上からでも、曲線の美しいグラマーな体型だとわかる。

さまざまな色の細い三つ編みを垂らした顔ははっとするほど美しく、濃い金色の目がとにかく大きい。

「やっとね！　早く入って、どれが――あら、ごめんなさい。どうも！」

彼女はイヴを見てにっこり笑った。

「ロリー、こちらは警部補の――ごめんなさい、忘れてしまったわ」

「ダラス」

「ダラス警部補よ。彼女は――」

「あら、そう、ドラマみたいね。こんにちは！」

「ドラマみたいじゃなくて」アストリッドが説明をはじめかけた。

「ドラマみたいよ。ゆうべもドラマを見ながらアイスクリームを一パイントも食べちゃったの。だって、フランコのことが悲しくて、ムカつくし。『そして勝者は』の連続放映をやってたのよ。ずっと観てたわ。あなた、アストリッドのモデルになるの？　それって最高。すばらしい顔だもの」

「彼女はそういうので来たわけじゃないのよ。ごめんなさい」最後の一言はイヴに言い、アストリッドはロリーの肩に腕をまわした。「シーッ。悪い話なのよ、ロリー」

「何が悪いの？」

「アンジェロ。殺されたのよ」

「やめてよ、アストリッド。ばか言わないで。彼は個展の準備中よ」

「〈サロン〉で起こったことなの」アストリッドはロリーを後ろ向きに歩かせて、リッチーのスタジオの半分もなさそうな部屋へ入っていった。カンバスをのせたイーゼルが大きな窓のそばに置かれ、足下には床が汚れないようシートが敷いてある。イヴが描きかけの都市風景画を観ていると、アストリッドはロリーを椅子に座らせた。

「誰かが悪い冗談を言ってからかっているのよ」ロリーは言い張った。

「いいえ、冗談じゃないの。そして、ロリー、ヒステリックになったり大げさに騒いだりしてはだめよ。これは大事なことだから、しばらく我慢してね」

「でも……アンジェロは」

「アンジェロのためにダラス警部補にお話をするのよ。わたしは飲み物を持ってくる。たぶん、あなたはワインを飲めないと思うけど」

「はい」イヴははっきり断った。「あなたがたはどうぞ」

イヴはスツールを引き寄せて、ロリーと向き合って座った。「最後にアンジェロを見たり、話したりしたのはいつですか？」

「ついさっき、お昼よ。十二時かちょっと前だと思う。起きたばっかりだったの。ゆうべは夜通し番組を観てたし、アイスクリームを食べ過ぎちゃったし、時計は持っていないから。時間を気にするのが嫌いなんだけど、正午ごろだったと思う。日の光の感じがそうだったから」

「どこで彼に会いましたか？」

「抗うつ剤を飲んでいたら、彼が出ていくのが窓から見えたの。だから、窓を開けて――横のあの小さい窓――声をかけたのよ。〝頑張ってね、アンジェロ〟って。そうしたら、彼が投げキッスをしてくれた。投げキッスをして、歩いていったわ。わたし、泣きそうよ、アストリッド」

「いいのよ、でも、ヒステリックになってはだめよ」そう言って、ロリーに麦わら色のワインを注《つ》いだグラスを渡し、自分でもグラスの半分を一気に飲んだ。

「この建物のなかやまわりで、見慣れない人を見ませんでしたか？」

「見なかったわ。ここで絵を描いていたの。窓の外はずっと見えていたわ」

「彼のスタジオの真下にいましたね。上から何か物音がしましたか？」

「いいえ。ええと、男の人たちが他の絵を取りにきたけど。エレベーターが上がっていく音は聞こえたわ」

「男の人というのは？」

「〈サロン〉の人だと思う」

「どんな人たちでしたか？」

「よくはわからないわ。絵を描いていたから。車が停《と》まるのを見ただけよ――車を絵に描き加える気はなかったわ」

「どんな車ですか？」

「バンだと思う。黒いバン。車も男の人たちも描かなかったわ。絵全体のバランスが狂ってしまうから」

イヴは思い切って訊いた。「男の人たちは年寄りでしたか?」

「わからな……。年寄りみたいな動きはしていなかったわね。わたし、顔は見なかったと思う。男の人たちはサングラスをかけていたわ——今日は晴れていたから。帽子もかぶっていた。彼らは絵には描かなかった。そのうち、エレベーターが通り過ぎて、さらに上がっていく音がしたわ。すごい音がするのよ」

「アンジェロが出かけてどのくらいたっていましたか?」

「ええと、かなりたっていたわ。出ていってから今までで考えると、彼らが来たのは今のほうに近い。わたし、時計を持っていないから」ロリーは言い、目をうるませた。「ごめんなさい」

「気にしないで」

「階上《うえ》の音はなんとなく聞こえていたわ。うるさくはなかったけれど、二、三度、何かを落としたか、わざとどかどか歩いているような音がした。そのうち、エレベーターが降りていく音がした。それから、男の人たちがアンジェロの絵を何点か運び出すのが見えたわ。それでオープニングパーティのことを思い出して、アストリッド、そのあとすぐにあなたに連絡して、何を着て行くべきか訊いたのよ」

「それは何時？」イヴは食いつくようにアストリッドに訊いた。

「そのときに初めてわたしに連絡したの、ロリー？」

「わたし、何回連絡した？」

「四回」

「最初は、アンジェロが出かけるのを見たときよ。じゃ、それは三度目ね。ごめん」

「いいのよ」アストリッドはロリーの肩をさすった。「三度目だと、二時半か三時ごろだと思う。たぶん、それで合っているはず。最初が十一時半ごろだから、アンジェロが出かけたのはそのときね。二度目は一時ちょっと過ぎ――わたしは休憩中だったから覚えてる。三度目は二時半を過ぎていたけど、三時にはなってなかったと思う。四度目はあなたたちが訪ねてくるちょっと前で、そのときは時計を見たのよ。五時ちょっと前だった」

「助かります。ロリー、男たちやバンについて、他に覚えていることはありませんか？」

「もっと覚えていればいいんだけど。歩くのが速かったから年寄りじゃなかったと思うわ。あの人たちには――思っていただけよ――わたしの絵から出ていって、って思ってた。バンは新しかった、と思う。じゃなければ、すごくきれいだったのかも。ぴかぴか光沢があって、そういうものは描きたくなかったの」

「側面に窓はありましたか？」

「ないわ。とにかく黒一色で、それが邪魔――」

「車体に何か書いてありましたか?」

「ええと、会社名とか? ないわ。とにかく黒一色。それは確かよ」

「帽子は? どんな帽子でしたか?」

「うーー」ロリーはごくりとワインを飲み、目を閉じた。「イヤーフラップがついてたかな? たぶん。わたしは風景画や都市風景画を描いているの。人を描くとしても風景の一部でしかない――細かいところまでは描かないし。人は描かないから、人より物のほうをじっくり見てしまうの。でも、年寄りじゃなかったし、バンと同じ黒い服を着ていた。サングラスをかけていたのは間違いないわ。それから、帽子にはイヤーフラップがついていたと思う。手袋もはめていたかな? たぶん、はめていたわ。ろくに見ていなかったから。邪魔だったのよ。人っていつも、数秒で絵のなかをすり抜けていく感じ」

「これから写真を見せます。この人が男たちのひとりだったかどうか教えてください」イヴはマーキンのＩＤ写真を見せて、文字情報の部分は親指を当てて隠した。

ロリーは唇を嚙《か》みしめてじっと見ていた。「力になりたいから、いたって言いたいけど、わからないわ。助けになりたいのに。わたし、アンジェロのモデルになったのよ。ちゃんとしたモデル代を払ってもらって、絵の具が買えたの。力になりたいのに。残念でしょうがないわ」

「力になっていただきましたよ、おふたりとも」

「助けになったって、アストリッド」ロリーはアストリッドの肩に顔を埋めた。

イヴがふたりから離れて階上《うえ》に戻ると、バクスターとトゥルーハートがピーボディと作業中だった。

「遺留物採取班がこちらへ向かっています」ピーボディが言った。

「だいたいの時間がわかったわ。リッチーが家を出たのが十一時半ごろ。爆弾の件で九一一に通報があったのが十四時四十六分。犯人たちがリッチーの作品を何点か盗んでここを出たのは、十四時半から十五時の間」

バクスターは首を振った。「爆発前にこれだけの絵をずたずたにして、持っていく絵を積み込むのは無理だ。十五分だろう？　建物に入って、上がっていって、絵をこんなふうにして、持って行く絵を積み込んで、出ていくんだぞ」

「そうね。犯人はデンビーにマイクをつけて監視できるようにしていた。彼を向かわせてから、画廊まで後をつけたのか、〈サロン〉の近くまで送って車から降ろしたのか、とにかく、犯人はそのあとここへ来た。画廊からはほんの二、三ブロックよ。爆弾が爆発したときも、たぶんここにいて、持っていくことにした絵を荷造りしていたのよ。それから、残りの絵を切り裂いた。デンビーが言われたことをやらない場合は、残りの絵を切り裂く必要はない。さらにもう数点、絵を持っていければいい、ってことでしょう」

「ここの防犯設備はクズだ」バクスターが考えながら言った。「たいして時間もかからず侵入できるだろう。エレベーターで上がっていく。ここにある梱包材《こんぽう》を使って荷造りして、残りの絵を破壊したら、荷物を運び出す。移動手段は？」

「黒い小型バン。光沢がある。車について目撃者が覚えているのはそれだけ。男ふたり――黒ずくめだった――はサングラスをかけ、イヤーフラップ付きの帽子をかぶっていた。よく晴れた風のある日だから、その姿でも目立たないでしょうね。彼女はよく見ていなかったし、注意も払っていなかったけれど、黒いバンと時間帯ははっきりしたわ。たいした手がかりではないけれど」

「制服組に聞き込みを指示しよう」バクスターが言った。

「そうして。トゥルーハート、レンタカー屋で新型の黒い小型バンを借りた者がいないかどうか、調べを始めて」

「わかりました」

「バクスター、奥さんと子どもから聞いた情報を話して」

「犯人の見た目は最初のときと同じだ。黒い服、フード、白いマスク、黒い手袋。妻は火曜日の早朝、顔を殴られて目が覚めた。夫は気を失っていて、妻は男の一方にまた殴られ、もうひとりが夫をベッドの足下まで引きずっていって、縛り付けた――夫はすでに猿ぐつわを嚙ませられていた。

ベッドに縛り付けられる間、妻はなんでも持っていっていいから、と訴えた。妻の目の前で、男たちは夫に何かを嗅《か》がせて意識を取り戻させた。夫がじたばた暴れると、男のひとりが妻を殴り、じっと座って静かにしていろ、さもなければまた妻を殴る、と夫に言った。そのうち、もうひとりの男が子ども――悲鳴をあげ、母親を求めて泣き叫んでいた――を連れてきた。まるで再現映像だ、ダラス。男たちは子どもを別の部屋へ連れていって閉じ込めた――両親に泣き声が聞こえるように猿ぐつわはしなかった。前と唯一違うところ？　レイプすると脅され、妻は妊娠しているから、お腹の赤ん坊と子どもだけは傷つけないでと懇願した」

「妊娠のことは限られた人にしか伝えていなかったということね」イヴは推測した。「犯人たちの調査でも見落とされた」

「それ以降、妻はあまり殴られず、レイプするという脅しはなくなった。しかし……」バクスターはふうっと息を吐き出した。「クソ野郎ども。妻を引きずって部屋から連れ出し、階下の部屋へ閉じ込めたとき、やつらは夫に何と言ったと思う？　ひとりがナイフを取り出し、おまえがやるべきことをやらなければ、これで子どもの喉を切り裂く、と。すぐに死ぬからたいして痛みはないだろう。しかし、妻は腹を割いて赤ん坊を取り出す。妻は苦しみながらゆっくり死に、赤ん坊は？　やってみないとわからないな、と」

イヴは窓に近づいて、外を見た。「デンビーの奥さんや子どもと、ローガンのつながりは？カーソンとは？」

「今のところ何も見つかっていない。彼女は誰も知らないと言っていた。子どもは、自分の見張りをしていた男に童話を読んでもらったそうだ」

「女性の腹を割いて胎児を取り出すと言った男じゃないほうね」

「そう、もう一方のほうだ」

「穏やかなほう。もうひとりは暴力とその影響力を好む。それでも、ふたりを生かした。次の家族を狙って計画に取りかかったら、それが続くとは限らない。このパターンは壊れる。それもすぐに。トゥルーハート？」

「バンを借りた者をふたり、見つけました、警部補。郊外と、ニュージャージーにも範囲を広げて調べます」

「いい考えね。とにかく当てはまるのを見つけて、実際に行って違っていたら省いていく。ピーボディ、リストに名前のある何人かを悩ませに行くわよ。バクスター、遺留物採取班が来るまで現場を守って、そのあとはレンタルされたバンの捜査を手伝って」

イヴは階段を降りはじめた。「リストの住所を地図に表示させて。ここからセントラルに行く途中に住んでる最初のカップルから話を聞くわよ。それでわたしは家に戻るから、あなたもそうして。明日、聞き取りを始めるまでに、できるだけリストを短くするわ」

何か決定的なことがわからないかぎり、長い夜になりそうだ、とイヴは思った。明日はさらに長い一日になるだろう。

16

聞き取りをして、ブリーフィングをしたあと、書類仕事をこなし、さらに報告書を仕上げてようやく、イヴは体を引きずるようにして家に戻った。サマーセットがぬっと現れた。

「今夜はずいぶんと遅いお帰りですね。永遠に続くものはない、とは言いますが」

イヴは疲れた目で上から下まで舐《な》めるようにサマーセットを見た。「あなたは続いてるじゃないの。もう二、三百年になるはず」コートを脱いで手すりの親柱に放り、重い足取りで階段を上っていった。

ホームオフィスに入ると、ロークと猫が彼のオフィスから出てきた。「ほら、イヴが帰ってきた」

「わたしの抜け殻よ」足に猫がまとわりつくままにして、肩をすくめるように上着を脱ぐ。最高級の素材で完璧に仕立てた上着でも、十五時間も着つづければ拘束服のような惨めなありさまに変わってしまう。

ロークはイヴが近くの椅子に放り投げようとした上着を受け取った。「まずは、これ」ポケットから小さなケースを取り出し、指ではじいて蓋《ふた》を開ける。

イヴは眉をひそめ、痛み止めの小さな青い錠剤を見下ろした。「これは常備薬？」

「少なくとも今は持っているべきだろうね。さあ、実際にガンガンいっているのが聞こえるようなきみの頭痛の手当をして、五分待とう」

「五分休むのはいいわね」頭痛はガンガンまでいっていなかった――小さいトントン程度だ――がイヴは痛み止めを飲み、ロークに導かれてソファに座った。「あなたも仕事をしていたんでしょう」

「そう、サマーセットと食事をして、また少し休暇中の話を聞かせてもらったあとにね」そう言いながらロークはイヴの体の向きを変えて、肩をもみ始めた。「イヴァンナと一緒に楽しんだそうだよ」

「サマーセットのセックスのことを考えながら、どうやって頭痛を治せっていうの？」

「セックスなんて言っていない」

「ほのめかしたわ」

「そうだとしたら、僕たちはふたりとも頭痛に苦しめられることになる。きみの肩の岩みたいな凝りに加えて」

「ひどい一日だった。ほんとうにクソみたいな日」でも、こうして才能あふれる両手に身をゆだねているのは最高じゃない？　「食事は済ませたわ。ロークさんの真似をしてチームのためにピザを注文したのよ」

「遅くなるとショートメールをくれたとき、そう書いていたね。いいことをしたじゃないか」ロークは身を乗り出し、イヴのうなじにキスをした。「きみにワインを持ってくるから、飲みながら話を聞かせてほしい」

「ビールが飲みたいわ。ほんとうはコーヒーのほうが飲みたい」イヴはさらに言った。「でも、コーヒーは控えたほうがいいとか、あなたがうるさいことを言い出すわよね。少なくとも、ビールは警官の飲み物よ」

「僕は警官じゃないが、一緒にビールを飲もう。ウィル・バナーの自家製ビールがまだいくらかある。あれこそまさに警官《コップ》のビールだ。どうだい？」

「完璧よ、ありがとう」

頭痛はすでに文句のぶつぶつ声くらいまで治まっていた。首と肩の岩のような凝りは崩れて、ちょっと気になるくらいの小石の集まりになった。

なんてできる男だろう。

ロークがビールを手に戻ってきて座ると、イヴは体を丸めてすり寄り、彼の胸にすっぽりとおさまった。

「さあさあ」ロークはなだめるように言った。

「ここには悪いことなんて何にもないわ。とにかく……わが家にいて、こうしてここにいるのが好き。長くて最低な日々も耐えられる。何体もの遺体《DB》と向き合う、長くて最低な日々も耐えられる。長くて最低な日々を終えて、結局は何も進展していないって感じるのさえ耐えられるのは、わが家にいて、こうしてここにいるのが好きだから」

イヴは首をのけぞらして、ロークにキスをすると、体の位置を変え、腰と腰を密着させて並んで座った。ピルスナーグラスに注がれたビールをごくごくと飲む。「ビールも好き」

「そうだね。何も進展していないってことはなさそうだが」

「そうは思えない。亡くなったことを近親者に告げるたび、ますます何も進展していないって思える。今日は四人よ。バクスターがデンビーの奥さんに知らせてくれたのを入れて」

「彼女の具合は？」

「安定してるそうよ。犯人たちは、彼女を前のときほどひどくは殴らなかった。鼻が折れて、指を二本骨折しているらしい。やつらが殴ったのはほとんど顔で、彼女が妊娠してると告げてからはとくにそうだった。やつらがデンビー家に費やした時間は前より短かった。デンビーがローガンより早く要求を受け入れたからなのか、犯人たちがオープニングパーティの最中ではなく、作品の搬入中に爆発させたかったからなのか」

「きみは前者ではないかと思っている」ロークが言った。

「そう、でも、デンビーのほうが早く受け入れたほかに、犯人たちが妊娠中の女性を拉致してしまったと気づいたせいもあると思う。予定を前倒しにしたような気がする。求めていたことはやり遂げたけど、計画変更の必要が出て、日中に不法侵入するはめにもなったわ」

イヴはまたビールを飲んだ。「話をはしょりすぎてるわね」

話をもどして、犯人たちが不法侵入したスタジオでリッチーの絵をずたずたにしていた件を説明する。

「いまはまだレンタルされた黒い小型バンを確認しているところだけれど、今のところ問題のあるものはひとつもない。犯人たちの自家用車かもしれないし、誰かから借りたのかもしれないし、ちょっと盗んで二、三時間使っただけだから、誰にも気づかれていないのかも」

「ロフトの他の部屋にいた目撃者に協力を求めて、ヤンシーか他の似顔絵捜査官に似顔絵を描いてもらうかい？」

「それもいいけれど、成果は得られないと思う。彼女は犯人の肌の色や身長さえ覚えていなかった、何にもよ。彼女がいたのは三階だし、連中のことはまるで気に留めていなかった。

情報がゼロじゃなかっただけでもラッキーよ。遺留物採取班の報告書によると、現場にあった作品で損傷を受けたのは二十二作——十五作が完成作品で、残りの七作は未完成だった。完成作品があと何作あって、やつらが何作持っていったか、わかるのはアンジェロだけ」

「何もかも計画してやったことなら、やつらは事件を起こす以前には、彼の作品を一作も持っていなかったかもしれない」

「そう、それもムカつくわ。いずれにしても、あなたは美術品収集の世界の人たちを知っているし、そういう人たちを知っている知り合いもいる」

「そちらの方面も探ってみよう。今言えるのは、価値はすぐに上がるということだ。彼の死とその状況や、作品の多くが失われたことが詳しく伝えられたとたん、どうなると思う？状況を知って、相場よりかなり高めの額で買おうとする収集家が出てくる。かなり高めでね」

「もしかして、そういうムカつくやつらに知り合いがいる？」

「二、三人は知っているし、話で聞いたことがある者はもっといる。これが計画的な犯行なら——そうとしか考えられないだろう？——やつらは、少なくともひとり、そういう連中を知っているはずだ」

「そうね。つながりがあるはず。ビジネスがらみの株の取引の次は、美術収集の世界。どちらもギャンブルと言える。次はどこが狙われるのか予想がつかないわ。やつらは少なくとも一つ、代替プランを持っているに違いない。ふたりとも思いどおりに動かなかったときに狙う家族がいたはず。ふたりともうまくいったから、予備のやつもやってみるんじゃない？」

「うまくいっている間にやめる者もいる」ロークが言ったが、イヴは首を振った。

「今回の犯人たちはやめない。しかもすぐにやる。それもパターンよ。ドカン、ドカン、ドカン。あの絵はいくらで買ったの？」

「うれしいね。訊《き》かれると思って調べておいたから。五万ユーロだ。今は十二万五千ドルは固い。価値が上がったんだ」

「さっき言ったムカつくタイプの収集家は、今ならどのくらいの値段をつけると思う？」

ロークはじっくり考えながら少しだけビールを飲んだ。「明日——マスコミが大騒ぎしたあと——一般的な手順を踏んだとして、二十五万ドルなら売れると思う。さらに二、三日待って、一般的じゃないやり方でいくなら？　彼のオリジナル作品が何作あるかはっきりわかったあとだとして？　五十万ドルだね」

「あっという間にめちゃくちゃな利益になるじゃない？　一部、あるいはほとんどが盗んだものだとして——つまり、経費はゼロ——作品が複数あれば、何百万ドルにもなるかもしれない」

「賢い金持ちは、彼が伝説になるまで何年か待つ――彼は並外れた才能に恵まれ、若くして悲劇的な死を迎えたから。すると、同じような絵が数百万ドルに変わるんだ」

「やつらは待たない。ひょっとしたら――ひょっとしたら――一作か二作は持ちつづけるかもしれない。ギャンブルが好きだから。でも、まずは手っ取り早く利益を得る。すでに業界に探りを入れたかもしれないし、今まさに探っているところかもしれない。株を売り、絵画を売る」イヴは考えていることをそのまま口にした。「現金を受け取る。純粋な利益。そこに集中しなければ。やつらにたどり着く鍵は強欲よ。次のターゲットを見つけ出すまで、そこに注目しつづけるの」

「株の動きを追うときに障害になるのが、非正規の売買と、デイトレーディングと、無記名預金口座、海外や地球外での取引だ。一度に大量に売るのではなく、ちびちびと少しずつ戦略的に売られても追跡しにくい。大量に売られた株式は、簡単に売主を特定できる――今言った障害があるとしても、だ。そして、僕はいくつか見つけた」

「どうして今まで黙っていたの？」イヴが強い調子で訊いた。

「見つけたところで、何の手がかりにもならないからだ。きみのレンタカーのバンと同じで、法的に怪しいところは何もなく、きみの捜査に引っかかるようなこともまったくない。それでも、きみのために探した。今日のきみは少しばかり忙しかったからね」

「ええ。そうよ。悪いわね。ありがとう。ほんとうに」

「それで、疲れと落胆の他に、きみの肩にのしかかっているものは何？」

「十八人の死はとてつもなく重いわ」

「他には？」

イヴはふーっと息をついた。「ナディーンにオスカーのあれに連れて行ってもらえるって、ピーボディに伝えたの。マクナブも一緒に。着ていく服をあなたとレオナルドが用意してくれることも話した。そうしたら、彼女――ああ」

イヴはグラスのなかを見つめてから、半分飲んだビールのグラスを脇に置いて、立ち上がった。「彼女、最初は何も言わなくて、そのうち大真面目に言ったの。捜査の途中で抜けるわけにはいかないって。だから、わたしは行くように説得したのよ。そうしたら、彼女、おいおい泣き出したの。とにかく泣きながら、物心ついてからずっと夢見ていたんだって言うのよ。宇宙に飛び出してしまうほどうれしくて、もうほんとうに、心底うれしいからちゃんと自分を抑えて、わたしを怒らせるようなこともしなかった」

イヴはふうっと息を吐き、両手で髪をかき上げた。「で、ドカン」

「事情は変わってしまった」

「そうなの、ひどい話。彼女、もう言ってたわ――仕事が第一だって。文句ひとつ言わなかった」

「それでこそ僕たちのピーボディだ」ロークが言った。

「まだそのことは考えない、ってわたしは言ったわ――ただ捜査を進めるしかない、って。でも、何よりも仕事は優先される。この事件を解決できなかったり、また次の爆発が起こったりしたら？　彼女に休みはあげられないわ。わたしは単なる彼女の友だちじゃないし、彼女も単なるわたしのパートナーでもない。わたしはボスよ。やるべきことをやらなければならない」

「そう、そうだね、きみはやっているよ」ロークは立ち上がった。「仕事と、亡くなった人たちと、被害に遭った人たち、そのすべてを優先している。彼女がそれに疑問を抱くことは絶対にない。いい警官だから、今言ったすべてを優先させる。でも――」

「今回は、どんな〝でも〟もありえない」イヴは理由を説明しようとした。

「でも」ロークは繰り返し、イヴに近づいていって両肩に手を置いた。「僕がきみのピーボディになろう」

「そういうことじゃ――」

「僕は警官じゃない」ロークはイヴを遮って言った。「でも、僕にはある種の技能があり、他ならないこの事件において、僕のある種のコネと洞察力は役に立つに違いない。必要なら、きみのためにいくらでも使うつもりだ」

「あなたにもやらなければならない仕事があるでしょう」

「先延ばしにできないものはない。きみの仕事は最優先にしないが、僕は何よりもきみを最優先にする。そして、ピーボディと、ナディーンと、メイヴィス？　彼女たちはとても大事だ。それに、僕も犠牲者のことは重く考えている。きみはやるべきことをやり、その重さを背負っていく。きみや仕事に文句を言わないピーボディよりも長く、きみはその重みを背負っていくことになる。だから、僕はきみのピーボディになろう」

イヴは胸が熱くなった。「彼女の、へんてこりんな魔法のピンクのコートを着たら、ばかみたいに見えるわよ」

「いやいや、コートは自分のを持っているだろう？　というわけで、きみは民間人の専門コンサルタントと必要なら二、三日働き、僕たちふたりにとって大事な女性は一生の夢を罪悪感なしにかなえられる」

ロークはイヴの両手を取った。「そして、僕は、僕の賢いおまわりさんと一緒に、残忍で強欲なろくでなし野郎ふたりを追い詰められる。儲けものだ」

「あなたが買う予定でいた惑星と、そのまわりの衛星はどうなるの？」

「来週もまだそこにあるという噂《うわさ》だ。なくなっていたら？　きみのおかげで節約できたと思おう」

イヴはロークの両手をきつく握った。「彼女、またおいおい泣くわ」

「僕は泣かない。きみにとっては儲けものだね」

「オーケイ」イヴはロークの考えを受け入れた。「でも、休みに入るまで、彼女のことはめちゃくちゃこき使ってやる」イヴは振り返り、事件ボードを見つめた。「それで、やつらを捕まえられたら、こんなにいいことはないわ」

「彼女に伝えてあげるといい」ロークが勧めた。「メールを送って、心の重荷をすべて下ろしてやるんだ。君たちふたりともすっきりした気持ちで仕事ができる」

「そうだと思うわ。彼女にメールを出して、それから報告書を二、三まとめて、事件ボードの情報を更新しないと」

「僕は、美術界で顔見知りのムカつくやつらとの付き合いを復活させよう。きみはコーヒーが飲みたくて、コップ・ビールを飲み干す気がないようだから、僕がもらっていくよ」

イヴはコーヒーを淹《い》れてきて、メールを書いた。

差出人：ダラス、警部補　イヴ
宛先：ピーボディ、捜査官、ディリア

件名：休暇許可

このメールは、あらかじめ話し合い、承認された休暇を正式に認めるものである。来る金曜日の一六〇〇時から七十二時間の正式な休暇をあたえる。その間、当方は民間人の専門コンサルタントとともに、現在進行中の捜査と、上記の期間に起こるかもしれない公式の仕事をすべて行う。

以上。

今から正式休暇が始まるまでのあいだ、めちゃくちゃ働いてもらうので覚悟しておくように。わたしの決定と指示がないがしろにされたと聞いたら、思い切りケツを蹴飛ばしてやる。

差出人：ピーボディ、捜査官　ディリア

これでよし、とイヴは思い、報告書の要点をまとめはじめた。

ピーボディの返信が届いたのは二十分後で、その間パートナーは、反対する正当な理由と格闘したあと、心を決め、おいおい泣いたのだろう、とイヴは思った。

宛先：ダラス、警部補　イヴ
件名：休暇許可
拝啓。休暇を認めていただき、ありがとうございます。大変な捜査の最中に休暇を取ることを可能にしてくださった民間人の専門コンサルタントにも感謝します。状況により、休暇を取り消す必要が生じれば、七十二時間中、いつでも任務にもどる心構えはできています。
あなたくらいお尻が小さくなるまで（希望）、めちゃくちゃ働く覚悟は充分にできていますので。
ありがとうございます。

イヴは思わずほほえみ、立ち上がって事件ボードに最新情報を加えた。

一歩下がって、新入りたちの顔写真を見ていると、ロークが入ってきた。

「おぼろげな光が見えた」ロークが言った。

「おぼろげな光を見せて」

「ムカつくやつ――ひとまず、この呼び方でいこう――に連絡を取ったら、数週間前に問い合わせを受けたと言うんだ。そのムカつくやつがよくアクセスしているダークウェブ（通常のブラウザでは閲覧できないウェブサイト）上だという」

「リッチーの絵について？」

「匿名ユーザーからの問い合わせだ。一定の値のつく絵を描いたあるアーティストが突然、悲劇的な死を迎え、同時に、手がけた作品の多くがその悲劇に巻きこまれて破壊されるとしたら、その絵の入札に参加するか、という内容だったという」

「とてつもなく漠然としてる。それでいて具体的」

「僕が連絡を取った相手は、さらに詳しい説明を求めたそうだ――いずれにしても、問題のアーティストや絵がどんなものかわからなければ、検討もできない、と。ところが、ある程度の関心を示した者が数人いたそうだ」

「ムカつくやつらの世界ね」

「それでも、ムカつくやつらがいなければ何もわからないだろう？　結局のところ、匿名ユーザーは詳しい説明を拒否して、春には詳しいことを伝えようと誇らしげに宣言した。ムカつくやつらに、入札に参加する準備をしておけとアドバイスもしたそうだ」

「数週間前の問い合わせ。ということは、犯人たちはリッチーのことも、画廊でオープニングパーティがあることも知っていて、たぶん、実行役としてデンビーを選んでいた」イヴは円を描いて歩きはじめた。「それに、個展とそれにかかわる宣伝はすべて整っていた。日時も決まっていた」

「メディアにも知らせ、宣伝し、その間にリッチーは作品を仕上げ、展示作品を選んだ。イエス。そして、ノー。合併の会議は、数週間前にはまだセッティングされていなかった。準備はされていただろう、間違いなく。しかし、はっきりした日時は直前まで決まっていなかった」

「犯人たちは結局、二件を立て続けにやるはめになった。たぶん、もともとの計画ではないけど、両方で利益を得るにはワン、ツーとやるしかなかった。だとしても、ばかげてる」

イヴが手にしていたコーヒーをロークが取って飲むと、イヴは少し眉をひそめたが何も言わなかった。彼には借りがあるし、と思った。

「アーティストと彼の作品のほとんどを爆破するのに、もっとスマートで、洗練されていて、もっと直接的なやり方がわかる？　デンビーを〈サロン〉じゃなくて、リッチーのスタジオに送り込むのよ」

「うーむ。そう、きみの言うとおりだ」ロークは同意した。「ただし、そうなると、いくつかの作品を盗めなかっただろう」

「ということは、やつらは絵を買う現金を持っていない、あるいは、持っていなかったのね。株を買う金はあっても、絵を買う金はなかった。それに、株は――あなたが言ってた――信用取引で買えた。株と絵を買うほどの大金は持っていなかったから、愚かな方法でやるしかなかった」

「愚かだが効果的だ」ロークが指摘した。

「それから、やつらがただ金をほしがっているんじゃないこともわかる。必要なのよ。ふたつの計画でギャンブルするにしても、大した元手はなかった。絵も盗まなければならなかった。個展のオープニングは数週間後に迫っていた。数週間後にクアンタム航空で会議があるのも間違いなかった」

イヴは振り返り、眉をひそめて事件ボードを見た。「多くはないけど、犯人のふたりより多いわ」

「新顔だね。聞き取りをした結果かな？」

「左の可能性は低い。右の三人のほうが高い。三人ともとくに怪しいと思っているわけじゃない。この男以外は」イヴは顔写真を指で叩いた。「彼の義理の弟は元軍人で、妹――軍人と結婚したのとは別――は美術品の仲買人でフィレンツェ在住。彼に話を聞いたんだけど、ピリピリしていて、話をはぐらかしてばかり。なんか怪しいのよね」

「ウィリアム・オドネル」ロークはＩＤ写真をじっと見てから、またコーヒーを飲んだ。

「うーむ」

「何?」イヴはすかさず振り向き、目を細めてロークを見つめた。「今のはどういううーむ?　なんか、ほら、意味のあるうーむだった」

「今後、うーむは控える必要がありそうだ」

イヴはロークの胸に人差し指を当てて、ぐりぐりと押した。「この男を知ってるのね?」

「ウィリアム・オドネルは知らないが、リアム・ドネリーは知っていた。昔、ダブリンで悪さをしていたころの知り合いで、それ以降も違う場所で、二、三度会った」

「彼は偽のIDを使ってるの?　ろくでなしね」

ロークは、コマンドセンターに振り向きかけたイヴの腕をつかんだ。「ちょっと待って」

「あなたの友だちかもしれないけど――」

「友だちというより、かつての仲間だ。彼はそこそこの住居侵入のエキスパートだった。おたがいにダブリンで稼いでいたとき、顔見知りだったんだ。その間に、二、三度、同じ……事業にかかわったこともある。彼をどこで見つけた?」

「ウィリアム・オドネルとして、エコノ社で整備工をしているわ」

「今はそうなのか?　そういえば、昔から機械の扱いがうまかった。聞いた話では、いわゆるあっちの事業からは足を洗ったとか。まあ、ほとんどは」

「そこそこの住居侵入のエキスパートなら、ローガンやデンビーの家のセキュリティくらい破れるわよね？　リッチーの建物のセキュリティは誰だって目をつぶってても破れる」

「うちのシステムを利用していたローガンの家に侵入するとは、かなり腕を上げたようだが、彼がやるわけがない。何が言いたい？　彼が殺人にかかわるものか。女性と子どもを痛めつけるはずがない。やったのはリアムじゃない。絶対に」

「人って変わるわ」

「そう、きみと僕がはっきり示しているようにね。しかし、根っこはほとんど変わらない。これはリアムじゃないぞ、イヴ。彼は母親思いで、三人の妹をこよなく愛していた。今でもそれは変わらないと賭《か》けてもいい。一度だけ、彼が暴れたのを見たが、あれは……ある同胞がバーの女の子を殴ったときだ。リアムは立ち上がって座っていた椅子を持ち上げ、そのばか野郎の顔に叩きつけた。歯が何本か折れたと思う。彼は倒れたその男を引っぱり上げて立たせ、謝れと命じた。そして、リアム・ドネリーのいるところで、誰だろうと女性を殴るのは絶対に許さない、と言った。ポケットナイフ以外、決して武器は持ち歩かないやつだった」

「彼を取り調べしないと」

ロークはため息をついた。「彼の連絡先を教えてくれ。そのほうが話が早い。僕が話をする」

「そうすれば、彼は逃げて――」

「ばか言うな」

ロークが背を向けて歩き去る前に、一瞬、癇癪《かんしやく》の炎が吹き上がるのをイヴは見逃さなかった。それに劣らず、イヴの頭にも血が上った。

「十八人死んだのよ。あなたの昔の仲間は容疑者。そうなれば、当然、事情聴取するわ」

「まったく、くそいまいましいおまわりが、たまに不愉快きわまりないことといったら」

「わたしはいつだって、くそいまいましいおまわりよ」

怒りの炎はおさまった、とイヴは気づいた。そして、恐ろしいほど冷ややかな目をしたまま、ロークはまたイヴに背中を向けた。

「そんなことは言われなくてもわかっている。僕には、十年会っていなかった男のほうが、ばらばらになって吹き飛ばされた十八人より大事だと思うのか？　そんなふうに思っているのか？　そんな男と、よく一緒に暮らせるものだな？」

「古い絆《きずな》の締め付けはなかなかほどけないものよ」

「締め付けがきつ過ぎて、僕がきみを裏切ると？」

「それとわたしは関係ないわ」気持ちを害され、ふつふつと怒りがこみ上げた。「裏切るなんて、一言も言ってない」

「でも、そういうことだろう。僕がきみとともに、十八人のために闘うと信じられないなら、いったいきみはここで何をしてるんだ？」

「放っておいて」イヴは苦々しげに言った。

「それに、過去があり、偽の身分証明書《ID》を持っている男が事情聴取されたら、いったいどうなる？　それ以外はまったくの無実だ――これは間違いない――としても、どうなると思う？　よくて国外追放、最悪の場合、刑務所行きだろう。僕はきちんと責任を果たすと、きみが信じようとしないせいで」

「彼が逃げたら？」

「もう逃げたかもしれないが、それは彼が事件にかかわっていたせいじゃない。僕が彼と話をするから、その間に、きみはリアム・ドネリーについて調べるんだ。僕が伝えた以上のことがあるかどうか確かめろ。女性を殴ったり子どもを怖がらせたり、何人もの人間を殺して死ぬように父親を追いつめるような男かどうか、見てみろ」

「あなたが間違っていたら？」

「持てるかぎりの資金を使い、手段を講じて、その点では僕より劣る彼を捕まえて、この手できみの取調室に放り込んでやる」

「急いでやって」イヴはぴしゃりと言い、なおも苛立《いらだ》ちながら自分のコマンドセンターに向かって調査を始めた。

国外にも調査を広げる必要があり、イヴは〝フィーニーのベイビー〟こと国際犯罪行為情報源《IRCCA》を使った。ドネリーと彼の少年時代の問題に満ちた記録はすぐに見つかった。ささいな盗みと、自動車盗を何度か。その後、仕事の腕を上げたようだ。侵入盗と窃盗はすべて嫌疑どまり、侵入したと疑われた住宅や事務所はすべて無人だった。路上強盗や、人に危害を加えるような犯罪行為はひとつもない。一度逮捕されているが証拠不十分で不起訴になっている。そして、二十代の終わりに一度、有罪判決を受けた。

その件で三年の刑期を勤めたあとは、何もない。パッと消えてしまったように何もない。暴力がらみの問題や武器の不法所持の記録はひとつとして見つからなかった。

家族を調べると、母親はクイーンズに住んでいた。妹とその夫で元軍人の家の近くだ。もうひとりの妹も結婚して、家族と一緒にニュージャージーに住んでいて、三人目の妹は現在、イタリアに住んで仕事をしているという。

家族の誰にも犯罪にかかわる記録はいっさいなかった。それでほっとしたのか、むっとしたのか、イヴは自分でわからなかった。

そのうち戻ってきたロークを見ると、不機嫌なのはすぐにわかった。

「彼はぴりぴりしていた」ロークは言い、ワインを取りにキャビネットへ向かった。「きみの評判は知っていて、煮えきらない返事ばかりだった。怯えてもいた。もちろん、爆弾事件のことは知っていた。エコノに勤めているからね」

ロークはワインを注ぎ、イヴは黙ったまま座っていた。

「警察に目をつけられるとは思ってもいなかったそうだ。会議ともかかわっている人たちとも、いっさいつながりはなかったから。今日の夕方、きみに話を聞かれてから気が気じゃないそうだ。奥さんとは十二年前、ウィリアム・オドネルとして出会っている。すでにニューヨークに移り住んでいたが、まだ……足を洗う前だった。そっちの仕事をやめたのは、最初の子どもが生まれてからだ——もう十一年近く前になる。結婚する前に、奥さんにはリアムだったことや刑務所にいたことも含め、すべて話したそうだ。それでも彼女は彼と結婚した。しかし、子どもたちはまだ何も知らない」

ロークはイヴを見つめて、ワインを飲んだ。「彼は、きみに詳しく調べられて、これまでずっと身分を偽って人生を築いてきたことが公になるのを恐れている。何よりも、家族のもとを去らなければならなくなったり、家族を連れてこの国から逃げるはめになるのが恐ろしいそうだ。

イタリアにいる妹に連絡を取ってかまわないとも言っている。リッチーが有名になりつつあったのなら、妹のコリーンも知っているだろうし、できることは何でもして助けてくれるだろう、と。義理の弟とはできれば話してほしくないらしい。以前の彼のことは何も知らないから、家族内に軋轢《あつれき》が生じるかもしれないと心配している。しかし、彼は逃げはしないよ。僕を信用しているから、と言っていた。僕は、ダラス警部補は三人の子どもたちを生まれた土地から追い立てたり、偽造IDの件で彼を罰したりすることに興味はない、と伝えたんだ」

「彼は怯えている」と、ロークは最後に言った。「しかし、自分が築いた人生をきみの手にゆだねるそうだ。僕がそうしてくれと頼んだからだよ」

ロークはイヴに近づいた。「それで、僕たちはこれからどうすればいい、警部補?」

「あなたは、わたしが何よりも仕事を優先させるのはわかると言ったあと、仕事を優先させたわたしを怒鳴ったのよ」

「きみは、僕の仕事の都合がつくなら一緒に捜査してほしいと僕に頼んでおきながら、僕の仕事のやり方がきみのと違ってきたとたん、拒否したんだ。たとえ」イヴに何か口を挟む隙をあたえず、ロークは続けた。「どちらのやり方も、亡くなった人たちを第一に考え、そして何よりも重要だとみなしているとしても。リアムについて詳しく調べても、きみの時間とエネルギーが減るだけだ――すでに必要以上に使われているというのに」

「彼が事件にかかわっていたら、彼を追いつめるのにそれ以上の時間とエネルギーが食われるわよ」

「確かにそうだが、彼は違う。きみは優秀な警官だから、彼の過去を知った今、彼がかかわっているとは思わないはずだ。そして、僕たちはふたりとも、男を家から引っ張ってきて取調室で厳しく尋問する以外にも仕事のやり方はあると知っている。そして、ふたりとも、イヴ、やらなければならなかったり、どちらか一方にとって必要だったりするときは、ある一線を避けて通りもする」

「あなたにはそのほうが楽だから」

ロークは首をかしげた。「そう思うかい？」

イヴはふーっと息を吐いた。「そう考えたいの。あなたが何度、境界線を無視したり動かしたりしたか、考えたくないのよ。正義の秤《はかり》が大きく傾いてしまうから」

「僕の立っているところから見れば、充分に秤は水平だよ。耐えられないのは、きみが僕を信頼しきれていないと考えてしまうことだ」

「そんなのないわよ。ばかばかしい」イヴは両手で頭を――またずきずきしていた――押さえた。「あなたを信頼できなかったわけじゃない。泥棒だとあなたが認識しているどこかの男――容疑者の条件をいくつか満たしている男――を、あなたに懐かしい思い出があるというだけで信用するわけにはいかない、ということ」

ロークはさらにワインを飲んだ。「僕の境界線をちょっと動かしたところで、公正さに変わりはない。懐かしい思い出があるからって、きみの捜査を危うくさせはしない」

「彼はこれまででいちばん容疑者に近かった。マーキンもそうだけど、まだ確証はつかめていないわ。もうこの男はリストからはずす。まだアリバイは確認中だけど」

「それで充分だ。リアムも満足だろう。僕はもう二、三件、連絡してみる。きみは水を飲むんだ。鎮痛剤がまた少し効いて、新たな頭痛を抑えてくれる」

「頭のなかを見られているみたいで、いらつく」

「目の奥を見ているだけだ。きみが痛みと闘っているときの目はどんなふうか、知っているから。水を飲むんだ」ロークは言い、立ち去った。

17

今夜できることはすべてもうやったと判断して、ロークが見にいくと、イヴはコマンドセンターで眠っていた。

検索と調査を始めて二日目の夜か、とロークは思った。彼女はくたくたになるまで自分を駆り立て、十八人の死という重荷を背負いつづけている。しかも、これだけ努力しても何の結果も得られていないようだ。どんなに僕を激怒させようと――実際、そうさせた――これが僕の愛する女性だ、と思う。

スクリーン上の作業結果をちらりと見ると、またしてもリストの名前をあちこち移動させていたようだ。リストには可能性のもっとも高いものからもっとも低いものまである。

彼女は面と向かって聞き取りをするほうが得意だと、ロークは知っている。人の心を読む達人なのだ。口調や、身振りや、目の表情や、言葉遣いの微妙な違いを読み取る。

確かに、彼女には弱点があるがそれは自分も同じだ、と思う。弱点のひとつが自分に向けられていようと、そんなことはまったく気にしない。

まだ苛立ちは残っていたが、ロークはイヴを抱え上げた。

イヴはびくっと体をこわばらせ、もう少しでロークに殴りかかるところだった。ふたりにとって運のいいことに、イヴの反射神経は鋭く、殴るのを抑えこんだ。

「わたし、まだ――」

「なんとかコーヒーの力を借りて働きつづけていたが、もう限界がきたんだ」ロークは言い、イヴをエレベーターへ運んでいった。

「水を飲んだわ」

「いいね」

イヴを寝室まで運んでいくと、ギャラハッドがもうベッドにいて、轢死体のように仰向けに伸びていた。ベッドの端にイヴを座らせると、ロークも隣に座ってブーツを脱ぎはじめた。

わたしのを脱がすより先に自分のブーツを、とイヴは思った。どうでもいい些細《ささい》なことだとは思ったが、一瞬、自分に向けられたロークの目にさっとよぎるものを見て、そういうことかとわかった。

ほんの数分前にロークが思ったとおり、イヴはちょっとした仕草のニュアンスを読む達人だ。

「このまま怒りつづけることを望むなら——」

「望む望まないの話じゃないだろう」

「そうね。これからも怒りつづけるつもりなら、わたしもあなたと同じようにする」イヴはブーツを引き抜くようにして脱いで脇に放り、勢いよく立ち上がって武器ハーネスをはずした。

「わたしは彼をリストから削除した。でしょ？　偽造ＩＤの件で届け出もしない。でも、わたしはいつでも見張っているって彼に伝えて」怒りにまかせてガチャン、ドサッと、ポケットの中身をドレッサーの上に置く。「だから、彼が足を洗っていなかったり、引退を撤回するようなことをしたら、彼を逮捕する。どうなるかは本人次第よ」

ロークは立ち上がり、仕事から戻って着替えたセーターを脱いだ。「もう伝えた」

「いいわ。よかった」イヴは一気にベルトを抜き、鞭《むち》のように振り上げた。「それから、くそっ、あなたを信じていなかったら、捜査現場の半径五十キロ以内にも寄せ付けなかったわ」

「きみにとって都合がつかないならね」

氷のように冷ややかで非情な一言だった。イヴの怒りが熱く溶けて炎を吹き上げた。「いい加減なこと言わないで」じりじりとロークに近づく。「でたらめよ。でたらめばっかり」ロークの胸を突く。「くだらない」

「気をつけたほうがいい」恐ろしいほど落ち着き払った声に、イヴの怒りは増すばかりだ。

「ああ、もう、いなくなってよ」イヴはまた彼を強く突いた。「ドアを開けたのはわたしで、わたしは警官バッジを持ってるから、そのドアを閉められるの。仕切ってるのはこのわたしよ。ドアを開けてそのままにしていたのは、あなたを信用しているからよ、こんちくしょう。さあ、これでもうおしまい《ノック・イット・オフ》」

ロークの目に怒りの炎が燃え立ち、氷が溶けるのが見えた。イヴは意地の悪い喜びで——カッカしているのがわたしだけなんて、ありえない——またロークを突いた。さらに、以前、ロークにされた侮辱的な振る舞いをした。指先で彼の肩を弾いたのだ。

「さあ、肩を弾いてあげた《ノック・イット・オフ》わよ」思ったとおり、何よりも熱い青い炎がゆらめいた。イヴはロークのもう一方の肩を弾こうとした。ロークがその手をつかむ。イヴが顎を突き出した。

ふたりはたがいに飛びかかった。

取っ組み合ったままベッドに倒れ込む。猫は唾《つば》こそ吐かなかったが、フーッと威嚇したあとベッドから飛び降り、すたすたと出ていった。ふたりは猫を無視して、主導権を競ってべッドの上を転げまわった。

イヴがロークの髪を両手でつかみ、自分の口元に彼の口を引き寄せてようやく、ふたりとも転がるのをやめた。

唇と、歯と、舌が激しくぶつかり、むさぼるような奪い合いが始まる。怒りに煽《あお》られた欲望が血液をたぎらせ、心配や警戒の気持ちをすべて焼き払う。ロークはイヴのセーターを引き剝《は》がすように脱がせて、タンクトップを引き下げた。

貪欲《どんよく》な口に胸を奪われ、イヴは快感と痛みの狭間《はざま》の微妙な感覚にぞくりとした。味わい、息を乱し、欲望の赤いもやに思考は鈍っても、体はますます目覚めて生気に満ちる。

ロークの背中や腰をぐっとつかみ、爪を立てる。ほしいのは肉の感触と味。そして、彼。強く、強く、強く、わたしのなかにほしい。イヴは両脚でロークを挟みつけた。体を転がしてまた上になり、ほしいものを得ようと、荒々しくロークの服を脱がせはじめた。

彼を奪う。そして、奪われる。今すぐに。

ロークは頭を起こすとイヴの髪をつかみ、そのまぐいと顔を上に向かせ喉元をあらわにした。その喉元を口で吸いながら、次の呼吸を求めずにはいられないように、すらりとした戦士の体を荒々しくまさぐり求め、両手を下げていく。

ロークの指が体のなかに突き進むのを感じて、イヴは達成感と衝撃の混じった叫び声をあげた。その両方を求め、さらに求めて、ロークはまた指を奥へと進める。

その瞬間、その輝かしい一瞬にイヴがぐったりすると、ロークは彼女が立ち直って起き上がる隙をあたえず、仰向けにさせた。そして、彼女のなかへ分け入った。

しっかりと結びついたふたりは、あと少し、あともう少し、と快感の縁にしがみつき、濃厚で吸い込むこともできない空気に包まれてぶら下がったまま、目と目——燃え立つブルーと、熱く溶けかかったブラウン——を合わせた。

ふたりはたがいを奪い、かきたて、かきたてられながら、熱い欲望と、さらにもっとと求める常軌を逸した渇望に飲み込まれていく。嵐のなかで自分を見失い、ロークがつぶやいたアイルランド語は支離滅裂で、乱暴だった。

快感が募り、さらに募り、ありえないほど募ってピークに達し、刃物のようにふたりを切り裂いた。

イヴはロークの体の下でぐったりしていた。頭がくらくらして、怒りは消えていた。どういうわけか、悲しみの蔓《つる》が伸びてきて心の空白を満たしていく。

「あなたを信頼していないわけじゃない。絶対に」

「きみが疑いたいのは僕じゃない。絶対に」ロークは言い返した。「でも、今でもたまにある。いかにも警官らしいきみの視線が僕に注がれ、疑っているのかと思えることがある」

ロークは寝返りを打って、イヴの体から降りた。「感情と理性はいつもかみ合っているわけじゃないだろう? きみの感情はわかっているよ、ダーリン・イヴ。しかし、理性のほうはまだ隅のほうに謎の部分がある」

ベッドの上にはふたりの服が散乱していた。ロークは床に蹴り落とそうとしたところで、少し気持ちを落ち着けるために、立ち上がって、近くの椅子に服を置いた。

振り向いてベッドを見ると、イヴはいつのまにかうつ伏せになって眠っていた。

感情と、理性と、体をすべて今回の事件に注ぎ込み、ほんとうに疲れ果てているのだろう。

ロークは上掛けをイヴの体にかけ、その隣にもぐりこんだ。そして、眠気が訪れるのを待った。

煙と血と焦げた肉の臭いが立ちこめていた。炭化した残骸があり、ちぎれて黒く焼け焦げた手足は、皮膚がめくれて骨が露出している。四方の壁に血――タールのように黒い――が飛び散って、荒々しい抽象画のようだ。

一方の壁はまぶしいほど白く、飛び散った血の下に死者の名前がすべて記されている。十八人。さらに書き足すスペースがある。

部屋には男がふたり立っていた。全身黒ずくめで白いマスクをつけている。小声で話をしていて、何をしゃべっているのかはっきりとは聞こえない。イヴは武器に手を伸ばしたが、ない。ホルスターのピストルも、足首に装着しているはずの掌銃もない。素手で戦うしかないと身構え、突進した。

ところが、部屋が薄暗く見えたのは照明の具合ではなく、手前に透明の壁があるせいだった。頑丈な壁だ。

イヴは焦り、ドアか隙間はないかと探したが、何もない。遺骸《いがい》の間を縫って後退して距離を置き、壁の手前まで全速力で走って、思い切り蹴る。

しかし、壁はハエを叩く手のように、あっさりとイヴを跳ね返してしまう。イヴは何度も何度も突進しては、壁を蹴ったり拳《こぶし》で殴ったりしつづけ、そのうち両手の拳に血がにじんだ。

男たちはただマスク越しにイヴを見ている。

ひとりは声をあげて笑い、こんなにおかしいことはないとばかりに、もうひとりの肩を叩いた。

「まったく、いつまであんなことをやっていると思う?」

アイルランド訛《なま》りだ、とイヴは気づいた。ロークよりきつい。急に不安に襲われ、胃がキリキリしはじめた。

「あれか？　ガキのころからずっと不愉快な女だったぞ」

不安が恐怖とあきらめに変わり、胃がねじれた。男たちがマスクをはずした――いずれにしても、ふたりには必要ない。

イヴは薄い色の入った透明の壁を挟んで、リチャード・トロイとパトリック・ロークと向き合って立っていた。

「あのガキはしくじってばかりだった」パトリック・ロークが愚痴った。「それでも俺に似てるから、おまえだってそっちよりうまくやると考えるだろう。そういうわけで、警官だってそう思うだろうよ」

「こいつは人殺しだぞ」トロイはにやっと笑った。「俺が動かぬ証拠だ」

「そうよ。あなたはもう死んでる」イヴが言った。「ふたりともそう。とっくの昔に死んでる」

「だが、俺たちみたいな連中はいくらだっている」トロイがイヴに言った。「どんどん出てくるんだ、チビ。おまえがどれだけ壁に突進してきても、俺たちはどんどん現れる」

「いつだって、わたしのような警官がまた現れる」

「まわりを見てみろ。今だって、死体が積み上がるのを止められないじゃないか？」パトリック・ロークが笑い声をあげ、ふたつの影が動いて、ボトルからふたつのグラスにウィスキーを注いだ。

かちんとグラスを合わせてからウィスキーを飲むふたりは、いつのまにかベッドのある別の部屋にいた。ベッドでは人影がもがいている。ふたりの影越しでよく見えないが、動いているのはわかる。猿ぐつわをされているのか、くぐもった悲鳴も聞こえる。

「まだまだ現れるぞ」トロイが別の壁に向かって乾杯をするようにグラスを掲げた。

その壁が透明になって、向こうにいる人が見えはじめた。イヴの鼓動が早くなる。

ピーボディ、メイヴィス、ああ、小さなベラ、フィーニー。

イヴは走り出し、また壁にぶち当たった。

ナディーン、バクスター、レオナルド、マクナブ。もっといる。みんな、大事なみんなだ。サマーセット、ホイットニー、トゥルーハート、チャールズ、ルイーズ、クラック。それから、わたしのチームのみんな、レオも、どこかのパーティ会場にいるかのように、動きまわっている。

マイラ、デニス・マイラ、モリス。

瞬きをするたび、部屋にいる人が増えていく。

イヴがどんなに壁を叩いても、叫んでも、誰にも聞こえないし、見えないらしい。

みんな、みんな、大事な人たち。しかし、いちばん大事な人がいない。

「ロークはどこ? こんちくしょう、ロークはどこよ?」

イヴは最初の壁のほうへ駆け戻った——ベッドの上の人影。ああ、ああ、どうしよう。

男ふたりはテーブルに向かい、背後に山のように積まれた金を数えていた。

「これはいくらあっても多すぎるってことはないなあ、パディー?」

「そりゃそうだ、リッチー、多すぎるわけがない。どんどん増やすのが、また楽しいんだ」

また壁が薄暗くなった。イヴはロークに向かって叫ぼうとした。なんとかして助け出すから、と誓おうとした。ところが、また壁が透明になると、ロークの姿が消えていた。そこにはイヴ本人がいた。ベッドに縛り付けられ、怯えてもだえている。

赤い光が点《つ》いては消え、点いては消え、と点滅している。ずっと昔、ダラスのあのおぞましい部屋でそうだったように。

「こっちのほうがもっと楽しいぞ」トロイがまた別の壁に向けて親指を振った。「誰がパーティに加わるか、見てみろ」

イヴの胸の奥のさらに奥からうめき声が漏れ出た。イヴにとって大事なみんながいる——ほんとうに大事なみんながいる——部屋に入ってきたのは、自爆用ベストをきつく体に固定したロークだった。

イヴは叫び声をあげ、壁に突進していって体当たりした。腕が——小枝のようにぽきんと——折れたのがわかったが、もう一度、壁に体当たりした。

「ローク！　やめて、だめよ、やめて。嘘だから。わたしを見て。ローク！」

壁に蜘蛛《くも》の巣状にひびがいくつも入った。ロークがベストのボタンに手を伸ばすと、イヴはまた悲鳴をあげ、いったん下がって勢いをつけ、壁を突き破ってなかに入ろうとした。

「やめろ。やめるんだ。目を覚ませ。いったいどうした、イヴ、さあ、目を覚ませ！」

はっとして目を開けると、彼の目が見えた。目だけだ。むせび泣きながらロークにしがみついて、さらに両腕に力をこめる。「だめよ。押しちゃだめ。誓って。わたしに誓って」

「やめろ、黙って。夢だ、ただの夢だよ」

「絶対に——あなた、濡れてる。血なの？」イヴは体を引くと、両手でロークの体中に触れた。

「まさか、血じゃない。ただの水だ。シャワーを浴びていたから」ロークは言い、イヴの背中をそっとさすった。「きみの悲鳴が聞こえた。びしょ濡れにさせてしまったね。その上掛けをかけてあげよう」

「このままこうしていて」イヴは震えながら、また両腕をロークの体に巻きつけた。「とにかくこうしていて」猫が頭をすりつけてきたので、イヴは手を伸ばしてなでようとした。しかし、手が激しく震えてうまくできない。

「深く、ゆっくり呼吸して。ゆっくり息をするんだ、ベイビー。悪い夢を見ただけ、それだけだ。僕はここにいる。とにかく上掛けを取らせてくれ。きみが凍えてしまう」

「いいの、いい。わたしを離さないで」

「いいかい、さあ、僕を見て」ロークはイヴの顔を少し上に向かせた。「夢だ、いいかい？ 言っていることがわかるかい？」

「現実みたいだった。あの感触は……」

イヴが一方の手で自分の腕をつかむのを見て、ロークは胸が締め付けられた。

「ダラスの街に戻っていたのかい？」

「違うの。いえ、そうよ。うまく言えない」

「体を温かくしてから、話してくれ。さあ、これを」上掛けに手を伸ばして引き寄せ、イヴの体を包んだ。

「あなたも寒いでしょ。濡れてるし。ごめんなさい」イヴは猫を抱き上げてなではじめた。

「ごめんね」

「この子を抱いていて——ふたりとも温かくなる。僕は鎮静剤《スーザー》を持ってくる」

「スーザーはいらない」

「ふたりで分けよう」

イヴはギャラハッドの柔毛《にこげ》に顔を押しつけた。「あなたも体を温めないと」

「タオルを持ってくるから大丈夫だ。スーザーを半分ずつ飲んだら、話を聞かせてくれ」

まだギャラハッドに顔をつけたまま、イヴはうなずいた。

ロークは暖炉の点火を命じながらバスルームへ行き、出しっぱなしだったジェットシャワーを止めた。それから、ガラス製のタイルに額を押しつけ、イヴの悲鳴を聞いてから初めて、まともに息をした。

誰かに斧《おの》で叩き切られようとしているような悲鳴だった。しかも、悪夢に深くはまり込んだ彼女を、すぐには引き戻せなかった。彼女はとにかく叫んでいた。ぱっと目を開けてからも、うつろな目を見開いて叫びつづけていた。

ロークは濡れた髪を片手で梳《す》いた。タオルをつかんで腰に巻き、イヴのもとへ戻る。

イヴは微動だにしていなかった。

スーザーをふたりで分けるようにプログラムして、グラスをふたつ持って、また彼女のいるベッドに座る。

「少しでも飲んで、話をきかせてほしい」

イヴは反論しなかった。

「最初は、夢だとわかっていたと思う。最初は。犯行現場だった。遺体が——爆発の後よ——散乱していた。ばらばらになった遺体と、彼らの名前を記したホワイトボードがあった。全員の名前。みんな、わたしの知ってる名前だった」

ロークはイヴの手を取ってキスをした。「それから?」

「そうしたら、男がふたり——黒い服を着て、白いマスクをつけていた——話をしていた——小声で。わたしは武器を持っていなかった。持っていないから、素手で飛びかかって倒そうとしたんだけど……。見えない壁があったのよ。壁の向こうが見通せて、ふたりはあっち側にいた。わたしは壁を通り抜けられなかった。彼らにはわたしが見えて、こっちも彼らが話しているのは聞こえて、だから、わかったわ……。ふたりがマスクをはずしたけれど、わたしにはもうわかっていた。リチャード・トロイとパトリック・ロークよ」

悲しみに目を曇らせながら、ロークはイヴの頬をなでた。「彼らとはいつまでたっても離れられないんだね?」

イヴはうなずき、続きを話した。

「部屋に、別の部屋に、たくさんの人がいた。そちらへ目をやるたび、人が増えたわ。でも、あなたはいない。男たちふたりがいるほうの部屋にいるんだと思った。とらわれているんだって。だから、助けなければと思った。なんとか方法を見つけなければ、って」

「もちろん、きみはそうしてくれただろう」ロークはキスでイヴの涙をぬぐった。イヴが泣くたび胸がつぶれそうになる。

「でも、あなたじゃなかった」恐怖に押しつぶされそうになり、また意識して深い呼吸をした。「薄暗さに目が慣れてよく見たら、あなたじゃなかった。わたしだった。それで、わかったの。やつらが何をしたか。すると、あなたが見えた。みんなが、わたしの大事なみんながいる部屋に、あなたがいた。あなたと、自爆用ベストが見えた」

また恐怖に打ちのめされそうになり、イヴはスーザーの残りを飲んだ。「あなたに向かって叫んだわ――でも、聞こえていなかった。わたしは壁を叩き、なんとか突き破ろうとした。壁にひびが入りはじめたんだけど、あなたはボタンに手を伸ばしていた。なかに入らないと、なんとかしてなかに、と思った。あなたを止められなかったら……あなたなしでいるなんて耐えられない。何がなくなろうと平気だけど、あなただけは失えない。お願い、わたしに誓って」

「愛する人《アグロー》、そんなことは起こらなかった。これからも起こらない。そうならない他の道を探すと、もう話し合っただろう？」

イヴは拳が白くなるほど強くロークの手を握った。「わたしに誓って。わたしがあなたを助け出す方法を見つけると信じて、絶対にボタンは押さないって誓って。誓って」

「とらわれたのがきみだったら?」

「あなたが助け出す方法を見つける」

ロークは身を乗り出し、唇でイヴの唇に触れた。「もちろん見つける。では、前にふたりで話し合ったことを繰り返そう。僕たちは別の解決法を見つける。僕はきみに誓い、きみは僕に誓う。僕たちは信頼し合っている、そうだろう? 僕たちはかならず別の解決法を見つける」

「そうよ」イヴはふーっと息を吐き出した。「そうよ。誓うわ」

「僕も誓う。あのろくでなし野郎どもも、他の似たような連中もだ。やつらが勝つわけがない。絶対に勝たせはしない」

イヴはロークの肩に頭をのせて、もう大丈夫だと思った。

「もう起きていたのね」

「ホログラム会議があるんだ。スケジュールし直すから、もう少し眠ろう」

つまり、自分の仕事は後回しにして、わたしがもう少し眠れるように一緒にいよう、という意味だ。イヴにはわかった。

「いいわ、わたしも起きる。何かやったり、何か片付けたりするほうが気分がいいから。あなたはいつものように皇帝スーツに着替えないと」イヴはロークの裸の胸に手のひらを滑らせ、鼓動を感じた。「わたしはトレーニングして、一汗かくことにする」

「わかった。僕のほうは一時間ほどで終わる」そう言い添えて、ロークはクローゼットへ向かった。

イヴはベッドの端に座ったまま、猫を抱いて上掛けにくるまり、ロークはスーツを選んでいた。「あなたはまだ少し怒っていて、いまはそれに心配も加わっている。その両方の感情を同時に抱えているのはむずかしいわ」

ああ、そうだ《アイ》、僕のおまわりさんは気持ちの微妙な陰影をうまく読み取る。そう思いながらロークは嵐の雲を思わせるグレーのシャツを選んだ。「なんとかやるよ」

「あなたは同時にいくつもの仕事をこなすのがうまいものね」

「そのとおり」同意して、グレーに派手なブルーの斜線が一本入ったネクタイに手を伸ばした。器用な手つきで完璧なトリニティノットにネクタイを結びながら、ベッドのほうへゆっくり歩いていく。「そのうえ、少しだけ腹を立てながら心配している僕が全身全霊で、いまもこれからも、きみを愛しているからだ」

イヴはまた目の奥がつんとしたが、なんとか涙をこらえた。「そのとおり」

ロークはほほえんで身を乗り出し、唇で軽くイヴの唇をかすめた。イヴの両腕が体に巻きついてくると、座って、彼女を引き寄せた。「スケジュールを組み直しても、何の問題もないよ」

イヴは首を振ったが、それからまだしばらく、ロークにぴったり身を寄せていた。「いいの、大丈夫。それに、あなたは約六分半かけて、裸の男から万能の神に変身した」イヴは体を引いて、複雑に結ばれたネクタイの結び目を指先で叩いた。「見もしないでよく結べるわね？」

「才能があるんだ」

「さ、お洒落《しやれ》なネクタイを締めて、ビジネスの神様の仕事をしに行って。一時間くらいしたらまたね」

「一時間くらいでね」ロークはイヴの額に唇を押し当ててから、去っていった。

イヴはまだしばらく座ったまま、ゴロゴロと雷鳴のように喉を鳴らしはじめた猫をなでていた。トレーニングしたいと言ったのはほとんどロークを安心させるためだった。それでも、いい汗をかけば悪夢のいやな余韻も薄まるかもしれない。

立ち上がって、残っていたコーヒーを一気に飲み、タンクトップとゆるめのショートパンツを着てランニングシューズを履いた。ギャラハッドがじっと見ている。

「わたしは大丈夫」イヴはギャラハッドに言った。「というか、大丈夫になる。あなたもトレーニングが必要よ、ぽっちゃりくん」

ギャラハッドは左右の色が違う目をまぶしそうに細め、ごろんと仰向けになって伸びをした。呑気な猫だ。

エレベーターで階下《した》へ向かった。ジムではビーチのプログラムをセットして、最初の一分は、青い海と白い砂浜の、景色と音と感触を味わいながら、ただ日光浴をした。それから、寄せては返す波を見ながら、全速力で五キロ走った。三キロ走ったあたりで、考えることはやめていた。

気持ちのいい健康的な汗を全身にかいて、ごくごくと水を飲んでから、ウェイトトレーニングに切り替え、筋肉が震えるまでリフティングを繰り返した。ストレッチをしながら、ちらりとスパーリングドロイドを見る。気持ちよく、徹底的にやっつけてもよかったが、トレーニングを始めてもう一時間近くたっている。

「今度は」イヴはドロイドを指さした。「こてんぱんにしてやるから」

階上《うえ》へ行くと、ギャラハッドはいつもの場所にいなかった。階下のサマーセットのところへ行き、朝ご飯をもらっているのだろう。そう思って、シャワーを浴びた――熱い湯と、湯気と、脈動するジェット水流はこの上なく気持ちよく、最後まで残っていた悪夢の余韻も流れ去った。

ロークが戻ってきたときにはもう、イヴは黒いズボンにぱりっとした白いシャツを着て、武器ハーネスも身につけていた。朝食には保温用カバーがかぶせられている。

「情け深い神か荒れ狂う神、今日はどっちだったの？」

「少しずつどちらの面もあったかな。そうやって気をもませる」いつものイヴだ、とロークは思った。しっかりして、意欲に満ちている。ロークの不安はほぼ消え去った。

ロークは自分のコーヒーを注ぎ、イヴにも注ぎ足した。カバーの下にワッフルがあっても驚かなかった。

ロークはイヴと一緒にテーブルについた。「今日の最初の予定は？」

「ブリーフィング。早めに行って準備するつもり。それから担当分の聞き取り」ワッフルにバターとシロップをたっぷりかける。「二チームでやるから、該当しない人たちをリストからごっそり削除できるはず。そうじゃなければ、こいつだというのを特定できるか」

「後者を期待するね。今日は、きみのために何をやればいい？」

「とにかく世界征服に邁進《まいしん》して」

「楽しいし、儲《もう》かるし、いつもそうしているよ。しかし、同時にいくつか仕事をするなら、あたえられた任務は楽しむつもりだ」

「金の流れを追って。そう、そうね、あなたはいつもそれ担当ね」イヴはワッフルを食べた。「ワッフルとともに一日が始まれば、毎日がもっと明るくなるのに」

「まだ夜明けも迎えていないよ」

「いつもより明るい夜明けを迎えるはず。株やアートのことでわかることはなんでもかき集めて。今日、これといった進展がなければ……」イヴは次の一口分のワッフルをフォークで突き刺した。「十八人が死んでるのよ。それに比べれば、未登録のコンピュータを使うことなんて、大したことないわ」

「コンピュータ警備《コンピュガード》の妨害がなければ、もっと収穫が得られるはずだ」

「そうよ、しかも、使うのは初めてじゃないし。わたしはまず、聞き取りをしなければ。やつらの犯行はこれで終わりかもしれないし、次の犯行に取りかかっているかもしれないけれど――」

「きみのやり方で突き進めばいい。きみは必ずやつらを見つけると、僕は少しも疑っていない。時間の問題だ」

「後者だったらと思うと、気が気じゃない。いざというときの余備。それが少なくともひとつはあったはず。ひとつがうまくいかなかったり、三つ続けてやってやろうとなったときにとりかかれる三つ目のターゲットがあるはず」

「前からずっと、三つか、ひょっとしたら四つ、計画されていたかもしれないと、きみは考えている」ロークが言った。

「合併会議の日時が個展のオープニングの直前に決まって、犯人たちは最初のふたつを実行するタイミングを早めなければならなかった。たぶん、両方とも爆破する予定だっただろうけど、ふたつの計画の間には、もう少し時間があったはず。そして、三番目も。やつらはギャンブラーよ。3はラッキーナンバーなんでしょ?」

「当たればどんな数字だってラッキーナンバーだ。でも」ロークは続けた。「僕が知っているギャンブラー――それで飯を食っていて、激情的で、やみつきになっている――は、縁起を担ぐ連中だった。加えて、ツキは続くと信じていた」

「犯人のふたりもそのタイプね。また次も、株かアート作品で儲けるつもり? このやり方ってすごく論理的よね。でも、当てはまるパターンはニューヨークでは見つけられない。大規模な企業合併ってどのくらいある? ブレーク寸前のアーティストは何人いる? ニューヨーク市にはそれほどないわ。あっても規模が小さいのよ」

「外国にも目を向けるべきだ」ロークが指摘した。「地球外だって。世界にはいくらでも企業合併があり、伸び盛りのアーティストがいる」

「そう、すべてを削除するわけにはいかない。でも、ターゲットやその家族につきまとわなければならないのよ。観察して、調べる必要がある。ターゲットがボタンを押すはずだと、可能なかぎり確信しなければならない。今ごろ、ふたりのうちひとりはどこかを歩き回って調べて、もうひとりは家族を調べているかもしれない。そうなるとふたりは別々に行動していることになるけど、わたしの考えでは、ふたりはかなり依存し合っていて、別々というのはないと思う」

イヴはワッフルをすべてたいらげ、コーヒーをもう一杯飲むことにした。

「ふたりのうちひとりはやさしい。最初の子どもを置いていくとき、きつく縛らなかったし、二番目の子どもには童話を読み聞かせしている。支配的な男は、自分が一緒にいて支えたり気合いを入れたりしなければ、やさしいほうの男が投げ出すんじゃないかと心配だったんじゃない？」

「同じように」ロークが考えながら言った。「やさしいほうの男は自分が一緒にいてなだめなければ、支配的で暴力的な男が一線を越えるのではと不安だったのでは？」

「そのとおり」イヴは首を振りながら立ち上がった。「だから、別々の行動はリスクが大きい。それに、ターゲットを探すエリアを広げたら、交通費や滞在費がかかるんじゃない？ 仕事を持っていれば、長い間、休むことにもなるでしょう？ ここはニューヨークよ。ほしいものは何だってここで見つかるわ」

イヴはジャケット――黒くて、ポケットには革のフラップ、両袖に細い革のカフスがついている――を取り上げて、武器ハーネスの上に着た。「やらなくてはならないのは、やつらが利益を得るのに必要な、消さなければいけない何か、あるいは誰かを見つけて、その対象と家族思いの男とのつながりを見つけること。株式市場とアートの世界以外で、やつらが次にどこを狙うか予測すること」

イヴはポケットに必要なものを入れながら、じっとロークを見た。「あなたは彼らみたいなタイプのギャンブラーじゃない」と、考えていることをそのまま言葉にする。「仕事でギャンブルをするときは、今後の見込みも、値動きの幅も、事情もすべて知っている。プレイヤーもカジノも知っている。あなたはたいていカジノ側よね。遊びでギャンブルをするときは、それだけのこと。たんなる遊び。それでも、あなたはギャンブルをする。たとえば、わたしたちの賭けみたいなもののために、ネブラスカに物件を買った」

「〝賭けみたいなもの〟じゃなくて僕は本気だ、あれはなかなかうまくいっているんだ」

イヴは目を細めた。「不動産はギャンブルよ」

「ほう」ロークは椅子の背に体をあずけ、興味をそそられたような顔をした。「面白い。ふむ、確かにそうだ」

その考えがきっかけで、イヴの頭の奥のほうでかすかな雑音が鳴りだした。「僻地《へきち》の壊れかかった農場を爆破する——そうしたら、あなたは何を手に入れる？」

「高い保険を掛けていたらそれが手に入るが、わざわざそんな遠くまで行くのは、理由はいろいろだろうが、農場を始末することで借金がなくなったり、何かうまい話にありつけたりする場合だけだろう」

「オーケイ、じゃ、ここ、ニューヨークのビルで考えてみる」

「それは僕のビル？」

「あなたの？　たぶん。犯人たちはよくわかっていない。ビル——あるいは、ビルのなかにいる人、あるいは複数の人びと——を吹き飛ばして、やつらが得るものは？」

「おやおや、ピースがまったく足りないパズルみたいな質問だな」

「手っ取り早く手に入る利益。長期的なものではなく」

「これも保険金だが、ビルを破壊するなら、自爆用ベストを身につけた男ひとりでは無理だ。ダメージをあたえるだけなら、できる。ビルの価値を下げるには充分だ。安く買えるかもしれないが、長期的な投資になるから、このパズルには合わないピースだ。ビルのオーナーたちを殺す？　それで何が得られる？　興味深いパズルだ」

「あなたはたくさんのビルのオーナーで、あなたのために働いている従業員はおおぜいいる」

ロークは立ち上がってイヴに近づき、両腕をさすり下ろした。「うちのセキュリティ対策は万全で、やつらが破れるような代物じゃない」

「あなたが行くすべての場所――ランチミーティングをするレストランや、会議をする別のビル――にちゃんとした防犯設備があるわけじゃないわ」

「特定の日の僕のスケジュールにアクセスできる者はごく限られている」ロークは言った。

「サマーセット、カーロ」

「ミーティングの相手は知っているはずよ」イヴは言い返した。「わたしにもパズルの完成形はわからないけれど、ほら、パズルのピースはいくつかここにあるわけだから、ちょっと面倒だけど、わたしのためにやってほしいことがある」

「何だろう？」

「今日のいろいろをシャッフルして。スケジュールを変えるのよ。それから、従業員をチェックして。とくにあなたのいる本社や、あなたのオフィスに出入りしている人たちを。そして、あなたならミーティングの相手もチェックできるはず。今日、出勤していない人や、ここ数日休んでいる人もすべて」

「できるよ。やったらきみが心配しなくなるなら、なおさらだ。このパズルも遊んでみよう。不動産の世界はよく知っているからね」

「いいわね。わたしはセントラルへ向かって、すぐに仕事を始める」イヴは身を乗り出してロークにキスをした。「わたしのビジネスの神様をよろしく。お願いよ」

「了解。僕のおまわりさんをよろしく」

イヴが出ていき、ロークは時間を確認した。カーロを起こして、今日のスケジュールをシャッフルしはじめるにはまだまだ早すぎる。いずれにしても、また次のミーティングが始まる。オフィスに向かいながらロークは、ミーティングが終わったら、夜が明けて一日が始まるまで、パズルで少し遊ぼうと決めた。

18

イヴが日の出前にセントラルへ車を走らせるのは、捜査が始まってから二度目だった。体と頭を慣らせば、ロークのようにほぼ毎晩、四、五時間の睡眠でちゃんと暮らしていけるようになるだろうか、と思う。そうなれば、交通渋滞で通りがふさがったり、空が広告用飛行船でいっぱいになる前に通勤できる。

それでも、その四、五時間を悪夢で終えたくはない。

彼は気をつけるはず、とイヴは自分に言い聞かせた。予知夢を見たわけじゃあるまいし。夢を支配するのは潜在意識で、それがたまに最悪の考えや恐れを表面に押し上げてくる、ということだ。

ボタンを押させるのは愛だ、とイヴは思った。夢のなかでも、現実でも。愛情豊かなどんな人物が、次の代理殺人者として狙われるのだろう?

男性で、少なくとも小さな子どもがひとりいる父親だろう。いいえ、とイヴは考え直した。間違いなくそういう父親だ。ふたり以上いれば面倒が増えて、拘束したり支配したりするのがむずかしくなる。

選択の余地がなければしかたないが、あるなら間違いなくひとりっ子の父親を選ぶ。ほぼ間違いなく、男性で、既婚者で、子どもがいる――十二歳以下の……ひとりっ子だ。それより大きくなると知恵もついて、やはり支配するのがむずかしくなる。父親は三十五歳から四十五歳の間だろう。もう少し上かもしれないが、そのあたりが妥当に思えた。住まいは一軒家だろう。共同住宅も面倒をもたらす。隣家が近く、見られたり聞かれたりする可能性が高い。

自分で事業を起こしていても、雇われていても、仕事はうまくいっていて、少なくともある程度の権威と立場を得ている。仕事上の重要な場所に入っていっても不審がられない。

そして、とにかく自信を持って言えるのは、犯人のうちひとり、あるいはふたりとも、ターゲットになったふたりと接点がある、ということだ。友だちではない。そう思いながらハンドルを切り、セントラルの駐車場に入っていく。直接、つながりがあるわけではない。でも、どこかで道は交差している。ゴルフ、テニス、スポーツジム、お気に入りのレストラン、劇場、映画館、奇妙なネクタイや靴を買った売り場で。

デンビーとは出会いやすいだろう。そう思いながらエレベーター乗り場へ向かう。ぶらりと〈サロン〉へ入っていくだけだ。美術愛好家か、ただのひやかし客として。セールスマンか、作品を売り込みたいアーティストでもいい。

思いを巡らせながらエレベーターに乗って、上へ向かった。

イヴは無視していたが、もうすぐ勤務時間が終了する警官たちが重い足取りで乗り込んできた。一方の目のまわりに黒いあざができて、唇が切れている公認《L》コンパニオン《C》は両膝が赤むけになった脚で平然と立っている。

LCから漂う退屈なセックスとあきらめの臭いに耐えられず、イヴはエレベーターを降りて、グライドで殺人課の階へ向かった。

自分のオフィスに行くと、事件ボードと事件ブックの情報を更新して、夜の作業を振り返った。会議室を改めて押さえて、そこへ集まるようにチームのみんなにメモを送る。

時間があればブリーフィングに参加してほしいと、フィーニーにもショートメールを送った。

確率が出ると――九十六・八パーセントだ――マイラに質問メールを送った。犯人はふたりともニューヨークにとどまり、たがいにごく近くにいて、ターゲットも市内で見つけると自分は信じているが、同意してもらえるか、それとも反論があるかと尋ねた。

百パーセントの確率にならなくても、マイラが同意してくれれば重みが増す。

太陽が顔を出し、細長い窓から日光が差し込むと、自分のチームがかかわった事件――未解決のままのものも、解決したものも――の記録を読み直した。人びとの興味が薄れていくものも、また関心が再熱するものもある。

気づいたことをメモする。

やがて、必要なものを――本物のコーヒーを入れたポットも含め――まとめて、会議室へ向かった。

静かな部屋で事件ボードを設置し、聞き取りをした人物のデータを重要なものから並べていく。ヒューゴ・マーキンは再聴取の必要ありとして、別に分けた。たんに彼が一級のいやなやつだからではない、とイヴは自分に言い聞かせた。きっとなにかある。そんな気がしてならないのだ。

できればピーボディに任せたかった仕事だが、イヴはスクリーンに映し出したいデータを、苦労してプログラムしはじめた。

ようやく作業が終わると同時に、フィーニーが部屋に入ってきた。

「十五分前に来てくれてたらよかったのに」

「なぜだ？」

「なんでもない」イヴはふっと息を吐き、両手で髪をかき上げた。この先のプログラミングをタスクリストからはずせてほっとした。「今日は早いのね」

「いまさっきは、十五分遅かったように言われたが。これは本物のコーヒーかい？」

「そうよ」

フィーニーは自分でカップに注いだ。「書類仕事がたまりにたまっていてね。早めに来て片付けようと思った。今はこうして、片付けない口実と本物のコーヒーを手に入れた。いい日だ」

フィーニーはマグカップのコーヒーを半分飲んだ。「あのバカップルが来る前に訊くが、明日、ピーボディを自由の身にする気は変わらないのか？」

「ええ。撤回するつもりだった――しなければならなかった――けど、ロークが首を突っこんできたの。彼女の代わりをするから、って。民間人にパートナーの代わりをやらせるなんて、まともだと思う？」

「そうするにふさわしい民間人だ」

「そう、だけど、やっぱり……そうか、くそっ。マクナブは引き戻さないとダメとか？」

「いや。坊やたちは大勢いるから、やつの担当も引き継いでくれる。必要ならカレンダーを使っていいぞ。きみやチームの他の連中ともウマが合う。かみさんが、今年は観ないとだめだ、ノーとは言わせない、って言ってるんだ」フィーニーは顔をしかめてマグのなかのコーヒーをのぞいた。「いかにもハリウッドって感じのやつらがおおぜい集まって、奇妙な服を着てスピーチしたり、くそ面白くもないことを言ったりするのを観なきゃならない。きみを恨むぞ」

「わたし？」ショックと屈辱をにじませて言う。「ナディーンのせいよ」

「彼女も恨む」フィーニーは事件ボードに目をやり、名前とID写真をじっと見た。「犯人がこのなかにいる自信はあるのか？」

「少なくともひとりはいる。少なくともひとりは。ローク所有の建物――しかも、最高級クラス――に不法侵入するのは無理。そこの住人か、正式なやり方でしか入れない。犯人のひとり、あるいはふたりともそこに住んでいると思う。建物になじみがあって、バンクスとも知り合い。そうじゃなければこうはならないし、実際こうなったんだから、この人たちはいちばん犯人の条件に合致しているということ」

フィーニーはさらにボードに目をこらし、イヴは自分のカップにまたコーヒーを注いだ。

「わたしだって観なきゃならないのよ」

「自業自得だ」

「ナディーンのせいよ」イヴは苛立ちを隠さず、言い張った。「わたしは仕事をやっていたのよ。彼女がつまんない本を書いて、そのあと、脚本とかいうのにした。それで、彼女がそれを獲《と》ったら？　そろそろ下火になりかけたと思うたびに、言う人がいる。ああ、本を読んだし、映画も観ました。すっごいファンなんです！　まるでわたしがそういうことを気にかけてるみたいに。彼女がそのいまいましいやつを獲ったら、ますますうんざりするようなことになる」

ホイットニーが部屋に入ってきて、イヴは言葉を飲み込んだ。

「部長」

「警部補、警部。きみたちが会議室を押さえていると知って、来てみた。午前中、アンナと一緒にデリック・ピアソンの葬儀に参列するから、ここには長くはいられない」ホイットニーは事件ボードに近づきながら言った。「彼はいまや被害者十八人のうちのひとりだ」

「厄介な事件だ、部長」フィーニーが言った。

「そうだな」

ふたりは戻っている、とイヴにはわかった。あのころに。しかし、この状況ではジャックとライアンには戻れない。

「これが第一容疑者たちかね？」

「いまのところ、そうです」

「きみからの最新の報告書によると、容疑者たちとポール・ローガンやウェイン・デンビーとの直接のつながりは、まったく見つかっていない」

「はい、それに、犠牲者たちとのつながりもまだ見つかっていません」

「デリックとのつながりも、か」ホイットニーはつぶやいた。「では、私が葬儀で、ここにある顔のどれかを見かけたら……」

「そうなって、部長がその人物をセントラルまで連れてきてくだされば、ほんとうにありがたいです」

ホイットニーは暗い笑みを浮かべた。「期待していてくれ。このまま残って、ブリーフィングにも参加しよう。時間が許すかぎりだが。これは本物のコーヒーかね？」

「はい、部長」

イヴがホイットニーのコーヒーを準備しようと歩きかけたとき、ピーボディの重そうな足音と、マクナブの跳ねるような足音が聞こえた。「ピーボディ――」彼女のらんらんとした目と、大胆すぎる柄のスカーフに気づいて、イヴは眉をひそめた。「座る前にわたしのオフィスへ行って、ポットにもう一杯分、コーヒーをプログラムしてきて」

「かしこまりました！　おはようございます、部長！　どうも、フィーニー！　すぐに戻ります！」一言ごとに感嘆符をつけて言い、弾むように去っていった。

マクナブは骨張った肩を恥ずかしそうにすくめ、おどおどとほほえんだ。「彼女、少し飲みすぎて」イヴに説明する。

「彼女がなんて?」

「署で認可されている強壮剤《ブースター》です」マクナブはすかさず言った。「ありがたいことに、オスカーのことがあって――僕も感謝しています――夜遅くまで仕事をしていたんです。ほんとうに、超感謝しています、ダラス」

「今、それは言わなくていいのよ。めちゃくちゃ重要な話をしてるんだから」

「オーケイ、でも、あの、彼女はブースターを飲んでちょっと興奮気味で、そのうえ、俺が見つける前に、ふたりで非常用に備蓄してたエスプレッソに手を出していたんです。黄金みたいなあれですよ――クリスマスに飲もうって、おたがいのために買ったやつです。とにかく、それをぐいっと一杯飲んだもんだから、ハイになっちゃって」

「ちゃんと監督していなさいよ」イヴが警告した。

「努力してます」

イヴは指先で目を押さえた。バクスターとトゥルーハートが会議室に入ってくると、なんとかしてこの状態を落ち着かせてほしいと願った。

すると、ピーボディが戻ってきた。派手なスカーフをはずして、ピンクのコートは脱いでいた。着ていたほうがまだましだったかもしれない、とイヴは思った。袖にピンクのプリーツ飾りのついたけばけばしい赤いセーターに、光り輝くエレクトリックブルーのジャケットを着て、そして、ああ、なんと、ピンクの花が両脇にずらりとついた蛍光グリーンのパンツをはいているのだ。

「ピーボディ」バクスターが半分笑いながら声をかけた。「まるで花畑だな」

「もうそろそろ春ですから！　コーヒーです！」

「あなたは飲んじゃだめ」イヴがぴしゃりと言った。

「あら！」

「水よ」イヴはマクナブに命じた。「彼女は水だけ」

「了解です」

「座りなさい」イヴはピーボディからコーヒーのポットを取りあげ、そのとき、彼女が見た目だけではなく香りまで花畑そのものだと気づき、あきらめるしかないと思った。「まず、現在の捜査状況と、そのあと、今後の捜査の進め方について、かいつまんで説明します。その前に、フィーニー、何かあります？」

「ローガンとデンビーの自宅への侵入方法は同じだった。両名の通信機器、および、データシステム、それぞれの自宅の邸内システム、オフィスシステム、家族全員の通信機器を調べたが、両名と爆発事件を結びつけるものは見つからなかった。ふたりは強制されており、共謀者ではない、という点で電子捜査課《EDD》は殺人課と同意見だ」

「バンクスは」フィーニーは続けた。「調べれば調べるほど疑わしい事実が出てくる。現時点で、彼と爆発事件を直接、結びつけるものは何も見つかっていない。彼が死亡していなければ、詐欺や、横領、資金洗浄など、ほかにも何らかのせこい罪が続々と発覚しただろうが、すでに死んでしまっている。ギャンブルによる借金がいくらかあった――大事を起こすほどの大金ではなかった――が、何か関連があるかもしれない。この件は、最新の報告書に記した」

「この件については追跡調査するわ」イヴが確認した。

「マクナブがゆうべ、何か掘り起こしたらしい」

「バンクスの邸内リンクに連絡が入っていたのを見つけました」マクナブが説明を始めた。「キッチンのパントリーのなかにあって、以前、捜索したときは見落とされていました」

「邸内リンクがパントリーに?」

「ええ」マクナブはイヴに言った。「ミニサイズのもので、ドロイドが使うようにそこに設置したんだと思います。彼が殺害された夜、夜中の十二時ちょっと前に、そこに着信がありました。リンクが留守電に切り替わると、無言で切れています。その二時間前、デンビーの邸内リンクにも着信がありました。住人が応じると、通信は切れました。〈サロン〉で爆発があった数分前、リッチーのアパートメントにも着信があり、ローガンの家に不法侵入があった夜、二十二時十分にも、邸内リンクに着信がありました。応じると切れたそうです」

マクナブはピーボディが貧乏揺すりをしている膝にさりげなく手を当てて、話を続けた。

「これらの通信はすべて〝フェイク機〟から発信されています。デバイスはまだ突き止められていませんが、現在、その所在地を追跡中です。最初に、リッチーのを特定しました——彼は邸内のこのリンクしか持たず、めったに使っていなかったようです。発信元は建物のすぐ外です」

「ユニットに誰もいないのを確認したようね」イヴが推測した。「おそらく、リッチーは友だちを呼んだり、女性と一緒にいたりとか、いろいろあったのかもしれない。だから、誰もいないのを確認しただけだと思う」

「ええ、バンクスの発信元も突き止めたので、そうだと思います。彼もひとり暮らしで、めったに邸内リンクは使わなかった。この場合の〝フェイク機〟ですか？　同じ建物のなかからです」

「なかから」

「そうです」

イヴは振り返って事件ボードを見た。「そこの住人か、お客のリストか配達員リストに名前のある者。でも、住人、というのがいちばん妥当だと思う。バンクスはその日に犯人たちに連絡してる。犯人が彼と同じ建物内で開かれるパーティに来るとか働いてると考えるのは、かなり無理がある。あそこのセキュリティはこれ以上はないくらい厳重だから。お客と配達人はリストから削除する。条件に合う者の聞き取りは行うけれど、優先順位は下げる。ほかの着信は？」

「今朝早く、ローガンのを突き止めました。住居の南へ一ブロックあたりの装置からです。デンビーのも、ここへ来る地下鉄車内で調べてたんですが、もうちょっとなんです。あと二十分もらえたら、なんとか突き止めます」

「二十分で確認して。でも、パターンに当てはまると思う。これまでのなかで、どれが大事か？　建物のなかからの通信よ。オーケイ、現時点の捜査状況をまとめるわよ」イヴは説明しはじめたが、ホイットニーが立ち上がったので言葉を切った。

「今朝はもう行かなければならない。マクナブ捜査官、よくやった」

「ありがとうございます」

「警部補、やつらを追いつめろ」

「はい、部長」

ホイットニーはピーボディの椅子の横で立ち止まり、ちらりとマクナブを見た。ピーボディは満面の笑みを浮かべ、椅子のシートを両手で叩いて軽快なリズムを刻んでいる。「署で認可されているって?」

「はい、部長」マクナブが答えた。「ほんとうです。ふたりとも、ゆうべはあまり寝ていないので」

「次に飲むとき、彼女のは半分にすることだな」

「エスプレッソをチェイサーにしたせいです、部長」

ホイットニーは首を振った。「ああなるわけだ」そう言うと、大股で部屋を出ていった。

ピーボディはこらえきれずにくすくす笑い、あわてて口に手を当てた。「すみません」手のひらを押しつけたまま、もごもごと言う。「おかしくないです」

イヴは何も言わず、スクリーンは自分で操作することにした。それぞれの犯行現場と証拠を示して、推論と進展を告げる。

「十八人の犠牲者と現在捜査中の犯罪を結びつける証拠は、何ひとつ発見には至っていない。関連がわかっているのは、カーソンとバンクス。バンクスと容疑者たち。バンクスとリッチー。リッチーとデンビー。今後、捜査に力を入れるのは、バンクスと同じ建物に住んでいて、ここに名前が記されている人たちよ。対象者のプロフィールはすでに手元にあるわね。聞き取り対象者は、それぞれのチームに振り分けた。犯人たちはまだやるつもりだと考えて。次のターゲットを決めて、すでに事前調査を済ませ、すぐに行動に移ってもおかしくない。不動産取引とのつながりも探ってみて」

「不動産？」バクスターが訊いた。

「ひとつの見方として。急成長しそうな新しい分野につながるものならなんでも調べるべきかもしれない。たとえば、新しい技術《ニューテク》とか。容疑者たちが利用して儲けを得られそうな何かや誰か。形になろうとしている取引。今、世の中に登場したばかりの何か。もうすぐ登場する何か。ホットな流れに乗っている何か。可能性として――低いとは思うけれど、あるにはある――ニューヨークの外まで広げて考えるべきね。それは忘れないで。ニューヨークで起こっていることに集中しながら、それ以外も無視しないで、ということ」

イヴはスクリーンの画像をつぎつぎに切り替えていく。「カーソンはバンクスに情報を漏らしていた。対象者の家族や、恋人、配偶者のことも調べて。そのつもりなく情報を伝えた相手が、容疑者とつながりがあるかもしれない。配偶者や恋人に隠れて浮気をしている者は、脅されたら情報をあたえてしまうかも。それも探して」

イヴはスクリーンを消した。「さあ、取りかかるわよ。マクナブ、場所を特定したら、すぐに伝えて」

「バイバイのキス！」ピーボディが唇を突き出した。マクナブは鼻の下をのばしてピーボディを見た――と同時にはっとして、申し訳なさそうにイヴを見た。

「ピーボディ捜査官！ いつまでもその調子なら、わたしがこの手であなたをタンクに放り込んで、汗と一緒にブースターを排泄《はいせつ》させるから」

ピーボディは唇を引っ込め、ふくれっ面になった。

「行くわよ、ほら。〝バイバイのキス〟はな、し。まったくもう」

ピーボディは小走りでイヴに続いた。「とにかく、すっごくいい気分なんです！ 止まらない！ 脳全体に色があふれてます！」

「あなたはそういうのを着てる。目がチカチカするわ。コートを着て、その最悪の色の塊を隠して、おとなしく座っていなさい。わたしはチームの他のみんなに話をしなくちゃならないの。人が殺されつづけてるから」

「そう言われると悲しくなります」

「デスクに戻って、静かに悲しがっていなさい」

すでに目がチカチカしていたから、ジェンキンソンと〝イカレた虹色ネクタイ〟も、ライネケと〝ゼウスでぶっ飛んだ子猫ちゃんたちソックス〟も、とくに気にはならなかった。

イヴはカーマイケルとサンチャゴのほうへ行き、デンビーにかかわる捜査状況を詳しく聞き、続けて最新ニュース——バッテリーパークでイカレた麻薬中毒者が棍棒《こんぼう》を振り回していたそうだ——を聞かされた。

ブリーフィングが終わり、ピーボディもそろそろ悲しみから立ち直っただろうと思われたが、行ってみると、頭のなかのビートに合わせて、椅子に座ったまま踊っているパートナーの姿があった。この十五分の間に、ぴかぴか輝く鮮やかなピンクの口紅《リップダイ》を塗ったらしい。

「ふざけてないで、働いて」

「もちろんです!」

イヴは大股でドアに近づいて、廊下に出た。しかし、次の瞬間、歯ぎしりして引き返すと、デスクの上に立ったピーボディが満面に笑みを浮かべていた。「信じられない、ピーボディ。行くわよ」

「もっちろん!」ピーボディは足早にイヴに続いた。「ねえ、ダラス、気づきましたか——」

「いいえ。黙って」

ピーボディはハミングしはじめた。エレベーターが恐ろしいほど混み合っていても、イヴがそのまま駐車場まで降りていくことにしたのは、薬物で誘発された喜びのメロディーを雑音がかき消してくれるからだ。

車に乗り込むと、イヴは深呼吸をした。もう一度。「静かにしないなら、わたしが聞き取りをしている間、車に閉じ込めたままにするわよ」

「そんなあ、パートナーなのに。一生懸命働きますから。止められないんです！」最後の一言にはかすかにパニックの兆候がにじんでいた。イヴは車を発進させた。「頭の一部では思っているんです。おっと、だめよ、やめなさい！　って。でも、残りの部分はひたすらハッピーで、何もかもがめちゃくちゃ明るく見えるんです！　ほら、見て！　あの女性、子犬を散歩させてる。赤いブーツを履いてる！　赤いブーツは大好き。ああ、子犬がほしい！　名前はカドルスってつけて、それで――痛っ！」

ピーボディは背中を丸め、イヴにパンチを入れられた腕をさすった。「しゃべらずにはいられないんです」

「もっと我慢しなさい」

「だから、どういうことかというと、殺人事件とオスカーに行くっていうのがあって、わたしたちはすごーく遅くまで仕事をしていたんです。ああ、ナディーンにはなんとしてでも受賞してもらいたいです！　もう待ちきれない――痛っ！」

「そのまま続けたら、体じゅうボディーペイントをしてあざを隠さなければならなくなるわよ」

「二時間しか寝られなくて、そのうえ、頭を休められないのは、殺人事件と、なんと、あの、アカデミー賞のせいだって言ってるだけじゃないですか！　オーケイ、痛っ。でも言いたいのは、今朝、起きたら、すべてがとにかくぼんやりしてて、でも、わたしはあなたのために百パーセントで働かなければいけないんです。丸々百パーセントです。だから、ブースターを飲みました。ところが、全然効いた感じがしなかったんです。まだすべてがぼんやりしていました。そうしたら、エスプレッソのことを思い出して、たぶん、ある程度は効いたと思いますけど、ブースターのあとにチェイサーとしてエスプレッソを飲むなんて、超絶おばかですよね。エスプレッソは本物ですよ。マクナブとふたりで贅沢《ぜいたく》しちゃったんです。わたし、マクナブを愛してます！　イアン・マクナブはわたしのBFF――永遠《フォーエバー》のボーイフレンド――なんです！　それから、わたしたち――痛っ、痛っ、痛っ」

「おしゃべりはやめて。黙って。何があったかはわかった。なぜそうなったかもわかったから、鈍器を探してあなたを滅多打ちにして、あちこち骨折した体を通りに捨てて大型《マキシ》バスに轢《ひ》かせたりしない」

「わたし、酔いざまし《ソバー・アップ》を飲むべきですね。酔っ払った感じはしないけど、たぶん――」

「だめよ。もうそういうのは飲んじゃだめ。水だけよ」イヴはダッシュボードのオートシェフで水だけをプログラムした。「飲みなさい」

「もうトイレに行きたい感じなんですけど」

「いいわね、早く排泄すればするほどいいんだから」

「どこへ向かっているんですか？　目的地でトイレに行けますか？」

「ええ。飲んで。ミハイル・キンスキー、バンクスと同じ建物に住んでいる。四十六歳。かつて陸軍大尉だった。離婚経験あり。家庭内暴力で逮捕歴が一度。現在はダブ - ピンカートン・ファイナンシャルに警備係として勤務」

ピーボディはうなずき、こめかみを軽く叩いた。「ここに入りました」

「いいわね、もう着いたわよ」

「超いいですね！　ちょっとじゃなくてかなり、トイレに行きたくなってます」

イヴは通りの駐車スペースの二階に車を停めた。「警官らしい顔をして、とにかく黙っていなさい。さっき説明した男を観察するだけでいい。誰かにお尻を大釘《おおくぎ》でぶっ刺されないかぎり、あなたの口から感嘆符付きの言葉が出るのは、いっさい聞きたくない」

「それってすごく痛そうです」

「大釘は探せば見つかるから。ほんとうよ」

新鮮な空気を吸って少し歩き、トイレに行けば、パートナーも正気を取り戻すだろうと、イヴは期待した。

ロビーは見るからに豪華で、緑色の大理石の柱がいくつもそびえ、見上げると大量の金色の葉が茂っている。ピーボディはお上《のぼ》りさんのように目を丸くしていた。イヴは派手な飾りにも、おおぜいの人――ほとんどが黒ずくめだ――が足早に行き交い、イヤリンクで話したりマイクロPPCを操作しながらエレベーターから出たり入ったりするのにも、目を向けない。

「あそこ」イヴはトイレの表示を指さした。「さっさとしてよ」

「はーい」

ピーボディが弾むようにトイレに向かうと、イヴは見張り台に立っている警備係にまっすぐ近づいた。警察バッジを掲げる。

「どこへ行けば、ミハイル・キンスキーにお会いできますか?」

黒い制服姿の筋骨たくましい女性は、疑わしげにバッジを見てからスキャナーを取り出した。読み取って表示が緑に光ると、少しがっかりしたように見えた。

「ミスター・キンスキーはセキュリティ・ハブAにいます。ハブの階まで行くには、付き添いが必要です」

「わかったわ」イヴは一歩下がり、一方の目でトイレのほうを見ながら、なかへ入っていって鏡の前で楽しげに歌いながらめかしこんでいるピーボディを、引っ張り出すはめにならないように願っていた。

やがて、ピーボディが小走りにトイレから出てきて、ありがたいことにイヴは寿命を縮めずに済んだ。ピーボディはにこやかにほほえんでいたが、ひょっとしたら、気のせいかもしれないが、目のぎらつきが少しおさまったかもしれない。

「豪華なお手洗いでした」

「よかったわね。にこにこ顔はやめて」

にこにこ顔がわざとらしいしかめっ面に変わった。警官らしく見えたかもしれない、とイヴは思った。あのピンクのリップダイを塗っていなければ。それでも、にやつき顔よりはいい。

警備係専用のエレベーターから男性が降りてきた。ＩＤ写真を覚えていたイヴは、キンスキーだとわかった。均整のとれたたくましい体型だ。短く刈り込んだ髪は銀色に近いブロンドで、目は氷のように青く、高い頬骨は北欧の神を思わせる。決然とした足取りでまっすぐイヴのところへ歩いてくる。

「警察バッジを」

イヴはバッジを差し出し、肘で小突いてやっと、ピーボディがはっと気づいた。キンスキーはミニサイズのスキャナーを取り出して、バッジを確認した。

「何かご用でしょうか、警部補、捜査官？」

「あなたの職場のロビーでお話ししてもかまいませんが、もっとプライバシーが守られるところがあればそちらへ」

「どういったお話でしょう」

「ジョーダン・バンクスが殺害された件です」

キンスキーは決然とうなずき、体の向きを変えると、ふたりの先に立って専用エレベーターへ向かった。

「私のオフィスで話しましょう。あまり時間は取れません。二十分後に全システムの点検が始まるので」

キンスキーはカードを読み取り機《リーダー》にかざし、親指の指紋認証をしてエレベーターを作動させた。すぐにスムーズに下降してきて止まる。

エレベーターを降りると短い廊下で、突き当たりに、完璧な防犯設備に守られ、モニターカメラが設置された両開きの扉があった。キンスキーは左を向いて、カードキーを読み取り機にかざし、ふたたび指紋認証をして扉を開けた。なかはこぢんまりした簡素なオフィスで、壁二面がいくつものスクリーンで埋まっている。

キンスキーは飾り気のないデスクの向こうにまわって座り、金属製の椅子二脚のほうを身振りで示した。「おかけください。すぐに済むでしょうね。私はジョーダン・バンクスを知りませんから」

「あなたは彼と同じ建物に住んでいます。彼の二階下です」

「彼が殺害されたという記事を読んで知りました。千八百人以上があの建物に住んでいるんです、警部補。全員を知っていると思いますか?」

「関心があるのはバンクスのことだけです」

「彼のことは知りませんでした。会ったことも一度もない。今の住所に二十八か月以上住んでいますが、その間に彼を見たかもしれないし、見ていないかもしれない」

「離婚した直後から、ということになりますね」

キンスキーの目が、青い石のように硬くなった。「そうです」

「月曜日の二一〇〇時から火曜日の早朝〇四〇〇時までどこにいたか、そして、それを証明できますか?」

「月曜日のおよそ二一〇〇時から火曜日の〇六三〇時まで、自宅にいました」

「ひとりで?」

「そうです」

「誰か立証できる人はいますか?」

「十九〇〇時にこの建物を出て、四十一丁目にあるアイリッシュパブ〈ハニガンズ〉まで歩いて行って、友人と食事をしました。二〇三〇時ごろ店を出て歩いて帰り、二一〇〇時ごろ自宅に着きました」

「ずいぶん歩きましたね」

「歩くのが好きなんです」キンスキーは穏やかに言った。「帰ってから、翌日の朝までずっと家にいました。アパートメントの防犯カメラを見れば、わたしが帰った時間も出ていった時間も証明されるでしょう」

「あなたはセキュリティ関係の仕事をされています、ミスター・キンスキー。さまざまな興味深い装置が手に入るだろうし、それを使うための知識も技術もお持ちでしょうね」

「職業のせいで、知りもしない男を殺害した容疑者にされるんですか？」

「これは聞き取りです。あなたの権利をまだ読み上げてはいません。セキュリティの仕事を──あなたはレベルAの責任者ですか？」

「そうです」

「金融機関が入っているビルのセキュリティの仕事でその立場にいれば、投資に関して役に立つ情報も耳に入るでしょう。株式市場の。もしかしたら内部情報とか」

キンスキーの視線は揺るがず、無表情のままだ。声も落ち着き、何の感情も伝わってこない。「今度は、何と、インサイダー取引を疑われているのか？　あれこれ探られるのはたくさんだ。セントラルパークで男が殺され、金目のものは貯水池に捨てられる前に奪われていた。強盗のしわざだとメディアは伝えている。だが少なくともあなたは、そんなことで片付けるほど愚かじゃないようだ」

「どうしてそれが愚かなんですか？」

「男の首は折れていた——人の手で折られた、という話だ。ふつうの強盗は、特殊な技能が必要な実戦訓練のようなことはやったことなどないだろう」

「でも、あなたはやったことがある」

キンスキーのなおも険《けわ》しい目はイヴの目をとらえ、けっして揺るがない。「ある。私は男と同じ建物に住み、セキュリティ関係の仕事をしている。かつて兵役についていたことがあり、戦闘経験もある。問題の夜、自宅にひとりでいた」

「記録によると、あなたは暴力行為で告発されてもいる」

キンスキーの顔が、怒りでみるみる生え際まで赤くなり、焦りの色が初めてうかがえた。

「元妻を殴ってはいない。女性兵士相手に訓練をしたり実戦で戦ったときは別として、女性に暴力を振るったことは一度もない。もっと詳しく調べたら、元妻が現在、裁判所が指定したドラッグやアルコール乱用者の更生施設でリハビリ中だとわかるだろう。この話はこれ以上したくない」

キンスキーは立ち上がった。「仕事があるので。外まで送りましょう」

イヴも立ち上がり、同じようにしろとピーボディに身振りで示した。ふたたびエレベーターに乗るまで待って、イヴはキンスキーのこわばった顔を見上げて訊いた。「〈サロン〉に行ったことはありますか？」

キンスキーの目が一瞬揺らいだあと、細くなった。「昨日、爆破されたアートギャラリーだろう？　オーナーのひとりによって。それが何か？」

「質問に答えていませんね」

「行ったことはない」

「軍隊にいたとき、あなたは爆発物を扱う訓練を受けたことがある」

キンスキーは何か言いかけ、すぐに唇を結んだ。ロビー階でエレベーターの扉が開くと、彼は兵士のようにまっすぐ立ったまま動かなかった。「またあなたと話をしなければならないようなら、弁護士を雇う」

「あなたの権利ですから」イヴはさらりと言い、背中に刺さるような視線を感じながらロビーを横切っていった。

「あれで動揺したわね」イヴは言った。「いくつか条件が当てはまるのは間違いない。決定的ではないけれど、条件は合ってる。妻のリハビリの裏を取らないと」

「わたしがやります」ピーボディの声は落ち着いていた——感嘆符はついていない。「ほんとうに、ほんとうに、すみませんでした。もうほとんど抜けました。と言うか、とても元気な感じですけど、大騒ぎしたい気持ちはほぼなくなりました。ほんとうに、申し訳ありませんでした、ダラス」

「忘れなさい」

「だめです、ほんとうに。ブランコに乗ってぶんぶん飛び回るみたいにはしゃぐわたしなんて、あなたにとって何よりも必要ないものです。ばつが悪いですけど、そんなことよりとにかく、申し訳ないです」

「いいわ。そんなに申し訳ないなら、そのばかみたいなリップダイを落としなさい」

「リップダイって？」ふたりで車に近づきながら、ピーボディは訊いた。

「あなたが塗ってるやつ」

いかにも困惑したようすでピーボディはどさっと助手席に座るなり、サンバイザー裏についているバニティミラーのカバーを開けた。ピーボディがショックのあまり息を飲み、車内の酸素のほとんどがなくなった。

「信じられない！　いつ塗ったんだろう？　記憶にないです。だめです、こんなの」ピーボディはバッグのなかを探りはじめた。「衝動買いしたんですけど、わたしの色じゃありません。わたしが塗るとひどいことになる。何週間も前に、デスクの抽斗《ひきだし》に放り込んだのに」

「つまり、あなたのいちばんの問題は、それがあなたに似合う色じゃないってこと？」

「違います！」ピーボディは小さなウェットティッシュを引っ張り出し、ごしごしと唇をこすった。ピンク色になったティッシュを丸めて、二枚目を引き出す。「それから、あの、勤務中はもう二度と、ドキドキ火遊びピンクなんて呼ばれるものは身につけません。わたしは警官ですから！」

このときばかりは、イヴも感嘆符を受け入れた。「あなたが戻ってきてよかった」

19

それから三人の聞き取りをそれぞれの職場で行った。三人のうちふたりはすぐにアリバイがあると主張――家宅侵入があった週末と、バンクスが殺された夜の両方について、今後、裏を取る必要がある。三人目は、土曜日の夜から月曜日まで風邪をひいて自宅にいたと主張し、治療と症状緩和のために利用した薬草医《ハーバリスト》の名前を言った。

「風邪も、ハーバリストのところへ行ったのも、でっち上げられます」ピーボディが言った。

「そうね、できる。何かを隠していて、あらかじめ用意しているアリバイとしてはお粗末すぎだけど。彼の名前はリストの上位に残しておく。アリバイの裏を取ったら、ハーバリストは調べ済みとする。これからバンクスのアパートメントビルへ向かって、自宅勤務の人や仕事をしていない人たちを訪ねるわよ」

「今、コーヒーを飲んでいいですか？　水は四リットル近く飲みました」イヴにじろりとにらまれ、ピーボディは訴えた。「あなたは、何か事あるたびにわたしがトイレに行く回数を数えていましたけど、その間に四リットルのおしっこを排泄しました。ブースターはもう体に残っていません、間違いなく」

「小犬の話を始めたら、また殴るわよ」

「了解」

ピーボディはふたり分のコーヒーをプログラムして、自分のを飲みながらPPCを操作した。「アリバイの裏が取れたら、このリストの五人のうちまだふたりが残りますね。このふたりはなかなか消えないと思います。バクスターとトゥルーハートから最新情報をもらったので、ここに反映させておきます。四人のうちのひとりです――バクスターたちの最新情報のおかげで、そのひとりの順位はガクンと落ちました」

「キンスキーの元妻が実際に依存症でリハビリ中だと確認が取れても、彼はリストからはずさない」イヴは考えながら言った。「でも、そうなると、彼は妻を虐待したのではなく、酔っ払った妻に攻撃されて身を守ったのか、ドラッグを取り上げようとしただけかもしれない。だとしても、彼は容疑者の条件にいくつかあてはまるわ」

「彼の友人や、同僚や、軍隊時代の部隊長と話をしましょう」

イヴはうなずいた。「キンスキーについての捜査の第二段階ね。そして、次はマーキン。彼にはきっと何かある。大それたことをするには怠惰過ぎると妻は言っていたわ。怠惰なんだろうけど、だからといって、楽しむためにこういうことにかかわらないとは言えない」

「退屈している意地悪な金持ちですね」

「そのとおり」

イヴはアパートメントビルの前に車を停めた。ドアマンが丁重な身のこなしで足早にやってきて、車のドアを開けた。「おはようございます、警部補。今日はどういったご用件でしょうか?」

「話をしたい人が何人かいるの」

「かしこまりました。ローダに担当させましょう」

有能なローダはイヴのリストにある名前をざっと見た。「ミスター・スキナーは外出中です――歯医者の予約があるそうです。おふたりがいらっしゃる間に戻られたら、お知らせします。ミスター・ロリマーは八時ちょっと過ぎに、何かの集まりに行かれました。何時ごろ戻られるかはおっしゃいませんでしたが、こちらも、戻られたらお知らせします。ミスター・アボットとミスター・プリンツは、ジムに行かれて――おふたりは同じジムに通っていて、仲がいいんです――いつも一緒に帰ってこられます。他はみなさん、在宅されているはずです」

「いいわね。今日の午後、時間はわからないけど、捜査官がふたり、別の名前のリストを持って来るはずよ」

「しっかり対応します」

「助かるわ」

エレベーターに乗ると、ピーボディが言った。「いいところですね。上品で」そう言って肩をすくめる。「さすがロークです」

「そうね。上から始めて、降りていくわよ」

最初に訪ねたクリントン・ワイヤリーは興奮気味にふたりを迎えた。五十歳前後で、体は引き締まり、茶色の髪の先端をゴールドとシルバーに染めている。グリーンの目は好奇心に満ち、全身に喜びをみなぎらせている。

「〝不運なミスター・バンクス〟――物語のタイトルのようですね――の件でしょう。どうぞ、おかけください、どうぞ、どうぞ」

「ジョーダン・バンクスをご存じでしたね」

「いいえ、まったく。でも、おふたりのことは存じています。言うまでもなく、日曜日の夜はスクリーンに釘付けでしょう。オスカーの授賞式が大好きで、当日の晩に友だちを呼んで、私なりのささやかなお祭りをするんです。おふたりにコーヒーをお出しできなくて、ほんとうに残念でなりません。私は紅茶党なもので。オーガニック栽培の生のパパイヤジュースならあります。スパークリングジンジャーと混ぜると、それはそれはおいしいんです」

イヴが断る暇もなく、ピーボディが甲高い声をあげた。「ジュースをいただきます、ありがとうございます」

「それはよかった。どうかくつろいでいてください。すぐに戻ります」

膝丈のストライプのセーターに黒いスキンパンツを履いたワイヤリーは、くるりとスピンをするように方向転換をして、出ていった。

「すみません、どうしてもジュースが飲みたかったんです」

イヴは待っているあいだにリビングスペースを観察した。バンクスのところほど立派ではないが、大きなガラス窓の向こうには同じ景色が広がっている。アート作品がたくさんある、とイヴは気づいた。さまざまな色にあふれている。小鳥の形をしたクッション、曲線が美しいソファ、いかにも埃《ほこり》がたまりそうな装飾の多い小物が並び、生花が飾られている。

しばらくして、氷と——宣伝どおり——スパークリングジュースを満たしたピッチャーと、グラスを三つ、砂糖を白くまぶした細いクッキーが盛られた皿と、派手なナプキンを持って、ワイヤリーが戻ってきた。

「あなたもよろしかったらどうぞ」ワイヤリーがイヴに言った。「警察が住人の聞き込みに来るのかな、と思っていたんです。そうしたら、あなたがたが来て、もう興奮してしまって――不謹慎だとわかっています。不幸な男性が亡くなったんですから。亡くなった人を悪く言うつもりはないけれど、彼はちょっと無節操だったでしょう?」

「彼を知らないとおっしゃいました」

「知り合いではなくても、どういう人かは知っています。私は不作法なゴシップ好きなんです」ワイヤリーは続け、ジュースを注いだ。「この建物の住人に親しい人はおおぜいいます。みんな、噂話が大好きですよ。存命中、彼が話題になることはあまりなかったけれど、亡くなってからはどうでしょう?」ワイヤリーは天井を見上げた。「もう、後から後から」

「たとえば?」イヴは先を促した。

「そうですね」ワイヤリーは眉をぴくぴくさせ、クッキーの皿を差し出した。「もちろん、ご存じだと思いますが、ひょっとしたらご存じないかもしれないので。女たらしなんですよ。彼には最高に魅力的な女友だちがいたんです――私も一度、エレベーターで一緒になったことがあります。今週、あの恐ろしい爆発で怪我をした気の毒な女性です。ウィリミナ・カーソン。エコノ社の社長です。彼女は元どおりの体になれると、記事で読みました」

ワイヤリーは手のひらで自分の胸を軽く叩いた。「ほんとうにほっとしました。さっきも言ったとおり、魅力的な女性なんです。そして、とにかく美しい。ところが、そんな魅力的な女性と付き合いながら、彼は他にもちょっかいを出していたと聞きました。そのなかにはわれらがアンカーもいたんです——アンカー・シーです。とても華やかな女性で、たまたまですが、うちの真向かいに住んでらっしゃいます。彼はアンカーに媚《こ》びを売り、花を贈り、食事に誘いました——すべて、美しいウィリミナと付き合っている間のことです。われらがアンカーは彼をはねつけました」

　ワイヤリーはにっこりほほえみ、きれいに磨いた爪を短く切りそろえた指で輪っかを作り、ピンッとはじいて見せた。「男性の趣味がいいんですね。私はこの話を彼が存命中から知っていました。アンカーがとても憤慨して、私の小さなパーティで打ち明けたんです。そして、〝不運なミスター・バンクス〟が亡くなってから、そんな扱いを受けたのはアンカーひとりではなく何人もいたと聞きました」

　イヴが聞いていると、ワイヤリーは聞いた話をつぎつぎと披露した。女性たちのこと、ドラッグを使っていたこと——体にも精神にも恐ろしいものです！——ギャンブルのこと。

「一度も会ったことのない男性について、ほんとうによく知っているようですね」

「ああ、それはもう、私はいつだって聞き耳を立てていますから。このビルに住んでいる全員についてすべては知らないかもしれませんが、少なくとも大部分の人のことを少しは知っていると断言できます。すべて役に立つんですよ。短編小説を書いているんですよ。書くことに情熱を傾けていまして」

「あなたは弁護士だと思っていました。法律と財務のコンサルタントで、財産管理のスペシャリストだと」

「それは務めであって、情熱ではありません。私は偉大な法律家夫婦の長男として生まれ、期待された道を進んだのです。自分で言うのもなんですが、法律家としてかなり有能でした。今でもクライアントの力になっていますが、そちらに割く時間は減らして、書く時間を確保しています」

「弟さんは軍人ですね？」

「驚いた、何でもご存じですね、あなたも。はい、次男が〝常に誠実《センパ・ファイ》〟（米海兵隊の標語）です。祖父も叔父も、ふたりとも同じく次男坊で、海兵隊員です。うちの一族は法律家と軍人ばかりです。何というか、家族の金を当てにして怠惰に生きるのは許されません。自分の食い扶持《ぶち》は自分で稼ぐんです。ミスター・バンクスとは違って——聞いた話ですが」

イヴは何も答えず、部屋のなかを見回した。「美術品をたくさんお持ちですね」

「これも私の情熱なんです。芸術のない人生なんて、しょせん無意味。退屈で、灰色で、単調だ。あなたもそう思われるでしょう」ワイヤリーが目下カラフルなピーボディに言った。

「はい、思います、心から。バンクスがバンクス・ギャラリー——美術品のギャラリーです——を所有しているのはご存じだと思います」

「ええ、でも、所有するのと働くのは違いますよね？」ワイヤリーは薄笑いを浮かべた。「彼は働くということにはあまり力を入れていなかったと聞いています。彼が働いていた場へ行ってみれば、実際がどうだったかわかるでしょう。本人もいい作品を集めていたんでしょうね。彼のアパートメントに誰かが侵入したというのはほんとうですか？　噂で聞いたんですが、確かめようがなくて。家はすべて封印されているし、犯行現場みたいじゃないですか」

「被害者の自宅には誰も入れてはならないんです」ピーボディがうまくかわした。「証拠となりうるものをすべて確実に収集するまでは」

「もちろんです。よく理解できます」

ピーボディはアート作品をじっと見た。「アンジェロ・リッチーの作品はお持ちですか？」

「ああ」ワイヤリーは一方の手のひらを胸に押しつけた。「あれは悲劇でした。本物の悲劇です。〈サロン〉で爆発があったと聞いたときは、危うく倒れそうになりました。あのギャラリーでは何点か絵を買っています。出会ってすぐに気が合った《シンパーティコ》アイリーンを通して作品を買っています——ウェインとも知り合いでしたが。気が滅入ります。ほんとうに、彼が亡くなったと考えるだけで、具合が悪くなります。それから、アンジェロ・リッチー、あんなに才能があったというのに。私は、ゆうべ、彼の個展のオープニングパーティに出るつもりだったんですよ。今付き合っている彼《ボウ》は出張中なので、友だち数人と出かけるつもりでした。ウェインのようにいい人で、愛情あふれる夫で父親である彼が痛めつけられる世の中なんて、信じられません。まったく、小さな男の子の頭に銃を突きつけて、父親に犠牲を強いるなんて。おおぜいの人を殺させるなんて。リッチーのように輝かしい才能に恵まれた若者や、ほかにもたくさん。作品も」

ワイヤリーはシルクのハンカチを引っ張り出して、涙に濡れた目を押さえた。「ニュースによると、一週間で二度目の犯行だとか。最初の事件でも、父親とおおぜいが亡くなっているとか。そんな美しいものと喜びが奪われ、ばらばらにされるような世界は、私には理解できません」

「ええ。同じように美術に興味があるのに、あなたがバンクスに会ったことがないというのは驚きですね。同じ建物に住んで、趣味も同じなのに」

「そして、こうなってしまった今、永遠に会うことはないですね」

「彼が殺された夜、どこにいましたか。月曜日の夜八時から火曜日の朝四時です」

好奇心に満ちたグリーンの目を見開き、ワイヤリーはまた胸に手のひらを当てた。「私は容疑者なんですか？　なんと、これはすばらしい！　そうね、そうね、ありえないけど、そういうことね。私みたいな年寄りのおねえが殺人の容疑者に。私の権利を読まなければならないとか？」

「読んでほしいですか？」

「ぞくぞくするでしょうけど、必要ないですね、まったく。私は家にいました——というか、お酒を飲んで、ミリセントとゲーリーのところにいました。四九〇四号室です。すてきなふたりです。私が降りていったのが八時ごろだと思います。九時半までにここへ戻ったのは間違いありません。軽食を準備してから『バレー・オブ・ティアーズ』を観たかったんです。もうあの番組にハマってしまっていて、新しいシーズンの第一回の放送が十時からでした」

ワイヤリーはいったん言葉を切り、とんとんと指先で顎《あご》を叩いた。「ええと、そのあとは——十一時ごろから一時間、小説を書きました。十二時か、ちょっと過ぎたころ、ボウから連絡があるはずだったので。彼はツアー中なんです——アンカーと。彼とはアンカーを通じて出会いました。ふたりはミュージシャンなんです。私のボウはチェリストです。とてもかわいらしいんですよ。彼と二時間ほど話をしてから、ベッドにぬくぬくとおさまって眠りました。次の日は、そう、昼ごろまでベッドにいました。それから、友だちとマディソン街の

〈ビストロ〉でランチをしました」

「長々と話していたんですね、二時間も」

「ええと、ずっとしゃべっていたわけじゃないので」ワイヤリーはシルクのハンカチくらい柔らかな笑みをイヴに向けた。「私たち――上品に説明するなら――遠距離で、たがいを満足させたんです。五週間のツアーなんですから」

「そのお友だちの名前を」

「ナイジェル・チューダーです。さっきも言ったけれど、とてもかわいらしい子で、もちろん私の話を裏づけてくれるはずです。でも、私たちの……会話も録音してありますよ。音も映像も。寂しい夜のために。時刻も記録されています。お役に立つならコピーを作りますが」

「ナイジェルと話をするだけでいいわ、ありがとう。彼の連絡先は?」

ワイヤリーは番号をすらすらと告げた。「彼に愛していると伝えてください」

「オーケイ。その前の週末は何をしていましたか?」

「ええと、ナイジェルが土曜日からツアーに出るので、金曜日の夜、友人たちを招いて彼とアンカーを励ましました。最後のゲストを送り出したのが午前一時ごろだったと思います。それからナイジェルと……」

「ぬくぬくとベッドにおさまった」ピーボディが先を言い、ワイヤリーは満面の笑みを彼女に向けた。

「ええ、そうです。私のかわいいボウとアンカーは、土曜日の十時ちょうどに出かけて行き、実を言うと、私はそれから一時間ほど何をするでもなくぼんやりしていました――そこへやってきたピティーとチャロに元気づけに引っ張り出され、スパで一日過ごしました。ほんとうに楽しいふたりで、すてきな一日になりました。スパのあと、カクテルを飲んで、他の友だちと合流して早めのディナーを食べて、それから芝居を観にいったんだけれど、それが最悪だったんです」

ワイヤリーはため息をつき、首を振った。「『グッバイ・ジェシカ・グッバイ』は観にいってはだめ。ほんとうに。終わってからみんなで〈ブルーノート〉へ行って、お口直しにおいしいお酒と音楽を楽しみました。うちに帰ったのは午前三時過ぎだったと思います。日曜日は、〈ヒルダゴ〉でブランチの予定だったから、必死の思いでベッドから抜け出したのは、十一時ごろだったかな？　食事から戻ったあとは家にいました。原稿を仕上げたり、昼寝をしたり、そんなところです」

「オーケイ。ご協力に感謝します」

「もう、こんなにうれしいことはありません。日曜日、おふたりが何を着てレッドカーペットを歩くのか、いまから楽しみでもう待ちきれません」

「行くのは彼女だけよ。わたしは行かないので」

「あら、そうなんですか。楽しみにしています、ピーボディ捜査官。またぜひいらしてください。この建物の誰かについて私の知らないことがあっても、たぶん調べられますから」

「覚えておきます」

イヴはアパートメントを出て、エレベーターへ向かった。

「ミリセントとゲーリーや他の人たちのことは確認しなくていいですか？」ピーボディが訊いた。

「彼は問題ない。簡単に反証できたりバレたりするような嘘《うそ》をつくほど愚かじゃないわ。それに、人殺しタイプじゃない」

「彼女のこと、気に入りました」

「ふざけてて、おしゃべりな、自称〝年寄りのおねえ〟。わたしもちょっと好きかも」

さらに同じ建物に住む三人の聞き取りを済ませたが、ワイヤリーほど面白い者もおしゃべりな者もいなかった。次のアパートメントへ向かっていると、ピーボディがバッグからエナジーバーを取り出した。

「ちょっと……元気になりたいので。景気《ブースト》づけっていう言葉は使いたくないですね。食べますか？」

「何なの？」

「ええと、〈フルーティー・ナッツ・カーボ・バースト〉――チアシードと亜麻《フラックス》の繊維入りです」

「フラックスって、シーツや下着なんかの素材だと思っていたけど」

「食べられる繊維植物ですよ」

「下着の製造に使われるものを食べてるってこと？　だったら、自分の下着でもかじったらどう？」

ピーボディは決然とエネジーバーをかじった。「ちょっと車を停めて、おいしくないソイフライさえ買う暇もない日――たいていそうですけど――なら、そそられますね」

エレベーターを降りると、イヴが言った。「ゆるいパンツは？」

「ウエストサイズは上昇傾向です。これ、嚙《か》みきれないです」ピーボディはなんとか次の一口をかじった。「おいしさ指数は、十点満点中三点くらいですが、嚙みきれないです」

「さあ、下着を飲み込みなさい」イヴはそう命じ、次の部屋のブザーを押した。

「そうしたいんですけど」ピーボディがもごもごと言う間、イヴはこの部屋のセキュリティ設備に目をこらした。

最高級ではないが、それに近い。女性のコンピュータ音声がなめらかに尋ねた。

〝こんにちは。お名前と、ご訪問の目的をおっしゃってください〟

「NYPSDのダラス警部補とピーボディ捜査官」イヴはスキャナーに向かって警察バッジを掲げた。「聞き取り捜査」

〝ありがとうございます。おふたりの身元が確認されました。ミスター・アイラーはまもなく参ります。しばらくお待ちください〟

ルーシャス・アイラー、とイヴは思い返した。四十四歳、大金持ち——骨董品《こっとうひん》の売買で財をなした——の三代目。結婚経験なし、子どもなし。記録上の職業はデイトレーダー。弟（故人）、叔父、祖母、従兄弟《いとこ》ふたり、義理の姉も軍人だ。

多くの条件に合う。やがて、錠がはずれる音がした。

映画スターみたいに完璧だ。扉を開けたアイラーを見て、イヴは思った。ウェーブのかかった栗色の髪が骨張った顔のまわりをちょうどいいバランスで囲み、絶妙な加減でうなじがあらわになっている。ターコイズブルーの目は濃いまつ毛に縁取られ、控えめにほほえむと、口の右端に小さなえくぼができて、その目は何か物問いたげになった。

「何かお役に立てることがありますか、巡査？」

「お邪魔して、お話がしたいのですが、ミスター・アイラー」

「何の話でしょう?」

「ジョーダン・バンクスについて」

「誰です? ああ、そうか、そうでした。お力になれるとは思いませんが」

「入ってもよろしいですか?」

「失礼、どうぞ」アイラーは後ろに下がった。「ちょっと面食らってしまって。警官が訪ねてくるとは予想していなかったので。誰だってしないと思いますが」

「犯罪者はたまにしますよ」ピーボディが言うと、彼は小さなえくぼを見せた。

「それは考えたこともなかった。では……座ったほうがよさそうですね」

骨董品売買を家業としている一家のひとりとして、自宅の調度品をアンティークものでそろえるのはごく自然だ、とイヴは思う。広々としたスペースには大きなテーブルや、キャビネットや、凝った装飾の椅子やソファがゆったりと配置されている。内装にはつややかな木材がふんだんに使われ、華麗な織物があちこちにかけられて、スペースの中央にはやや色あせた大きな絨毯《じゅうたん》が敷いてある。

バンクスの住まいと同じように、ここにも立派な暖炉があった。銀の燭台《しょくだい》と彩色を施した背の高い花瓶が、その上に飾られている。

その背後には、輝く木枠で縁取られた長い楕円《だえん》形の鏡があって、部屋のなかが映っている。

壁の絵画のほとんどが風景画で、ヨーロッパだろうとイヴは思った。うねる丘の斜面に陽光を浴びた家々が見え隠れし、森や果樹園のそこここに趣のあるコテージが点在している。

アイラーは飲み物を勧めず、椅子のほうを身振りで示してから、座った——体は細く、白いカシミヤのセーターを着て、仕立てのいい黒いパンツを穿《は》いている。

アイラーは両手の指先を付き合わせた。「何を話せばいいですか?」

「ジョーダン・バンクスとは知り合いでしたか?」

「ええ——とくに親しくはないですが。ちょっと前に知り合いました。いつだったか、正確には覚えていないな。一年くらい前かな? パーティで。話しているうちに、共通の友人がいるとわかったんです。タッドとデルヴィニアです。そうこうしているうちに、僕たちが住んでいるのは同じ建物だとわかりました。ニューヨークはほんとうに狭い。彼としばらく話しました。彼はアートギャラリーのオーナーで、僕もアートとアンティークのビジネスにかかわっているから——」

「あなたはデイトレーダーだと思っていました」

「ああ」アイラーはまた両手の指先を付き合わせた。「それは楽しい趣味のようなものです。家業はアートとアンティークの売買なので、ジョーダンとは興味の対象が共通していて、しばらく仕事の話をしてから名刺を交換しました」

「そのあとは?」

「どういうことです?」

「また会いましたか?」

「バンクス・ギャラリーに——彼のアートショップに——行って、一緒に酒を飲みました。彼のギャラリーが扱っているのは主に現代アートで、付き合いがあるのも現役の作家ですが、僕はもっと古い作品に興味があります。でも、ふたりで一、二度、飲みに行ったか、パーティでたまたま会って話をしたと思います」

「この建物の彼のアパートメントには行ったことがありますか?」

「ええ、彼のアートコレクションを見に行って、当然、彼もうちに来ました。僕たちはアートを愛しているのは同じでも、趣味はだいぶ違っていました」

「あなたがたの共通の友だち、タッドとデルヴィニアが月曜日の夜に開いたパーティには行きましたか?」

「いいえ。残念ながら行けなかった。車で旅行をしていて——戻ったのがその日の夕方になってしまい、疲れ果てていて、パーティへ出向く元気が出なかったので」

「車で旅行ですか?」

「北のほうへ。ニューヨーク州を抜けて、ニューイングランドへ。アンティークばかり見ていました――休みだというのに、やっていることはほぼいつもの仕事と変わらなかった」

「どのくらい行っていたんですか？」

「長い週末になりました。正直なところ、少し休みたくなって、それで車で北へ向かったんです」アイラーは両手を広げてから、また左右の指を付き合わせた。「何も計画せず、気が向いたらたまに車を停めて、アンティークや収集品の店を見てまわりました。僕は基本的に買い付けはしないんですが、下見はするんです。うちで扱っているのは主にヨーロッパの品ですが、アメリカの古いものも売買します。小さな店でも、たまにすばらしい宝物に出会えるんですよ」

「どうでしたか？」

「どうって？」

「掘り出し物に出会えましたか？」

「今回はだめでした。でも、さっきも言ったとおり、実際、やってることはいつもの仕事とほとんど変わらない。とにかく街から出たくて、その口実だったんです」

「そして、月曜日の夕方に戻ってきた」

「ええ。何時だったかはよく覚えていないな。荷物をほどき、一杯飲んでくつろぎました」

「それから？」

アイラーは座り直し、少しむっとしたように見えた。「はっきり覚えてなんかいませんよ。シャワーを浴びて、のんびりして、少し本を読んだかもしれない。早めに寝ました。日常を離れるのもいいですが、自分のベッドほどほっとできるところはありませんから」

「誰かと話をして、戻ったことを知らせましたか？　旅行中に入っていたメッセージに返事をしたとか？」

「いいえ。さっきも言ったように、疲れていましたから。なんでそんなことまでいちいち知りたがるのか、まったくわからないな」

「ジョーダン・バンクスは火曜日の未明に殺害されたんです」

「ええ、そう聞きました。それが僕と何の関係があるんです？」

「あなたは彼と知り合いだった。彼は、あなたたちの共通の友人が開いたパーティの場を離れてから殺された。殺人事件の捜査でこういった質問をするのは、通常の手順です」

「知りませんよ。警察に話を聞かれたことなんてないんだから」さっきまでよりかなり冷ややかな口調だった。「正直言って、詮索《せんさく》されている感じだ」

「そうでしょうね。ヒューゴ・マーキンを知っていますか？」

「ヒューゴ？　ええ、彼もデロレスも――彼の奥さんです――知っていますよ」

「ウィリミナ・カーソンは？」

「彼女がジョーダンと付き合っていたときに会ったことがある。知っているとは言えないが、会ったことはある」

「ポール・ローガン」

アイラーはイヴの目を見つめ、両手の指先を付き合わせた。「いいえ、聞いたことがない」

「ウェイン・デンビー」

「知らないと思うな。おおぜいの人と会いますからね」

「アンジェロ・リッチー」

「いや、知らない……待って。画家だ。彼のことも作品のことも知っている。つい最近、殺されたんでしたよね？　悲しい話だ」

「彼にとってはね」イヴは同意した。「売れはじめる前に彼の作品を買った美術品コレクターにとっては——作品の価値が上がるということ。そうですよね？　アートとアンティークでビジネスをしている立場から言えば？」

アイラーはまた座り直した。「それは冷酷で打算的な見方だ」

「でも、正しい？」

「そう、十中八九は」アイラーはまた両手の指先を付き合わせ、視線を泳がせてから、イヴの背後へとそらした。「それがジョーダンの殺害とどう関係するのか、僕にはわからない」

「バンクスのアパートメントには、リッチーの手による人物のデッサン画がありました」

「そうでしたか？　それは気づかなかったな。でも、まさか、売り出し中のアーティストが木炭で描いた人物のデッサン画をめぐってジョーダンが殺されたとか、そういう話じゃないですよね」

イヴはほほえんだ。「人はありとあらゆる理由で人を殺します。ギャンブルをしますか、ミスター・アイラー？」

「ギャンブル？　たまには。しない人がいるかな？」

「バンクスとギャンブルをしたことがありますか？」

「記憶にないな。警部補、僕があの男に会ったのは、この一、二年で数えるほどですよ。親しい友人じゃなかった。これで終わりなら、僕はもう――」

「あと少しだけ。あなたの家族には軍隊にいた方がおおぜいいますね」

アイラーの唇がかすかに震え、小さなえくぼが一瞬、ひきつった。「うちの家族を調べたのか？」

「通常の手順です、ミスター・アイラー。軍人の方々の貢献には心から感謝していますし、弟さんが亡くなられたことは、ほんとうにお気の毒でした」

アイラーの肩から力が抜けると同時に、その目に偽りのない感情が表れた。「それはどうも。うちの家には昔から軍人が多くて、僕たちはみんな、それをとても誇りに思っている。弟のテリー……テランス・ジェームス・アイラー大尉は殉職したんだ」

「ソウルの基地に配属されていたときにテロリストの攻撃に遭い、亡くなられたそうね。四年前に？」

「そう、今でも昨日のことのように覚えている」アイラーは遠くに目をやった。「弟は次の週に帰還することになっていた。亡くなるほんの数時間前に話をしたら、フェリシアに結婚を申し込むつもりだと言っていた。その機会は失われてしまったが」

「フェリシア？」

「フェリシア・モーティマー。ふたりはずいぶん前から付き合っていて、テリーは帰ったら指輪を買って結婚を申し込むんだと言っていた。でももう、弟は永遠に戻ってこない」

アイラーは喉を震わせ、また視線をそらした。「その日、弟は何人もの命を救ったんです。他の人たちを救うために命を落とした。弟はヒーローです」

アイラーは片手を上げた。「すみません、まだ記憶が生々しくて。これからもずっとそうでしょう。そろそろお引き取りいただきたいのですが」

アイラーが立ち上がり、イヴも立ち上がった。「大切な方を亡くされて重ねがさねほんとうにお気の毒なことです。お時間を割いていただき、感謝します」イヴはドアのほうに体を向けて、ふと動きを止めた。「忘れるところでした。旅行中に泊まった場所の名前を教えていただけたら、聞き取り捜査は終わりです」

「そんなことを聞いてどうなるんです？」

「報告書に必要なんです」イヴはアイラーの顔色を見て、さわやかにほほえんだ。「すべて確認する必要がありますから」

「覚えていないな。さっきも言ったとおり、これといった予定は立てていなかったから。車を停《と》めるのも、そのときの気分だった。ニューイングランドあたりには一風変わった小さなB&Bがたくさんあってね。名前は覚えていないな」

「大丈夫です。何か記録が残っているでしょう――クレジットカードのデータとか」

アイラーが歯を食いしばるのが顎の動きでわかった。「クレジットカードもデビットカードも使わなかったから。現金だけだ」

「そうなんですか？　経費を記録しないんですか？　納税のときは？」

「説明したとおり――はっきり言ったはずですよ――僕にとっては休暇のようなものだったんだ」

「ガソリンを入れたスタンドや、途中の食事代は？」

「現金で払った。ジョーダンが殺されたのは火曜日の朝だとあなたは言った。週末に僕がどこに泊まったとか、どこで食べたとか、そんなことがどう関係するんだ？」

「何でもきっちりさせないと気になってしょうがないんです。泊まった場所を一か所でも思い出したらご連絡ください。未解決事項がひとつなくなります。改めて感謝します」

イヴはピーボディと一緒にすたすたとエレベーターへ向かった。「彼、賢くないわ」

「ほんとうに。ぜんぜん、ぜんぜんです」ピーボディは同意した。「何度も、たぶん鏡を見ながら、リハーサルをしたんでしょうね」

「リハーサルのやり過ぎって感じ。それに、あまりうまくないのよ。なんて言ったっけ？　アドリブが。協力的な態度を見せようとして、最初に一気に情報を出し過ぎたわね。自分と同じ美術愛好家が殺されたのに、一度だって残念がらなかった。それに関係する質問もいっさいしなかったし。ソシオパスの特徴よ――関連付けができないのは」

「一気に出してしまった、というのはそのとおりですね。バンクスのアパートメントにあったリッチーの作品が木炭で描いたデッサン画だったと、どうして知っているんですか？」

イヴはほほえみ、ピーボディに人差し指を突きつけた。「それよ。〝ああ、そうでした、ジョーダンのアパートメントでリッチーの絵を見ました〟とは言わない。〝そうでした、アンジェロ・リッチーの木炭画を持っているとジョーダンが言ってました〟とは言わない。リッチーを思い出すのにちょっと時間がかかったふりをしても、彼とバンクスを結びつけもしない――もっと利口ならそうしていたわね。でも、月曜日にアパートメントから持ち出した絵は知っているから、それが頭に浮かんで、ついぽろっと言ってしまう」

「あれを聞いて、あなたはすぐに彼を逮捕するんじゃないかと思いました」

「彼に冷や汗をかかせてやったわ。突き崩すこともできる。そうしたら、十八人を殺害した罪で逮捕して、刑務所にもぶち込める。でも、まだわからない。彼がパートナーを逃がすかもしれない。どうしてもふたりを逮捕しなければ」

「パートナーも逮捕できますよ」

イヴは首を振った。「パートナーによるわ。とにかく、わたしたちがやるのは、いったん聞き取りを中断して、テロリストの攻撃を受けたというテランス・アイラー大尉の部隊長に連絡を取ること。テリーがほんとうに死んでいるのかどうか確かめるわよ」

「そんな、亡くなったという弟は生きていて、彼のパートナーだと思っているんですか?」

「確かめるのよ。それから、フェリシア・モーティマーにも連絡を取らないと。彼女と話がしたい。だから、それまで聞き取りは中断する」

イヴはエレベーターから降りて、受付デスクに向かった。「ローダ、どこかオフィスを使わせてもらえる?」

「もちろんです――しばらくお待ちください」ローダはイヤピースを指先で軽く叩いた。

「アダム、受付を五分ほど代わってもらえるかしら。ありがとう。どうぞ、ご案内します」

ローダはイヴに言った。「わたしのオフィスを使ってください」

先を歩いていたローダがこぢんまりとして清潔な休憩室の前で立ち止まった。「何かお飲みになりますか？」

冷静に考えつづけたかったイヴは冷たいものが飲みたかった。「チューブ入りのペプシを」

「捜査官は？」

「わたしもペプシで、ダイエットのほうを」

「チキン・ヌードル・スープがとてもおいしいんですよ。ここへいらしてもう三時間以上になります」ローダが指摘した。「お昼休みも取らないまま」

「ロークが認めたスープね」イヴが言い、ローダはにっこりほほえんだ。

「わたしのオフィスは左側のふたつ目の扉です。すぐにスープと飲み物をお持ちします」

20

スープはローダの言っていたとおりおいしい、とイヴは認めないわけにいかなかった。スープを飲みながらザビエル・アンガー大佐の連絡先を見つけて、長話をした。そのあいだ、ピーボディもフェリシア・モーティマーと長々と話をしていた。

イヴは話を終えると、椅子の背に体をあずけて天井を見上げ、じっくり考えた。そして、ピーボディが話を終えるのを待って、身を起こした。

「報告を」

「フェリシアはテリーがドイツに配属されていたときに出会い、そのころ彼女は大学院で研究していたそうです。言語学が専門で、今は国連で通訳を務めています。ともにドイツで暮らす生粋のニューヨーカーだったふたりはすぐに意気投合し、デートするようになりました。やがて交際は真剣なものになり、彼女は彼の休暇に合わせて帰国を延期し、それぞれの家族に相手を紹介しました。遠距離恋愛になっても交際は続きました。そのうち、彼は韓国に配属されました。保養休暇に東京で一緒に過ごしたことも二度あり、休暇で彼が帰国したときはさらに長い時間、一緒に過ごしたそうです。結婚を申し込まれたらイエスと答えていたでしょう」

「どう思う？」

「彼女は彼を愛していて、軍人の妻になったでしょうし、彼女自身、彼の家族から自立してしっかりした土台が築けただろうと感じています。彼らのことは好きだと言います――とくに彼の母親のことは。父親は子どもを自分の思いどおりにさせたがり、冷淡で、それから――彼女がテリーに聞いた話では――つねにテリーは軍隊に入るものと決めつけていたそうです」

「次男坊にありがちな悩み？」

「たぶん。そんな感じでしょうね。彼女によると、彼の兄――問題の彼です――は子どものころからスポーツが苦手で、たくましくもなく、テリーとは正反対でした。ひ弱なところもある兄でしたが、いつも弟をかばってくれたそうです。本も読んでくれたとか」

「そうなの？」

「ええ。テリー・アイラーは兄より十歳近く年下でした。両親は旅行でいないことが多く、世話をしてくれるのは乳母と使用人と兄。アイラーは兄としての役割を真剣に受け止めていたようです。やがて、テリーは父親の期待に応えて入隊しましたが、フェリシアによると、とても水が合っていたそうです。自分の居場所を見つけたんです。昔からある兄弟の――姉妹にもあります――絆ってやつを見つけたんでしょうね。軍人としての暮らしが気に入り、四年もたたずに大尉に昇格したそうです。彼が亡くなったときは、全世界が崩れたような気がしたそうです。その後も、以前にも増して彼の家族と一緒に過ごしていたといいます。彼女とアイラーは支え合っていました。彼女は大切な人を亡くした人のためのグリーフセラピーに通い、徐々に立ち直りました。テリーが亡くなって三年近くたち、彼女はある男性と出会いました。去年の夏、結婚したそうです」

「それが引き金かも。あのくそ女、僕の弟、僕のヒーローの思い出をないがしろにしやがって。新たな人生を歩きはじめやがった」

「彼は本当に戦死したんですか?」ピーボディが訊いた。

「そう。彼の部隊長は、DNAで死亡を確認したのはもちろん、アイラー大尉が負傷者を安全な場所まで引きずっていって、他の負傷者も助けようと急いで引き返したのを実際に見ていたらしい。彼は二度目の爆発に巻きこまれて亡くなった。部隊長は信頼できる目撃者よ」

「ということは、ヒーローとなった亡き弟は犯人のパートナーじゃなかったんですね」

「そう、でも、パートナーは軍人よ。それがふたりをつなぐ絆《きずな》。アイラーはひ弱で、本人が考えているほど賢くも切れ者でもない。彼は金を持っていて、美術品に詳しく、株式市場で遊ぶくらいの知識はあるけれど、戦った経験はなく、訓練も受けず、作戦を練ったことも参加したこともない。パートナーはその反対。爆発物の知識がある。アイラーの弟は爆発で命を落とし、基地を狙った攻撃では、人員だけじゃなく兵器も狙われた。攻撃を受けて亡くなったり負傷したりした多くの人は、男も女も爆破や爆薬の訓練を受けていた」

「兄弟の絆《ブラザー》」

「今日は冴《さ》えてるピーボディの日ね。僕の弟のブラザーは僕のブラザー、ということ。犯人のふたりを結びつけたのは、強欲と金とギャンブルよ。でも、他にもあった。いつも家にいない父親に支配され、悩んでいた弟」

「父親に支配も期待もされなかったら弟は入隊せず、死ぬこともなかった」

「冴えまくっているわね。子どもが死んだのは父親のせい。母親は間に入って子どもを守ろうとしなかった。父親って子どものために死ぬんだろうか？　試してみようぜ。そのうえ、おい、儲けられるかもしれないぞ」

イヴは時間を確かめた。「マイラにこの話を聞いてほしい。時間の都合をつけてもらって。そのあと、聞き取りを再開するわよ」

「アイラーの尻尾《しっぽ》をつかんだじゃないですか」

「だめね、大事な点を見落としてる。パートナーはこのなかにいるかもしれない、このリストに、この建物に」

ピーボディは眉をひそめた。「考えていませんでした」

「まあ、五分五分だけど。とにかく最後まで聞き込みを続けないと」

「あなたに旅行のことを追及されて、アイラーはぴりぴりしていましたね、ダラス」

「不安にさせたかったのよ。不安がどんどん大きくなれば、三番目を試さないかもしれないから。わたしはこの建物を見張る――外から。なかにはローダと彼女のチームがいる。マイラに連絡して時間を取ってもらって。その間にローダと話をして、警官の目であたりを監視しているから」

イヴは歩きだし、一緒に来るようにとローダに身振りで示した。「建物の外に監視チームを配置するわ」

足取りを乱すことなく、ローダはただうなずいた。「ドアマンと警備員たちに伝えます」

「あなたがシフトをはずれたら、誰が代わりを引き継ぐ？」

「アーロン・ヴォーガルが夜間シフトのマネージャーです」

「彼はあなたぐらい優秀？」

ローダはほほえんだ。「わたしがトレーニングを担当しました。彼は有能です」

「冷静で口が堅いことを望むわ」

「両方ともご満足いただけます」

「ルーシャス・アイラーが建物を離れたり、誰かが彼を訪ねてきたりしたら、わたしに知らせて。すぐに」

「ミスター・アイラーですね」ローダはつぶやいた。「わかりました」

「いいわね。どんな形でも、立ち向かったり、いつもと違う動きをしたりしてはだめ。知りたいのは、誰が彼に会いにきたのかということ」

「ミスター・アイラーはご友人も仕事関係のお知り合いもとても多いです。たいていお仕事はお部屋でなさっているので、訪ねてくる方もたくさんいらっしゃいます」

「男性。今のところ、年齢帯は不明。軍人とか、軍隊で訓練を受けた人、という印象をあたえるかもしれない人物」

「であれば範囲は狭まりますが、ミスター・アイラーには、過去、現在を問わず軍隊と関係のあるクライアントもご友人もお知り合いもおおぜいいらっしゃいます」

「オーケイ」訪問者の記録をもう一度確認しよう、とイヴは決めた。「今説明したような人が今夜、彼を訪ねてきたら、セキュリティを通じて監視チームに伝えて、わたしにもすぐ連絡して。わたしは――ちょっと待って」リンクが鳴ったので、イヴは言った。

画面を見て、イヴは小声で毒づいた。「今はまずいわ、ナディーン」

「毛嫌いしないで」

「毛嫌いさせないで」

「『ナイト・アット・ナイト』で出番をたっぷりもらったの」

「おめでとう。じゃね」

「切らないで！　わたしは行かなくちゃいけなくて、それが問題なの。たとえ逃げたくても逃げるわけにはいかないの。誰だってそうだけど、わたしにもボスがいて、彼女はわたしが行くことを望んでる」

嫌な予感がじわじわと忍び寄ってきた。「行くってどこへ？　『ナイト』はニューヨークで撮ってる。それは知ってるわよ」

「いつもはね。でも、今週はずっとハリウッドで撮ってるのよ、オスカーのせいで、ダラス。それで、わたしはあっちへ行かなきゃならないの。シャトル便を早めて、ホテルの滞在を一泊増やしたわ」

「ふざけたこと言ってんじゃないわよ」

「ふざけてなんかないわ。ごめんね、ほんとうに。今でさえすごく友だち思いのことをしてるあなたに、もっと求めることになってしまう」

「いつ？」

ナディーンはちょっと必死な表情になって、一瞬、息を止めた。「二時間半後には出発しなければならないの。ほんとにごめん！」

イヴは目を閉じ、ローダに見られているのもかまわず思いきりうなだれて、カウンターに軽く額を打ちつけた。

「ダラス！　ダラス！」

「ちょっと黙って」イヴはさらに二度、三度と額を打ちつけ、息を吸い込んだ。「くそっ」

「わかってるわ、わかってる。レオナルドはなんとかしてあっちでフィッティングと手直しをするって。ふたりはとにかく荷物を詰めて、ええと、今から……一時間四十五分以内にシャトルに乗り込んでくれたら、それでいい。ごめんなさい、ほんとうに。彼女をがっかりさせたくないけど、あなたが今、彼女を解放できないというなら、それはわたしのせい。だけど――」

「ふたりともそっちへ行かせる」

「ああ、よかった。恩に着るわ。何もかも、あなたのおかげよ」

「いまさら、おべんちゃら言わないでよ、こんちくしょう」イヴはがみがみと言い、通信を切った。「失礼」とローダに言った。

「気にしないでください。頭痛薬をお持ちしましょうか？」

「これに効くほど強い薬はないから」ピーボディを行かせなければならず、イヴは大股でローダのオフィスに戻った。

「業務補佐係《アドミン》とちょっとやり合いましたが、マイラは三十分後に時間を空けてくれて、直接会ってもいいし、リンクを通じてでもいいそうです」

「いいわね。あなたは行かないと」

「マイラと話しにですか？」

「違うわ。ナディーンが二時間半後に出発しなければならないって。あなたたちは、一時間四十五分以内にシャトルに乗り込んで」

「でも、それは明日です」

「いまさっき、今日になったの。帰り道からマクナブに連絡しなさい。行って」

「でも、でも、アイラーが。わたし、無理です、そんな――」

「わたしの顔を見て」イヴは自分の目の前でぱっと片手を広げた。「あなたは今すぐ行くの。さっさと出てって、わたしに仕事をさせて。あと一言でも、たった一言でも何か言ったら、ここから叩き出すわよ」

ピーボディはきゅっと口を結び、一方の手を握りしめて自分の胸をとんと叩いた。

「そう、そうよ、行って。わたしは忙しいんだから」

ピーボディはドアまで一気に走っていき、これだけ離れていてアドレナリンも出ていれば、イヴにつかまることはまずないだろうと判断して、声を張り上げた。「ありがとう、ボス！」そして、また走り出した。

「どういたしまして、こんちくしょう」イヴはつぶやき、我慢できずにローダのデスクを蹴り飛ばした。

最初にバクスターに連絡した。

「三人目の聞き取りが終わるところだ」

「終わったら、マネージャーのオフィスに来て。ローダが案内してくれるわ」

「遅くても十分後に」バクスターは言い、通信を切った。

イヴはふーっと息を吐き出してから、ロークに連絡をした。応じたのはカーロだった。

「こんにちは、警部補」

「カーロ、ごめんなさい」

颯爽《さっそう》としていて、いつも変わらず有能なカーロはただほほえんだ。「まったく問題ありません。彼はミーティング中です。二、三分すれば終わるでしょうが、あなたがすぐに話したいならいつでもつなぐようにと言われています」

「すぐじゃなくていいの。彼の時間が空いたときに、ピーボディのスケジュールが早まったと伝えて。もう出かけた、って。わたしはアパートメントビルにいる。バンクスの。状況は変わりはじめている。時間があるときに連絡して、と」

「承知しました。みんなでナディーンを応援《プリング》しています」

「イーストリバーから引き上げられるんじゃなくて、彼女、運がいいわ。ありがとう」

イヴは一息ついてこめかみをもみほぐし、逮捕計画のだいたいの流れを考えはじめたところで着信音が鳴ると、すぐまたリンクをつかんだ。

大佐がイヴの依頼を受け、攻撃を受けた時に基地内にいた職員のリストを送ってくれていた。

おおぜいの軍人だ、とイヴは思った。しかし、女性軍人と、亡くなった者、それから、従軍中の者はすべて削除できる。犯人は退役しているかもしれない、とも思った。あるいは除隊――名誉除隊か懲戒除隊かはともかく――しているか。

支配的なパートナーだからアイラーより年上かもしれない。あるいは……弟。支配的でも、ある意味、弟の代わりだった可能性もある。

イヴは自分のリンクの小さな画面を見てから、壁の大きなスクリーンをうらやましげに見つめた。そして、オフィスを出て、またしてもローダのところへ行った。

バクスターとトゥルーハートが合流するころには、イヴのそばにはコーヒーポットが置かれ、削除の進んだリストが壁のスクリーンに映し出されていた。

「あれは本物のコーヒーだぞ」バクスターが言った。「香りでわかる」

「ローダの秘蔵品よ」

「彼女と結婚しろ」バクスターはふたり分のマグにコーヒーを注《つ》ぎながらトゥルーハートに言った。

「恋人がいますから」

「恋人はキープしておいて、ローダと結婚しろ。彼女は驚くべき能力の持ち主だぞ」

「そっちのおしゃべりが済んだら聞いて」イヴは作業を続けながら言った。「犯人の片割れが隠した絵と資金が五〇〇五号室のルーシャス・アイラーの自宅にあるはずよ」

「見つけたのか。すごいぞ!」バクスターは乾杯をするようにコーヒーマグを掲げた。「ピーボディはやつを逮捕しているところか?」

「いいえ、彼は五〇〇五号室にいる。制服組に私服を着せて、建物を監視させ、ロビーにはローダ——驚くべき能力の持ち主——がいて、やつが出ていかないかどうか見張ってる。ピーボディはあほらしいハリウッドへお出かけ中」

「そうなんですか?」トゥルーハートが真剣な表情を崩してほほえんだ。「明日だと思っていました」

「さっきまではね。今は違う。座って。聞きなさい」

イヴはこれまでの話をかいつまんで話した。

「彼はパートナーに連絡するはずよ」イヴは言った。「それを阻むすべはない。パートナーが逃げる可能性はあるけど、わたしはそうは思わない。彼は軍人だから」

「誰も置き去りにはしない、ってやつだな」バクスターがうなずいた。

「彼らは兄弟《ブラザー》よ——少なくともアイラーの頭のなかではそう。逃げるときはふたり一緒。スクリーンに映ってるリスト——テロリストによる攻撃があったとき基地にいた——にパートナーが含まれる可能性は高い。すでに女性と、退役者と、現在、従軍中の者は削除してある。犯人は何か月もかけて準備をしていたから、パートナーが従軍中ということはまず考えられない。トゥルーハート、これを任せるわ。このリストと、ここの建物に住んでいる住人のリストを突き合わせて、同じ名前がないかどうか探して。犯人がふたりともここに住んでいれば——」

「それで一件落着」バクスターがあとを引き継いで言った。「そしたら、ハンバーガーとビールだ」

「そんな運に恵まれたら、わたしがおごってあげる。もう少ししたら、マイラの意見が聞けるわ。ローダが——彼女の能力には驚くしかない——セッティングしてくれたから、みんなでスクリーンを見ながら説明ができる。これなら、あとでみんなに説明しなくて済む」

「俺が彼女と結婚するか」バクスターが言った。

「あなたと結婚するには賢すぎるわ」

「俺の洗練された魅力と性的能力は、女性の脳を無力にするんだ」

「本当にそうなんです」トゥルーハートが作業をしながら同意した。

「特殊技能だからな」

「ろくでなしを逮捕するまで、それはしまっておいて。ロークがこっちへ向かっているわ」

「ピーボディの代わりだな」

「トゥルーハートがリストの突き合わせをしている間に、そっちの収穫を聞かせて」

バクスターは苛立たしげに息を吐き出した。「ゼロだ。今日、聞き込みをしたかぎりでは、条件に合う者も引っかかる者もいなかった」

「手がかりがなくてハンバーガーもビールもおごる必要がないなら、また振り出しに戻るだけ。でも、軍人たちの経歴にも注目しないと。パートナーは名前を変えているかもしれない」

「そいつがここに住んでいたり、アイラーに会いにしょっちゅうここを訪れていたら？　ローダに訊こう」

「あと、夜間シフトのマネージャーとドアマンにも。じゃ、あなたは、今、スクリーンに映ってるリストの人たちのＩＤ写真を呼び出して」

イヴは時間を確認した。「じゃ、あとはマイラとの話を終えてからね」


イヴはスクリーンのマイラに向かってデータを提示し、自分の考えや結論を伝えた。マイラはセントラルのオフィスでデスクに向かい、紅茶を飲みながらそれを聞いていた。

「体力的に恵まれているとは言えない兄は、自慢の弟をとてもかわいがっていた」マイラが話しはじめた。「両親は旅行で家にいないことが多く、その間、兄弟の面倒は使用人に託された。父親は支配的な性格で、相手を抑えつけ、強要するタイプ。アイラーの頭のなかでは、父親が無償の愛を惜しみなくあたえることはない――ひょっとしたら、実際、どちらかというとひ弱で、運動があまり得意ではない兄にたいして、父親は強く当たり、傷つけることもあったかもしれない。母親は、アイラーから見ると、子どもたちを世話したり守ったりするよりも、夫を楽しませたり、おそらく自分が楽しむことのほうを優先させた」

「嫉妬《しっと》からでしょうか？　家族を第一に考えている両親をターゲットにしたのは？」

「もちろん、動機のひとつでしょうね。弟は成長して、期待に応えて軍人になった。新たなつながり——ある意味、新たな兄弟——を持った。恋に落ちて、さらに関係を築いた。一方のアイラーは自分なりの関係を築くのではなく、弟を中心に置きつづけた。現実に、自分を弟の保護者としてだけではなく、父親と見なしていたようね。でも、もう弟を守ることはできない。彼はヒーローとして死んでしまったから」

「兵士として死にました」イヴがすかさず言った。「父親がそうさせた」

「そうね。アイラーは自分を責められない。自分を責める能力がないのよ。父親は子どもを守るどころか死に追いやり、今も生きつづけている。弟が愛した女性は、弟への架け橋でもあったのに、先へ進み、別の男性を選んだ。女は弱くて計算高く、忠誠心に欠ける、とアイラーは思ったはず。そして、彼の思いは子どもだけに集中した——彼は子どもにしか同情できないのよ。そして、忠誠心は彼のパートナーへ、弟の代理へと向けられた」

「パートナー、その支配的な男は、アイラーが求めるものをすべて満たしている」

「紛れもなく。父親は子どもを守るものだと証明させよう、というわけね。ギャンブルで利益を得ること？　その危険性がふたりを満足させる。アイラーは子どものころ、ひ弱だった。その後、たくましくなろうとかなり努力したはずよ。そして、危険を——肉体的な危険を——受け入れ、肉体的にも金銭的にもギャンブラーになった。危険と利益の中毒になった」

「パートナーは兵士よ」マイラは続けた。「危険と暴力を受け入れ、必要なら命も捨てるように訓練されている。彼はテロリストの攻撃をしのいだけれど、彼があこがれていた人――あるいは、少なくとも尊敬していた人――は死んでしまった。あなたの言うとおり、彼はアイラーより若いかもしれない。それでも、支配的であることに変わりはない。でも、テランス・アイラーの部下だったでしょうね。彼はたんなるアイラー大尉ではなく、彼の大尉でもあった」

「部下たちの命に責任を持つ男。子どもの命に責任を持つ父親と同じですね」

「ええ。彼は暴力を好み、楽しむ。これも中毒になっているわ」

マイラが話を終えると同時に、ロークが部屋に入ってきた。

「時間を割いていただき、ありがとうございます」

「新しいことがわかったら教えてちょうだい」マイラはイヴに言った。「犯人のひとり、あるいは両方を尋問するときは、見学させてもらうわ」

「わかりました」イヴは相談を終えた。「トゥルーハート」

「同じ名前はありません、警部補」

「ビールとハンバーガーが消えちまう」バクスターが悲しげに言った。

「IDの写真を用意して。ちょっと歩きたい」イヴはロークに言った。

新鮮な空気を吸い込んで、とにかく体を動かしたかった――たまたま外に目をやったアイラーに、通りにいるところを見られても、まったくかまわなかった。

「あなたは、人殺しから家賃を得てるのよ」

「ああ、そう」ロークは答えた。「そういうこともあるだろう」

「ルーシャス・アイラーよ」

「〈アイラー・アンティークイティ〉の?」

「それよ。彼を知ってるの?」

「いや、知らないが、この何年かのあいだに、その店からひとつふたつ、何かを買っている」

「そこの長男」イヴはこれまでの話をした。

途中、いったん話を中断して、通りの向かいにあるしゃれたティーショップに配置されているカーマイケル巡査に連絡した。

「彼は部屋にいます。テラスに二度、出てきました。動揺しているようすでした。明るいうちからもう酒を飲んでるみたいです。さっきテラスに出てきたときはリンクを持っていて、長話をしていました。少し、落ち着いたようすです」

「監視を続けて」

ロークはイヴと一緒にゆっくりと、アパートメントビルに戻っていった。「要するに、アイラーが十八人を殺害し、二つの家族を恐怖に陥れたのは、自分の両親が充分にハグしてくれず、弟が他人を救って命を落とし、その弟が結婚したがっていた女性が悲しむのをやめてしまったから、というわけか」

「それと、危険とギャンブルの刺激への中毒、強欲、それと、彼のねじ曲がった恨みをうまく刺激するパートナーの存在、そうね。そういうことよ」

ロークのコートの裾が三月の風を受けてはためき、髪がなびいた。「きみがそのふたりを逮捕するところを見たり、逮捕に一役買ったりできたら楽しいだろうな。どうしてピーボディは今日、カリフォルニアへ向かったんだ？」

「ナディーンのせい。アニー・ナイトがあほらしいオスカー週間の番組をあっちでやっていて、ナディーンはそれに出演するために、すべてを切り上げなければならなかったの」

「それがわかったのは、きみがアイラーを探し出したあと？　その前？」

「あと。その話はもうしたくない」イヴはきっぱりと言った。「それから、ふたりの警官の目がこの建物を監視してるんだから、キスしようとか考えるだけでもだめよ」

「これだけ離れていたら、気持ちまでは読み取れないだろう」

「警官の目よ」イヴは繰り返し、もうしばらくその場に立って騒音と風を味わった。

「きみのピーボディとして、僕に何をしてもらいたい?」

「まず言いたいのは、ローダにどれだけ給料を払っているか知らないけど、彼女にはたんまりボーナスをあたえるべき、ということよ」

「必ずそうしよう」

「今後の状況によるけれど、バクスターとトゥルーハートには聞き込みに戻ってほしい——軍隊経験者に注目して、でも、それだけでは足りない。彼は偽のIDとデータを使っているかもしれない。見破るには聞き込みの記録を調べないと。わたしはそっちをやるから、あなたにはテロリストの襲撃のときに基地にいた人たちのなかからわたしが抜き出した人物について、片っ端から調べてほしい」

「できるとも」

「いまも同じ名前で通しているとは限らないけど、とにかく怪しいのを探して。精神鑑定結果、とくに襲撃のあとの結果に問題があるかもしれない。健康上の問題で除隊したり、懲戒除隊になっている可能性もある」

「爆発物を扱う訓練を受けていた?」

「おそらく。同じように、テロ攻撃のあと、興味を持って技術を磨いた可能性もある。結婚経験が——あるとは思えないけれど、ひょっとしたら——あっても、離婚しているはず。働いているとしたら、セキュリティ関係か、いちばんあり得るのがこれ。警官よ、まったくいやになる。でも、その道に進んでいたとしても、今は元警官だと思う。だって、今回の件にはすごく時間がかかってる——しかも、二度目の爆発は最初のよりずっと準備が必要だったはず。これほど長い休暇は警官には取れないわよ。病欠ストかハードシップ休暇なら話は別だけど。わたしが怒るからって、警官の線を無視しないでよ」

「しないさ。アイラーをどうやって逮捕するかには触れなかったね。じわじわ追いつめるつもりかい？」

「まだわからない。まず、ＩＤ写真と調査の結果から何が得られるか、それを見てからよ」

イヴがアパートメントビルにもどると、デスクには白髪頭の男性が座っていた。

「警部補、オーナー、ローダは捜査官の方々と彼女のオフィスに戻りました。これまでのところ、ミスター・アイラーを訪ねてきた方はいません」

「わかったわ」

オフィスに入ると、ローダが椅子に座ってスクリーンを見つめ、バクスターがプログラムを操作して、ＩＤ写真を一枚ずつ見せていた。入ってきたイヴとロークに気づいてローダは立ち上がりかけたが、ロークは身振りで制止した。

「ゆっくりでいいんだ」バクスターがローダに言った。「きみは毎日、おおぜいの人の顔を見ているからね。いいかい、少しでも見覚えがあるような顔があれば印《しるし》をつけて、あとでまた見直せばいい」

「これは知らない顔です」ローダが言い、バクスターは次の写真を呼び出した。

「訪問者の記録かな?」ロークが訊いた。

「自分はノートパソコンで名前のチェックをしています」トゥルーハートはデスクに向かっていた。「名前そのものだけではなくて、同じイニシャルや、同じファーストネーム、同じラストネームも確認しています」

「続けて」イヴは命じ、またローダのほうを向いた。「髪型や髪の色を変えているかもしれない。髭《ひげ》をはやしたり、剃《そ》ったりする場合もあるわ」

長い時間をかけてひととおり見るあいだに、ローダは容疑者候補を五人選んでいた。

「大丈夫でしょうか? ほかの誰かに似ているせいで選んだかもしれません」

「休憩して」イヴはローダに言った。

「あの、でも、わたし――」

「二、三分でも休んだら、また新鮮な気持ちで見られるから。バクスター、洗練された魅力とコーヒーでローダをおもてなしして。性的能力はいらないから」

「たまにはなんとか抑えておくさ。コーヒーの飲み方はどうする、驚くべき能力のローダ?」

「ブラックでお願いします。本物が飲めるなら、何も入れないですよね?」

「俺好みの女性だ。結婚はしていないんだろう?」

「今はしていません。わたしが落ち着くようにずっと気を遣っていただいて、ありがとうございます。あんなことをした人たちの少なくともひとりと、毎日のように接触していたかと思うと」ローダはコーヒーを受け取って、飲んだ。「ぞっとします」

「落ち着いているように見えるけど」イヴはロークをちらりと見た。椅子に座って自分のPCを操作している。五人の容疑者候補について早くも調べているのだろう。

すばらしいピーボディになっている。

「もう一度見せてください。彼は違います」最初の写真が映し出されると、ローダが言った。「今気づきましたが、彼はちょっと――ばつが悪いわ――『ギャラクシー・フォース』のスコット・トレバーに似ています」

「『ギャラクシー・フォース』を観ているの?」バクスターは思わずローダを指差した。

「ハマっています」

「俺たちは飲みながら話をしなければだめだな。それから、きみの言うとおり。この彼はスコット・トレバーの年上の従兄《いとこ》と言っても通用する。これはどうかな?」

ローダは写真を見つめ、いったん目を閉じてから、ふたたびじっと見つめた。「残しておいて、あとでまた見てもいいですか？　よくわからなくなってしまって」

「大丈夫」バクスターは次の写真に切り替えた。

「何か、何かが……」ローダはまた目を閉じ、黙ってじっとしていた。そして、目を開けた。「ああ。そうよ、わかった。髪を剃ってる。頭を剃って、それから、何か、他にも、何だろう、わからないけど――鼻。今の鼻はもっと細いわ。細くてまっすぐになってる――この写真の鼻はつぶれて、変な形に固まっているみたい。この人はいつもサングラスをかけているんです。暗くなってからここへ来るときも、たいていサングラスをかけています。ミスター・ノードンです。オリバー・ノードン。ミスター・アイラーを訪ねてくるのは、ほとんど夕方なので、わたしが顔を合わせることはありませんが、名前が記録されているのを見たことがあります。そして、日中、いらっしゃるときはわたしが取り次ぐんです。ミスター・ノードンです」

「あった」トゥルーハートが言った。「これです。オリバー・シルバーマン軍曹。ソウルでは、アイラー大尉の部隊に所属していました」

「オリバー・シルバーマン軍曹」ロークがさらに説明した。「テロ攻撃を受けたのは三十二歳のとき。その際、負傷している――脚の骨折、胴体と両腕に重い火傷《やけど》。ああ、爆弾の金属片で生殖器を負傷し、部分的切断と人工器官の装着に至る」

「うわあ」バクスターが小声で言った。

「内科医と精神科医の鑑定の結果、シルバーマンは名誉除隊されるべきと判断された」

「通常、他にも道はあります。本人が軍隊に残ることを望めば、不適合だと判断されないかぎり、働く場所が提供されたはずです。傷病兵として」

ロークはイヴを見てうなずいた。「さらに詳しく調べられる」

「あとでお願い。シルバーマンの現在のＩＤ写真が見られる？」

「除隊後、消息がわからなくなっている」

「よくある話です、警部補」トゥルーハートが言った。「路上生活者の多くが退役軍人です」

「そうね。でも、彼は路上生活者じゃない。ノードンを調べて」イヴはロークに言った。

「出てきたぞ。オリバー・ノードン、三十六歳、フリーの警備コンサルタント、専門は住宅および社屋」ロークはちらりとイヴを見た。「やったな、警部補」

「住所を」

「西六十三丁目、五六三番」

「バクスター、アイラーとシルバーマン／ノードンの令状を請求して。それぞれ捜索令状と逮捕令状を取るのよ。レオを使って。彼女なら早いわ。トゥルーハート、警官を集めて――

四人チームを作って――できるかぎり早くシルバーマンの住所へ向かって、監視して。防弾衣をつけるのよ」

「了解しました」

「ここにもあとふたり、制服警官を」イヴはさらに言い、すでにつかんでいたコミュニケーターに向かってきびきびと言った。「フィーニー、〝目〟と〝耳〟を、西六十三丁目、五六三番へ。何号室?」と、ロークに訊く。

ロークはPPCを見つめたまま、顔も上げずに言った。「部屋じゃない。三階建てのタウンハウスだ」

「聞こえた?」

「聞こえている」フィーニーが言った。

「容疑者のデータがもうすぐ届くわ」

「送った」ロークが言った。

「犯人は武装しているはずよ、フィーニー、そして、とてつもなく危険。チームのみんなには全身防弾衣を着させて。わたしはサラザールに連絡する。犯人は爆弾を持っているはずだから」

「彼女には僕からも連絡する」

「令状は請求中で、制服警官が援護に向かっている。爆発物探知機《スニッファー》を、フィーニー。探知機で安全が確認できるまで、だれもドアを開けてはだめ。それと、現場の両側の住宅と商業施設にいる人を避難させて。バクスター、現状を！」

「レオが発行を急いでいる」

イヴはバクスターの手からリンクを引ったくった。「もっと急げって、強引に迫ってよ」

バクスターにリンクを放り返す。「こっちを先に逮捕してから、そっちの現場へ行くわ、フィーニー」

イヴは通信を切り、目を細くしてスクリーンの写真を見つめた。

「これからどうなるかだけど」イヴは言い、二方面への作戦をざっと説明した。

「彼女、すばらしいわ」ローダはつぶやいた。

ロークはにっこりした。「だろう？」

「令状が発行されるわ。バクスター、トゥルーハート、位置について。カーマイケル、シェルビー、聞こえたわね？」

「了解」

「ローク、一緒に来て。五十階に人が近づかないようにできるわね、ローダ」エレベーターまで行くと、イヴはローダに言った。「とりあえず、これ以外のエレベーターは止めておいて」

「幸運を祈ります」エレベーターの扉が閉まりはじめると、ローダは声をあげた。

「こっちは大して厄介じゃないはずよ。やってみなければわからないけど」

「きみはシルバーマンのほうを心配しているし、それは僕も同感だ。ところで、きみはマーキンには何かあると言っていたが、そのとおりだった」

「マーキン？ 彼がこれにかかわっているの？」

「いや、これじゃない。彼がやっているのは横領だ――妻の個人口座からもビジネス用の口座からも。今朝は早くから動き出したから、ちょっとつついてみた」

「へえ」

「妻はまだ気づいていないが、時間の問題だろう。あるいは、彼女の会計士が気づくか。状況を考えたら、彼女の離婚について、ご両親ももう少し理解を示してもいいんじゃないかと思うがね」

「誰かにまかせるんじゃなくて、わたしが直接、逮捕したらちょっと楽しいかも。何ていったか――あれよ、あれ――お、お口直しみたいで」

ふたりはアイラーのアパートメントに近づいていった。イヴがブザーを押す。

「確認してから開けるわ」イヴが言った。

ロークは道具を取り出してドア全体と錠に近づけた。「安全だ。爆薬はない」

そう言っているうちに鍵が開いた。ふたりがなかに入ると同時に、アイラーが片足を振り上げてテラスの手すりを越えた。

イヴが突進するとアイラーはにやりと笑い、登山用ケーブルで一気に下降しはじめた。そのあいだも上を向いたまま、イヴに笑いかけている。大きなバックパックを背負って、もうひとつ、重そうなバッグを斜めがけにしている。

アイラーは歩道に降り立った。そして、警官に取り囲まれた。

「これもうまくいったね、警部補」

「アイラーは逃げる準備をしていたに違いない。旅行のことを問い詰められたとパートナーに話して、バンクス殺しとふたつの爆破事件のつながりがバレたと気づいたのよ。誰だって気づくでしょうけど。犯行時刻のアイラーのアリバイは、いい加減すぎて笑っちゃうほど」

イヴはぐるぐると肩を回した。「ひとりはつかまえた。あともうひとりよ」

21

イヴがチームの状態を把握していられるように、車はロークが運転した。

「〝目〟と〝耳〟で探っているようすを伝える。現場はしっかり戸締まりされているようだ――プライバシースクリーンも作動している」フィーニーがイヴに言った。「どうやら、やつはフィルター類を使えばこっちを阻止できると思ってるんだ。ガツンとやってやれ、カレンダー」

「何でもやってやるわ、警部。熱で溶かしてやる」

「爆発物探知機は？」イヴが強い調子で訊いた。

「探知しはじめたところだ。オーケイ、フィルターを抜けて、まず〝目〟で見ていく。ここは地下で、これから上へと探っていく。カレンダー、しっかり頼むぞ。僕はスニッファーを操作する」

「地下室は異常ないわ、ダラス。ここから上へ行く。そうだ、マクナブが側転できるって知っていた？」

「何？」

「側転を三回やりながらドアの外に出て——一階は誰もいないから——ハリウッドへ向かったのよ。十点満点で八・五点ね。三回目のとき、ちょっとぐらついたから。二階も異常なし。日曜日にみんなで〈ブルーライン〉に集まってビューイングパーティをやるのよ——ターゲットは異常なし。熱源なし。人はいない。悪者もいない。残念ね」

「そこだけじゃないぞ」フィーニーは言い、ＥＤＤ専用バンの車内に戻った。「やつは、この家全体に爆発装置を取り付けている」

「大丈夫なの？」イヴがすかさず訊いた。

「ああ、大丈夫、こっちは問題ない。サラザールと彼女のチームが対処している。きみの到着予定時刻《ETA》は？」

「今、ってことになる」イヴは言い、ロークがバンの後ろに車を停めたとたん、外に飛び出した。

その瞬間、爆発があり、イヴはサラザールが築いたバリケードに向かって、毒づきながら突進しかけた。その背中をロークがつかみ、引き留めた。

「何をするつもりだ？」ロークはイヴの腕をしっかりつかんで、離さない。

イヴはコミュニケーターを引っ張り出した。「サラザール！　現状は？」

「よく聞こえているわ。近づかないでよ」サラザールは続けた。「ドアと窓に取り付けてあった爆発物は解除したわ。仕掛け線と閃光《せんこう》爆弾をチェックしているところ」

「そっちへ行くわ」

「それは賛成できない。これはわたしの担当よ、ダラス。邪魔したり、チームの気をそらしたりしないで。わたしたちは、ここの安全を確保しなければならないの」

「確かに」イヴは歩いてバンに戻った。「何か情報が入ってる？」

「大きな爆発があったのは三階よ。三階は無人だった」カレンダーはさらに言った。「チームは建物に入り、一階の安全を確認して二階へ向かうところだった」

イヴは待った。サラザールが手がけるような作業は急《せ》かせるものではないと知っていた。いつまでも飽きずにぼんやり眺めている見物人や、事件をかぎつけて集まったマスコミの群れを無視して、イヴは通りを行ったり来たりしていた。

「バクスター、行って、マスコミの相手をしてきて。邪魔にならないように下がらせるの。でも、あまり強気はだめよ。シルバーマンに逃げられたら、マスコミの協力も必要になるかもしれない」

すべての安全を確認してサラザールが建物から出てくると、イヴは近づいていった。

「クソ野郎は家じゅうありとあらゆるところに、上から下まで、外もなかも、隣家との間にも全部、爆発物をしかけていたけど、すべて解除したわ。爆発したのにはタイマーがかけられていた。やつは家じゅうの電子機器をすべて三階に運んで、爆薬を仕掛けたみたい。作業場もそこだったから、爆発物関係の証拠はかなり失われてしまっている。自爆用ベストもあそこで作っていたはず」

風が吹き付けていたが防護服を着ていると暑いらしく、サラザールは顔の汗をぬぐった。

「家のなかはすっかり片付けられているように見える——金庫は空《から》で、寝室のクローゼットには靴下の片方さえ残っていない。爆発物を持っていったのは間違いないと思う。こっちとしては、残されたものを細かく調べるしかないわ」

「ありがとう。フィーニー、爆破されたものから、何か回収できるかどうか確かめて」

「ふざけたことになってるわよ」サラザールが言った。「今、燃えかすは二階にある。爆発で三階の床に穴が開いたみたい」

イヴは白い壁の狭いホワイエに足を踏み入れた。「この家の持ち主は誰なのか調べて」イヴはロークに言った。

「一年ほど前、アイラーが購入している。もう確認済みだ」イヴがちらりと顔を見ると、ロークはさらに続けた。家賃収入が月に二百ドルで、維持費と修理代は税金からの控除を申請している。このあたりのこの手の物件としては、相場から考えると笑ってしまうほど安い」

イヴはリビングエリアに入っていった。「つまり、シルバーマンが使えるようにここを買って、税務署に追求されないように、最低限の家賃をもらっていることにしていた」

「そのとおり」

イヴは家のなかを観察した――ここの壁も白く、何の飾りもない。床には作業で使われたような跡があり、窓には暴動被害防止柵《ライオットバー》がはまっている。

「下の階はあまり使っていなかったみたい」イヴは言った。「汚らしい椅子が二脚、古びたテーブル、スクリーンもない、何もない。埃が厚く積もっているだけ」

さらに家の奥に進む――ダイニングエリアとシッティングエリアは空っぽで、キッチンと洗面所も日常的に使われている形跡はない。

それでも、イヴは遺留物採取班を呼んで隅から隅まで調べさせるつもりだ。

階段を上って二階へ行く。寝室の天井に大きな穴が開いていた。直径一八〇センチはありそうだ。穴の縁から消火剤がぽたぽたと垂れている。刺激的な煙の臭いが鼻を突き、黒焦げの破片や、ねじ曲がった配線が床に積み重なっている。

汚らしい茶色のコートを着たフィーニーと、大胆な縞《しま》模様のコートを着たカレンダーが同じ格好をして——両手を腰に当てている——眉をひそめている。

「わたしたちの仕事が減ってしまったわね、警部」

「このどうしようもない残骸からより分けられるものはすべて持っていって、奇跡のような仕事をしてやるさ」

イヴが見ていると、フィーニーとカレンダーは視線を合わせてニヤリとした。

「それって、奇跡のような結果にたどり着くってこと?」イヴは訊いた。

「簡単ではないだろうし、時間もかかるだろう。それでも、どうなるかは結果が出るまでわからない。きみは運に恵まれていると思うかい、カレンダー?」

「わたしは電子探査課のデカよ、警部。毎朝、最高に運に恵まれた気分で目がさめちゃう」

「運に恵まれた両脚でバンまで歩いていって、われわれの装置と道具を持ってきてくれ。とりあえず、現場でこのぐちゃぐちゃの山を調べてから、坊やたちを呼んでラボへ運んでもらおう」

フィーニーが振り返ってイヴを見ると、カレンダーは弾むような足取りで部屋から出ていった。「時間はかかるだろう」フィーニーは繰り返した。「簡単でもないだろう。高熱でねじ曲がっているし、吹き飛ばされてばらばらだ。消火剤もべったりついている。きみが必要だ」フィーニーはロークに言った。

「今、彼はピーボディよ」イヴは足下の汚らしい山を見下ろし、首を振った。「できることをやってあげて」

ほかに寝室が二室あり、主寝室だけに家具があった。

「軍曹の寝起きしていたスペースはきちんとととのえられている」ロークと一緒に見て歩きながら、イヴは言った。「ベッドメイキングもしている——軍人らしくぴしっとなってる」ベッド脇にひとつだけあるテーブルの抽斗を開ける。「ここになにかしまっていたとしたら、持って行ったのね」

ドレッサー代わりに使っていたらしい、ベッドの足下に置かれた小型トランクも開けてみた。「これも同じ」

「バスルームはぴかぴかに磨かれている」ロークがイヴに言った。「予備の洗剤類がキャビネットにしまってあって、タオル二枚と石鹸がシャワールームにあって、それ以外はなにもない」

「洗面用具やひげ剃りとか、そういうものもあったはずよ。サラザールがクローゼットについて言ったことは間違ってなかったわね」ロークが近づいてくると、イヴは言った。「彼は逃走用のバッグを用意して、いざというときはそれをつかみ、ほかに必要なものがあればそれと、金庫の中身を持っていったのよ。ぜったい。抜け目ない。靴下の片方も残さない手際のよさ。でも、必ず指紋や毛髪は見つかる。部屋中を拭き取る時間はなかったはずよ」

「家具から判断して、というか、その少なさから判断して、彼は持ち物が少ないだろう」

「寝て、シャワーを浴びて、着替える」イヴは部屋のなかを円を描いて歩きながら言った。

「筋書きを考えて、計画し、逃走に備える。どんなタオルだった？」

ロークはイヴにほほえみかけた。「オーガニックコットンだ」

「ベッドのリネン類もそうだった。要するに、彼は質のいいものがわかっているのよ」

イヴは部屋を出て、階段を上っていった。

三階にはまだ煙と消火剤の強烈な臭いが残っていた。床に開いた穴をのぞき込むと、フィーニーが残骸の山のまわりを歩きながらカレンダーを待っているのが見えた。白い壁には黒い縞模様ができて、飛び散った金属片でいくつも穴が開いている。

「ここは彼の隠れ家、ここは彼が住んでいたところ」イヴは壊れて使い物にならなくなった作業台に近づき、しゃがんだ。「がっしりしていて、すごくいい品。オーガニックコットンみたいに。これは持っていけなかった——吹き飛ばされて壁に突き刺さった万力も同じ。でも、工具と原料のほとんどは持っていってる。まだここに残っているもの——これはサラザールの担当」

「やつはここで爆弾を作った」ロークが言った。「それに囲まれて暮らしていた。壁には大きなスクリーン、革張りの高級ソファと椅子——というか、いまではその残骸《ざんがい》。あれは高性能のACと冷蔵庫だ」

ロークは床に転がっていたボトルを手にした——ひびは入っているが砕けてはいない。

「二十年もののスコッチだ。シングルモルト。超高級品だ」

「わたしがアイラーをびびらせる——わざと。すると、彼はパニック状態でシルバーマンに連絡する。シルバーマンはアイラーをなだめる。ではこうしよう。きみのおかげでまだ時間はたっぷりあるから、荷物をまとめ、爆弾を仕掛けて、退散する。アイラーも荷物をまとめる。ふたりとも、わたしの指示でアイラーが監視されると考えるほど賢くはなかったけれど、逃げるのを誰かに見られてはだめだと思う程度には賢かった。時間稼ぎもしたいし、ロープで通りまで降りるという超賢い手を使おう、と」

「いずれにしても、明らかにばかげた動きだ」

「そう、彼はばかで、シルバーマンだってたいして賢くはない。アイラーがもっと賢ければ、あと二、三時間は待つ。たぶん、そう、午前二時まで待って、それから通りまでするする降りていく。そこにシルバーマンが黒い小型バンで待っている、というわけ」

「すでにプライベートシャトルは予約してある」ロークがあとを続けた。「出国して、行方をくらまし、儲《もう》けた金とともに犯罪人引き渡し条約を結んでいない国へ向かう——この計画が始まったときから手配していなければ無理だけどね」

「やつは賢くなくても、十八人が亡くなってるの。そして、わたしはふたりのうちひとりしか捕まえていない」イヴは後ろに下がると、また床の穴に近づいた。「フィーニー！」

「おう！」

「わたしはアイラーの家に戻る。やつは道具を吹き飛ばしていないし、プロでもない。何か痕跡を残しているかもしれないから」

「こっちは、この汚らしいのをスキャンする。坊やたちはもう呼んだ。これが済んだら、われわれもアイラーのところへ行くよ」

「よかった」イヴは立ち上がり、もう一度、あたりを見た。「ほしいのはあれの痕跡よ」ロークに言った。「ここにも、シルバーマンが作業をしていたところにも、暮らしていたところにもないのは、自爆用ベストよ。作っている途中なのか、もうできあがっているのかわからないけど、もう一着あるはず。やつが持っていったのよ」

「シルバーマンはもうパートナーに会えない」ロークが指摘した。

「だからといって、彼はやめない。そして、アイラーがいなければ止める者がいないから、次のターゲットの妻や子どもを殺すかもしれない」イヴは両手で髪をかき上げた。

「やつはここに爆弾を仕掛け、わたしたちを吹き飛ばそうとした。失敗したけど。データは爆破したけど、ひょっとしたら残骸から何か得られるかも。時間はかかるだろうけど。やつはアイラーと落ち合う場所を決めていたに違いない。時間と場所を決めていたけど、アイラーは現れなかった。つまり、アイラーが捕まったと気づくはず」

「だったら、もっと逃げたくなるだろう」

「違うわ、違う、そうじゃない。何とか最後までやりたくなる。やつはカッとなるタイプよ。どうしてわざわざ時間をかけて、家全体を爆破しようとしたの？　ほんの一割くらいしか使っていなかった家なのに、サラザールによると、どの階にもしっかり爆弾が仕掛けられていたって。データや証拠を吹き飛ばすだけでよかったのに」

「そうか、常軌を逸しているな」

「常軌を逸しているし、やつのブラザーの兄《ブラザー》は留置場にいる。ということは、少なくとも金の一部を手に入れられない。金はアイラーの担当。逮捕したとき、アイラーはあの絵と、現金で五十万ドルと、三つの口座のコードと、IDを持っていた。

彼はこれを終わらせなければならない。次をやるわ。必ず。準備した分は取り戻そうとする。さあ、いずれにしても、ここで手分けしたほうがいいみたい。あなたにはアイラーの家に行って、あらゆる手を使って自爆用ベストを探してほしい。わたしは、もう二、三時間はやつをじらしてやりたいところだけど、尋問を始めないと。正式に逮捕してやる」

「わかった。僕はフィーニーの車に乗せてもらうから」

「ありがとう。また連絡するわ」

急いで階段を降りていると、ショートメールの着信音が鳴った。

ピーボディからだ。移動しながら目を通す。

〝着きました。もう全開ですごいです。でも、知りたいです、どうしても――やつらを見つけましたか？〟

イヴは手短に素早く返信した。〝アイラーは確保して、もうすぐ逮捕の予定。パートナーの身元判明、追跡中。忙しすぎて詳細は無理〟

数秒後、返信が届いた。〝あなたならアイラーを小枝みたいにぽっきり簡単に折れます。ナンバー2をつかまえたら教えてください〟

イヴはリンクをポケットに押し込み、アイラーをぽっきり折る心の準備をした。

アイラーが弁護士をつけていたのはイヴの予想どおりだった。弁護士のリチャード・シンガは弁護料のばか高い刑事事件専門の弁護士で、イヴは以前にも対決したことがあった。
アイラーは黙って座り――にやにやしていた――イヴがバクスターと一緒に取調室に入っていくと、取り澄ました表情を作った。

「記録開始。ダラス、警部補、イヴ、そして、バクスター、捜査官、デヴィッドは、事件ファイルH‐三二〇一九、H‐三二〇二四、H‐三二〇二九と、それにかかわる事柄について、アイラー、ルーシャス、および彼の弁護士に尋問を開始する」

イヴは椅子に座り、事件ファイルの上で両手を組み合わせた。「ミスター・アイラー、あなたの権利は読み上げられましたか？」

シンガが人差し指を上げた。「私のクライアントが適切に改訂版ミランダ準則を読み上げられたのは、承知しています」

「ミスター・アイラー、あなたは以下の罪で告発されています。十八件の第一級謀殺、身体的危害を加える目的で爆発物を保持および使用した罪、六件の監禁罪、四件の暴行および脅迫の共犯、二件の未成年者への傷害罪、さらに、さまざまな詐欺罪、脱税、不法侵入――」

「警部補」シンガが今度は両手を広げ、幅の広い鼻の上の茶色い目でイヴの顔をのぞき込んだ。「私のクライアントが告発されたすべての罪に異議を唱えるだけでなく、われわれみなが承知しているように、彼は、今回の悲劇の現場となったクアンタム航空、および〈サロン〉ギャラリーのそばにさえいませんでした。また、あなたのご主人が所有するアパートメントビルの防犯カメラの映像を見ればはっきりわかるとおり、ジョーダン・バンクスが殺害された夜、彼は自宅を離れておりません。したがって、われわれはこんな不条理には付き合えないと強く主張せざるをえません」

「あなたのクライアントがどんな方法で逮捕を免れようとしたか、聞いていますか？」

シンガはあいかわらず冷めた目でまっすぐイヴの目を見ている。「クライアントがあの場所でクライミングやロープの留め方の練習をしたのは賢明とは言えませんが、あれが逃げるための手段だったという証拠はないはずです。罪を犯していないのですから、ミスター・アイラーが逮捕を予期するはずがありません」

「彼はバンクスのアパートメントから盗んだアート作品を持っていました」

「クライアントはそのアート作品を、ミスター・バンクスから購入したと断言しています」

「では、購入した際の領収書を提出してもらえますね？」

「現金払いでした」シンガはさらりと言った。「友人同士の」

「では、友人間で現金払いのやりとりがあったのはいつですか？」

「数週間前です」

「嘘よ。わたしはバンクスのアパートメントの壁にその絵が掛かっているのを、彼が殺される直前の夕方、この目で見たわ」

シンガはためらった――その目の力がかすかに揺らいだ。「あなたは人物のデッサン画に詳しいですか、警部補？　アンジェロ・リッチーの作品をよくご存じですか？　そうでなければ、他の絵と見間違えてもおかしくないでしょうね」

「絵画にもアンジェロ・リッチーにも詳しい目撃者がいます。その絵はバンクスの部屋にあったんです。拘束されたとき、あなたのクライアントは五十万ドル分の現金と、本人のパスポート、複数の無記名預金口座のコード、衣類、他に身の回りの品を持っていました」

「現金やパスポートを持ち歩くのが法律違反であることはありえません。コードや預金口座については、クライアントはシステムの裏をかくつもりだったとおとなしく認めるでしょう――やっている人はいくらでもいます。それはどのようにも解釈できるグレーゾーンの問題でして、令状を提出していただければなんでも協力しますし、追徴課税や罰金にも応じます」

それを聞いてバクスターはにやりと笑い、アイラーをまっすぐ見つめた。「ここにいる弁護士さんは、あなたが隠れてこつこつ貯《た》めたものを最高で七十パーセント失うと――そして、知的犯罪刑務所でしばらく過ごすことになると――そう言ってるんですかね？」

取り澄ました表情が一瞬のうちに消え、アイラーはさっとシンガのほうを見た。

「それはあとで話し合いましょう」シンガはアイラーに言った。「いまのところは、中傷的かつ虚偽の告発は取り下げるように、繰り返し主張します」

「僕はそんなことは――」

かないと思った。
「それはあとで」シンガはぴしゃりとアイラーに言い、イヴは自分の爆弾を落とすのは今し
気が失せた。
「オリバー・シルバーマン軍曹」イヴが一拍おくあいだに、アイラーの顔からみるみる血の
に行きました。「別名オリバー・ノードン。われわれはすでに、あなたが彼のために買った家
んですね」
あの家を月二百ドルの家賃で貸すなんて、あなたはよっぽどいいお友だちな
「どうやって——僕は、そんな——」
「黙って」シンガはアイラーの腕をつかんだ。
「十八人よ、アイラー。十八人が命を落としたのよ。あなたがなんとか気にかけているふり
のできる唯一の人が、自分の命と引き換えに他の人たちを救ったせいで。あなたが、彼の思
い出を利用して金儲けをして、ちょっと楽しんで、ねじ曲がった仕返しみたいなことを果た
そうとしたせいで。愛情深い父親を利用して仕返しをして、儲けを得ようと考え出したのは
どっち？　あなたなの、シルバーマンなの？　大事なことよ。それであなたの罪がどれだけ
重くなるかが決まることを、あなたの弁護士なら知ってるわ」
「クライアントは黙秘し、弁護士に相談する権利を行使します」
「そう。次は誰なの、アイラー？　あなたとシルバーマンは、次にどの家族を破滅させるつ

もりだったの?」

「僕は話さなくていいんだ。こんなこと、もうやめにしてくれ」アイラーはシンガに言った。

「名前を言いなさい」イヴはさらに言った。「いまこの瞬間、担当の者たちにシルバーマンの家を隅から隅まで調べさせている。あなたの家もね。絶対に探し出してやる。あなたたちを逮捕して、地球外のコンクリートの檻《おり》に放り込んでやる」

アイラーの顔から血の気がまったくなくなり、その目が大きく見開かれて生気が消えた。

「いや、そんなことにはならない。できない。何ひとつ証明できない。ふたりともそこにいなかったんだから」

「しゃべらないで、ルーシャス。私はクライアントと相談しなければならない」

「どれだけ相談したって、何ひとつ変わらない。地球外で終身刑よ」

「やつを見ろ」イヴと一緒に立ち上がりながらバクスターが笑い声をあげた。「取引できるかもしれないと考えはじめているぞ。十八人が亡くなっても、金があるから取引して刑を軽くできると思っている」

「お金は彼が思ってるほど持っていないわよ。国税局《IRS》がほとんどを持っていくから。一文無し同然ってこと。知っていた、シンガ? 前もって弁護料をもらっておいたほうがいいわよ」

「で、クライアントは？」バクスターがさらに言った。「断熱素材の拘束衣を荷造りしておくべきだな。地球外の刑務所は寒いんだ、ベイビー。寒いんだ、ほんとに」

「尋問休止。記録停止」

ふたりが取調室を出ると、マイラが傍聴室から出てきた。

「きみが〝地球外〟と言ったときのやつの顔を見たかい、警部補《LT》？」

「ええ」

「あれは使える。何度でも使える」

「同感よ」マイラは言い、ふたりに合流した。「彼は自分が罰せられるとは思っていない。何も起こらないと信じ込んでいるけれど、ひょっとしたら地球外の刑務所に入れられるかもしれないと、ちょっと考えただけで怯《おび》えているわ。いい手段になる」

「ええ。このあとも使うつもりです。これからシンガは彼を締め付け、黙らせるでしょう。彼はシルバーマンのことを知らなかったけれど、今ごろ、アイラーから聞き出しているはずです」

イヴはその場を行ったり来たりした。「それで、シンガがこれから何をするか？　シルバーマンが自分のクライアントを威圧し、嘘をついてだまし、強要し、脅迫したと言い出すイヴはバクスターを見てうなずき、また歩きだした。「そう、ふざけるな、よ。でも、彼はそうする。話を引き延ばし、取引を持ちかけ、刑罰の免責を求めはじめる――そう、逃げ道ばかり探して、ふざけるな、よ」イヴはバクスターが声をあげる前に言った。「ひとつ、いい方法があるかも。もうひとつ、手段があるわ。バクスター、IRSで、パンチがあってばかじゃない人を知らない？」

「まあ、思い当たる者はいる」

「彼に連絡して」

「彼女だ」

「もちろん、そうでしょうね。やつの怪しい銀行口座を何とかしたい。今、謀殺その他もろもろで告発されているわけだから、口座をすべて凍結させるっていうのもありかもしれない。IRSが捜査を終えるまで貯金には手を出せない、とか何とか」

「うまくいくかもしれない」

「もうひとつ、押すべきボタンを手に入れたわ」

わ」

「ふざけるな」

イヴがその〝もうひとつのボタン〟を押しているころ、ロークはフィーニーとカレンダーと作業をしていた。

「このばか野郎は、店を開けるぐらい電子機器を持ってるな」フィーニーがぼやいた。

「好きになっちゃいそう。ばか野郎じゃなければね」カレンダーは作業をしながら体をくねらせた。

「ばか野郎だ」とロークは同意した。「だが、かなり抜け目のないやつ、というか、被害妄想の塊だな。ありとあらゆるものにフィルターと安全制御《フェイルセーフ》を組み込んでいる。これはラボで作業したほうがうまくいくだろう。何か見つけたとしても、ここでスキャンや解読をしたら何時間もかかる――しかも、ひとつずつしかできない」

フィーニーは大きく息を吐き出した。「そのとおりだ。これをセントラルへ運ぼう」

「うちのラボのほうが近い」ロークが言うと、フィーニーは顎をなでながら考えた。

「確かにな。しかし、やつが持っていたパソコンも探らなければならないし、シルバーマンの焦げた電子機器の山もある」

「分けたらどう、警部？」

フィーニーはカレンダーを見てうなった。「そうだな、くそっ。僕としてはひとつとして見逃したくはないが、そうするべきだろう。坊《ボーイ》やたちをここへ呼んで、ここにある機器すべてにタグをつけて記録し、きみのラボへ運ばせる。きみはそっちをやって、僕とここの坊やは残りを持ってセントラルへ向かう」

「ガールよ、フィーニー、ずっと言ってるけど、わたしはガール」

「ボーイとガール、どこが違うんだ?」

「ボーイはペニス。ガールはヴァギナ」

フィーニーの耳の先端がピンク色になった。「やめなさい。eマンはどんな仕事をしようとeマンだ」

フィーニーはコミュニケーターを引っ張り出し、耳の先をピンク色に染めたまま仕事を進めに向かった。

「わたしは彼のボーイたちのひとりで、ぜんぜんかまわないのよ」カレンダーはロークに言った。「彼をからかって、困っているのを見るのがとにかく好きなの」そう言って、かき集めた電子機器が積み上げられたシッティングエリアを見渡した。「すごい数」

「簡単だと楽しめないよ」

「そのとおり」カレンダーは拳《こぶし》を差しだし、ロークが差し出した拳に当てた。「ダラスはもう楽しんでるかしら」

イヴはコーヒーをがぶ飲みしながら、〝もうひとつのボタン〟から引き出される結果を待っていた。無駄に時間が過ぎていく。そう思いながら窓の外に目をやり、夕方が夜に押し流されていくのを見つめる。すべては、ソシオパスの弁護を引き受けた金のかかる弁護士が、あらんかぎりの術《すべ》を使い、その方面のあらゆる言い逃れを駆使して、なんらかの勝利を得ようとしているせいだ。

バクスターがオフィスに入ってきてACを指さし、イヴがうなずいた。「最初にいいニュースだ。IRSにいる俺の友だちが、アイラーにものすごく興味を持って、強引に事務手続きを進めて法的問題をクリアし、きみの望みをかなえてくれた。口座はすべて凍結された」

「悪いニュースは？」

「たった今、シンガが今日の営業を終了した。クライアントが疲弊したから、九八時間の休憩を取らないかぎり、取り調べは再開させないそうだ」

「こんちくしょう。そうくると思っていたけど、こんちくしょう」

「悪いニュースのうちの、〝たぶんいいニュース〟は何だと思う？　シンガは機嫌が悪そうだ。それどころか、本気で怒っているように見えた」

「まあまあいいけど、足りない」苛立《いらだ》ちを抑えきれず、イヴはデスクを蹴飛ばした。「今ごろ、自分の調査員を集めて、あちこちでシルバーマンに関するデータを集めてるはず。そして、アイラーの罪を軽くするために、手に入れたものをすべてを使い、あるいは使おうとするのよ。シルバーマンはもう、最果てのアルゼンチンへ向かっているかも」

「でも、きみはそう思っていない」

「そう、思っていない。もっと、もっとめちゃくちゃ悪いことになっていると思う」

イヴはデスクのリンクを見つめ、早く鳴れ、と念じた。

「たぶん、きっと、突破できると思う。でも、あいつがアイラーを寝かせてしまったら、朝まで突破はおあずけ。八時間。上等よ。一分でも余計にはやらない。トゥルーハートをつかまえて、何でもいいけど、何か食べに行くとかしなさい。そして、家に帰るの。IRSの彼女とは連絡を取り合って、何か動きがあったらわたしに知らせて。ここに〇四〇〇時に再集合。〇四三〇時にやつを取調室に連れ戻す」

バクスターはにやりとした。「たちが悪いな。気に入った。きみも帰るのかい？」

「連絡の返事を待ってるのよ。これがうまくいけば、〇五〇〇時までにアイラーを落とせる」イヴは振り返り、すっかり暗くなった外を見た。「早く返事が来て、間に合うことを神に祈るわ」


ようやく家に戻ったイヴは、少なくともサマーセットとやり合わずに済んだ。ロークからショートメールで、ラボでアイラーの電子機器と取っ組み合うつもりだ、と知らされていたから、コートを階段の親柱にひっかけて、まっすぐ階上へ向かった。

完全に仕事モードのロークがいた。黒いセーターに着替えて肘の上まで腕まくりをしている。後ろでまとめて細い革紐《かわひも》で縛った髪が、小さな房になっている。

アイラーの電子機器がいくつも並び、その並べ方には何らかの意味と秩序があり、それは壁のマルチ・スクリーンに流れていく記号や画像やシンボルも同じなのだろう、とイヴは思った。

猫はそんなすべてに魅せられたのか、あるいは、そう見えるだけなのか、スツールにうずくまってじっとスクリーンを見つめている。イヴが入っていくと、色の違うふたつの目でじろりと見ただけで、また夜のエンターテインメントに戻っていった。

「何かわかった?」イヴは訊いた。

「それが、かなりたくさんわかった」ロークは作業の手を止めず、スクリーンをスワイプし、キーと制御パネルを叩いている。「彼を脱税で逮捕できるよ。いくつかファイルをこじ開けたら、それを証明できるだけのものが出てきたが、さらに先へ進んだ。今のところ、脱税はきみの優先事項じゃないからね」

「そうよ、それでも」

「インサイダー取引の証拠もあった――きみも興味をそそられるかもしれないが、彼はこの件でヒューゴ・マーキンと組んでいた」

「そそられるわ、でも」

「優先事項じゃない、わかってる。だから、今言ったファイルはまたあとで見られるように別にしておいた」ロークは作業の手を止め、肩をまわした。「これをやつが自分でやっていたなら、その気になればサイバー・セキュリティの世界でかなりの成功をおさめていただろう。データを深く埋めて、うまく暗号化している。そこまで掘り進めるのは一仕事だ」

「あなたのほうが彼より優秀」

「そう」ロークはイヴの両肩に手を置いた。「僕たちは優秀だ。きみの目を見れば、アイラーについてきみがほしかったものは得られなかったとわかる。でも、きみは手に入れるよ」

「手に入れるわ。いま、ある方面から働きかけているところよ」イヴはロークのワークステーションから水の入ったグラスを取り、ごくごくと飲んだ。「彼が弁護士を雇ったことには別に驚かない。それが頭の切れる、弁護料の高い弁護士でも別に驚かない。アイラーは口を閉ざしている。何度か怒らせることはできたけれど、弁護士が彼を黙らせた。でも、やつは地球外の刑務所に入れられるのを恐れている。知的犯罪刑務所に入るかもしれないと言ったらいらついていたけれど、地球外の刑務所かもと言って脅したら、震えおののいていた。地球外が鍵よ」イヴは部屋のなかをぶらつきながら言った。

さらに水を飲む。「やつは弁護士にシルバーマンの話をしていなかったから、そこも追及しようと思った。そうしたら、弁護士がすべてを中断させたのよ――クライアントと相談するって言って。そのあと、クライアントは八時間の休憩が必要だって。くそっ、くそっ、くそっ」

「決まりというのは、腹の立つものばかりだ」

「たぶん、たぶんだけど、あのまま地球外のことで彼を攻めながら、シルバーマンのことをちらつかせたら、たとえ弁護士が邪魔してきても、彼は口を割りはじめたと思う。でも、今はこうして待つしかない――〇四三〇時に彼を取調室に引きずり戻すまで」

ロークは笑いながらまた水をオーダーした。「アイラーも弁護士も受け入れないだろう」

「ひとつ言えるのは、これである方面から働きかける時間ができた。アイラーの父親よ。いずれにしても息子は刑務所行きだと父親に伝えるわ。そして、シルバーマンはアイラーの忠誠心から恩恵を受け、金を得る、と。わたしは、その金が渡るのを阻もうとしているんだけれど、父親は腐るほど金を持っているから阻めない」

「だから、父親を説得してその金の流れを止めるんだね」

「そう、そして、シルバーマンをかばい続けるなら金は入ってこないわよ、他のターゲットの名前を明かさないなら、金は入ってこないわよ、とアイラーに告げる。彼が気を変えて話したら、取引する。地球上で幽閉」

「刑務所は刑務所だ」ロークは言ったが、イヴは首を振った。

「あなたは彼の顔を見てないから。マイラも同じ意見で、彼は宇宙恐怖症かもしれないと言っていた。彼が地球外へ行った——仕事でも遊びでも——ことがわかるものが何かあった?」

「そう言われれば、今のところ何も見ていないな」

「その恐怖心と父親を利用できると思ってる。長男が、亡くなった次男の名誉に傷をつけようとしている。事件は裁判で裁かれ、世間の知るところとなり、一家にとってこれほどの屈辱はない。でも、その父親はフランスにいるのよ、こんちくしょう。父親の弁護士を探し出して、レジナルド・アイラーに連絡を取って事情を伝えてもらおうとしたわ。弁護士と何回か話し合って、たぶん、いい方向へは向かっていると思う。ところが、その父親のほうのアイラーが一晩寝て考えるって言ったらしいのよ、ふざけんな。それで、わけのわからない地球の自転っていうやつのせいで、彼のほうが何時間か先にいるのよ。違った、あと」イヴは目を閉じた。「違う、先よ。だから、息子のほうのアイラーを取調室に入れるまでに話をつけなければならないの」

イヴは空《から》になった水のチューブを、離れたところにあるリサイクラーにシュートした。

「くたばれ、自然科学」

「きみはピザを食べたほうがいい」

ピザを食べると考えただけで、イヴは元気を取り戻しかけた。「いいけど、レオといくつか不測の事態を阻止しなければいけないから」

「相談しながら食べられるだろ。僕はこの作業をやりながら食べる」

「ピザを?」

ロークはイヴを引き寄せ、キスをした。「一緒に食べよう」

22

イヴはレオと作戦を練りながらピザを食べた。地方検事補のレオも彼女なりの作戦を考えていて、うまくいきそうだった。

グレーのスエットシャツを着て、ふわふわのブロンドは乱れ、すっぴんにもかかわらず、レオはほっそりした南部美人《サザン・ベル》そのものだ。

そんな美しい姿の下に鋭い知性と鋼《はがね》のような意志が隠されていることを——戦略上、ということも多い——イヴは訳あって知っている。裁判でのシェール・レオは、宣誓証言をした証人を汗ひとつかかずにばっさり斬ることができるし、実際にやっている。

今のレオは、二切れ目のベジー・ピザを行儀よくかじっている。「わたしは午前四時に——勘弁してほしい——あっちへ行くわ。シンガは怒るでしょうけど、自分でまいた種でしょ。二、三時間、聴取につきあってから、八時間の休息に入るべきだったのに」

「彼はシルバーマンがかかわっていることをまったく知らなかった。だから、あのばか野郎について調べなければならず、自分の調査員に調べさせるはず。くだらないクライアントを守るためにシルバーマンを使うつもりなら、まず計画を立てる必要がある」

「たぶん、彼も遅くまで仕事をしながらピザを食べてるわ。それはともかくとして、パパ・アイラーがあちらで仕事を始める九時より前に連絡してきたら、知らせて。彼がどちらの反応をしてきても対応できるから」

「連絡する」

「じゃ、また朝に。やつを逮捕するわよ、ダラス」

「あたりまえよ」

イヴが目をこすり、さらにコーヒーをプログラムしかけたちょうどそのとき、ロークが部屋に入ってきた。

「いいものを持ってきた。アイラーは新型の黒い小型バン――フル装備だ――を買っている。車種はエセックス・スプリンター、ナンバーはEZB五七八」

イヴがコミュニケーターに手を伸ばすと、ロークが片手を上げた。「待って、きみが直接探さなくても、全部署緊急連絡《APB》をして捜索させればいい。やつは個人向けガレージに賃料を払っている」ロークはイヴに住所を伝えながら歩いていくと、ワインを注いだ。「僕は、今のところは、ほかの保管設備は見つけていなくて、きみも、今のところは、やつらが盗んだリッチーの作品を――アイラーが買った作品も――見つけていない。だが、彼が四年前にイタリアで合法的に手に入れた作品二点を見つけたんだ。やつらはそのガレージを保管場所としても使っていたかもしれない」

イヴは自分で捜索に当たりたかったが、優先順位を思い起こして衝動を抑えた。「今すぐチームをガレージに向かわせて、車はAPBで捜索させる。それがいい」

ロークはイヴが連絡を終えるのを待って、肘でそっとつついてワインを渡した。「ちょっと休憩しよう。きみも僕もだ――その間に」イヴに反対する隙をあたえず、ロークは続けた。「フィーニーとの話をしよう。ずっと連絡を取っていたんだ」

「何か見つけたって?」

「今ごろはもう、ひどい頭痛に襲われているんじゃないかと思う。彼と、カレンダーと、他のもうふたりがやっているのは、機器の洗浄とスキャンと断片をつなぎ合わせることだ。なかなかはかどらない退屈な仕事だろう。有力な手がかりが得られる可能性はほとんどない、わかっていると思うが。復元できるものがあれば、彼らは必ずやってくれる。フィーニーとカレンダーは仮眠室で四時間寝たら、また作業に戻るそうだ」

「オーケイ」

「彼らはアイラーが持っていたポータブル・パソコンも探った――それで、やつの資産情報やポートフォリオ、その類《たぐ》いの情報を見つけた。アドレス帳は、今のところ見当たらず、シルバーマンとのつながりも見つからない。しかし、アイラーとバンクスがリンクで交わした会話を掘り起こした」

「早くそれを言ってよ」イヴは勢いよく立ち上がり、事件ボードに近づいた。「すごい証拠」

「消去されていたが、どうやったってすっかり消えはしない。消去して、いくつかフィルターもかけて、いろいろやっていた。手間はかかったが、会話は聞けるようになった」

「聞きたい」

「もうきみのユニットに送った」ロークは身を乗り出して、再生の指示をした。

アイラーが楽しげに答える声がした。やあ、こんにちは、ジョーダン。

どうも。話がある。

何の話だい？

クアンタムとエコノ、株価と爆発。

微妙な間を置いて、ルーシャスが答えた。ひどい話じゃないか？　不満を持った従業員のやることといったら。きみが付き合っていた彼女も怪我をしたんだろう？

つまらない演技はやめてくれ、ルーシャス。うちに警官が来て、ウィリから聞いた情報を誰かに伝えなかったかと――具体的な質問だ――訊《き》かれた。

聞いてくれ、ジョーダン――

いや、聞くのはそっちだ。私は誰にも話していないと警官に言った。冷静を装って。しかし、証言は訂正できる。私はきみを助けたんだ、ルーシャス。

情報料は払っただろう。

あれでは不十分だ。証言を変えられたくなかったら、こっちにも分け前を回してほしいものだ。想像するに、しこたま儲けたはずだ。二十五万ドルにしておこう。これは保険と考えてもらっていい。

ばかげた話だ。きみが僕に何か話したことは証明できないし、ましてや、僕がクアンタムで起こったことに関係しているなどと、逆立ちしたって証明できるわけがないんだ。

警官にあれこれ訊かれたいのかい、ルーシャス？　私はきみをかばい、これからもかばい続けるよ。分け前をもらえれば。

僕はなんの関係も――

そんなことはどうでもいい。保険を払うんだ、ルーシャス、現金で。そうすれば、きみの心配は消える。

話し合いが必要だ。リンクで話すのではなく。

それはいいな。今、タッドとデルヴィニアのパーティに来ている。きみがここへ来ればいい。

人の目があるところはだめだ、何を言っているんだ、パーティへは行かない。考えてみよう。折り返し連絡する。

「そのあとの会話も続けて聞ける」ロークが言った。

遅かったじゃないか。バンクスがいきなり言った。

じっくり考えたかった。それに、現金を集める時間も必要だった。今、渡せるのは十万ドルだ――これはひとえに警官にあれこれ詮索《せんさく》されるのを避けるための金だ。進んで払っているわけじゃないぞ、ジョーダン。

これは手付金ということにしておこう。残りは一週間後に払ってもらう。金はパーティ会場に持ってきてくれ。

絶対にそこへは行かない。これからまだ金の都合をつけなければならないし、きみと一緒にいるところを見られるわけにはいかない。僕たちの友人関係はもう終わりだ、ジョーダン。午前三時、セントラルパークで会おう。JKOのそばで。

ドラマチックだな！　気に入ったよ。ではそこで会おう――金を忘れずに。そうだ、ルーシャス？　私たちが友人だったことはないぞ。

「救いようがないばかね」イヴは言い、首を振った。「ふたりとも。バンクスは警察にばらすと言ってアイラーを脅し、その相手と会っている。真夜中に、人気のない公園のど真ん中で。そして、アイラーはリンクをハンマーで粉々にしてから川に捨てることをしていない」

「特注のリンクで、プラチナ製だ。一万ドルはする」

「そういうのを買うこと自体、ばかなのよ。これで彼は逮捕できる。少なくともバンクスの件では」イヴは話しながら会話の音声をコピーして、レオに送った。

「きみはアイラーを逮捕できるかどうかはあまり心配していない。彼を落とせるとわかっているからね。そして、そのうち、シルバーマンについて吐かせられるとわかっている。そのいい、そのうちが心配なんだ、きみは。そのうちより前に、他の人たちの写真を事件ボードに貼ることになるんじゃないかと、それを心配している」

「地球がぐるりと回転するまで何もできない。でも、車のナンバーはわかっているし、ガレージの場所もわかっているから、そこで次のターゲットにつながる手がかりが見つかるかもしれない。でも、もしかしたら次のターゲットはいないかもしれない」

「これ以上僕にプレッシャーがかからないように言ってくれているんだね」ロークは腰をかがめて、イヴの頭のてっぺんにキスをした。

「ねえ、わたしはe関係は苦手だけど、指示どおりにすることはできる。ここでできることはもうなくなっちゃったのよ」じれったい思いをにじませながら、コマンドセンターを見まわす。「ガレージで何か見つかったら連絡が入ることになってる。それが車だけでもね。それまであなたと一緒に働くわ。単調な作業はできるから」

「せめて二時間でも寝る努力をしろと言うべきだが、きみは聞き入れないだろう。わかった、僕がきみのピーボディになれるなら、きみは僕のドローン《ドローン》になれるはずだ」

時間つぶしの仕事をあたえられているだけと気づくまで、長くはかからなかった。それでも、やるべきことをつぎつぎと渡され、たぶん彼もいくらか時間と手間をはぶけているのだろうとイヴは思った。

ロークが思い切って深く掘り進んでいるときは、ぶつぶつと何かつぶやいて、毒づき、アイルランド語の訛りが強くなるのですぐにわかった。

イヴ本人は退屈でつまらない作業に取り組んだ。コードをスキャンしたり、何かが一致したりパターンができたりしないかを探した――というよりは、コンピュータが探すのを待っていた。

何か見つかると、スイッチを切り替えてロークに送り、彼が次の作業に進めるようにする。イヴには何が何だかまったくわからないが、スイッチを切り替えたときに二、三度、前進したと思われる声をロークが発した。

脳の声が実際に耳からこぼれ出るなんていうことはあるのだろうか。そんなことを考えながら、イヴはまた別の結果をロークに送った。

「ああ、なんと、これは使えるかもしれない」ロークはつぶやいた。「こんちくしょうをあともう少しこじ開ける。そう《アイ》、こいつは賢いが、それほどじゃないだろう?」

イヴが立ち上がり、冷蔵庫のほうへ体を向けたのは、ありえないと思っていた限界にとうとう達したからだ。体がもうコーヒーを受け付けない。

ふたり分の水を取り出した。

「そして、いたぞ、おかしな目つきのポン引き野郎め、つかまえた」

もうロークのつぶやきにも慣れて何も思わなくなった――「ポン引き野郎」は初めて耳にしたが――イヴは、半分眠ったような状態で水を差しだした。

ロークは振り払う仕草をした。「あとでいい。ほら、いたぞ。つまらないごちゃごちゃに埋もれて、見えなかった。クライアントじゃない、違う、クライアントなんかじゃないぞ、これは」

イヴは耳をそばだてた――苛立ちや、ささやかな進歩ではなく、勝利に向かって着実に進んでいる喜びの声だ。「誰?」

「まだ終わってない。静かに。近づきすぎたらこっちが感染して、つかまえられなくなる。

一般的なウイルスってところだな。とにかくやっつけて、そして……。ほら、これだ」

「誰？」イヴはもう一度、強い調子で訊いた。ロークは見つけたものを壁のスクリーンに映し出した。

「ポール・ローガン」ロークは読み上げた。「妻と娘の名前と――かなり踏み込んだ内容の大量の情報。それと、同じようにウェイン・デンビーの情報も」

「ターゲットのリストよ、名前があとふたつ。驚いた。タイバー・チェノビッツ――妻と六歳の息子。住所は――」

「すぐそこを曲がったところだ」

「ふたつ目の名前――ミラー・フィルバート、ローワーイースト――をバクスターに送って。早く、早く、急がなきゃ。どのくらい早くチェノビッツの住所に〝目〟と〝耳〟を持ってこられる？」

「それなら、ここのラボにある」

「持ってきて、じゃ、すぐに動き出すわよ」

ロークがバクスターにデータを送り、イヴはコミュニケーターを引っ張り出した。「警部補、サラザールに緊急連絡を」歩きながら強い口調で言う。「二か所に〝目〟と〝耳〟を要請する」通信司令部にてきぱきと情報を伝えながら、一気に階段を駆け下りる。コートを着ながら、自分でバクスターに連絡した。

バクスターは映像をブロックしなかったので、イヴはベッドから這《は》い出てきた彼のむき出しの尻――悪くなかった――をまともに見てしまった。

「住所は受け取った。五分で出る」

「トゥルーハートをつかまえて、現場へ来て。フィーニーにも連絡して〝目〟と〝耳〟を準備させて。わたしは別のを使う。サラザールには緊急連絡をした。防弾ベストとヘルメットを着用すること。制服警官を両方の現場へ送る。バンは黒のエセックス・スプリンターの新型。ナンバーはEZB五七八。警戒して。サラザールのチームが安全を確認するまで家には入らないで。これは命令よ。行動開始」

イヴが体の向きを変えると同時に、フィールドバッグを持って足早にやってきたロークが追いついた。

「きみの〝目〟と〝耳〟があるし、爆発物がないかスキャンもできる」

「いいわね」イヴは外に走り出て、車に飛び乗った。「これからの予定。急ぎつつも、静かに。やつがいて、家族と一緒なら、サイレンの音を聞いて先を急ぐかもしれない。アイラーがいなくても次の家族を襲うほど常軌を逸しているなら、われわれが間近にいるのを知って家族を殺害しかねない。家族を盾に使おうとするのは間違いない」

ロークはゲートが完全に開くのを待たずに、垂直発進ボタンを叩くように押した。

「その家は知っていると思う。うちと同じで、通りから奥まったところにあって、ゲートもあるはずだ。セキュリティを解除する必要があるだろう。やつがいるなら、用心のために再セットしているかもしれない」

現場までは二分もかからなかった。ロークはゲートの防犯カメラに映らない場所に車を停めた。

「妨害電波を出して、その間に防犯装置を解除する。ゲートを越えたら、再セットする」

ロークが車を降りると、イヴは通信司令部に連絡を入れて応援を要請し、安全を確認できるまでゲートの外で待つように命じた。

「解除完了」ロークはまた素早く運転席に戻り、垂直発進して鉄のゲートを越えた。ゲートのシステムを元どおりにつなげる。

車は暗がりに停めた。

家はゲートから六メートルほど奥まったところにあって、三階建てで、幅の広い正面ポーチの縁には等間隔で柱が並び、屋根は大きく水平に張りだしている。防犯用ライトに照らされ、並んだ盆栽のこんもりとした輪郭が見えた。

このルーフガーデンをうちのルーフドームから見たことがある、とイヴは思い出した。西側の壁が人工の滝のようになっていて、一段高くなった木製の花壇には青々と葉が茂り、春と夏にはさまざまな色の花が咲き誇っていた。洒落《しゃれ》た小屋のような建物にはガーデニング用具がしまってあるのだろうとイヴは想像していた。外にいるのが気持ちのいい季節には、椅子と、日よけの傘のついたテーブルが出て、ルーフガーデンとその向こうの景色を楽しんでいるようすだった。カラフルな植木鉢には木々が植えられ、飾りのついたポールに蔓《つる》植物が絡みついていた。

今、ルーフガーデンに照明は点《つ》いておらず、家の一階も真っ暗だ。しかし、二階の窓からは一部明かりが漏れている。

「家の横手に車がある――バンパーの金属が明かりを受けて光っているのがわかるけど、はっきりは見えない。アラーム装置と〝目〟と〝耳〟を作動させて。わたしはそばまで行って確認してくる」

イヴは車を降りて、そっとドアを閉めた。武器を手に、身を低くして家のほうへ駆けていく。

黒い小型バンは通りから見えないように、家の横手すれすれに停められていた。ペンライトの明かりをナンバープレートに向けて、確認する。

イヴはロークのもとに駆け戻った。

「やつはなかにいる。〝目〟でのぞいて、どこにいるか教えて」イヴはまたコミュニケーターを引き出した。

「サラザール」

「予定位置に到着。やつのバンはすぐそばに停まっている。二階の窓から明かりが漏れている。eマンが〝目〟で調査中」

「そっちへ向かっているわ。わたしたちが安全確認するまで、家のなかに入っちゃだめよ」

「こっちでも爆発物の位置は読み取れるわ。やつは三人となかにいるはず。そっちの到着予定時刻《ETA》は？」

「十分後」

「こっちが許可を出すまでゲートは通らないで。バクスターに連絡して、やつはこっちだと伝えて」

「十分後に、ダラス」

イヴは通信を切った。「ローク」

「正面の二階、明かりの点いている部屋に四人いる。熱センサーの画像からすると、ひとりは子どもに違いない。座っている者がひとり、横たわっている者がひとり。もうひとりは立っている——動いていて、行ったり来たりしている」

「ふたりで入るわよ、そっとね」

「まずスキャンしないと。爆発物が仕掛けられていたら、そっとどころじゃなくなるぞ。正面扉はクリーンだ。残りも調べるからしばらく待ってくれ」

「早くして。ふたりで二階へ向かう――そっとね。民間人を危険にさらさずにやつを倒せそうだったら、そうする。そうできないときのために、あなたはわたしの後ろにいて。やつには、わたしひとりだと思わせる。わたしが武器を下げたら、あなたの番、という合図。撃って」

「わかった。家に入って大丈夫だ。入ってからもスキャンは続ける。仕掛け爆弾があるかもしれないからね」

イヴは武器を低くかまえ、ロークは高くかまえて家に入る。敷居をまたいだとたん、広いホワイエの照明が点いた。

イヴはさっと横を向いてロークと背中合わせになり、かまえた武器を水平に移動させた。

「センサーライトだ」ロークが小声で言った。「こんちくしょう。警報装置とは関係ない。遅い時間に帰ってきた者や、夜、階段を降りてくる者に反応して、自動的に照明が点く仕組みだ」

「やつに見られたら――」

空気を引き裂くような苦悶《くもん》の悲鳴が響いた。イヴが階段を目指して駆け出すと同時に、女性の怯えきった金切り声が続いた。「やめて！　やめて！　お願い、わたしの坊やを傷つけないで！」

男性の声が加わり、子どもが必死になって母親を呼ぶ声がした。

誰かが走り出す足音と、子どもが泣きじゃくる声が頭上から聞こえ、イヴは階段を上りきってすぐ右へ向かい、主寝室に入った。

手足を縛られ、さらにベッドにくくりつけられた女性が必死でもがいていた。鼻から血を流し、右の目は黒く腫《は》れ上がっている。同じように血だらけの男性がロープで縛られた身をよじり、少しずつ床を這って女性に近づこうしている。

男性は自爆用ベストを身につけていた。

「助けて！」女性はすすり泣いてもがき、手首と足首の傷がさらに赤むけになった。「あの男がわたしの子どもを連れて行った。わたしたちの息子を連れて行ったのよ。助けて」

「彼女を連れ出してくれ」床に横たわった男性がすがるような目でイヴを見上げた。「妻を外へ連れ出して、息子を助けて。やつは起爆装置を持っている。時間がない」

「彼女を外へ」イヴはロークに命じ、コミュニケーターのキーを叩くように押して、サラザールと援軍にゴーサインを出した。「やれそうならベストをなんとかして。無理なら、とにかく彼女を連れ出して、サラザールを待って」

イヴは武器をかまえながら、階段を駆け上った——ドアがバタンと閉まる音がした。三階へ行くと立ち止まり、右、左と確認した。家族で過ごすエリアらしい。左手に二部屋、右手に一部屋あるが、すべてドアが閉まっている。

イヴは息を吸い込み、止めた。耳を澄ましていると、すすり泣きと懇願する声が二階から聞こえた。

そのうち、聞こえてきた。遠くから、くぐもった声で、男の子がまた母親を呼ぶのが聞こえた。

上だ。ルーフガーデンだ。

一歩左に移動して、最初のドアに体を向け、身を低くして開ける。

トイレだ。誰もいない。次のドアに向かう。

開けると、上に向かう別の階段があって、その先にまたドアがある。イヴはゆっくり階段を上りながら、起爆装置を持っている男のことを考えた。もう失うものはない。逃げ道もない。こちらがやり方を間違えれば、やつはボタンを押すだろう。

ドアを押し開け、武器をかまえてあたりを確認すると、葉の落ちた観葉樹の枝越しに、男の姿が見えた。男の子は両手で男を叩いている。男はくるっと振り向くと、コンバットナイフを男の子の喉元に当てた。

「こいつを切り裂く。麻痺銃《スタナー》で撃ってきたら、こいつを切り裂くからな」

男は黒ずくめだが、今はマスクをつけていない。わざわざそんなものをつけるはずがない、とイヴは思った。いずれにしても、全員を殺すと決めているのだ。

「逃げ道はないわ、軍曹」

「非常階段から降りる」

「子どもは渡さない。起爆装置は置いていってもらう」

男の子は殴るのをやめ、泣き声がやんだ。その目が見開かれて虚ろになったかと思うと、細い血の筋が首をつたって落ちた。

「この子を切り裂き、残りのふたりを吹き飛ばす。そうじゃなければ、こいつを連れて降りていく。こいつは生き延び、ふたりも生き延びる。俺はいなくなる」

首の下からブーツまで、暴動鎮圧装備《ライオット・ギア》で固めている。電磁波最強のスタナーでも、一発では倒せないだろう。いや、二発でも無理かもしれない。しかも、それをやったら子どもの命はない。シルバーマンの目を見ればわかる。

「こんなことをさせるために、アイラー大尉は戦ったの？」

「あの人は死んだだろう？」

イヴはシルバーマンの目から視線を離さず、ゆっくりと近づいていった。「こんなことをさせるために、大尉は亡くなったの?」

「ただの犬死にだ! 俺も軍人だった。危うく死にかけて、それでなにを得た? お勤めごくろうさまでした。もう必要ありません。あの人がどんなふうに死んでいったか見たいか?」シルバーマンは言い募り、イヴはさらにもう一歩近づいた。

以前、イヴが駆けつけるのが遅れて、子どもがナイフで刺し殺されたことがあった。今度はそうはさせない、とイヴは思った。何があろうと、絶対に。

サイレンが聞こえ――応援が到着しつつある――シルバーマンにも聞こえただろう。ナイフを握り直した隙を逃さず、イヴはその手を狙って撃った。

スタナーの電磁波が――ほんのかすめる程度だが――子どもに当たった。子どもの体がびくんと跳ね上がった。シルバーマンが子どもを支えようとして、ナイフを握った手が揺らいだのを見て、イヴは突撃した。

シルバーマンは子どもを落とし、身構えてナイフを左手に持ち替え、イヴに斬《き》りかかった。ナイフがコートの表面で滑ると、イヴは頭突きを繰り出したが、強烈な左のジャブを顔に受けた。シルバーマンはさらにナイフと拳を振りかざし、両手でつぎつぎと攻撃を加えてくる。

イヴは武器を取り落として転がり、シルバーマンがすかさずのこぎり状の歯のついたナイフで顔を突いてきた。その手首を両手でつかむと、イヴはヒュッと一息吐き、みぞおちに膝蹴りを入れて、ひるんだシルバーマンをとらえ、一緒に転がった。上になったシルバーマンがふたたび斬りつけてくると、イヴは相手の肩を蹴り上げて勢いよく立ち上がり、シルバーマンが立ち上がろうと大きく振り上げた脚を飛び越えた。

体を丸めて震えている男の子を挟んでふたりは向き合い、じりじりと大きな円を描きながら移動した。武器は左側のどこかに転がっているはずだ。だが、足首にとりつけた掌銃は使えない。かがんで取ろうとした瞬間、シルバーマンに押さえこまれるだろう。

イヴは軽やかなステップで後退し、シルバーマンは身をかがめて、左右の手で交互にナイフを持ってかまえている。さらに後退して子どもから離れるイヴを、シルバーマンがうれしそうに見つめた。

「俺を逃がすべきだったたな。こうなったからには、このナイフをおまえの腹に突き立てて切り裂き、内臓を引きずり出してやる」

イヴは後ろ蹴りを繰り出した勢いで、土と緑の匂いのする一段高くなった花壇を飛び越えた。次の瞬間、土から若々しい芽が突き出ている植木鉢をつかんで、シルバーマン目がけて投げつけた。軽やかに横によけたものの、植木鉢はシルバーマンの頰をかすめて赤い擦《す》り傷を残し、ペンキを塗ったコンクリートに激突して砕け散った。

悲鳴のようなサイレン音が近づいてくる。シルバーマンにも聞こえているだろうか？　とイヴは思った。たぶん聞いていない。やつはゾーンに入っている。殺しのゾーンに。

イヴは別の花壇に飛び移ると、そこから思い切りジャンプした。両脚でシルバーマンの腹を思い切り蹴る。人間破壊槌《はかいづち》だ。その衝撃でシルバーマンは後ろによろめき、取り落としたナイフがコンクリートの上に落ちて滑っていった。ふたりとも素手になった。シルバーマンは体勢を立て直すと、またイヴに突進してきた。

シルバーマンはイヴより三十キロは重く、実戦訓練を受けた元軍人だ。その彼が喉にめがけて突き出した拳をイヴはよけきれず、拳は肩にめりこんだ。耐えがたい激痛が腕を走る。

イヴはもう何も感じない——打たれるのも、打つのも同じだ。よけたり殴ったりしつづけるうち、口のなかに自分の血の味が広がり、シルバーマンの血の臭いが鼻をついた。シルバーマンはイヴを突き飛ばし、木の幹に体を押しつけた。一瞬、灰色にかすんだ視界に、ポケットから起爆装置を引っ張り出すシルバーマンが映った。

逃れようともがき、何とか飛びかかろうとするイヴを見て、シルバーマンはにやりとした。そして、ボタンを押した。

ボタンを押しても何も起こらないとわかったシルバーマンの顔に、ショックの色が広がるのを、イヴは見逃さなかった。雄牛のように体当たりして組みつき、そして、勢いよく体を引いた。

今よ、とイヴは思った。喉の奥に血が流れるのがわかる。今しかない。

片足を振り上げると、シルバーマンの顎をすばやく二回キックした。後ろによろめいたシルバーマンの腹に、さらに反対の足でもう一発キックを見舞う。

口を血だらけにしたシルバーマンがつかみかかってきたが、イヴは全身の筋肉をリラックスさせて、向こうずね、膝へと連続で蹴りを入れた。階段を駆け上る足音が聞こえたが、無視した。こわばった指を曲げて拳を作り、体の柔らかい部分――耳、目、喉――を狙って殴りつづけた。

一瞬、心を横切るものがあった。支配、痛み、虐待。

「その子をお願い」イヴは背後に駆け寄ってきた者に叫んだ。「こっちはわたしがやる」

最後の一発を見舞おうと、体を丸めてかまえた瞬間、シルバーマンが恐ろしいほどの勢いでルーフトップの手すりに突進し、身を投げる。イヴは間一髪のところで、汗と血で滑るシルバーマンの手首を両手でつかんだ。

シルバーマンは屋根からぶら下がり、イヴの全身の筋肉が悲鳴をあげた。四階だ。落ちても死なないかもしれないが、イヴとしては何があっても死なせるわけにはいかない。

「簡単に死ねると思ったら大間違いよ」

「道連れにしてやる」シルバーマンはもう一方の手を伸ばして、イヴの腕をつかんで引っ張った。

手すりの壁にかかったブーツのつま先に思い切り力をこめる。手すりを越えるわけにはいかない。絶対に。でも、もうこれ以上、シルバーマンをつかんでいられない。

ロークが隣にやってきて手を伸ばし、その全体重と筋肉でイヴを支えた。なおも引っ張り、引きずり下ろそうとするシルバーマンに、ロークは至近距離から鋭いパンチを見舞った。

ぐったりしたシルバーマンをふたりで引きずり上げて、手すりの内側に下ろした。

アドレナリンが収まると体中に痛みが走り、イヴは壁によりかかったままずるずると座り込んだ。呼吸がうまくできず、ぜいぜいして肺が痛い。

ロークはイヴの隣にひざまずいた。

「十分」ロークは言った。「十分足らずであれを解除して、ここへ上がってきた。そうしたら、きみがこんなことになっていた」

「そう、そうね」イヴは鼻からしたたり落ちる血をぬぐった。「やつだって相当なダメージよ」

イヴはそちらに目をやった。シルバーマンはぼんやりと横たわり、武器をかまえた警官

五、六人に取り囲まれている。

「子どもは」バクスターが目の前にしゃがむと、イヴは訊いた。

「トゥルーハートが抱いて階下《した》のパパとママのところへ連れていった。あの子は大丈夫だ。ひっかき傷ができていた。それと、ちょっとあざができただけだ」

「わたしのスタナーがかすってしまった」

「大丈夫だ、警部補《LT》。オーガストくんはちょっとショックを受けて怯えている。でも、大丈夫だ。で、きみは？　まさか。やつを逮捕するかい？」

イヴは首を振り、ちょっとめまいを感じて顔をゆがめた。「あなたが逮捕して。医者に診せたあと、わたしの準備ができるまで留置場に入れといて。わたしの武器は——」

バクスターがイヴに手渡した。「やつのナイフは証拠品保管袋にしまう。どこか切られたか？」

「いいえ。切られてないと思う。やつを逮捕して、バクスター」

「了解だ、ボス」

「マジックコート」バクスターがいなくなると、イヴはロークにささやいた。「ナイフの刃がコートを突き抜けなかったことさえ、やつは気づかなかったと思う」

ロークは自分の額をイヴの額にしばらく押しつけていた。イヴはそのままにさせ、そのひとときを味わった。けれども、ロークに抱き上げられそうになると胸を押して拒否した。

「警官だらけの現場から、抱かれて運び出されるなんて、絶対にいや」

「だったら、文句を言わず、いちばん近い医療センターへ行くこと」

「まずは現場の医療スタッフに診せることから始めるわ。いい？」

「まずはそこからだ」

23

　イヴは検査と処置とブロッカーとアイスパッチと治療棒《ヒーリング・ワンド》に耐えた。それでも、高圧スプレー注射と精神安定剤まではやらなかった。

「事件を終わらせないと」イヴは主張した。「薬でぼーっとしてたら終わらせられない」

「安定剤を飲んで眠っても、事件は終わらせられるだろう」ロークは言い返した。「容疑者はふたりとも留置場だ。数時間あとになったところで何も変わらない」

「やつらがダウン寸前の今、一気にやっつけたい。父親が――一時間もしないうちに連絡してくれるはず――要求に応えてくれたら、わたしはそれをさらに推し進め、終わらせ、解決する必要がある。やつらに、その抜け道をあれこれ考えさせたくない」

「それが終わったら」と、イヴは約束した。「安定剤がなくてもぐっすり眠れる。運転してね、いい？　セントラルへ行く間に、そっちの話を聞かせて。チェノビッツと家族の聞き取りは巡査にやってもらうつもり。あとでわたしが引き継いでもいいし」

ロークはじっとイヴの顔を見た。口は赤むけになって腫れ、目――両目とも――のまわりは顎《あご》のあざと同じ紫色になっている。

「今回ばかりは聞き入れるべきじゃないんだが」

「安定剤以外はすべてやったわ。そこを考慮すべきよ」

「かもしれないな」ロークはイヴの体に腕をまわして支えながら車まで歩いた。

「やつが爆破装置を取り出したとき、心臓が止まったわ」イヴはそろそろと慎重に車に乗った。「わたしの人生が止まった。あなたはチェノビッツのところへ戻ったとわかっていた。ベストを着たままの彼を置き去りにするなんてありえない」

「彼女が彼のもとを離れようとしなかったんだ」ロークが言った。「彼の奥さん、ジョリーが。縛られていたロープを僕が切ったら、すぐにその場を離れることもできた――息子を助けに行けた。でも、そんなことをしたら息子さんがもっと危ないことになる、息子さんはきみが守るから大丈夫だと説得したんだ」

「正しいことをしたわね」

「そうしたら今度は、夫のそばを離れようとしなかった。夫は離れろと懇願したが、彼女は聞き入れず、僕はどちらか選ばなければならなかった。彼女を殴って気絶させてかついでいくか、すぐその場で爆弾を処理するか。やや手が込んでいたが、恐れていたほど複雑でもなかった」ロークが説明した。

「やつは、誰かに信管をはずされるとは思いもよらなかった。とくにあの爆弾は。全員を殺すつもりだったのよ」イヴは事実を述べた。

「みんな無事だった。僕が処理した直後にサラザールが駆け込んできて、爆弾を専用のボックスにしまって、それでおしまいだ」ロークが締めくくった。

「今回はふたりともひどく殴られていた。やつを冷静にさせる役のアイラーがいなかったから。アイラーがノードン名義で買った建物に、夜明けとともにチェノビッツを向かわせるつもりだったのよ。建物には六人から八人の作業員がいて、改修工事の準備をしているはずだった。爆弾が五個、仕掛けてあったとサラザールが言っていた。連鎖爆発させるためよ」

「物件を買って、多額の保険をかけ、破壊して保険金を得る。古典的なやり口だ」ロークが言った。「チェノビッツ――成功した建築業者で、家族思いの男――は自分の仲間を吹き飛ばすことになっていた」

「やつとしては、これで金を回収できなくてもぜんぜんかまわなかった。ミッションを果たせばそれが勝利で、大事なのはそれだった。彼は軍隊に裏切られ、失望していた。兄弟も家族も、彼にとってはすべてブルーファルコンなのよ」

「ブルーファルコン？」

「軍人用語よ」イヴはロークに言い、痛む目を一瞬、閉じた。「仲間を裏切る者、という意味」

「なるほど。シルバーマンは仲間に裏切られたと思っていた」

「彼とアイラーはたがいに補い合っていた。アイラーには金と金を増やすノウハウがあり、シルバーマンはそのための戦法に長《た》け、爆発物を扱う訓練を受けていた。ふたりはそれぞれの能力を使って、楽しみと金のためにヒーローの記憶をねじ曲げていた」

イヴは大きく息をついた。「レオとマイラにも集まってほしい。それから、ホイットニーに最新情報を送らないと」

「ピーボディにショートメールを送って、ふたりとも逮捕したと知らせてあげるべきだ。西海岸ではまだ夜中の十二時ちょっと前だよ」

「時間帯のことは聞きたくないわ」

イヴは打ち合わせの連絡を取り、最新情報を送り、ショートメールを打った。車がセントラルに着くと、乗ったときに劣らずそろそろと車を降りた。

「まだしばらくかかりそうよ」イヴはロークに言った。「わたしがふたりを尋問するところを見たいのはわかってる。でも、それまでどこかで時間をつぶさなければならないわよ」

「電子捜査課《EDD》へ行ってみるよ」ロークはまたイヴの体を支えながらエレベーターへと乗り込んだ。「僕がアイラーの電子機器から引っ張り出したものについて、もっと詳しくフィーニーとカレンダーに話せるし。ふたりはもう作業に戻ってるよ、賭けてもいい」

「いい考えね」イヴはロークにもたれかかった。「あなた、まるでピーボディそのもの」

「最高の褒め言葉だ」ロークはイヴの顔を少し上に向けて、あざにキスをした。「やつには、もっと強いパンチを見舞えばよかった」

「ちょうどいい強さだった」降りる階になり、イヴはドアに近づいた。「必要なものは何でも掘り起こしてと、フィーニーに伝えて」

「わかった」

イヴは左右を見て誰もいないのを確かめ、ドアが閉まりはじめると言った。「愛してるわ」

ロークはドアが閉まるのを手で止めた。「なかに戻ってきて、言ってくれ」

「あとでね」

誰も見ていなかったので、イヴは遠慮なく足を引きずって殺人課へ向かい、自分のオフィスに入った。コーヒーを淹《い》れて、デスクに向かう。デスクの上に頭を押しつけて、言った。

「こんちくしょうめ！」

さらに、二度ほど大きなうめき声をあげ、たぶん声を出さずにべそをかき、それから上体を起こすと、コーヒーを飲み、報告書を書きあげた。

デスクのリンクが鳴り、相手が誰かわかるとほほえむ。レジナルド・アイラー。さあ、行くわよ、と思った。

「ダラス警部補。ご連絡いただき、恐縮です」

いかめしいがハンサムな顔で、黒目がちな目は鋭い。「喧嘩《けんか》でもされたように見えますね」

「していました。オリバー・シルバーマン軍曹と。彼は今、警察内の監視付きの診療室で治療中です。同時に、十八件の殺人罪とそれに関連する罪で告発されているあなたの息子さんの共犯者として、収監されています」

「その名前は聞いたことがないですね。これは――」

「あなたの存命中の息子さんはその名前を聞いたことがあるし、実際、とてもよく彼を知っています。あなたの弁護士を通じて説明したとおり、シルバーマン軍曹はあなたの下の息子さん、テランス・アイラー大尉の部下として従軍していました。ミスター・アイラー、あなたの息子さんとシルバーマンは、十八件分の終身刑を課せられます。わたしが必ずそうさせます。この件に関してはもう、あなたのご協力は必要ありません」

「ちょっと待ってくれないか」

もう充分すぎるほど待ったけど、とイヴは思った。

「ご協力が必要ないのは、証拠があり、また、まもなく、全面的な自白を引き出せるからです。それでも、あなたにご協力いただければ、弁護士を通じてお伝えしたように、犠牲者のご遺族の苦しみが少しは癒やされ、ニューヨーク州政府の時間と手間が軽減されますし、息子さんの十八件分の終身刑が軽くなるよう進言するつもりです。決めるのはあなたです。今この場で決めてください。わたしはこれからすぐ、あなたの息子さんの取り調べを再開するので」

その後、イヴは会議室に座って、バクスターとトゥルーハート、マイラ、レオと作戦を練った。ホイットニーが入ってきて、気をつけの姿勢を取ったときは、少し体が痛んだ。隣には――なんと――アンナ・ホイットニーがいた。

「邪魔はしない」ホイットニーが言った。「あとどのくらいかかりそうかね？」

「今、終わったところです、部長。容疑者二名は別々の部屋で取り調べをします。アイラーの取り調べは、彼の前回の取り調べをやったわたしとバクスターが担当します。シルバーマンの取り調べはトゥルーハートとわたしでやります」

「きみはラウンジで待っていなさい、アンナ。誰かを呼びにやるから。妻は」ホイットニーは説明しはじめた。「それぞれの取り調べの冒頭だけでも傍聴したいと言うんだ。きみに異論がなければだが、警部補」

「ありません」

「興味がおありでしょうね」アンナはイヴに言った。「取り調べでやりとりされるような暴力に関する言葉や描写を、わたしがどう受け止めるのか。わたしは警官の妻です」アンナはきっぱりと言った。「彼らが取調室にいるところを見れば、少しは気持ちが安らぎます。彼らのいまの姿をロジリンに伝えられたら、いつかは彼女やその家族に少しは安らぎがあたえられると思います」

アンナは夫の腕に触れた。「ラウンジにいます」

アンナが出ていく間も、イヴは立ったままでいた。

「みんな、理解した？」イヴは訊いた。「ほかに質問は？　ない？　だったら、パーティを始めるわよ」

イヴとバクスターがアイラーの取り調べを始めると、弁護士がいきなり嚙みついてきた。

「正式におふたりを訴えます」シンガは言った。「私のクライアントに午前五時前からの取り調べを要求するとは、ばかげています」

「彼は八時間の休息を取ったはずよ、シンガ」

「明らかに、この時間設定は法の精神に反しています」

「二〇〇〇時に八時間の休息を要求する前に、あなたが時間の設定について考えるべきだったのは明らかよ。好きなだけ訴えればいい。それより仕事を始めるわよ。ミスター・アイラ――」

「私に向かって述べてください」シンガはイヴに言った。「弁護人は私だ」

「ああ、そうだった、うっかり忘れていた。あなたの弁護料についても、もう一度触れるつもりだったのよ。前払いで受け取ったんでしょう？　たんまり？　弁護料は一時間いくらなの？」

「あなたの知ったことではない」

「そのとおり。わたしじゃなくて、あなたが心配するべき問題よね。それで、クライアントが破産したと知ったら、少しは心配するんじゃないかしら。一文無しで、これからもお金が入ってくる予定はない。預金口座はすべて凍結されたのよ――ＩＲＳが、さらに捜査を行う間は」

「彼らはすごく興奮していた」バクスターが言った。「われわれがフィルターを突破して、コードも解読したと知ってからは、尋常じゃなくな。あんたはとても悪い子だったんだなあ、ルーシャス。今ごろとびきりセクシーな夢を見て、興奮しまくってるＩＲＳ職員もいるんじゃないか。で、あんたはスターだ」

「凍結は、ミスター・アイラーがあなたに前払いするのに使ったかもしれない預金にも適用されるわ、シンガ。すべての現金、財産、所有物は現在、使用を禁じられている。IRSからそのうち連絡があるはずよ」

「で、知ってるだろうが、彼らが〝連絡〟してきたら、とにかく突っつき回そうとするぞ」

「そうね、そうなる」イヴは歯を見せてにんまりした。「あなたたちのどちらかでも、金持ちパパが何とかしてくれると考えているとしたら？　それはもう忘れて。レジナルド・アイラーとわたしは、とっくりとおしゃべりをしたのよ」

「きみにそんな権利はない」アイラーが勢いよく立ち上がろうとして、拘束具がガチャガチャと鳴った。「父を巻き込む権利はない」

「あなたには、十八人を殺して、十八の家族をめちゃめちゃにする権利はなかった。そんなことしておいて、償いもしないですむと思ってるの？」

「あんたはもうおしまいだ、あんちゃん」バクスターはさらに言った。「パパはあんた名義の口座も閉じた──これには家業のさまざまな部門で、あんたが受け取るかもしれない利益もすべて含まれる。本当に一文無しだ、あんたは」

「父と話がしたい。今すぐ」

「悪いけど、それは無理。あなたは逮捕されてるの。あなたがなにを望もうと、知ったことじゃない。あなたの弁護士はもちろん、お父さんと連絡を取るのは自由よ。でも、彼は今は連絡を取りたがらないでしょうね。どんな形でも。少なくとも、わたしが次に彼と話すまでは」

イヴは表情も口調も険《けわ》しくしてシンガに言った。「あなたのクライアントがすべての罪について、自分が犯した罪と、オリバー・シルバーマン軍曹が犯した罪について、詳しく、何の隠し立てもせず自白し、すべての情報をわれわれに差し出したとわたしが伝えたら、ミスター・アイラーは現在までに息子が払うべきだった弁護料と経費を払ってくれるかもしれない。その際は、厳しい交渉になるだろうけど」

イヴはアイラーのほうを向いた。「結果がわかりきっている事件の弁護を、シンガがただで引き受けてくれると思ってるの？　地球外での十八件分の終身刑よ」

「僕は地球外へは行かない。地球外へは行けないんだ。疾患がある。リチャード、きみは言ったはずだ――」

「うまくやれるって彼が言ったの？　それは裏でこっそりと？　ありえないわ、ばかばかしい。その点に関して、検察官《PA》は絶対に譲らない。精神鑑定の結果、〝疾患〟があったとしても、あなたはちゃんと鎮静剤をあたえられてオメガ星へ送られる。選べるのは一度だけよ、一度きり。すべてを自白すれば、地球内で服役。あいまい、でたらめ、嘘《うそ》、はぐらかしがあれば、この話はそこでおしまい」

イヴは身を乗り出した。「あなたを見てると胸糞が悪くなる——あなたの弁護士も同じよ。でも、彼は自分の仕事をしているわけだから、そこは我慢してあげる。あなたがあんなことをやったのは、金を儲けて、ギャンブルを楽しみ、父親に仕返しするため。あなたのあほらしい内なる子どもは、パパにかまってほしくてたまらないのよ。だから、このわたしに嘘をついたら、こんちくしょう、意識もうろうとしたあんたがオメガ星行きのシャトルにがっちりつながれるのを、この目で見てやるわ」

「これは間違ってる」アイラーは目に涙を浮かべて、シンガを見た。「うまくやってくれると言ったじゃないか。きみが言ったように——」

「静かに、ルーシャス。警部補、クライアントと話し合う時間が必要です」

「もちろん、そうでしょうね」イヴは立ち上がり、バクスターにも立つようにうながした。

「そうだ、あとひとつだけ、その話し合いに関係するかもしれないから言っておく。シルバーマンを逮捕したわ。あなたたちのリストにあった次のターゲットの家に侵入した彼を逮捕した。バクスターが言ったとおり、われわれはフィルターを突破したのよ。チェノビッツ家のみんなは無事よ。シルバーマンは？」

イヴはあざだらけの顔を片手でなでた。「わたしたち、ちょっとした言い争いになったわ。見た感じ、わたしより彼のほうがはるかにぼろぼろよ。ゆっくり話し合って。どっちみち、わたしは彼とおしゃべりしなければならないから。

ダラス警部補、バクスター捜査官、取調室を退出。記録を一時停止」

ドアを閉めると、バクスターはイヴの腕を軽く叩いた。イヴがすうっと息を吸い込む。

「おっと、ごめん。とにかく――最高だったな。アイラーよりシンガのあの顔のほうが気に入った。たんまり金になると思って相談していた時間が、無駄に終わったとわかったときのあの顔」

「アイラーは落ちるわ。シンガが白状するよう勧めるはず。たんまり金になるはずだった時間を無駄にしたくないし、シルバーマンはもう捕まっているという事実があるから。勝ち取れる最大限のものが地球内の刑だと言うんでしょうね。シンガがわたしたちの仕事を一部やってくれるわよ。コーヒーでも飲んで、近くにいて」

そしてイヴは、傍聴室から出てきたトゥルーハートに言った。「オーケイ、トゥルーハート、やっつけに行きましょ」

「子どものことを確認しました。あの、家族全員のようすもです。とくにオーガストが大丈夫かどうか確かめたかったので。リンクに出てきて、ママのところへ連れていってくれてありがとう、とお礼を言ってくれました。それから、こうも言っていました――あなたが知ったら気に入るんじゃないかと思って――僕は忍者ウーマンに助けられた、と」

「忍者ウーマン」イヴは大きく息を吐いて笑い声をあげた。あざだらけの胸が少し痛んだが、かまわなかった。

イヴは取調室Bのドアを開けた。「記録開始」そう言ってから、必要な情報を声に出して言い、記録した。

シルバーマンは腕組みをして座っていた。顔があざだらけだ。

「何も言うことはない。弁護士を待っているところだ、くそくらえ」

「弁護士って、国選弁護士？」イヴは尋ね、ほほえんだ。「あ、そうだった、逮捕されたあと、あなたが連絡していた料金のばか高い刑事事件専門の弁護士ね。今ごろ、フィラデルフィアからシャトルでこっちへ向かっているはずの。残念だけど、あなたには使える所持金がないって、彼に伝えないとね」

「金はある。財産があるんだ。黙りやがれ」

「あなたは一文無しよ。口座は凍結されたから。アイラーも一文無し。彼のパパは入金してくれないわよ。一銭たりとも。リッチーの絵を手っ取り早く現金化すればいいと思っているなら、その考えは捨てなさい。絵は、アイラーが借りているガレージから没収されたわ」

イヴはどさりと椅子に座った。「EDDがラボで、あなたのコンピュータと電子機器を復元してる。彼らも面子《メンツ》からやってるだけよ。だって、必要な証拠はもうすべてそろっているんだから。それで、あなたは？　井戸はもう涸《か》れてしまった。弁護士を雇う権利があっても、雇う金がないから、国が決めた弁護士がついてくれる。手続きをするから、あなたは留置場で待っていればいい」

あざに埋もれた険しくて鋭い目は少しも揺るがず、イヴを見つめている。「弁護士なんかくたばれ、裁判もくそくらえ、ふざけるな」

「女性に負かされて、彼は少し動揺しているのだと思います、警部補」

イヴはトゥルーハートを見て穏やかにほほえんだ。「そう思う？　彼はアソコの大部分とタマの片方を吹き飛ばされちゃったのよ。合成ホルモンとステロイドは好きなだけ注入できる。でも、それで男になれるわけじゃない」

「その汚い口を閉じやがれ」

イヴはシルバーマンの顔にぐいっと顔を近づけた。「閉じさせてみれば」

「さあ、警部補、やめましょう。落ち着いてください」トゥルーハートはイヴの腕をそっとさすった。「彼は国のために戦って怪我をしたんです」

イヴは肩をすくめ、椅子の背に体をあずけた。「弁護士を雇いたいの、シルバーマン？」

「〝弁護士なんかくたばれ〟と言っただろう？　その性悪な顔をひっぱたいたとき、鼓膜が破れたのか？」

「よく聞こえてるわよ。弁護士をつける権利を放棄するの？　それなら、はっきりそう言って記録しないと」

「くそいまいましい弁護士なんかいるか、こんちくしょう。俺は軍人だ。自分の面倒は自分で見られる」

「あなたは元軍人よ」イヴは訂正した。「今のあなたは人殺し。人を殺すためにアイラーに近づいたの？　テランスから彼——童話を読んでくれたり、子どものころはよく面倒をみてくれたお兄さん——の話を聞いていたんでしょうね。アイラーのなかにブラザーを見いだせた？」

「テランス・アイラー大尉は最高の男だった。それが、あのくそ野郎どもに殺されてしまった。彼は俺を引きずって運んでくれた。俺を置いて逃げてくれと言ったのに、外へ引きずっていってくれて、またなかへ戻っていって、それで殺されたんだ」

「それだけ彼の犠牲に敬意を表しているんですね？」トゥルーハートが尋ねた声は、教会のなかのように穏やかだった。

「犠牲がなんだ。軍隊などくたばりやがれ。あのろくでなし野郎たちは、俺たちを殺すために自爆した。何度もそんなことがあったんだ。俺はまた駐屯地に戻り、敵をぶちのめすつもりでいた。ところが、軍役につくにはふさわしくないだと？　爆発に遭って、頭が混乱しただと？　結局、俺はやつらのせいで宿無しになった」

「あなたは補償金や恩給でドラッグを買い、残りはギャンブルですってしまったはず」イヴは指摘した。「復員軍人局《VA》の病院で治療を続けることも、退役軍人のための援助を利用するのも拒んだ」

「なにもかもくたばればいいんだ」シルバーマンは激しく口をゆがめて怒鳴り、治りかけていた下唇の傷がまた開いた。「俺が情けを受けると思うか？」

「貢献にたいする感謝よ」イヴは訂正した。「でも、あなたはそれを受け入れず、罪のない人たちを狙い、命を奪った」

「罪のないだと？　聞いてあきれる。罪のない人間などいない」

「ポール・ローガンはどんな罪を犯したというの？」

「それはどいつだ？」

無神経な返答に、イヴは胃をぎゅっと締め付けられた気がした。彼にとって亡くなった人たちはみんな同じなのだ。「最初の人。あなたが彼の奥さんと娘さんを痛めつけて、彼に自爆させ、クアンタムの本社にいた他の人たちも巻き添えになった」

「あれはみっともない腰抜けだ。泣いていた。懇願し、すがっていた。あれは戦術というんだ、ばか野郎。ゲームの駒《こま》を並べただけだ」

「じゃ、ローガンとデンビーはゲームで使う駒なの？」

「うまくいった、だろう？」シルバーマンは手のひらを上にして両手を広げ、ちょっと持ち上げながら、ボンッと爆発音の口まねをした。「残りは巻き添えだ。でかい家に住んでる金持ち野郎のことを、俺が気にかけていると思うか？　やつらだって俺と同じだ」

シルバーマンのこめかみの血管が脈打つ——ヘビのような血管は、ぴくぴくしながら剃り上げた頭頂部まで続いている。

「俺はやつらのために前線で命を張り、くそみたいな目に遭った。だから、その貸しを返してもらっただけだ」

「爆弾と、ローガンとデンビーに無理やり着せたベストは、あなたが作った」

「サメ撃退用の棒状爆弾を頭に付けるやつはいない」

「あなたはとにかく妻たちを殴り、子どもを殺すと脅した。爆弾と自爆用ベストを作った」

イヴは繰り返した。

「その訓練を受けたからな。最後まで続けられなかったのは、しゃくに障る。筋はよかったんだ。こっちの世界に放り出されてから、前にも増して腕を磨いた。実際はもっとたくさん殺せたが、ルーシャスが犠牲者の数を抑えたがった。やつには弱いところがある」

「ターゲットはどうやって選んだの?」

「何だっていいだろう?」シルバーマンはにやにや笑った。「もう吹っ飛んだんだから」

「けっこう骨が折れただろうし、手間もかけて、頭も使ったんでしょうね。あなたはどれだけ賢いのか、教えてくれない、軍曹?」

「うるせえ。ローガンは簡単に決まった。まぬけ野郎のバンクスがルーシャスに合併がらみの内部情報を教えたんだ——金持ち野郎はますます金を儲ける。ある晩、俺たちは一緒にいた。俺とルーシャスだ。飲みながらばか話をしていたら、やつが株の売買で予期せぬ儲けを得られるとか何とか、そんなことを言い出した。それであれこれ話をふくらませていったら、これは実際にできるんじゃないかということになった」

「それでどうやって決めたの? どうしてポール・ローガンになったの?」

「ルーシャスが父親でやってみたいと言ったんだ。やつの父親は厳しいんだ、だろ? だから、実験みたいなことをやってみたい、父親は子どものために命を捨てられるかどうか見てみたいと言い出した。弟は部下のために命を捨てた。似ているじゃないか、と。それでターゲットを探しはじめた。ローガンは条件にぴったりだった」

「ルーシャスが少しずつセキュリティを破ったのよね」

シルバーマンは胸を張った。「やつはそういうのが得意だった。何週間もかかったが、やりとげた」

「あなたが両親を担当して、彼が子どもの担当だった」

「子どもには手を出さない、というのがやつのやり方だ」

「でも、女性は痛めつけてもいい」

「人にはやる気を起こさせるものが必要だ。できると思わないで、できるわけがないんだよ」

「ルーシャスは偽名で口座を作り、大量に株を買った」イヴが言った。

「やつはそういう面倒くさい方面に頭がまわるんだ。戦術を考えるのはからきしダメでも、金のことはよくわかってる」

「いくら儲けたの?」

「百三十万だ」シルバーマンがにやりと笑うと裂けた唇から血があふれ、赤くて細い筋が顎に伝った。シルバーマンがそれをぬぐう。「これまでに見た金を全部合わせたって、かなわないほどだ」

「それでもまだ足りなかった。リッチーの作品をバンクスから盗むことは、前から計画していたの?」

「あのドジ野郎から? あれはドジ野郎からもらう手数料だと考えればいいとルーシャスは

言っていた。もう金はあったが、そのなんとかいう画家とつまらない作品を、画廊の男がまとめて爆破したら、もっと金が入ってくるはずだった」

「ところが、バンクスが首を突っ込んできた。それで、やつを殺さなければならなくなった」

シルバーマンは少しだけイヴに顔を近づけた。「この手をちゃんとおまえの首に回せていたらなあ」歯をむき出して両手をねじり、骨の砕ける音を口まねした。「あのばか野郎はのこのこやってきやがった。俺が殺《や》ったあと、ルーシャスは少し動揺していたが、持ちこたえた」

「ふたりでバンクスの遺体を貯水池に捨てた」

「それをチームワークっていうんだ」

「その時点で、ルーシャスはすでにバンクスのアパートメントに忍びこんで、リッチーの作品を盗んでいた」

「あれはすごかった」賞賛しながら黒目がちな目を輝かせる。「めちゃくちゃすごかった。やつはいろいろ技を持っていて、ふたりとも、あの作品は手に入れたほうがいいと思っていた」

「短期間に立て続けよね、ローガンからバンクス、さらにデンビー」

「考えていたより間隔は短かったが、うまくいった。考えるよりまず動くことだ」

今のあなたはあまり考えていないわね、とイヴは思った。自慢してるだけ。「わたしが訪ねていってひどく動揺したルーシャスと、どこで会うことになっていた？」

「やつはおまわりとのやりとりに慣れてないんだ。俺たちはガレージで会うことになっていた。やつは現れず、失敗したんだろうと思った」

「あなたが次のチェノビッツに取りかかるつもりだと、彼は知っていた？」

シルバーマンはまたにやにやした。「やつが来れば知っていただろう」

「今回、あなたが奥さんと子どもを殺すつもりだったのは知っていた？」

「いいか、二回ともやつのやり方でやったから、とてつもなく面倒なことになったんだ。妻子を生かしておいた。死人なら口なしだというのに」

「意外だろうけど、それは間違い」

「どこに行くつもりだった？」トゥルーハートが訊いた。「あなたは、パートナーに何かあったと知っていた。そうなれば、警察がやってくるとわかっていた。わかっていないはずがない」

「自家用シャトルだよ、このあほんだら。それだけの金はあったたし、パイロットを口止めする金もあった。ポルトーサルートへ行くつもりだった。犯罪人の引き渡し条約を結んでいなくて、熱帯で、きれいなビーチがある。金はたんまりあるんだ。悠々自適。まさにご機嫌な暮《ファット・シティー》らしだ」

「あなたがビーチでくつろぐことはないわね、シルバーマン」イヴは言った。

シルバーマンは中指を突き立てた。「俺が服役を怖がっていると思うか？　軍人だぞ。おまえが何をしかけてきたって対処できる。おまえに俺は落とせない」

イヴは立ち上がった。「たった今、落としたわ。捜査官、収監者を独房に戻して。あなたは、アイラー大尉が信じて、戦い、命を捨ててまで守ろうとしたものすべてを穢《けが》したのよ」

「おまえはなにもわかっていない」

「あなたを知っているわ。前にも同じような者を見たことがある。これからも見るはず。あんたなんか特別でもなんでもない。ダラス、取調室から退出」

廊下に出てドアを閉めると、イヴは両手で顔をごしごしこすった。コーヒー、と思った。一杯飲んだら、アイラーの聴取に戻ろう。

傍聴室から出てきたマイラが、イヴの肩に手を置いてやさしくさすった。イヴは、マイラがもう一方の手に持っている医療バッグを疑いの目で見た。

「もう一度、ヒーリング・ワンドで治療してアイスパッチを貼り替えるべきね」

「コーヒーが飲みたいです」

「治療中に飲めるでしょう。時間も節約できる」マイラは言い添えた。「医者に逆らうものじゃないわ。彼をうまく手玉に取っていたわね」マイラはイヴを自分のオフィスへ連れていった。「彼の怒りと恨み、男としての誇り、エゴをうまく利用していた。彼は情緒に問題があるかもしれないわね。襲撃と、怪我と、仲間の兵士を失った結果だと思うわ」

「知ったことじゃありません。彼は――」

「待って」マイラはイヴをそっと押してデスクの椅子に座らせ、医療バッグを開いた。「情緒問題があったとしても、彼がやったことは消せない。彼は後悔の念を見せない。上を向いて。それどころか」マイラはイヴのあざにヒーリング・ワンドを当てながら、続けた。「うぬぼれが見られる。もう逃げ道はないとわかっていて、詳しいことを話して喜んでいる。自慢して楽しんでいる。今は、自分を戦時の捕虜のように考えている。自殺しないように監視をつける必要があるわね。自分は落ちないとあれこれ主張しながら、自殺を図るかもしれない」

「ええ、それはもう手を打ってあります。そこのコーヒーを飲んでも？」

「ちょっと待って」マイラはアイスパッチを貼ってからオートシェフのところまで行った。戻ってきて、イヴにコーヒーを渡す。「ドアを閉めたら、他も手当するわ」

「たいしたことありません」

マイラはドアに近づいて、鍵をかけた。「ジャケットとシャツを脱いで。武器もはずして。医療センターへ運ぶべきだって、部長に勧めたくないのよ」

「ああ、もう」一本取られ、イヴはデスクに手を突いて立ち上がって、ジャケットを脱ごうとした。そのとたん、ありとあらゆるところが痛み、キーンと耳鳴りがした。

「さあ」マイラがジャケットを脱がせた。「無駄な抵抗をせずさっさと済ませたら、あなたも仕事を終えられるわ」イヴが武器用ハーネスをはずし、シャツを脱ぐのを手伝う。そして、ため息をついた。

「たいしたことありません？　もう、イヴ、ふざけないで！　医療員《MT》は、肋骨《ろっこつ》が折れていると言った？」

「打撲傷です。ただの打撲」ヒーリング・ワンドの効果は怪我の深部まで響き、イヴは歯を食いしばった。「少しひびが入っているかも、と。かもです」

「内傷は？」

「ありません。誓います。あれば、現場からまっすぐここへ来るのをロークが許さなかったはずです。思いがけないところに、筋違いや捻挫《ねんざ》をしたんです。あの最低野郎は戦い方を知っています」

「あなたも知っているのは間違いないわ」

イヴは目を閉じ、意識して体の力を抜いて治療を受け入れようとした。「ロークからのクリスマスプレゼント――道場とトレーニング――で、マスターのホロ映像経由だったり、本人に来てもらったりして、稽古《けいこ》をつけてもらったんです。今回はそれを実践してみました。鶴や、蛇や、竜。虎にもなりきったけど、やつは手すりを越えて飛び降りようとしました」

「正直なところ、この目で見たかったわ。三時間以内に、もう一度、治療を受けなさい」

「わかりました」

マイラはイヴの頬にキスをした。「本気で言っているのよ」

「わかっています。やらないと、ホイットニーに言いつけられますしね」

「ロークにもね」

「だと思いました」

マイラの治療を受けて、体は楽になったと認めざるをえなかった。バクスターと一緒に、アイラーのいる取調室Aに歩いていく。シンガがまだついている。

「記録開始、聴取を再開する。では、またよろしく。言っておかなければならないのは――当然ありのままを話すわ――シルバーマンは、あなたのことをぺらぺらしゃべったわよ。とりつかれたみたいによくしゃべった」

「僕のことをしゃべるわけがない」

「ちょっとでも気にかけられていると思っている?」バクスターが笑いながら訊いた。「あんたはたんなる手段、ゲームの駒のひとつだよ」

「彼はここにいるルーシャスを好きだったと思う、ほんとに」イヴがさらに言った。「ある種の腕前も評価していた。たとえば、妨害電波を使えるとか、セキュリティ・システムを破るうまい手段を考えつくとか。その一方で、シルバーマンは爆弾を作った。彼はもう観念しているわ」

イヴはシンガを見た。「あなたの弁護士が知っているとおり、わたしは嘘をついていない。シルバーマンはすべてを話したわ。バンクスが合併に関する内部のホットニュースをあなたにしゃべったあと、すべてが始まったとね。あなたとシルバーマンが何をするでもなく一緒にいて、飲みながらどうでもいい話をしていたら、あなたが」イヴはアイラーを指さした。「あなたがあることを思いついた、と」

「違う、僕は——」

「嘘をついたら終わりよ。たぶん、ばか話をしていただけでしょう。もしもの話をして遊んでいただけかもしれないけれど、そこからどんどん話が進んでいった。あなたは何も言わなくていい」

「われわれは司法取引について話している」シンガが言った。

「そう、地方検事補のレオと話をして、司法取引を進めることで同意している。時間と悲しみを無駄にしなくてすむはずよ。ひとつでも嘘をついたら、取引は無効になる。それもレオから聞いている？」

「聞いている」シンガが答えた。「ルーシャス、あなたは協力しなければならない」

「すると言ったはずだ」

しかし、ルーシャスは何も言わず、ただ座っていた。

「彼がチェノビッツの子ども——六歳のオーガスト——を家の屋上へ引きずって行き、喉元にナイフを突きつけたのを知っている？　血が流れたのは？　どのみち殺すつもりだったから、平気で子どもを盾に使ったのよ」

「彼はそんなことはしない。オリーがするわけがない」

イヴは両手をバンッとテーブルに叩きつけた。「彼はそうすると知っているはず。知っているのよ。あなたは、自分にとってすべてが有利に動いているかぎり知らないふりをして、儲けを貯め込んでいた。でも、彼が本当はどんな人間か、わかりすぎるほどわかっていた」

「僕は子どもは絶対に傷つけない」

「脅すだけよね」

「子どもたちを落ち着かせようとしてやったんだ」アイラーは言い返した。「オリーが子どもたちのひとりでも肉体的に傷つけることは、一度も許していない」

「彼をどうやって止めるつもりだった？」

「僕の話は聞くだろうと思っていた。ふたりはチームだから。問題は、これは大事なことで、僕は誰ひとりとして殺したことがない、ということだ」

「十八人」

「違う、わかるだろう、あの人たち、あのふたりが選択した。どちらかを選べばよかったんだ。あんなふうにやらず、警察へ行くこともできた」

「すると、家族が殺された」

「いや、違う、そんなことはない、あれははったりだった」

「はったり」イヴはファイルを開き、両方の犯罪現場の写真をぽんと投げた。黒焦げの遺体や、ばらばらになった遺体が転がっている。「はったり」

「選択の余地はあったんだ」アイラーは言い張った。「はったりと見て、強気に出ることもできた。僕たちにある程度の責任があるのは認める。しかし――」

「ある程度の責任」イヴは立ち上がり、勢いよくテーブルに身を乗り出した。「あなたたちは彼に爆弾をまとわせ、受信機を付けさせた。彼を監視できるように――そして、彼に妻と子どもの叫び声が聞こえるように。女性を殴り、レイプすると脅した」

「僕はふたりには触れていない。誓う。誓うよ。オリーがやりすぎる可能性があったのは認めるが、僕が押しとどめた」

「彼がバンクスの首をへし折ったときは押しとどめた？　嘘をつけばいいわ、この最低野郎。さあ、嘘をついてみなさいよ」

「僕――彼――ジョーダンは僕を脅してきた」

「だから彼を殺した」

「殺したのはオリーだ。僕はそんなことは――」

「彼の死体を池に放り込むのを手伝った？　嘘をついてみなさいよ」イヴは挑発した。

「他にどうしていいのかわからなかった」アイラーの目に涙がにじみ、やがて頬を流れ落ちた。「わからなかった」

「あなたとオリバー・シルバーマンは、ポール・ローガン、シシリー・グリーンスパン、メロディー・グリーンスパン・ローガンの住居に、この家族を監禁する目的で不法侵入しましたか？」

「僕は……はい」

「あなた、あるいはパートナーは、大人ふたりに肉体的攻撃を加えましたか？」

「はい」

「あなた、あるいはパートナーは、シシリー・グリーンスパンを何度も殴り、性的暴行を加えると脅しましたか？」

アイラーは肩をふるわせてすすり泣いた。「はい、でも――」

「あなたは、土曜日の早朝から月曜日の朝にかけて、ミスター・ローガンを脅し、暴行し、威圧し、その場から子どもを引き離して父親を求めて泣かせた。彼に爆発物を持ってクアンタム航空の本社へ行かせ、予定されていた会議に爆発物を身につけて参加させ、家族を救うために爆発物を爆発させ、自身とともに他の人びとを殺すことを選択させようとしたわね？」

「はったりをかけていたんだ」

「爆発させなければ妻と子どもを殺すと、繰り返し、ローガンを脅していたわね？」

「はい、そう、そうだ、でも――」

「あなたの愚かな〝でも〟を言い逃れとみなし、この取引を無効にするかどうか考えることにする。あなたはその無意味な人生の残りを地球外で送ることになると、そう考えるのが楽しみだわ。どこかから調達しないと、宇宙空間には空気もないのよ」

「頼むから」

「あなたとシルバーマンはセントラルパークで午前三時ごろにジョーダン・バンクスと待ち合わせをした。あなたは、そのときのシルバーマンによる殺人の共犯者ですか？」

アイラーは両手で顔を覆った。「はい。どうかやめてくれ」

「これが終わったらね」

取り調べが終わると、イヴはマイラに、アイラーに安定剤をあたえるように伝えた。

「ハイファイブで勝利を祝いたいが」バクスターはイヴに言った。「そこまで気持ちが盛り上がらない。やつは哀れだった。とにかくひどく痛ましかった」

「家に帰って眠りなさい。よくやったわ」

「そうだな。おい、トゥルーハート」パートナーが傍聴室から出てくると、バクスターは声をかけた。「おまえの好きなあのダイナーへ行って、脂ぎとぎとのでっかいハンバーガーを食うぞ。この湿っぽい後味を忘れるんだ」

「いいですね。一緒にいらっしゃいますか、警部補?」

「いいえ、ありがとう。いい仕事をしたわね、トゥルーハート」

体の向きを変えて殺人課へ向かおうとすると、アンナ・ホイットニーがロークと部長に挟まれて出てきた。

「ジャックはわたしに腹を立てているのよ」アンナが明るく言った。「それぞれの取り調べは最初の数分だけ見学することになっていたの。だけど、わたしがずっと居座ったから。離れられなかったのよ。わたしはこれからロジリンに会いに行くわ。善良な人のために正義を成してくださって、ありがとう」

「はい、マム」

「ジャック」

「わかった、わかった。家に帰りなさい、警部補」

「はい。帰る前に、この取り調べの報告書を書いて、レオに連絡をして、それから――」

「いや。報告書は私が書こう」

「部長が？　でも――」

ホイットニーの眉が下がった。「私には書けないと思っているのかね、警部補？」

「いいえ」

「下がってよろしい。月曜日の朝のシフトが始まるまで、治療休暇を取りなさい。出勤を禁じる。わかったかね？」

「はい、部長」

「よくやった、ダラス。いい仕事ぶりだった。五分後にまだここにいるのを見つけたら、尻を蹴飛ばすぞ」

ホイットニーは妻の手を取り、歩いていった。

「文句のつけようのない対応だな」ロークはイヴの手を取った。

「部長はたぶん、もう十年はこの手の書類仕事をしていないわよ。二十年かも」

「きみのコートを取ってこよう」

「自分で最後まできっちりできるけど」

ロークはイヴが手を引っ込める前に、その手にキスをした。「警部補、お尻を――もうあざができているのは間違いないけど――部長に蹴られたいのかい?」

「いいえ」ロークに手伝ってもらってコートを着る。「いいえ」イヴは繰り返した。

「さあ、帰ってしばらく眠ろう。まず、脂ぎとぎとのでっかい朝食を食べたいというならそうするよ」

「眠るわ。よくやったわね、ピーボディ」

「ありがとう」

ロークはイヴを支えてガレージへ行き、車に乗せた。車が発進する前にもう、イヴは眠りに落ちていた。

エピローグ

イヴは十二時間眠りつづけ、空腹で目を覚ますと馬のように食べた。まだ痛みは強く――断ってもロークは受け入れなかっただろう――何かに浸《つ》かってじっとしている手当と、さらにヒーリング・ワンドの治療を受けて、アイスパッチを貼り替えた。

こっそりホームオフィスに入って、ホイットニーの報告書にだけ目を通した。なかなかの仕事ぶりだと認めないわけにはいかなかった。少し、ほんの少しだけ手を加えたいところもあったが、部長に気づかれそうな気がした。

そして、たぶん、尻を蹴飛ばされただろう。

それから、ロークとソファに寝ころんで映画を観ているうちにまたうとうとし始め、昼の十二時近くまで――夢も見ないで――眠りつづけた。

そのあと、プールで泳ぎ、ふたたびうたた寝をしてから、またホームオフィスに忍びこんでレオに連絡し、手短に確認をした。収監者ふたりには精神鑑定と量刑審理が行われ、アイラーが地球上の重警備の刑務所に送還されるのにたいして、シルバーマンの新居がオメガ星になるのはほぼ確実、というのが検察官事務所の見方だった。

十八件分の終身刑。

その結果に満足して、イヴはロークと一緒に敷地内を散歩した。それから、大きなボウル一杯分のスパゲッティ・ミートボールを食べた。

そのあと、さらにアイスパッチを貼った。

日曜日に、ついにロークから「もう大丈夫」と宣言されると、ほっとしてため息が出た。

そのままかなりエネルギッシュなセックスに没頭できたのは、元気な証拠だ。

あまりに調子がよかったので、ロークにスクリーンの前に座らされたときは文句が口から出た。

「どうしてこんな本番前のお遊びみたいなのを見なきゃいけないの？」

「われらが偉大な友人たちが、オスカー授賞式のレッドカーペットを歩くのを見逃すわけにはいかないからだ。それだけポップコーンがあれば、きみも我慢して見られるだろう」

たぶん。

何の意味があるのだろう、とイヴは思っていた。派手な服を着て気取って歩き、赤い敷物の上でポーズを取る者がいるかと思うと、もっと派手な服を着たエンターテインメント系レポーターがお世辞を言ったりくすくす笑ったりしながらつまらない質問をしている。

「われらがピーボディだ」

「何？」顔を上げて、スクリーンに目をこらした。

ピーボディ――なんと――が、たくましくて魅力的な肩があらわになった、薄い素材のピンク（当然だ）の服を着て、日の光を浴びて輝いている。

「なんでまた明るいの？　こっちはもう暗いのに」

「惑星が自転しているからだよ、ダーリン、イヴ。また自転の話だ」

「そうね。彼女、すてき」

髪はカールしてふわふわだ。

「つけている石はどこで手に入れたんだろ？」

「借りてるんだよ――きみから。マクナブも素敵だ」

ダークブルーのタキシードを着てめかしこんでいる。格子縞《こうしじま》のベストと派手な赤い蝶ネクタイを合わせているところがマクナブ風だ。

メイヴィスが見えた――見逃せるわけがない。炎を思わせる赤と白のロング丈のドレスを着ている。カメラに向かってくるくると回転すると、裾がいくつにも割れて扇風機の羽根のようになった。赤い靴のヒールは驚くほど高く、膝まで編み上げた靴紐《くつひも》はきらきら輝いている。隣にはレオナルドがいた。お得意のロングタキシードの上着は膝丈で、何やらメタリックな生地がエメラルド色からみるみるサファイヤ色に変わっていく。

レオナルドと手をつないだメイヴィスが、レポーター相手にまくしたてている。「待ちきれないよ。夢が全部かなっちゃう時間だからね。どきどきしてる。ここにいるハニーや友だちがいなかったら、どうしていいのかわからなくなっちゃう。あ、ナディーンが来た。彼女もうちのハニーの服を着てるんだ。ナディーン！」メイヴィスが手招きをした。「ナディーンと話がしたいでしょ？　ナディーンとジェイクだよ。彼、超超かっこよくない？」

「エレガントだ」ナディーンが前に出てくると、ロークが厳かに言った。「まさに彼女にふさわしい」

イヴもそう思った。しなやかで古典的なドレスは深い金色だ。きらきらしているのではなく落ち着いた輝きがあり、背後の床に延びる長い裾は金色の水の流れのように見える。耳から下がっているのも、幅広のカフスを飾っているのもダイヤモンドだ。彼女の隣のジェイクは、ロックスターらしいフォーマルファッションだ。革製のタキシードジャケットにブーツを合わせ、プレーンな白いシャツに長いネクタイをゆるく結んでいる。

「彼女、緊張してる」イヴが気づいて言った。

「そうだな。でも、きみが彼女をよく知っているからわかるだけだろう。うまく平静を装っていると思わないか？」

「メイヴィスがずっと場を盛り上げてる。それで助かってるわ」

「絶対にピーボディとマクナブとおしゃべりしないとだめだよ。ねえ、ピーボディ！　こっちに来て！」メイヴィスが急《せ》かした。

カメラが向きを変えて、一瞬、ピーボディのぎょっとしてどこか怯えたような表情をとらえたあと、メイヴィスが弾むように近づく姿が映った。メイヴィスはピーボディとマクナブと手をつないで、また弾むように戻ってきた。

「NYPSDのピーボディ捜査官とマクナブ捜査官だよ。警察治安本部《PSD》で、最高の捜査官なんだ。あたしたち、もうめちゃくちゃすばらしい時間を一緒に過ごしてるよね。さあ、みんなで叫ばなきゃ。ヘイ、ダラス！　ヘイ、ローク！　観てなきゃだめだよ」

メイヴィスは笑い声をあげ、ナディーンとピーボディの体に腕をまわした。「叫ぶよ。行くぞー！」

ナディーンは笑っていた。緊張がほぐれて、目も穏やかになっている。

そして、全員が叫び声をあげた。

「さあ、これでよし。これで本当に本当に、あたしたちを観て、声を聞いたって言えるね」

「そうね」イヴはポップコーンをほおばりながら答えた。「で、わたしはそっちにいないから、あほな質問に答えたり、そういう服を着たりしなくてすむ。いい感じ」

しかも、とイヴは思った。いろんな人がだらだら話しているあいだは、またうとうとしたりもできる。さらにうとうとと。

猫はイヴの腰がくびれたあたり丸まっている。イヴはバターと塩がたっぷりかかったポップコーンの入ったボウルをそばに置いて、ロークに顔をすり寄せて目を閉じている。

ロークに肘でそっとつつかれ、イヴはむにゃむにゃ言いながら目を覚ました。

「メイヴィスがもうすぐ歌うよ」

イヴは目をぱちぱちさせてスクリーンを観た。「みんな会場のなかにいる」

「始まってもう三十分になる。きみが興味を持ちそうなものは何もやらなかったけどね。さあ、ギアを入れ替えて、ワインをもっと注《つ》いでくれるかな」

イヴは背筋をぴんと伸ばしてふたりのグラスにワインを注ぎ、あくびをしてからワインを飲んだ。

ステージが真っ暗になった。ドラムがビートを刻みはじめる。スポットライトが闇を貫き、浮かび上がる人影。

メイヴィスはすでにガウンを脱ぎ、黒の地にシルバーのライトが反射するスキンスーツに、膝までのシルバーのブーツを履いていた。

最初の一声は遠吠《とおぼ》えを思わせた。喉の奥から絞り出すようなしゃがれ声が一気に上がっていって、むせぶような高音が響き渡る。

メイヴィスは体を揺すり、一本の光の筋に追われてステージせましと踊りながら、力強く歌った。彼女が指さすと、別のスポットライトが差し込んで、人影を照らす。またスポットライト、人影。さらにまた。

「すごい」イヴはつぶやいた。いちばん古くからの友だちが十人ほどのダンサーを従え、ステージ上で複雑な振り付けを完璧にこなしている。腹の底からまっすぐわきあがる声で歌っている。

「うまいわ、ほんとうにうまい。いつからこんなにうまくなったの?」

「彼女は突飛なことをして注目を集める必要はない。すでに注目されているからね。本当にすばらしいよ、実にすごい。これまでもずっとそうだった」

イヴは画面に釘付けになっていた。ライトがひとつ、またひとつと消えて、ひとりで立っているメイヴィスの姿だけが残った。ふたたび遠吠えのような歌声が響きわたり、ステージは真っ暗になった。

「観客の声を聞いて。彼女を称《たた》えて喝采《かっさい》を送っている。みんなが彼女に。あなたはずっとわかっていたのね」イヴはロークに言った。

「彼女ならやってくれるとわかっていた」ロークは言った。「契約を交わしたとき、われわれが彼女のために精一杯やることもわかっていた。しかし、認めるよ。あのときの予想を超えてしまった」ロークは振り向き、イヴの唇に軽くキスをした。「また昼寝をしたい？」

「今ので目が覚めた。くそ。メイヴィス・〝めちゃくちゃすごい〟・フリーストーンに乾杯」

ロークはカチンとグラスを合わせた。「ワインじゃなくてシャンペンにするべきだね」

「当然」

ロークは立ち上がり、ボトルとシャンペングラスを取ってきた。コルクを抜く。グラスに注いで、またソファに落ち着いた。「ホームシアターを作る件だが、もっと真剣に考えようと思う」

「このままでいいと思う」

「これもかなりいいが、ホームシアターもいいものだよ。うわ、なんだこれ！」何気なくポップコーンを口にしたロークは、いきなり背筋を伸ばしてごくりとシャンペンを飲んだ。

「なんで毎回これをやってしまうんだろ？　いっつもそうだ」

「何が問題なのかわからない。おいしいのに。もっとちょうだい」そう言ってまたひとつかみ食べる。

「バターと塩にまみれてたら、きみはボール紙でも食べるだろうね」

「ポップコーンのほうがいいわ」

「これが？　ちょっと考えられないね。あ、次がナディーンの部門だ」

「そうなの？」

「脚色賞だ」

「そう。早く終わればいいのに。彼女の勝ち目はどうなの？」

「下馬評によると、混戦だそうだ。どちらの賞も厳しい争いらしい」

「どちらの賞も？」

「脚本賞と脚色賞だ」ロークは説明し、またポップコーンに手を伸ばしかけ、はっとしてやめた。「彼女は脚色賞だ——自分の本を元にした脚本だからね」

「なるほどね。いずれにしても、早く終わればいいのに。ここまで来ただけでもすごいわよね？」

「とてもすごいことだ。さあ、プレゼンターが出てきた。ノミネートされているのは六作品だね」

「どうやって……くそ、彼女の名前が呼ばれた。ほら、彼女よ。メイヴィスが戻ってきてる、いいわね。それと、ほかのみんなも集まってる、だから……」

イヴは目を細め、ナディーンを見つめた。ほかの候補作品関係者も、分割された画面に映っている。落ち着いて見える、とイヴは思った。でも、本当は違う。

早くけりをつけて。いつまでもしゃべってないで、さっさと――

「そして、オスカーを獲得したのは、ナディーン・ファースト、『ジ・アイコーヴ・アジェンダ』です」

「驚いた。ほんとに彼女が獲《と》ったの？　勝ったの？」

「やったぞ」

イヴが啞然《あぜん》として観ていると、ジェイクはナディーンに熱烈なキスをし、メイヴィスはぴょんぴょん跳ねながら金切り声をあげ、ピーボディは飛び上がって踊りだした。

ナディーンはしずしずと優雅に――何人かと握手しながら――ステージまで歩き、ステップを上った。そして、たぶん、知らない誰かふたりと抱き合った。金色の銅像を握りしめた。

「ああ」ナディーンはなんとか声を出した。「ああ。わたし、とにかく……万が一と思ってメモを書いていたんです――それをハンドバッグのなかに忘れてきてしまいました。だから、このまま言います」

「彼女、ちょっと涙ぐんでる」イヴは言った。ナディーンはアカデミーの関係者や、映画の出演者、クルー、監督、友人たちに感謝している。「それに、すごく早口」

「しゃべれる時間がかぎられているんだ」

「ええと……さっき、みんなと一緒に、レッドカーペットからあなたたちに叫びましたね、ダラスとローク。これから別のことを言います。これは、あなたたちふたりのおかげです。ダラス、あなたは嫌がるだろうけど——ダラスだからね——これはわたしのものであると同時に、あなたのものです。これはわたしの家に飾るけど、あなたのものでもあります。この驚くべき賞を、わたしが知っているなかでもっとも賢くて、勇敢で、誰よりもひたむきな警官であり、誰よりもいらつかせる人と分かち合います。ありがとう。なんてことかしら！ありがとう！」

「今のは」ロークが言った。「アカデミー賞史上、僕がいちばん好きな受賞スピーチだ」

「なんてこと」イヴは顔をごしごしこすった。「ナディーンとメイヴィスのせいで、なんだかぽたぽた垂れてきた。彼女のことはうれしいわ、ほんとうにうれしい。うれしくないわけがない。でも、どうしよう、ローク、これってまた厄介なことになる。映画だけでも厄介だったのに」

ロークは笑い声をあげ、イヴを抱きしめた。「これが作品賞なんか獲ったら、どれだけ大変なことになるか考えてもごらん」

「言わないで。考えないで。実現させないで」

「ナディーンに乾杯」ロークが言った。イヴはふーっと息を吐いたが、ロークのグラスにカチンとグラスを合わせた。

「オーケイ、でも、これで終わりよ。ひとつで充分。もういらない」

「さあ、どうなるか観てみようじゃないか？」

『ジ・アイコーヴ・アジェンダ』は五つのオスカーを受賞した。脚色賞、監督賞、撮影賞、主演女優賞、そして、もうひとつは最も栄えある賞。作品賞だ。

軽いショック状態のイヴは、重い体を引きずりながらベッドに入った。

「こうなった以上、厄介ごとは決して終わらないわ。絶対に終わらない」

ロークは笑いながらイヴを引き寄せ、うなじにキスをした。「よしよし」

「放っておいて《バイトミー》」イヴはつぶやいた。

そして、目を閉じ、仕事が忙し過ぎて、そんなことは心配していられないだろうと自分を慰め、なんとか眠ろうとした。

訳者あとがき

イヴ&ローク・シリーズ第四十八作『穢れし絆のゲーム（*Leverage in Death*）』をお届けします。

二〇六一年三月。ニューヨークの大手航空会社〈クアンタム航空〉の会議室に、爆弾を仕込んだベストを着たマーケティング担当バイスプレジデントのローガンが現れ、自爆して多数の死傷者が出る。幸せな家庭の愛情あふれる夫、頼りになる父親で、部下にも慕われていた男がいったいなぜ？　同社は格安航空会社との合併に向け、その日、最終的な契約を交わす予定だった。聞き込みの結果、ローガンは何者かに妻子をとらわれ、脅されていたとわかる。妻子の命を救いたければ自爆しろ、と。いったい誰が何のために？　合併を阻止するため？　会社に不満を持つ従業員の仕業か？　過激派グループによるテロなのか？　イヴは地道な捜査を進めるが、なかなか手がかりは得られない。やがて、事件の鍵を握る男の死体がセントラルパークの貯水池に浮かび……。

原題（*Leverage in Death*）のレバレッジとは、「梃子《てこ》の作用」のことです。力点と作用点の間に支点を置いて、小さな力で重いものを動かす仕組みは、みなさんも小学校の理科の授業で習ったことでしょう。他に、影響力や行動力、経済用語では儲けを得るために他人の資本を利用してレバレッジ効果を持たせる、という意味もあります。今回の事件のレバレッジには、どんな意味があるのでしょう？

アカデミー賞は二〇六一年にも存続していて、イヴが解決したアイコーヴ事件を題材にナディーンが手がけた著書『ジ・アイコーヴ・アジェンダ』は映画化され、脚色賞の候補になっています。授賞式でとびきりのドレスに身を包んだナディーンと、恋人でロックスターのジェイクがレッドカーペットを歩いている姿が目に浮かびます。毎年、テレビで見ている本物の映像とごっちゃになって、現実なのかフィクションなのかわからなくなりそうです。授賞式の合間には、メイヴィスがパフォーマンスを披露する、というのですから、なおさらです。この映画を撮影中、ピーボディ役の女優が殺された事件は、本シリーズ第三十五作『偽りの顔たち』に描かれています。

去年（二〇一九年）、本書の著者、J・D・ロブことノーラ・ロバーツは、盗作騒動にからみ（同年、盗作容疑でブラジル人作家を訴えた）、自分の執筆スタイルについて長文を記しています。現在、イヴ＆ローク・シリーズ二作を含めて、毎年、コンスタントに四作品を発表しているノーラには、ゴーストライターがいるのでは？　との噂もあるそうですが、きっぱり否定しています。自分の時間を邪魔されるのが嫌で、まわりにはスタッフさえ置いていないそうです。だいたい朝八時から午後三時まで書いて、そのあと九十分、体を動かすのがルーティン（毎日の決まった習慣）。「ルーティンはわたしの神」と言い、ひたすらそれを繰り返しています。

多作なのは、とにかく毎日書き続け、外食やイベントや買い物にはほとんど行かず、趣味もなく、人付き合いもあまりしないし、したくないから。時間がもったいないので、ソーシャルメディアにはほとんどかかわらない。ガーデニングや、手のかかる料理をするのは、週末だけ。バケーション中も書かずにはいられなくなって、時間を見つけて書くこともある。シャワーを浴びているときも、トレーニング中も、庭やキッチンにいるときも、つねに作品のことを考えている。才能があればすばらしいが、規律とやる気と欲求がなければ書き続けられない、と記しています。締め切りは必ず守る、とも明言しています。

そんなノーラですから、アメリカで二〇二〇年九月に発売予定の *Shadows in Death*（日本では五十二作目）も、すでに完成しているそうです。楽しみですね。

穢れし絆のゲーム
イヴ&ローク 48

著者　J・D・ロブ

訳者　中谷《なかたに》ハルナ

2020年2月28日　初版第1刷発行

発行人　三嶋 隆

発行所　ヴィレッジブックス
〒150-0032 東京都渋谷区鶯谷町2-3 COMSビル
電話 03-6452-5479
https://villagebooks.net

印刷所　中央精版印刷株式会社

ブックデザイン　鈴木成一デザイン室

ISBN978-4-86491-474-1 Printed in Japan